NYDEGG
VERLAG

Paul Wittwer

WIDERWASSER

Kriminalroman

NYDEGG
VERLAG

1. Auflage 2011

Lektorat: Urs Heiniger
Umschlaggestaltung: Renata Hubschmied
Grafische Gestaltung: SGD, Bern
Umschlagbild: Barbara Hirt
Autorenfoto: Roland Spring, Oberburg
Satz und Druck: CPI – Ebner & Spiegel, Ulm
ISBN 978-3-905961-02-7

Nydegg Verlag, CH-3015 Bern
www.nydegg-verlag.ch

Die einzige Reise, die uns wirklich weiterbringt, ist die Reise zu uns selber.

Fernando Pessoa

Inhalt

1. Teil
Im Widerwasser

1

Solange er fuhr, fühlte er sich sicher.

Steile Bergwege, enge Gassen, schneebedeckte Strassen, Hochgeschwindigkeit auf der Autobahn, all das machte ihm nichts aus. Aber sobald der Tacho auf null stand, wurde er nervös, sah sich bedroht – war hilflos, wie ein Fisch, der in seichtes Wasser gelangt. Stillstand gleich Gefahr. Das war ihm eingetrichtert worden. Wenn Domenico in seinem Job etwas fürchtete, dann Verkehrshindernisse, Staus und Unfälle.

Und jetzt das.

Vor ihnen lag ein umgekipptes Fuhrwerk. Während die Bäuerin dem Esel gut zuredete, begann ihr Mann, die Holzscheite, welche offenbar vom Karren gefallen waren, an den Strassenrand zu räumen. Die Strasse, hier keine drei Meter breit, war vollständig blockiert.

Domenico zog die Karte zu sich und ortete ihren ungefähren Standort. Sie mussten sich nur wenige hundert Meter vor der Einmündung in die Staatsstrasse befinden.

Er sah auf die Uhr. Sie waren mit ihrem Fahrplan deutlich in Verzug. Für die letzten dreissig Kilometer hatten sie fast eine Stunde benötigt. Die kurvenreiche Strecke über den Pass und durch das enge Tal hatte ihm von Anfang an nicht behagt. Es fehlte nicht nur die Möglichkeit, aus dem Tal auszuscheren. Die Strasse war schmal und an vielen Stellen gerade mal breit genug für ihr Fahrzeug. Auf der einen Seite wurde sie durch ein tiefes Bachbett begrenzt, auf der andern Seite stieg das Gelände steil an.

Jemand schrie etwas, und Domenico blickte aus dem Fenster. Die Bäuerin war mit dem Esel um die nächste Kurve verschwunden.

«Da kommt Hilfe», sagte Salvatore und deutete auf den Carabiniere, der sich ihrem Wagen näherte.

«Oder jemand, der auf unsere Mitarbeit hofft.» Domenico umklammerte nervös das Lenkrad.

«Vielleicht sollten wir mit Hand anlegen?», schlug Salvatore vor.

«Unter gar keinen Umständen!», zischte Domenico. Er schloss den Schieber zum Laderaum und drückte einen Knopf in der Tür.

Mit einem leisen Surren glitt die dunkel getönte Seitenscheibe nach unten. Es war ihr nicht anzusehen, dass sie, wie alle andern Scheiben, aus Panzerglas bestand. Nicht nur sie bot Schutz gegen Geschosse aller üblichen Schusswaffen, die Spezialausführung des Kleintransporters umfasste neben extrahartem Stahlblech für die Karosserie auch Vollgummireifen und ein spezielles Fahrwerk. Der Allradantrieb und der knapp vierhundert PS starke Motor erlaubten ein rasches und sicheres Vorwärtskommen in jedem Gelände. Die kriegstaugliche Ausrüstung des Kleintransporters war geschickt getarnt worden. *Expresskühltransporte – Fleisch und Frischwaren* stand auf den Seitenwänden des Laderaums, der in Tat und Wahrheit eine Hochsicherheitszelle verbarg.

«Wir haben es eilig», murrte er nach der knappen Begrüssung und tippte auf die Beschriftung. Genau genommen hatten sie ja tatsächlich Fleisch geladen.

«Alle haben es eilig», sagte der Beamte und warf einen neugierigen Blick in den Wagen.

Wenn er die Ladung sehen wollte, mussten sie sich ausweisen. Aber wirklich nur im äussersten Fall, hatte Testa ihm eingeschärft.

Er beobachtete im Rückspiegel, wie sich ihnen von hinten ein Geländewagen, ebenfalls mit getönten Scheiben, näherte. Auch das gefiel ihm nicht.

«Etwas viel Betrieb für einen gewöhnlichen Mittwochmorgen», meinte Salvatore, der den Wagen jetzt ebenfalls bemerkt hatte.

«Finde ich auch», sagte der Carabiniere. «Darf ich mal die Papiere sehen?»

«Ich zeig ihm alles», raunte Salvatore und langte ins Handschuhfach.

Domenico nickte ihm zu und bemerkte im selben Moment aus dem Augenwinkel, wie der Arm des Carabiniere emporschnellte. Noch bevor er selbst seine geladene und entsicherte Waffe erreichen konnte, hatte der Polizist gefeuert. Blutspritzer an der Frontscheibe, das war das letzte Bild, das Domenicos Augen sahen. Dann zerbarst sein Hirn.

*

«Drei tote Elitesoldaten und ein freier Vincenzo Lo Russo!» Der Staatsanwalt war ausser sich. «Wie kann so etwas passieren? Sagen Sie es mir!»

«Wir wissen es nicht», sagte Testa zerknirscht, «wenn

wir es wüssten, wäre es nicht geschehen, nicht wahr?», und dabei blickte er Hilfe suchend auf seinen Mitarbeiterstab.

Die Männer nickten stumm und beflissen.

«Einfach unmöglich!», wiederholte der Staatsanwalt und knallte die Akte Lo Russo auf das Pult, mehr verzweifelt als wütend.

Vincenzo Lo Russo, genannt il Gatto, kontrollierte mit seinem Clan den Drogenhandel in den Hafenanlagen Neapels. Er und seine Gefolgsleute verteidigten mit aller Brutalität ihr lukratives Geschäft, sei es innerhalb der Camorra oder im Kampf mit der Justiz. Seit Wochen waren ihm Testa und seine Leute auf den Fersen gewesen. Irgendwie war es der Katze jedoch immer wieder gelungen, sich der Polizei zu entziehen.

Aber vorgestern nicht.

In einer Blitzaktion wurde Lo Russo während des Besuchs beim Friseur überrascht und zusammen mit zwei seiner Gefolgsleuten festgenommen. Unverzüglich verbrachte man ihn an einen geheimen Ort ausserhalb Neapels. Um jedem Befreiungsversuch zuvorzukommen, plante man generalstabsmässig seine ständige Verlegung. Innert weniger Tage sollte ihm der Prozess gemacht werden. Belastendes Material gab es mehr als genug, die Anklage las sich wie das Pflichtenheft eines Mafioso: Handel mit Drogen, Waffen und Menschen, Erpressung, Anstiftung zum Mord und Beihilfe zum Mord. Bereits dreimal war Lo Russo in Abwesenheit zu einer lebenslänglichen Haftstrafe verurteilt worden. Man wollte buchstäblich kurzen Prozess machen.

«Die Verlegung in das kleine Hochsicherheitsgefängnis in den Abruzzen war als Option bekannt, wurde aber nie kommuniziert», Testa schüttelte, während er sprach, immer wieder ungläubig den Kopf. «Sie haben gezielt den richtigen Transport angegriffen. Der Scheinkonvoi, der eine halbe Stunde früher losgefahren war, blieb unbehelligt. Die Befreier müssen orientiert worden sein.»

«Wir haben einen Maulwurf», nickte der Staatsanwalt. «Wer wusste alles von der heutigen Verlegung?»

«Die Route des echten Transports war – im Gegensatz zur Route des Scheinkonvois – nicht im Voraus besprochen worden. Zwar haben verschiedene Leute bei der Vorbereitung geholfen, aber nur die drei getöteten Männer und ich wussten, dass il Gatto in diesem Spezialwagen unterwegs war.»

«Sonst niemand?»

«Sonst niemand. Die Männer sind sauber – waren sauber, meine ich», versicherte Testa. «Ich könnte mir höchstens vorstellen, dass unser Funkverkehr abgehört wurde.»

«Wanzen?»

«Bisher keine gefunden.»

«Wer wusste vom Spezialwagen?»

«Nur der Fahrer. Der Transporter war kurzfristig umgerüstet worden und kam zum ersten Mal zum Einsatz. Die Leute, die den Umbau ausführten, hatten keine Informationen zu Auftraggeber und Verwendungszweck des Fahrzeugs.»

«Und der Unfallort?,» fragte der Staatsanwalt. «Gibt

es in dieser Gegend Beziehungsnetze zur Familie Lo Russo?»

«Soweit wir wissen: nein. Vincenzo stammt aus Santa Caterina. Das liegt so ziemlich in der entgegengesetzten Richtung. Das befahrene Gebiet ist praktisch unbewohnt und liegt abseits der gängigen Routen. Umso erstaunlicher ist es, dass seine Leute in der Gegend waren und offenbar genügend Zeit fanden, den Überfall vorzubereiten.»

«Sie denken, der Transport wurde erwartet?»

«Eigentlich unmöglich», sagte Testa ratlos. «Ziel und Route waren erst unmittelbar vor der Abfahrt festgelegt worden.»

«Jemand im Konvoi müsste den Standort durchgegeben haben», folgerte der Staatsanwalt.

«Theoretisch haben Sie recht. Nur: Ich wüsste nicht, wer von den Dreien mit Lo Russo zusammengearbeitet haben könnte. Die Männer waren sauber», wiederholte Testa und fügte bitter an: «Dass alle drei tot sind, spricht doch deutlich gegen eine Kollaboration.»

«Wäre nicht das erste Mal, dass die Camorra über ihre eigenen Leichen geht.»

Testa schwieg.

«Wann wissen wir mehr?», fragte der Staatsanwalt.

Testa sah ihn gross an: «Unsere Männer sind tot, Zeugen gibt es keine. Von wem erwarten Sie weitere Erkenntnisse?»

«Ich fordere eine Erklärung!»

«Es ist ein Rätsel», sagte Testa leise.

«Nein, ein Skandal!», schimpfte der Staatsanwalt.

2

Er sass im Nullpunkt, seiner Lieblingsbar, wo dem Namen zum Trotz der beste Espresso Berns ausgeschenkt wurde. Er hielt sein gut ausgebildetes Riechorgan über die Tasse, schloss die Augen und schnupperte konzentriert.

Limacher hatte sich schon oft gefragt, ob ihm der Espresso hier bloss deshalb so genial vorkam, weil er sein erster bewusster Sinneseindruck des Tages war. Er stellte sich vor, dass sich zwischen Nase und Hirn ein Sieb befand, welches die Aromen, die er einsog, auffing und bewertete. Am Morgen war dieser Filter rein und unverbraucht, jedes Duftmolekül zeichnete sich einzeln ab. Gegen Abend hingegen war er verschmutzt und verstopft. Was durchdrang, schien nur noch Dreck.

Egal – was seine Nase jetzt einfing, war intensiv, aber nicht aufdringlich, der Kaffeeduft fruchtig, mit einem Hauch von Schokolade und Erde.

In solchen Momenten war Limacher zufrieden. Nicht nur mit dem Barista, sondern auch mit sich selber. Nach einem kleinen Schluck stellte er die Tasse auf den Teller zurück und wischte sich den Schaum von der Spitze seiner Nase. Wegen deren Grösse war er in seiner Jugendzeit oft gehänselt worden. Damals hatte er sie verflucht, aber inzwischen hatte er sich mit ihr mehr als versöhnt. Sie ermöglichte ihm nicht nur manchen stillen Genuss, er war überzeugt, dass sie ihm auch bei seiner Arbeit gute Dienste leistete. Er nippte nochmals an der Tasse, mehr riechend als trinkend.

Dann blätterte er in der Zeitung, als ob ein ganz gewöhnlicher Samstagmorgen wäre.

War es ja eigentlich auch – abgesehen davon, dass er an diesem Vormittag eine ein Vierteljahrhundert alte Baustelle zu räumen gedachte.

Er warf einen Blick auf die Uhr über der Theke. In weniger als zehn Minuten sollten seine Kollegen aufkreuzen. Sie würden ihm behilflich sein, ein paar wenige Möbelstücke und eine Unmenge Kartonschachteln aus seiner Wohnung in den geräumigen Mannschaftswagen des Bereitschaftsdienstes zu verladen.

«Du kannst deinen Kram selber wegschaffen», hatte ihm Gisela vorgestern eröffnet. «Eines sage ich dir aber klipp und klar: Ich werde dir kein einziges Stück Papier nachsenden. Wenn ich am Montag zurückkomme, wandert alles, was ich nicht gebrauchen kann, in den Müll.»

Und dann war sie weg gewesen.

Limacher hatte keine Ahnung, wohin sie verreist war, aber er zweifelte nicht daran, dass sie es ernst meinte. Er konnte es ihr nicht einmal übel nehmen. Die Trennung war überfällig, im Grunde schon lange gelebt und jetzt endlich, und eigentlich viel zu spät, vollzogen worden. Nun zog er aus, lediglich ein paar Häuserblocks weiter, keine dreihundert Meter von der alten Wohnung weg. Aber der Schritt schien ihm gewaltig, grösser noch als der Stellenwechsel im Frühjahr.

Er bemerkte, dass er schon wieder ein Zeitungsblatt

gewendet hatte, ohne den Text gelesen zu haben. Noch immer in Gedanken blätterte er zurück, als sein Mobiltelefon klingelte. Das Display zeigte einen unbekannten Teilnehmer an. Während er die Taste drückte, um das Gespräch anzunehmen, fragte er sich, welcher seiner Kollegen einen Rückzieher zu melden wagte.

«Ja?»

«Limacher?», fragte der anonyme Anrufer.

«Am Apparat», bestätigte Limacher.

«Wir kennen uns», sagte der andere. «Ich habe etwas abzugeben. Verderbliche Ware aus Italien, absolut frisch ...» Limacher stutzte. «Verderbliche Ware», so hatte bei der Bundespolizei jeweils das Codewort für inoffizielle Informationen gelautet.

«Es geht um die Vorkommnisse in Neapel, Sie wissen schon, Lo Russo ...», fuhr der Anrufer vorsichtig fort, als Limacher nicht gleich reagierte. «Wie gesagt: Die Ware ist frisch, verderblich und teuer ...»

«Ich arbeite nicht mehr da», unterbrach Limacher.

«Was heisst das?», fragte der andere.

«Genau, was ich gesagt habe. Ich habe die Stelle gewechselt. Seit ...»

Der Anrufer hatte aufgelegt.

Limacher nahm den Auslandteil der Zeitung zur Hand und fand nach kurzem Suchen den knappen Artikel zu Vincenzo Lo Russos Befreiung. Er hatte ihn offensichtlich überflogen, ohne wirklich etwas aufzunehmen. Seine Unaufmerksamkeit störte ihn nur bedingt. Erstens war das organisierte Verbrechen nicht mehr sein Gebiet, und zweitens hatte er im Moment wirklich andere Probleme.

Trotzdem las er nun den Abschnitt aufmerksamer durch. Er entdeckte darin nichts Aussergewöhnliches. Mehr als die Hälfte aller inhaftierten Mafiosi gelangte nach einer Festnahme wieder auf freien Fuss, sei es mittels mehr oder weniger spektakulärer Befreiungsaktionen oder mittels korrupter Anwälte.

Er legte die Zeitung beiseite und blickte aus dem Fenster. Wie der Anrufer «Limacher» ausgesprochen hatte, war ihm bekannt vorgekommen. Noch bevor er aber der Stimme ein Gesicht geben konnte, tauchte der erste Zügelhelfer auf.

3

«Ersaufen ist hässlich.»

«Ertrinken ist kein schlechter Tod.»

«Du hast überhaupt keine Ahnung! Ich habe es selber beobachtet. Studiert sozusagen.» Der Penner, der sich als Pascal vorgestellt hatte, grinste selbstgefällig.

Mauro erwiderte nichts.

«In der Küche, ich meine, als ich noch meine eigene Bude hatte, da nisteten sich Ratten in meiner Küche ein. Richtige Ratten, nicht irgendwelche Kuscheltiere. Eklige, unverschämte Schmarotzer!» Pascal trank einen Schluck aus der Dose und suchte nach dem Faden. «Ratten. Ich fing sie ein, und dann ertränkte ich sie gleich in der Falle. Das war so ein kleiner Käfig. Die Mistviecher scharrten unter Wasser wie verrückt um ihr Leben – bestimmt zehn Minuten lang. Wirklich grausig. Das ganze Bad vibrierte.»

Er spülte die Erinnerung mit einem grossen Schluck Bier hinunter.

«Ertrinken ist nicht so schlimm, wie man es sich vorstellt», entgegnete Mauro. «Die Stimmritzen verschliessen sich unter Wasser durch einen Krampf. Wenn sie sich wieder öffnen und sich die Lungen mit Wasser füllen, bist du durch den Sauerstoffmangel schon halb tot. Du spürst das gar nicht mehr.»

«Woher willst du das wissen?»

Mauro spürte den neugierigen Blick seines Begleiters und konnte sich vorstellen, wie dieser im fahlen Licht der Stadtnacht sein Gesicht ergründete. «Ich – ich weiss es einfach ...» Er hatte absolut keine Lust, mit einem Penner übers Ertrinken zu streiten. Kam dazu, dass er auf einmal selber unsicher geworden war. Hatte er das vom raschen Tod in der Fachliteratur gelesen oder einfach irgendwo aufgeschnappt? Er rückte unwillkürlich etwas ab. Pascal stank wie ein gebrauchter Putzlappen, mit dem man zuletzt eine Bierlache aufgeputzt hatte.

Sie schwiegen und lauschten in die Nacht hinaus. Nur selten übertönten andere Geräusche das Rauschen der Aare. Wenn ein Wagen die Brücke über ihnen befuhr, war für einen kurzen Moment ein dumpfes Rollen zu vernehmen. Dann blickten sie automatisch nach oben, ohne aber etwas sehen zu können. Von der anderen Seite des Flusses war das Gejohle von ein paar heimwärts strebenden Nachtschwärmern zu hören.

Aber ansonsten schien die Stadt zur Ruhe zu kommen. Eine bedeutungslose Novembernacht nimmt ihren ereignislosen Lauf, dachte Mauro und raffte fröstelnd die Jacke zusammen. Wahrscheinlich ging die Temperatur gegen null Grad.

«Ich wüsste ein wärmeres Plätzchen», meinte der Bierlappen und warf einen sehnsüchtigen Blick auf Mauros Grappaflasche. «Drüben in der Matte gibt es ein paar Schlupflöcher. Hinter der Mattenenge liegt der Zugang zum alten Fluchtstollen der Burg. Still wie ein Grab und recht warm ...»

Mauro sagte nichts. Die Gegenwart des Penners begann ihn zu nerven. Er liess ihn weiter schwatzen und nippte am Grappa. Die Flasche hatte er dem Barkeeper im Schwellenmätteli abgekauft, mitsamt dem Glas notabene.

Während er den Schnaps in kleinen Schlucken die Kehle hinunterrinnen liess, betrachtete er das dunkel strömende Wasser.

«Ich könnte mich nicht umbringen», meinte der Penner.

Mauro versuchte seinen klebrigen Blick abzuschütteln. «Ich schon», entgegnete er, ohne aufzublicken.

«He, mach keinen Scheiss!» Die Ermahnung tönte wie eine Bitte. Der Penner spielte nervös mit seiner leeren Bierdose und fixierte die Grappaflasche.

«Auch einen Schluck?», liess sich Mauro erweichen.

Pascal langte sofort zu und wollte gleich die Flasche ansetzen.

«Nur aus dem Glas!»

«Was spielt das für eine Rolle?» Der Penner schaute ihn verständnislos an.

«Auch untergehen kann man in Würde», sagte Mauro, «und der Geschmack kommt im Glas viel besser zur Geltung.»

Pascal füllte das Glas randvoll, trank es in einem Zug leer und schwieg tatsächlich einen Moment, bevor er fragte: «Was ist das für ein Zeug?»

«Ein Stück Heimat.»

Der Penner grinste schräg: «Das sag ich auch immer.»

«Grappa – aus dem Land meiner Vorfahren.» Mauro sagte es gereizter als beabsichtigt.

«Grappa! Hab ich gleich gedacht», staunte der andere und schenkte nach.

Mauro streckte die Hand aus.

Der Alki leerte das Glas in einem Zug und gab Flasche und Glas widerwillig zurück. Mit seinem rechten Fuss kickte er eine leere Bierdose in die Aare.

«Das solltest du nicht tun», tadelte Mauro mechanisch und ärgerte sich gleich über seine Bemerkung. Auch das konnte ihm scheissegal sein.

Die Bierdose, als sei sie ihres Weges unsicher, trieb einen Moment an Ort und drehte sich um ihre eigene Achse. Dann schwamm sie direkt auf Mauro zu, und tänzelte – als versuchte sie sich der mächtigen Strömung des Flusses zu widersetzen – im Widerwasser des Ufers ein kurzes Stück flussaufwärts, bis sie schliesslich in den Strom zurückfand und in der Dunkelheit entschwand.

Mauro goss den Rest des Grappas ins Glas. «Weisst du, ob um diese Zeit noch irgendwo Nachschub erhältlich ist?», fragte er und suchte nach seiner Brieftasche.

«Sicher!» Der Penner kam erstaunlich rasch auf die Beine, «wenn dir gewöhnlicher Eigenbrand reicht ...»

«Hauptsache, es wärmt», meinte Mauro.

«Kommst du mit?», fragte Pascal.

«Nein.» Mauro reichte ihm einen Hunderter. «Keinen Fusel, bitte.»

«Bin gleich wieder da», versicherte Pascal «Mach inzwischen bloss keinen Scheiss!»

Aber die Mahnung klang nicht wirklich besorgt.

Er machte ein paar Schritte der Aare entlang. Das kalte Laub raschelte unter seinen Stiefeln. Während des Geschwafels des Penners hatte er sich nach Ruhe gesehnt. Und jetzt, wo er alleine war, beunruhigte ihn die Monotonie der Nacht.

In den letzten Stunden hatte er sich immer wieder gefragt, warum er nicht glücklich war. Seit zwei Tagen war er ein freier Mann, ohne Verpflichtungen und ohne Bindungen. Aber anstelle eines Gefühls der Freiheit war da ein Gefühl der völligen Haltlosigkeit. Er befand sich im leeren Raum – um nicht zu sagen: im freien Fall.

Er trat ans Wasser und erinnerte sich, dass er schon früher einmal mit ähnlich dunklen Gedanken an der Aare gestanden hatte. Als seine Mutter ihm gesagt hatte, Vater komme nie mehr zurück, war für ihn eine Welt zusammengebrochen. Das Gefühl der Zerstörung und des Zerbrechens, das er beim Verschwinden seines Vaters empfunden hatte, begleitete ihn bis heute.

Damals war er keine zehn Jahre alt gewesen. Für den tiefen Schmerz hatte er seine Eltern verantwortlich gemacht. Und er erinnerte sich, wie er sich an ihnen hatte rächen, wie er ihnen hatte einen Schmerz zufügen wollen, der noch grösser war als sein eigener. Das war vor knapp zwanzig Jahren gewesen.

Und heute? Wem würde sein Abgang schon wehtun?

Etwa Ferrari, dem Schwein? Im Gegenteil, dem würde das ganz gut passen.

Daniela? Auch sie würde ihm kaum nachweinen.

Vielleicht Nina?

Für einen kurzen Moment hatte er ihr Gesicht vor

Augen. Aber der Grappa vernebelte ihm die Sinne und das Bild seiner Tochter verschwamm im trüben Schimmer der Tränen.

«Es tut verdammt weh», sprach er zur Aare und streckte die Hand ins Wasser. Wie kalt mochte es sein? Zwölf, dreizehn Grad? Oder weniger?

Er wankte gefährlich. Wenn er sich jetzt einfach fallen liesse, würde es wie ein Unfall aussehen. Ein Betrunkener, der in die Aare stürzte. Das kam immer wieder vor. Wäre ein Sturz im Suff ein würdiger Abgang?

Musste er überhaupt in Würde abtreten?

Nein, musste er nicht. Er konnte ebenso gut Amok laufen. Er könnte die Klinik stürmen, Ferrari und ein paar andere fertigmachen, Danielas Neuen umlegen – und, falls er vorher zum Islam konvertiert wäre, hätte er wenigstens Aussicht auf zweiundsiebzig Jungfrauen.

«Ich werde noch etwas trinken, dann lösen sich entweder die Probleme oder die Hemmungen», vertröstete er den Fluss.

Er versuchte auszurechnen, wie viel Alkohol er schon intus hatte. Es mussten über zwei Promille sein. Warum funktionierte das verdammte Hirn eigentlich noch? Und wo blieb der Schnapslappen?

Ein leises Surren unterbrach seine stummen Selbstgespräche. Mechanisch zog er das Telefon aus der Tasche. Die SMS kam von Simon. Sein Kollege aus der Prüfungsgruppe schob irgendwo Nachtdienst und hatte wahrscheinlich nichts zu tun. «Mensch, Mauro, wo steckst du? Lass bloss nicht auch noch den Prüfungstermin sausen …»

Das Gerät zeigte eine weitere Nachricht an. Sie stammte von Aldo. «Morgen, wie immer?», fragte sein Tennispartner. Mauro dachte nach. Den letzten Termin hatte er noch abgesagt, diesmal liess er es bleiben.

Seit der Entlassung hatte sich über ein Dutzend unbeantworteter Mitteilungen angesammelt. Hauptsächlich von seinen Kollegen, aber auch von seiner Mutter – und natürlich vom Anwalt seiner Frau.

Der Dreckskerl!

Er schleuderte das Handy in den Fluss und war beinahe überrascht, als das Gerät mit einem dumpfen Platschen im Wasser verschwand. Es hätte ihn nicht verwundert, wenn es an der Wasseroberfläche abgeprallt wäre. In der Dunkelheit wirkte der Fluss ruhig und kompakt, wie eine feste Masse

Mauro setzte sich an die Böschung und versuchte an gar nichts zu denken. Es wollte ihm nicht gelingen. Sein Blick fiel auf seine Stiefel. Schöne, handgefertigte Lederstiefel aus Mailand. Sie waren das Wertvollste an seiner Kleidung. Schuhe hatten ihm immer viel bedeutet, und besonders diese Stiefel. Die würde er ausziehen. Alles andere war ihm egal, aber die Stiefel nicht.

Über ihm gab es kurz einen Lärm. Bremsen quietschten, Stimmen ertönten. Mauro blickte nach oben, konnte indes nichts als die komplizierte Konstruktion der Kirchenfeldbrücke erkennen. Die Anordnung der Eisenstäbe schien im fahlen Licht der Stadtbeleuchtung ohne jede Logik.

Er hatte sich schon wieder seinen Stiefeln zugewandt, als keine drei Meter neben ihm mit einem dumpfen Plopp etwas auf der Uferböschung aufschlug. Er fuhr zusammen. Ein leiser Luftzug folgte dem Aufprall.

Mauro blickte gebannt auf das massige Bündel, das schräg vor ihm lag. Er schaute auf die leere Grappaflasche, und dann wieder auf das regungslose Bündel.

Nein, kein Zweifel – im Schein der nahen Strassenlampe war es deutlich zu erkennen: Es war ein Mensch, der da vom Himmel gefallen war.

*

Einen Moment war er perplex, dann erwachten seine ärztlichen Instinkte und er näherte sich dem Unglücklichen. Der Körper fühlte sich warm an, fast heiss unter seinen klammen Händen. Mechanisch, aber erfolglos suchte er nach dem Puls oder andern Lebenszeichen. Am Hinterkopf klaffte eine Wunde, in der sich Knochen, Hirnmasse und Blut zu einem Mus vermischten.

Er drehte den Mann vorsichtig von der Seite auf den Rücken. Der leblose Körper glitt auf der steilen Böschung in Richtung Wasser. Mauro hielt ihn zurück.

Wahrscheinlich blickte er in das Gesicht eines Toten. Die Pupillen schienen erstarrt. Auf die Berührung der Hornhaut, der empfindlichsten Stelle am ganzen Körper, folgte keinerlei Reaktion.

Für diesen Menschen kam jede Hilfe zu spät. Ein Wiederbelebungsversuch war zwecklos, nicht nur der Kopfverletzung wegen. In dieser Schräglage und ohne weitere Helfer war eine Reanimation von vornherein ein aussichtsloses Unterfangen. Auch um Hilfe schreien machte keinen Sinn. Da war niemand in der Nähe, und schon gar nicht in Rufweite. Und sein Handy hatte er eben in die Aare geschmissen.

Er richtete sich auf, um zu sehen, ob der Penner in Sichtweite war. Aber kaum liess er den Toten los, rutschte dieser weiter ab. Mauro versuchte ihn vom Wasser wegzuzerren. Alleine schaffte er es nicht. Nicht nur, dass er in der feuchtkalten Böschung keinen Halt fand; der Arm, an dem er den Toten hochzerren wollte, fühlte sich unnatürlich beweglich an. Wahrscheinlich war er unter der Wucht des Aufpralls mehrfach gebrochen.

Ob der Mann in der Dunkelheit die Uferböschung bereits für Wasser gehalten hatte? Den Fluss hatte er zwar knapp verfehlt, aber sein Ziel hatte er trotzdem erreicht: Er war tot.

«Du hast Glück gehabt», sagte Mauro zu ihm. Sich von dieser Brücke zu stürzen, war keine todsichere Angelegenheit. Jeder Dritte überlebte den Sturz – in der Regel mit einer bleibenden Behinderung, im besten Fall mit einer schlecht verheilenden offenen Fraktur, im schlimmeren Fall mit einer Querschnittslähmung oder einem Hirnschaden.

Mauro verharrte Hand in Hand mit dem Toten. Er betrachtete den Mann genauer. Die starren Augen waren auf die Brücke gerichtet. Unwillkürlich folgte er dem leblosen Blick. Er konnte die Brüstung erkennen, über die der Mann geklettert sein musste. Aber sonst war nichts zu sehen.

Ganz im Gegensatz zum Hinterkopf war das Gesicht des Toten erstaunlich unversehrt geblieben. Er sah irgendwie krank aus. Trotz dunklem Teint wirkte er blass, und um seine Augen zeichneten sich finstere Ringe ab. Ob ihn eine vernichtende Diagnose in den Tod getrieben hatte? Anzeichen existenzieller Nöte konnte Mauro jedenfalls nicht feststellen. Der Kaschmirmantel war von Armani und das Schuhwerk von Bally. Ein gescheiterter Banker?

Wie dem auch war, ob Börsencrash, Krankheit, Liebeskummer oder Depression, der Mann hatte sein Leben als derart wertlos erachtet, dass er es von der Brücke geworfen hatte. Direkt vor seine Füsse.

Und je länger Mauro den Mann betrachtete, desto mehr fiel ihm auf, wie ähnlich der Tote ihm sah. Nicht nur die gleichen dunklen Haare, der kurze Bart und die markanten Gesichtszüge mit einem südländischen Einschlag, sondern auch die Übereinstimmungen in Alter und Statur waren verblüffend. Nur eine Spur korpulenter und etwas ungepflegter – vor allem was den Bart anbelangte – erschien ihm der Tote. Er hätte ohne weiteres sein Bruder sein können, vielleicht sogar sein Zwillingsbruder.

«Was mach ich bloss mit dir?», fragte Mauro, nachdem er erneut versucht hatte, die Hand des Toten loszulassen. Aber der Körper hatte sich sofort in Richtung Aare bewegt. Schliesslich gelang es ihm, die Lage des Mannes zu stabilisieren, indem er ihm den gebrochenen Arm wie einen Keil unter die Hüfte schob. Ein hässliches Knirschen war zu vernehmen.

Mauro zuckte unwillkürlich zurück. Dabei rutschte der Mantel des Toten nach oben und entblösste den Bauch. Die nackte Haut passte schlecht in die Novemberkälte. Mauro rückte die Kleider wieder zurecht. Er sah, dass der Gürtel unter der Wucht des Aufpralls aufgesprungen sein musste. Die Schnalle war ungewöhnlich massig und schien keinen einfachen Mechanismus aufzuweisen. An der Rückseite befand sich eine deckelartige Klappe, die sich ebenfalls geöffnet hatte. Als Mauro mit seinen steifen Fingern ungelenk am Verschluss hantierte, klappte der Deckel vollständig auf und ein paar eng gefaltete Papiere und ein kleiner Schlüssel fielen ihm entgegen.

Offensichtlich wies die Schnalle an ihrer Innenseite ein verstecktes Fach auf. Mauro untersuchte den Inhalt des Geheimfachs im Licht der Strassenleuchte: Neben dem Schlüssel fand er eng gefaltete Euroscheine, eine Schweizer Identitätskarte und eine Visitenkarte des Hotels Bern. Er studierte die Identitätskarte. In der düsteren Beleuchtung konnte er lediglich den etwas fetter gedruckten Nachnamen entziffern: Goldmann. Obwohl der Tote hier ohne Bart abgebildet war, glich ihm der Mann auf der Aufnahme des Ausweises noch stärker als in Wirklichkeit, fand Mauro.

Die Gemeinsamkeiten irritierten ihn. Der Mann glich ihm nicht nur äusserlich, irgendwie schienen auch ihre Lebensläufe parallel zu verlaufen. Vielleicht lag es an der Wirkung des Alkohols, vielleicht an seiner Stimmung, aber Mauro fühlte sich mit dem Mann auf magische Weise verbunden. Es kam ihm vor, als führte ihm dieser Mensch nicht nur sein eigenes Leben, sondern auch seinen Tod vor Augen.

Wie gebannt von dieser metaphysischen Vorstellung verharrte er bei dem Toten. Dann stieg er die Böschung hoch und sah sich ausgiebig um. Er langte in seine Jackentasche, fand Papier und Kugelschreiber und begab sich zur nahen Strassenleuchte, um ein paar Worte niederzuschreiben.

Der Selbstmörder hatte ihm den Weg gewiesen.

*

Pascal liess sich Zeit.

Er hatte die Flasche zu einem Spezialpreis bekommen. Da hatte er es für nicht mehr als richtig befunden, sich für seinen Kurierdienst eine Entschädigung zuzusprechen. Natürlich in flüssiger Form.

Er war unsicher auf den Beinen, als er sich seinem Stammplatz unter der Brücke näherte. Auch sein Blick schien unter den Promille zu leiden. Jedenfalls hielt er vergeblich nach dem grosszügigen Spender Ausschau.

Dass dieser nicht mehr am Ufer sass, wunderte Pascal nicht besonders. In der Zwischenzeit hatte ein nasskalter Novemberregen eingesetzt. Bestimmt hatte sich Mauro ins Trockene verzogen, vielleicht doch noch in seinen Verschlag?

Er näherte sich seiner Behausung, die aus ein paar Kartonschachteln zusammengebastelt war. Als er sie leer vorfand, blickte er unschlüssig auf die frisch beschaffte Flasche. Aber die Ratlosigkeit dauerte nur kurz. Er erwartete Mauro nicht mehr zurück. Dieser Mensch war anderes gewohnt. So wie der angezogen gewesen war, würde es ihn nicht wundern, wenn er bereits in einem warmen Hotelbett lag.

Er sah keinen Grund, den Schnaps für ihn aufzuheben. Nach einem kräftigen Schluck schickte er sich an, vor dem definitiven Rückzug in sein Kartonbett, ein letztes Mal zu pissen.

Da erschrak er doch ein bisschen.

Auf einem kleinen Vorsprung der Böschung, direkt unter der Brücke, standen im Lichtkegel der Strassenlaterne ein Paar Lederstiefel und ein leeres Grappaglas.

Dann entdeckte er das Papier, das gut sichtbar aus einem der Stiefel ragte.

Eine Ahnung stieg in ihm hoch.

Er genehmigte sich einen Schluck, bevor er den Brief entfaltete.

In Grossbuchstaben stand geschrieben: «Hallo Pascal. Den letzten Gang zur Brücke gehe ich barfuss. Wäre zu schade, wenn die Stiefel schon ausgedient hätten. Trag sie mit Würde. Und pass auf dich auf. Wir sehen uns im Jenseits. Mauro.»

Pascal schluckte leer.

Sein Blick glitt reflexartig zuerst zur Brücke und dann zur Aare. Natürlich war nichts zu sehen. Er überlegte, ob er nach oben gehen und Mauro suchen sollte. Aber das machte keinen Sinn. Er war über eine Stunde weggeblieben, und wenn Mauro noch nicht gesprungen war, dann hätte er ihm auf dem Rückweg begegnen müssen.

Er blieb am Ufer stehen und schaute immer wieder und fast ängstlich zur Brücke hoch, als fürchte er, Mauro könnte doch noch oben auftauchen.

«Auf dich», sagte er jedes Mal, wenn er das Glas füllte. Und je länger er wartete, desto sicherer wurde er, dass es Mauro hinter sich hatte.

Nachdem er eine gute halbe Stunde im Regen ausgeharrt hatte und von Mauro noch immer jede Spur fehlte, fand er, er habe seinem Gönner lange genug die letzte Ehre erwiesen.

Er zog sich mit Schnaps und Stiefeln in seinen Verschlag zurück. Ändern konnte er sowieso nichts mehr. Er würde damit klarkommen. Er hatte schon einige Kumpels, die ihm nähergestanden hatten, verloren oder gar sterben sehen. Vielleicht am meisten noch berührte ihn, dass ihm der Selbstmörder seine Stiefel hinterlassen hatte – und den Schnaps inklusive Glas.

Er wühlte in den Plastiksäcken. Irgendwo hatte er die Visitenkarte der Journalistin verstaut. Die Adresse hatte ihm schon bei andern Gelegenheiten ein paar Scheine eingebracht.

Nachdem er fündig geworden war, verkroch er sich zufrieden unter den Karton.

Des einen Pech, des andern Glück.

Das aufkeimende schlechte Gewissen löste sich im Hochprozentigen auf.

4

Bern lag unter einer spätherbstlichen Hochnebeldecke, scheinbar abgeschnitten vom Rest der Welt – wenn nicht sogar vom Rest des Sonnensystems. Der Tag hatte seine Helligkeit an eine obskure Novemberdämmerung verloren, während das Dunkel der Nacht wie immer der normalen diffusen Lichtverschmutzung weichen musste. Tag und Nacht waren kaum mehr zu unterscheiden. Das Thermometer schien von einer lethargischen Gleichgültigkeit befallen. Seine Anzeige pendelte träge um die Nullgradgrenze, tags wenige Grad darüber, nachts wenige Grad darunter.

Seit über einer Woche folgten sich graue Tage. Wo man hinblickte, Grau: grau der Himmel, grau die Häuserfronten, grau die Gesichter der Menschen. Auch die regelmässigen Niederschläge in Form eines feinen Nieselregens unterstrichen die Eintönigkeit. Der Weihnachtsschmuck in den Schaufenstern mutete wie ein Ausbruchsversuch an. Die verfrühte Dekoration wirkte deplatziert und verstärkte das Bild der Trostlosigkeit.

Da lieferte der Abgang eines lebensmüden Arztes der Presse die passende Schlagzeile, war sozusagen Ausdruck und Bestätigung der kollektiven Depression. Eine erste Meldung zum Verschwinden von Mauro war am Mittwochmorgen über die lokale Rundfunkstation verbreitet worden, mehr als Vermisstenmeldung denn als

Story. Ausgelöst hatte sie der Obdachlose Pascal Oberli. Aber Mauro Matters Schicksal bot der hungrigen Presse in der ansonsten ereignislosen Zeit etwas Stoff: Die tragische Geschichte des jungen Arztes wurde nicht nur vom Radio, sondern auch von der regionalen Fernsehstation und von den Tageszeitungen aufgenommen, ausgeschmückt und ausgeschlachtet. Pascal Oberli erlangte dank seinem heldenhaften Kampf gegen die Lebensmüdigkeit des verzweifelten Arztes eine gewisse Berühmtheit. In allen Farben schilderten diverse Reportagen, wie der mittellose Alkoholiker – selber durch alle Maschen des sozialen Netzes gefallen – zum letzten, allzu dünnen Strohhalm des gestrauchelten Akademikers geworden war.

«Wir haben uns gut verstanden, und zum Dank hinterliess er mir seine Stiefel», hiess es etwa unter einer Fotografie, die den herausgeputzten Penner am Aareufer unter der Kirchenfeldbrücke zeigte. Seine Füsse steckten in feinen Stiefeln, und in der Hand präsentierte er Mauros Abschiedsbrief. «Ich habe versucht, ihm Mut zu machen, ich habe ihm sogar meinen Schlafsack angeboten.»

Als Beweis für seine Grosszügigkeit war die flachgedrückte Kartonverpackung eines Tiefkühlschrankes abgebildet, ausgekleidet mit einer versifften Wolldecke. «Aber es hat nichts genützt. Als ich mal kurz in die Büsche verschwand, war er weg», liess Pascal im Artikel weiter verlauten.

Auch ein ehemaliger Arbeitskollege war aufgespürt und interviewt worden. Von ihm war zu erfahren, dass Mauro sich auf die Facharztprüfung zum Internisten vorbereitet hatte. Der Arzt wusste auch von einer aufreibenden Scheidung und von Problemen an seinem letzten Arbeitsplatz zu berichten. Matter war in schwierigen Verhältnissen aufgewachsen. Probleme verfolgten ihn sein ganzes, kurzes Leben lang. Bis jetzt hatte – laut diesem Zeugen – allerdings nichts darauf hingedeutet, dass er damit überfordert gewesen wäre. Im Gegenteil: Er schien selber seine Grenzen ständig zu suchen. Kurzweilig, temperamentvoll und impulsiv – und vielleicht eine Spur eigensinnig, so beschrieb sein Kollege den Charakter des Vermissten.

Die offiziellen Stellen äusserten sich wie gewohnt vorsichtiger. Christian Limacher von der Abteilung Leib und Leben der Kantonspolizei bestätigte zwar, dass von einem Suizid ausgegangen werden müsse und die Suche nach der Leiche fortgesetzt werde. Der Sturz von der Brücke allerdings sei bisher lediglich eine Hypothese. Deshalb gelte Doktor Matter vorläufig als vermisst. Allfällige Zeugen wurden gebeten, sich zu melden.

In einem weiteren Beitrag erläuterten Experten, wann und wo mit einem Auftauchen der Leiche gerechnet werden konnte. Wegen des aktuellen Wasserstandes musste davon ausgegangen werden, dass sie das Wehr in der Matte passiert hatte. Die Aufmerksamkeit der Suchkräfte konzentrierte sich deshalb auf den Flussabschnitt in der Engehalde. Das Stauwehr hatte schon für manche Wasserleiche Endstation bedeutet.

Die noch immer fehlende Schutzvorrichtung an der Kirchenfeldbrücke war für die Presse ein weiteres willkommenes Thema. Der Ort belegte in den Plattformen für Selbstmörder schweizweit einen unrühmlichen Podestplatz. «Ein Suizid, der durch eine geeignete Massnahme, sprich ein Fangnetz, hätte verhindert werden können», urteilten Fachpersonen. Die Stadtregierung versicherte, dass man die entsprechenden Arbeiten längst in Auftrag gegeben hätte und lediglich auf deren Ausführungen warte. Noch vor Weihnachten sollten die Netze montiert sein.

In der Geschichte selbst war man sich einig. Der etwas ungestüme Doktor Matter war beruflich und privat in Schwierigkeiten geraten. Nach einer fristlosen Kündigung hatte er sich mehr oder weniger fallen lassen. Er war in zwei, drei Restaurants der Stadt durch ungehemmtes Trinken aufgefallen. Am Dienstagabend war er in der Schwellenmätteli-Lounge gelandet. Dort hatte er kurz vor der Polizeistunde eine Flasche Grappa erstanden und sich damit flussaufwärts an die Aare verzogen. Hier war er denn auch auf den bekannten Stadtstreicher Pascal Oberli gestossen. Gemeinsam hatten sie dem Hochprozentigen zugesprochen. Im Laufe der Nacht musste sich Matter in einem unbedachten Moment von seinem zufälligen Trinkgefährten weggeschlichen und unter erheblichem Alkoholeinfluss von der Kirchenfeldbrücke gestürzt haben.

Dass sowohl von Seiten der Familie wie auch von Seiten seines Arbeitgebers nur vage Auskünfte zu erhalten waren, verlieh der Geschichte zusätzlichen Reiz. Mit Spekulationen wurde nicht zurückgehalten – von sexueller Belästigung am Arbeitsplatz bis zum Kunstfehler wurde alles erwähnt. Der Unglückliche hinterliess eine

Tochter aus einer gescheiterten Ehe und, wie dank aufmerksamer Nachbarn weiter zu erfahren war, eine ziemlich ungepflegte Wohnung im Kirchenfeldquartier.

Matter, der gescheiterte Arzt, wurde zum Versager, sein Begleiter der letzten Stunde, der obdachlose Oberli, zum Helden erklärt. Die Presse hatte ihre rührende Geschichte, beinahe schon eine Weihnachtsgeschichte.

5

Es war wie damals, wenn sie nach der Schule ein Bad in der Aare genommen hatten.

Er und Einstein.

Oberhalb des Muribades stiegen sie jeweils in den Fluss, liessen sich im Widerwasser des Ufers ein Stück weit aareaufwärts treiben und schwammen dann mit kräftigen Zügen in die Mitte. Dort holten sie tief Luft und tauchten ab. In der unwiderstehlichen Strömung des Wassers liessen sie sich über den Grund treiben. Es war ein rasches und schwereloses Gleiten, mehr ein Schweben als ein Schwimmen, ein berauschendes Gefühl. In der Abgeschiedenheit des Wassers klang das feine Schleifen von Sand und Kieselsteinen im Flussbett ganz nah an ihren Ohren, wie ein eindringliches, geheimnisvolles Flüstern.

Aber diesmal war es noch viel schöner.

Er konnte atmen. Wie ein Fisch. Er brauchte gar nie aufzutauchen. Er liess sich vom Fluss durch unergründliche Tiefen spülen und durchlebte in verwirrender Schnelligkeit und Abfolge verschiedene Zeitabschnitte seines Lebens. Nach dem ziellosen Treiben folgte er einem Lichtstrahl, der ihn gleichzeitig anzog und leitete. Er führte ihn von der Tiefe des Flusses langsam an die Oberfläche. Das Rieseln der Steine wurde leiser, verwandelte sich in eine Tonfolge und formte sich schliesslich zu einer wunderbaren Musik. Das Licht wurde heller, schon ragte sein Kopf aus dem Wasser. «Sunshine», sangen die Sirenen in voller Lautstärke, und er rief zurück: «Don't take it away.» Und wieder riefen die Sirenen: «Sunshine», und er antwortete in der gleichen Weise.

Und dann stieg er einfach weiter auf, verliess das Wasser, flog dem Himmel entgegen, getragen von der Musik und noch immer geleitet von einem kräftigen Lichtstrahl.

«Don't take it away», tönte es um ihn herum – und die Musik brach ab.

Er schlug die Augen auf – und schloss sie gleich wieder. Das Tageslicht blendete unangenehm.

Dann setzte die Musik wieder ein. Der Sound kam ihm bekannt vor. Er erkannte Ray Charles' Soul-Stimme. Am liebsten wäre er gleich wieder ins Wasser abgetaucht, aber jetzt hielt ihn die Musik an der Oberfläche. Behutsam betastete er seinen Kopf. Erstaunt stellte er fest, dass die Haare trocken waren. Aber schmerzempfindlich. Nicht nur die Haare, sondern der ganze Kopf.

Er öffnete abermals die Augen, diesmal vorsichtiger.

Er lag auf einer Pritsche in einem kleinen Raum hinter der Küche. Ein schleifendes Geräusch, das ihn entfernt an das Kieseln im Aaregrund erinnerte, übertönte kurz die Musik. Er setzte sich an den Bettrand und rieb sich behutsam die Schläfen.

Dann blickte er grübelnd auf seine Armbanduhr. Er wusste nicht, was ihn im Moment mehr verunsicherte: das Datum, die Uhrzeit oder die Uhr an sich – es war eine Tissot Seastar mit Datumsanzeige. Das Band lag etwas zu locker um sein Handgelenk. Er löste es und betrachtete die Rückseite der Uhr. Er war enttäuscht, als er keine Gravur entdecken konnte.

Er zog die Uhr wieder an. Die Spuren auf dem Band verrieten, dass er es ein Loch enger als üblich angezogen hatte. Er rieb am Leder, als könnte er so den verräterischen Abdruck wegwischen. Hatte er so sehr abgenommen?

Er verliess sein Lager und zog den Bademantel über, den ihm Einstein überlassen hatte. Dann schlüpfte er in die ebenfalls ausgeliehenen Filzpantoffeln und schlurfte zur Werkstatt.

*

Einsteins Werkstatt war eine Mischung aus Arbeitsplatz, Museum und Wohnraum. In der Nähe des Eingangs, direkt hinter einem ehemaligen Schaufenster, standen ein grosser Tisch und ein paar Stühle. Die Möbel waren aus Metall gefertigt, jedes Stück anders und doch zueinander passend. An der Wand dahinter gab es ein improvisiertes Office mit kleinem Waschbecken, Gasrechaud, Kaffeemaschine und Kühlschrank. Die wohnliche Ecke wurde durch ein Regal vom Rest der Werkstatt abgetrennt. Dieses halbhohe Gestell diente als Theke mit Registrierkasse, als Weingestell, als Bibliothek und als Garderobe. Gleich wie die übrige Einrichtung war auch dieses Möbel aus verschiedensten Bestandteilen zusammengebastelt worden. Über dem Tisch hing ein alter, elektrifizierter Leuchter, welcher der Ecke zusätzliche Wohnlichkeit verlieh.

Den grössten Teil des Ateliers belegten aber Metall- und Holzbearbeitungsmaschinen mit entsprechenden Arbeitsflächen. Auf den ersten Blick war nicht zu erkennen, welche Apparate noch in Betrieb waren und welche nur noch der Dekoration dienten. An der Decke hingen Reste einer Riemenantriebsanlage. Das verzweigte Gestänge bot eine ideale Aufhängevorrichtung für Lampen, Flugobjekte, getrocknete Blumensträusse, Figuren und Plastiken aller Art.

Die Wände zierten neue und alte Werkzeuge, historische Fotografien aus dem Mattequartier, moderne Bilder, aktuelle Ansichtskarten und Pläne irgendwelcher Maschinen. Dank einer Raumhöhe von über vier Metern wirkte das Atelier trotz des umfangreichen Inventars nicht überladen.

Im Raum hing ein feiner Staub, der die Luft sichtbar machte.

Verursacht wurde er von Einstein, der an einem verrosteten Gartenmöbel herumschmirgelte. Im Rhythmus von Rays bluesigem Sound bearbeitete er das Metall. Zum Schutz seiner Augen trug er eine alte Fliegerbrille. Das dichte, struppige Haar machte einen unzähmbaren Eindruck und stand in allen Richtungen von seinem Kopf ab. Frisur und Gesichtszüge hatten Alfred Eisenring schon in seiner Jugendzeit zu seinem Übernamen verholfen – mit etwas gutem Willen konnte man tatsächlich eine gewisse Ähnlichkeit zum Albert Einstein der jungen Jahre ausmachen. Daran hatten auch die paar Kilo mehr, die Einstein Eisenring wohl auf die Waage brachte, erstaunlich wenig geändert.

Einstein legte das Schmirgelpapier beiseite und griff zur Feile. Da bemerkte er Mauro.

«Guten Morgen und guten Abend und guten Morgen», sagte er, indem er die Schutzbrille auf die Stirne schob und seine Arbeit unterbrach.

«Habe ich tatsächlich einen ganzen Tag verschlafen?»

«Wenn man die paar Stunden gestern abzählt, ja», erwiderte Einstein und fügte an, «und da warst du auch nicht ganz bei Sinnen, Muri.»

«Alex», korrigierte Mauro, «ich wäre dir dankbar, wenn du mich Alex nenntest.»

Einstein sah ihn skeptisch an. «Ich hatte gehofft, der Anfall sei heute vorbei.»

«Es ist kein Anfall. Ich bin tatsächlich Alexander Goldmann. Also nenn mich bitte bei diesem Namen. Du wirst dich daran gewöhnen.»

«Werd ich nicht», erwiderte Einstein kopfschüttelnd. «Mensch, Muri, ich spinn doch nicht!»

«Ich auch nicht, falls du das andeuten wolltest – nenn mich, wie du willst, aber nicht Mauro, klar?» Mauro machte eine Pause und fügte an: «Für mich ist es nicht das erste Mal, dass ich den Namen wechsle. Vielleicht erinnerst du dich an unsere Schulzeit. Bis zur vierten Klasse hiess ich Calabretto und danach Matter. Und seit gestern heisse ich Goldmann.»

«Das ist nicht das Gleiche.»

«Einverstanden. Damals war die Namensänderung schlimm, heute ist sie eine Chance.»

Einstein erwidere nichts, fragte stattdessen: «Hast du Lust auf ein verspätetes Frühstück?»

«Lust ist nur der Vorname. Ich habe mich in den letzten Tagen vorwiegend flüssig ernährt.»

«Du warst total besoffen, weisst du.» Einstein legte seine Arbeit zur Seite. «Du hast eine Menge Stuss erzählt und danach geschlafen wie ein Bär. Ich dachte schon, vor dem Frühjahr wachst du nicht mehr auf.»

Mauro, alias Alexander Goldmann, folgte seinem Schulfreund Alfred Eisenring, alias Einstein, in die Küche. Sie lag direkt hinter der Werkstatt.

Ray Charles sang *You were there ...*

«Was habe ich denn so alles erzählt?», fragte Mauro, der sich nur schwer an die letzten zwei Tage erinnern konnte.

«Was man so erzählt, wenn man unglücklich und stockbetrunken ist: kaputtes Leben, kaputte Beziehungen, ein möglicher Neubeginn – Frust und Pläne, gewürzt mit viel Sentimentalität. Du hast dich sozusagen ausgekotzt, würd ich sagen.»

«So besoffen war ich nun wirklich nicht», wehrte sich Mauro, «natürlich hatte ich zu viel getrunken, aber ich war auch müde. Seit Tagen hatte ich kaum geschlafen.»

«Und deswegen drehst du gleich durch?», fragte Einstein und bereitete den Kaffee zu.

«Wer spricht denn von Durchdrehen? Ich war irgendwie auf dem Tiefpunkt meines Lebens angelangt – und was passiert ...»

«... eine neue Chance fällt mir zu, sozusagen vom Himmel gefallen!», imitierte ihn Einstein. «Das hast du mir gestern Morgen zigmal erklärt. Immer die gleiche Leier, wie ein Besessener.»

«Und sonst hab ich nichts gesagt?»

«Doch, doch. Wie du dich mit dem Toten solidarisch gefühlt und wie du das Geschenk des Himmels angenommen hast. Ich wusste gar nicht, dass du ein gläubiger Mensch geworden bist. Aber es ist ja auch schon eine Weile her, dass wir uns das letzte Mal gesehen haben ...», in Einsteins ironisch-freundliche Stimme war jetzt ein vorwurfsvoller Ton geraten.

«Das hat doch damit nichts zu tun», ärgerte sich Mauro. «Das Geschenk des Himmels war für einmal wörtlich gemeint. Hast du dir nie überlegt, wie es wäre, eine zweite Chance zu erhalten, wirklich ein neues Leben beginnen zu können?»

«Klar, wer überlegt sich das nicht? Aber ich habe mir nie überlegt, in die Rolle eines Toten zu schlüpfen, ihn sozusagen als Deckmantel meiner neuen Identität zu missbrauchen.»

«Das hat doch nichts mit Missbrauch zu tun, das war ein fairer Tausch», wehrte sich Mauro. Er zog die Identitätskarte aus der Tasche. «Identität gegen Identität. Er hat mir die seine überlassen, ich ihm die meine.»

«Man könnte auch auf die Idee kommen, dass du Alexander Goldmann umgebracht hast.»

«Das denkst du nicht wirklich!»

«Erinnerst du dich, wie du unseren Klassenstreber zugerichtet hast, als er dich wegen deiner Mutter beleidigte?» Einstein sah Mauro prüfend an.

«Du traust mir nicht?», fragte Mauro.

«Ich hätte genug Zeit gehabt, die Polizei zu rufen», sagte Einstein anstelle einer Antwort.

Sie setzten sich an den Tisch.

Einstein zögerte. «Versteh mich nicht falsch – wir haben uns seit der Schulzeit kaum mehr gesehen – und jetzt plötzlich dein Auftauchen, und auf diese Art und Weise. Ich weiss gar nicht, ob ich dich nach all den Jahren noch wirklich kenne. Jedenfalls habe ich im Moment nicht den Eindruck, den Muri vor mir zu haben, neben dem ich in der Schule sass. Der willst du im Übrigen auch nicht mehr sein. Und bestimmt bin auch ich nicht mehr der Einstein, den du zu finden gehofft hast.»

«Es geht lediglich um zwei, drei Tage – bis ich meinen Identitätswechsel definitiv vollzogen habe. Dann bist du mich los. Das Einzige, was ich von dir verlange, ist, dass du ein Geheimnis hütest. Aber bitte – ich kann auch gleich verschwinden.»

«Einem Verbrecher würde ich keinen Unterschlupf gewähren», sagte Einstein bestimmt. «Was du mir gestern erzählt hast, tönt ziemlich verrückt und undurchsichtig, und es deckt sich nicht mit dem, was in der Zeitung steht. Wem soll ich glauben?»

«Bestimmt nicht den Zeitungsfritzen!»

«Du scheinst bis zum Hals im Dreck zu stecken.» Einstein hielt ihm die aktuelle Tageszeitung unter die Nase. «Ich kann verstehen, wenn es dir nicht mehr wohl ist in deiner Haut.»

Vermisster Arzt war per sofort freigestellt geworden, stand da zu lesen. Der Journalist berief sich auf vertrauliche Angaben aus ärztlichen Kreisen des Medizinischen Behandlungszentrums – kurz MBZ – im City West. Die Entlassung stehe in Zusammenhang mit einer Verletzung der Sorgfaltspflicht. Aus Datenschutzgründen könne das MBZ jedoch keine näheren Angaben machen.

«Ein Kunstfehler?», wollte Einstein wissen.

«Quatsch! Die wollen mir etwas in die Schuhe schieben, um ihren Scheissentscheid zu rechtfertigen», ärgerte sich Mauro. Und nach einer Pause fügte er an: «Weil sie denken, ich könne mich nicht mehr wehren, spielen sie sich gross auf. Aber da täuschen sie sich. Mit meiner neuen Identität kann ich mich nicht nur wehren, da kann ich mich sogar rächen.»

«Wofür möchtest du dich denn rächen?»

«Das ist eine komplizierte Geschichte.»

«Ich habe Zeit.»

Mauro nickte. «Eigentlich habe auch ich Zeit, unendlich viel Zeit sogar. Was willst du wissen?»

«Zum Beispiel: Was genau vorletzte Nacht an der Aare passiert ist.»

Mauro versuchte sich zu erinnern. Das Denken fiel ihm schwer. Erst als er Goldmanns Identitätskarte betrachtete, traten die Ereignisse deutlicher in sein Bewusstsein.

«Ich sass mit diesem Penner an der Aare und dachte daran, mein Leben zu beenden», begann er seine Schilderung. Dann erzählte er Einstein von Pascal, von seinem Auftrag, für Schnaps-Nachschub zu sorgen, davon, wie auf einmal der Mann von der Brücke gefallen war, von der Untersuchung des Toten und dem vergeblichen Versuch, ihn die Böschung hinaufzuschleifen, von der Ähnlichkeit zwischen ihm und Goldmann und schliesslich von seiner Eingebung.

«Nachdem ich den Entschluss gefasst hatte, ein neues

Leben zu beginnen, sozusagen Goldmann für mich sterben zu lassen, habe ich dem Toten sämtliche persönlichen Gegenstände, den Gürtel, die Jacke und die Schuhe abgenommen. Im Gegenzug stattete ich ihn mit meinen Effekten aus. Die Bomberjacke und die Stiefel reuten mich. Die Jacke musste ich opfern.»

«Das mit den Stiefeln habe ich in der Zeitung gelesen», nickte Einstein.

«Der Kleidertausch war ein ziemlicher Krampf. Ich war auch nicht ganz sicher auf den Beinen. Kam dazu, dass ich jederzeit mit dem Auftauchen des Penners rechnen musste. Immerhin konnte ich mir beim Umziehen ein Bild über Goldmanns körperliche Verfassung machen. Nach getaner Arbeit habe ich ihn einfach in die Aare geschubst. Es ging ganz leicht, er rollte praktisch von alleine ins Wasser. Dann reinigte ich die Böschung behelfsmässig von den Blutspuren. Der einsetzende Regen hat mir dabei geholfen. Ich rechnete damit, dass der Flusspegel infolge des Regens ansteigen würde und dass sich die restliche Reinigungsarbeit von selbst erledigte.»

«Von Blutspuren war nichts zu lesen», bestätigte Einstein.

«Ein Stück aareabwärts habe ich mich im Gehölz versteckt. Von dort beobachtete ich, wie der Penner zurückkehrte, wie er das Ufer absuchte, sich an meiner Flasche gütlich tat, meine Stiefel an sich nahm und sich schliesslich in sein Nest zurückzog. Und wie ich so in meinem Versteck ausharrte und zum Mattequartier hinüberblickte, kam mir die Idee, dich um Asyl zu bitten. Auch das war ein absolut spontaner Einfall.»

Einstein holte den Kaffee und Mauro wartete, bis er sich wieder gesetzt hatte. «Weiter flussabwärts gelangte ich über die Untertorbrücke in die Matte. Auf dem kleinen Platz an der Aare, direkt unter der Nydeggbrücke, wo wir schon in unserer Jugendzeit ab und zu eine Nacht verbracht hatten, wartete ich den Morgen ab. Das ist die ganze Wahrheit.»

«Es ist nicht das, was in der Zeitung steht, aber es widerspricht ihm auch nicht völlig», meinte Einstein nicht ganz ohne Skepsis. «Und du bist sicher, dass Goldmann tot war?»

«Natürlich! Schliesslich bin ich Arzt.»

«Und deine Entlassung?», fragte Einstein weiter.

«Eine Farce», sagte Mauro bitter. «Wie gesagt, man will mir etwas in die Schuhe schieben.»

«Kein Kunstfehler?»

«Nein, Massenmord», scherzte Mauro und ernster fuhr er fort, «‹Kompetenzüberschreitung› lautete der Kündigungsgrund. Tatsächlich habe ich das Vorgehen eines Kollegen in Frage gestellt.»

«Warum?»

«Auch eine komplizierte Geschichte ...»

«Ich habe Zeit», wiederholte Einstein.

«Die Anstellung im Medizinischen Behandlungszentrum war sowieso nicht mein Traumjob», erklärte Mauro. «Ursprünglich plante ich, nach meiner letzten Assistentenstelle zwei, drei Monate zu pausieren, um mich optimal auf die Internistenprüfung vorzubereiten. Aber den ganzen Tag zu lernen, war noch nie mein Ding. Dazu kam, dass ich etwas knapp bei Kasse war.»

«Das war schon im Gymer so», Einstein lächelte zum ersten Mal.

Mauro nickte: «Nur liegt das Problem jetzt auf einer anderen Ebene: Ein Junggesellenleben nach einer Scheidung mit Alimentenverpflichtung – du kannst dir gar nicht vorstellen, wie schnell einen so etwas an den Rand des Ruins treibt. Und leben will man ja schliesslich auch noch.»

«Du lebst allein?»

«Denkst du, ich käme sonst auf derartige Ideen?», fragte Mauro zurück. «Als mich ein Kollege auf die offene Stelle im Behandlungszentrum aufmerksam machte, habe ich sofort zugegriffen. Das Behandlungszentrum im City West ist ein Ambulatorium. Bestimmt hast du schon davon gehört?»

Einstein schüttelte den Kopf.

«Im Grunde ist das Zentrum eine Art Gemeinschaftspraxis, spezialisiert auf ambulante Abklärungen und Eingriffe», erklärte Mauro. «Man geht in gewissem Sinne neue Wege und arbeitet eng mit dem Hotel Capri, das ebenfalls im City West liegt, zusammen. Nach grösseren Operationen verbringen die Patienten die erste Nacht im Hotel. Dort können sie bei Bedarf von den Ärzten des Zentrums weiterbetreut werden. Auf diese Weise spart man Spitalbetten, ohne auf den ärztlichen Service verzichten zu müssen. Und die Patienten sind Viersternehotelgäste. Das Prinzip kommt aus Amerika und ist zumindest auf dem Platz Bern ein Novum.»

«Im City West wird operiert?», wunderte sich Einstein.

«Alles, was ohne Intensivpflege möglich ist und gutes Geld bringt, vor allem werden plastische Eingriffe und Augenoperationen vorgenommen. Und technisch sind sie auf jeden Fall auf dem neuesten Stand. Auch die Atmosphäre ist sehr angenehm. Du kommst dir eher wie in einem Wellnesszentrum als wie in einer Klinik vor. Es gibt viel ausländische Kundschaft, vor allem aus Italien und Lateinamerika. Deshalb suchten sie ja auch einen Internisten mit guten Italienisch- und Spanischkenntnissen. Wegen meiner Zweisprachigkeit bekam ich die Stelle problemlos, obwohl ich noch keinen Facharzttitel führe. Titel sind im Medizinischen Behandlungszentrum sonst sehr wichtig, auch bei Stellen, die medizinisch keine besondere Herausforderung bieten. Mir kam ein einträglicher Teilzeitjob vor der Prüfung gelegen.»

«Und was hat das mit deiner Entlassung zu tun?», unterbrach Einstein.

«Direkt eigentlich nichts.»

Einstein goss Kaffee nach. «Und indirekt?»

«Es ging um einen jungen Neapolitaner mit Herzbeschwerden, ich würde sagen: etwas neurotisch in Bezug auf sein Herz, wie viele Süditaliener. ‹Il cuore›, weisst du. Schon nur das Wort auszusprechen, kann Unheil bringen. Eigentlich kerngesund, der Mensch. Ich war verantwortlich für die allgemeine Voruntersuchung. Der Kollege von der Kardiologie, Doktor Ferrari, nahm anschliessend die spezialärztlichen Untersuchungen vor: Belastungstest, Ultraschall vom Herzen und was sonst noch zum vollen Service gehört.»

Mauro lehnte sich etwas vor, bevor er weitersprach.

«Und am andern Tag vernehme ich zufällig, dass dem Mann ein Herzschrittmacher eingebaut werden soll.» Er erwartete von seinem Zuhörer eine Reaktion, aber Einstein sah ihn nur verständnislos an.

«Ein Herzschrittmacher, verstehst du, bei einem knapp Zwanzigjährigen, den ich für gesund befunden hatte.»

«Unsere Nachbarin erhielt vor vier Monaten eine neue Herzklappe, und die ist auch erst dreissig», bemerkte Einstein ungerührt.

«Ich hätte etwas bemerken müssen.»

«Vielleicht hat dir der Patient etwas verschwiegen?»

«Ich bin Arzt, hallo!» Einsteins Zweifel machten ihn kribbelig. «Bei der Untersuchung hat der Mann völlig unspezifische Beschwerden angegeben. ‹Tante volte sento il cuore› – er spüre manchmal das Herz – welcher Südländer spürt das nicht? Ich bin zwar kein Kardiologe, aber eine Herzkrankheit hätte ich erkannt.»

«Das Herz ist wichtig», meinte Einstein trotzig.

Nun blickte Mauro einen Moment lang verständnislos auf, um schliesslich fortzufahren: «Als ich verlangte, Ferrari zu sprechen, wurde ich abgewimmelt. Da begab ich mich eben kurzerhand selber auf die Kardiologie. Die Abteilung schien verwaist, ich dachte bereits, Ferrari sei zu einem verlängerten Wochenende in sein Landhaus in der Toscana verreist. Das macht er des Öftern, weisst du. Und es war Freitagnachmittag. Doktor Ferrari heisst übrigens nicht nur Ferrari, er fährt auch einen. Das passt zu ihm ...»

Mauro hielt inne, er hatte den Faden verloren.

«Du gingst auf die Kardiologie», half Einstein nach.

«Genau. Da hörte ich aus der Untersuchungskoje stöhnende Geräusche. Ich glaubte schon, einen vergessenen Patienten entdeckt zu haben. Aber als ich den Vorhang zur Seite schob, bekam ich den haarigen Hintern des Kollegen zu sehen. Ferrari war drauf und dran, seine Sekretärin einer ziemlich eingehenden Untersuchung zu unterziehen. Es gab ein ordentliches Durcheinander. Das Ganze war mir natürlich peinlich. Aber die Entschuldigungen halfen nichts. Innert einer Stunde stand ich auf der Strasse.»

«Mit welcher Begründung?»

Mauro lachte verächtlich. «Indiskretion und Kompetenzüberschreitung.»

«Und der Schrittmacherpatient?», fragte Einstein.

«Den konnte ich natürlich nicht mehr überprüfen. Aber das werde ich nachholen, darauf kannst du Gift nehmen.»

«Du willst dich rächen?»

«Nein. Aber ich lasse mir weder Behandlungsfehler anhängen, noch lasse ich mich einfach auf die Strasse stellen, nur weil ich einen vorgesetzten Arsch zu sehen bekommen habe!»

«Und deswegen wolltest du dich umbringen?», fragte Einstein trocken.

«Nein.»

Mauro sprach nicht weiter. Er blickte zur Treppe, die ins Obergeschoss führte.

Auf dem untersten Tritt stand ein Mensch, der ihn fixierte und gleichzeitig durch ihn hindurchzublicken schien.

Limacher benutzte die Mittagspause, um Katzenstreu und Dosenfutter in die Wohnung zu bringen. Das war vordergründig richtig. Hintergründig beabsichtigte er in erster Linie, sich einen Mittagsschlaf zu gönnen. Er war nicht nur wegen des Umzugs hundemüde. Die Suche nach dem vermissten Arzt war sehr aufwendig und intensiv betrieben worden, zu intensiv fanden ein paar Leute aus dem Team.

Limacher musste ihnen recht geben. Wahrscheinlich hatte sie auch das unerwartet hohe Medieninteresse angestachelt. Trotzdem waren sie heute nicht weiter als am Anfang und konnten nur noch hoffen, der Fluss spüle ihnen die Leiche irgendwann zu. Zwar ging noch der eine oder andere Hinweis ein, aber letztlich bildete Oberlis Aussage die einzig brauchbare Spur.

Das störte ihn. Limacher verliess sich nicht gern auf Alkoholiker und noch weniger auf Leute, die zur Presse rannten, bevor sie mit den Behörden sprachen. Zudem stank der Mann zum Himmel.

Als er die Türe aufschloss, begrüsste ihn Carlo ungeduldig. Während Limacher das Katzengeschirr reinigte, strich ihm der Kater hartnäckig um die Beine.

Sie hatten nie geklärt, wem das Tier eigentlich gehörte. Angeschafft hatten sie die Katze eigentlich für Linda. Seit diese in Kanada weilte, hatte Carlo immer wieder Anlass zu Diskussionen gegeben, sei es wegen der Reinigung der Katzenkiste oder wegen der Haare, die sich nur schwer aus dunklen Anzügen entfernen liessen. Er hatte Carlo stets in Schutz genommen. So gesehen war es verständlich, dass ihm Gisela den Käfig samt Inhalt am Tag nach ihrer Rückkehr einfach vor die Türe gestellt hatte. Der Kater hatte wohl im Durcheinander des Umzugs das Weite gesucht. Limacher hatte ihn schlichtweg vergessen.

Wenigstens in diesem Punkt hatte Gisela ihre Drohung nicht wahr gemacht – die Katze war nicht im Müll gelandet. Er hoffte, dass sie auch für seine Schachtel mit den Espressotässchen aus Sizilien, die er im Keller vergessen hatte, ein Nachsehen hatte.

Er füllte Futter nach und beobachtete, wie der Kater das Fleisch verschlang.

Carlos Auftauchen hatte ihn an den Telefonanruf vom letzten Samstag erinnert, an Vincenzo Lo Russo, genannt die Katze, über den ihn der Unbekannte hatte orientieren wollen. Ob er sich inzwischen bei Holzer gemeldet hatte?

Limacher studierte die Beschriftungen an den Kartonschachteln und Bananenkisten. Irgendwo befanden sich auch ein paar verschlüsselte Aufzeichnungen aus seiner früheren Tätigkeit. Während er die Kisten umstapelte und hie und da eine Schachtel öffnete, suchte er innerlich nach dem Gesicht des Anrufers.

Die Suche verlief allenthalben ergebnislos. Bevor die neuen Möbel da waren, räumte er besser nichts aus, sonst wuchs die Unordnung ins Unüberblickbare. Gestern hatte er Pult, Büchergestell und Schrank bestellt, spätestens in einer Woche sollte er mit dem Einrichten beginnen können.

Limacher setzte sich auf eine Bananenkiste. Er zündete sich eine Zigarette an, obwohl er das Rauchen vor zwei Jahren aufgegeben hatte. «Besondere Umstände erlauben besondere Zugeständnisse, nicht wahr, Carlo?», sprach er zum Kater, der sich jetzt, zufrieden mit seinem vollen Bauch, ein paar Streicheleinheiten abholte.

Langsam regte sich auch bei Limacher der Hunger. Er drückte die Zigarette aus und ging in die Küche. Der Kater folgte ihm. Vielleicht war es gar nicht schlecht, das Tier hier zu haben. Seine Gegenwart gab der Bude eine gewisse Wohnlichkeit.

Auf der Suche nach etwas Essbarem öffnete er ziellos ein paar Schränke, fand aber nichts, das ihm zusagte. Auch der Kühlschrank gab noch nichts her, er diente in erster Linie als Getränkedepot. Er öffnete die Schlafzimmertür und bemerkte, dass er vergessen hatte, das Fenster zu schliessen. Das karge Zimmer, ohne Vorhänge, Bilder und Teppiche, erinnerte ihn an den Obduktionssaal im Institut für Rechtsmedizin.

Etwas verstört verliess er die Wohnung ohne ein konkretes Ziel. Im Gegensatz zu seinem Kater fühlte er sich noch nicht heimisch. Er hoffte, das würde sich mit der Möbellieferung ändern.

*

Vincenzo Lo Russo liess den reich gedeckten Frühstückstisch abräumen. Er fühlte sich satt und gut. Nein. Gut war untertrieben. Prächtig passte schon eher.

Seit einer Woche residierte er in seinem zur Festung umfunktionierten Landgut, südlich von Neapel. Täglich empfing er seine engsten Vertrauten.

Die Verhaftung war ein Schock gewesen. Aber die Befreiung hatte den Schaden mehr als wettgemacht. Seine Männer bewunderten ihn, als wäre er von den Toten auferstanden. Sogar seine Nebenbuhler zollten ihm scheuen Respekt und hatten ihm mit eingezogenem Schwanz gratuliert. Die Antimafiaeinheit schien seit der unerklärlichen Aktion wie gelähmt. Vincenzo hatte aus sicherer Quelle von internen Untersuchungen, Unsicherheiten und Verdächtigungen gehört.

Vincenzo Lo Russo, die Katze mit den sieben Leben! Das gefiel ihm.

Die Befreiung hatte ihn in neue Sphären erhoben, in göttliche Sphären sozusagen. Und göttlich, so fühlte er sich.

Er hätte seinen Erfolg allzu gern in der Öffentlichkeit ausgekostet, aber noch war Vorsicht geboten. Zudem gab es in Bern ein Problem, das in beunruhigte.

Als ihm Sergio Frattini angekündigt wurde, liess er ihn unverzüglich hereinbitten.

«Wie weit sind wir in der Schweiz?», fragte Vincenzo, kaum hatten sie sich begrüsst.

«Der Verräter ist ausgeschaltet.»

«Und der Sender?»

«Ist noch nicht aufgetaucht.»

«Was heisst das?»

«Wir haben ihn nicht gefunden, auch nicht im Hotel. Wir behalten das Gepäck im Auge. Das Problem ist, dass wir kein Signal empfangen. Möglicherweise ...»

«Eine Woche, Sergio», unterbrach Vincenzo mit gefährlich leiser Stimme. «Hörst du? Ich gebe dir und deinem Bruder eine Woche.»

Sergio öffnete den Mund.

«Eine Woche. Basta!», befahl die Katze.

6

«Gerhard, mein Bruder», sagte Einstein, und mit weicherer Stimme: «Sieh mal, Geri, wir haben einen Gast.»

Gerhard schien Mauro einen Augenblick wahrzunehmen, dann verlor sich sein Blick wieder. «Er wird ein paar Tage bei uns bleiben», ergänzte Einstein.

Mauro wandte sich rasch ab. «Eigentlich hatte ich verhindern wollen, dass mich jemand mit meinem alten Gesicht sieht. Von deinem Bruder war nie die Rede.»

«Er gehört zu meinem Leben, und es besteht kein Grund zur Sorge: Er spricht sowieso kein Wort.»

«Was soll das heissen?»

«Er spricht nicht und er teilt sich auch sonst nicht mit. Es spielt keine Rolle, ob er dich oder sonst etwas gesehen hat. Ich meine, für dich spielt das keine Rolle. Für ihn vielleicht schon.»

«Das tut mir leid.» Er stand auf und ging auf Geri zu. Dieser reagierte nicht.

Einstein sagte rasch: «Lass ihn lieber! Er muss sich erst an dich gewöhnen.»

Mauro setzte sich wieder. Geri fixierte ihn mit seinen dunklen Augen staunend und doch unbewegt.

«Was sagen die Ärzte?», fragte Mauro.

«Autismus», antwortete Einstein.

«Er lebt bei dir?», wunderte sich Mauro.

Einstein nickte. «Nach dem Tod meiner Eltern war die

Sozialbehörde eine gewisse Zeit der Überzeugung, er müsse in einem Heim leben. Aber da hat er vor allem gelitten. Er zog sich noch mehr zurück als vorher und verweigerte sich zunehmend. Essen tat er praktisch nur noch in meiner Gegenwart. Ich dachte, er würde sterben, wenn ich ihn da nicht rausholte. Da habe ich mich für ein Leben mit meinem Bruder entschieden.»

«Einmal wirst du deine eigenen Pläne haben», meinte Mauro. «Langfristig ist das Heim die richtige Entscheidung.»

«Vielleicht», sagte Einstein. Aber es tönte wie ein Nein. Mauro blickte wieder zu Geri, der ihn unentwegt fixierte. Endlich wandte er seinen Blick ab, nicht verlegen, sondern eher zufrieden, als ob er genug gesehen hätte. Er lächelte.

«Er lebt in einer eigenen Welt», sagte Mauro leise.

Einstein nickte. «Ich glaube, er sieht eine Dimension mehr als wir. Er kann tagelang an der gleichen Stelle stehen und fasziniert in die Luft starren. Es scheint, er sei abwesend. Aber ich denke, er konzentriert sich auf Welten, die uns sogenannt Normalen verborgen bleiben.»

Mauro betrachtete Geri. Sein Blick hatte tatsächlich etwas sehr Aufmerksames an sich.

«Er sieht mehr als wir», fuhr Einstein mit Überzeugung fort. «Wahrscheinlich ist das, was er in andern Welten beobachtet, einfach spannender als das, was sich bei uns abspielt. Und wenn er uns seine Entdeckungen mitteilen möchte, sind wir nicht in der Lage, ihn zu verstehen. Vielleicht ist er deshalb verstummt.»

Einstein blickte Mauro mit ähnlich staunenden Augen

an wie Geri. Eine eigenartige Bruderliebe, dachte Mauro und fragte sich, welcher der beiden verrückter war.

«Und wofür hält er mich nun wohl? Für ein Wesen aus der hiesigen Welt oder für eines aus dem Jenseits?», fragte Mauro, und ohne dass er es wollte, war ein leiser Spott in seiner Stimme.

«Wenn du ihn nicht ernst nimmst, wird er dich jedenfalls bald für inexistent erklären», entgegnete Einstein.

«Umso besser. Darin sind wir uns ja schon mal einig.»

Geri trat von einem Bein aufs andere und wippte leicht mit dem Oberkörper.

«Etwas beunruhigt ihn», erklärte Einstein, selber besorgt. «Ich hoffe nicht, dass du es bist.»

«Ich werde nicht lange bleiben», versicherte Mauro noch einmal.

«Es muss ja nicht deinetwegen sein; es ist nur – Geri ist wie ein Seismograf. Er spürt, wenn ein Erbeben im Anzug ist ...»

«Ein Erdbeben?»

«Natürlich nicht ein richtiges Erbeben. Schwierigkeiten, meine ich ...»

«Ein Seismograf für Schwierigkeiten?» Mauro grinste. «Genau das hat mir in meinem letzten Leben gefehlt.»

In diesem Moment ging irgendwo eine Tür und ein metallisches Dingdong erklang.

Einstein erhob sich. «Kundschaft», bemerkte er und führte seinen Bruder behutsam an den Tisch. «Ich lass euch einen Moment allein.»

«Ich verzieh mich lieber», meinte Mauro.

«Keine Sorge, ich werde niemanden in die Küche lassen. Auch Geri mag keine Überraschungen. Ihr könnt in Ruhe frühstücken.»

Einstein verschwand in die Werkstatt.

*

«Hallo, Fredi», hörte Mauro die Kundin rufen. Die darauf folgenden Geräusche liessen unschwer auf eine Umarmung mit Küsschen schliessen. Die beiden plauderten über den angekündigten ersten Schnee. Man konnte dem Gespräch entnehmen, dass es um die Reparatur eines defekten Schlittens ging.

Mauro achtete darauf, dass er von der Werkstatt aus nicht zu sehen war, und beobachtete Geri verstohlen beim Essen. Dieser langte vorsichtig nach einem Stück Brot und deponierte es auf dem Tellerrand. Nach einer längeren Pause legte er ein Stück Käse dazu. Und dann hielt er abermals inne, als müsste er die Anordnung überdenken. Er bewegte sich langsam und bedächtig, fast wie in Zeitlupe. Nachdem er sich den ersten Brotbrocken in den Mund geschoben hatte, unterbrach er seine Kautätigkeit immer wieder, gebannt in die hintere Ecke der Küche starrend.

Mauro folgte seinem Blick. Er sah nichts weiter als ein Regal mit Lebensmittelvorräten, ein paar Kochbüchern und den gesammelten Werken von Pessoa.

Er wandte sich wieder Geri zu. Dessen grosse, schwarze Augen standen relativ weit auseinander. Der konzentrierte Blick wurde nur durch einen gelegentlichen Lidschlag unterbrochen. Das schulterlange Haar trug er in der Mitte gescheitelt und ein Stoffband hielt die Stirne frei. Die breite Nase wirkte etwas platt und grob, die Lippen schmal und farblos. Geris Äusseres erinnerte Mauro an die Aufnahme eines Indianerhäuptlings, die lange Zeit in seinem Kinderzimmer gehangen hatte. Aber im Gegensatz zu Sitting Bull wirkte Geri trotz der kräftigen Statur unbeholfen.

Aus der Werkstatt erklang eine Symphonie, und der Indianer begann leicht mit dem Oberkörper zu wippen. Er tat dies nicht wirklich im Takt, und doch in Übereinstimmung mit der Musik. Da realisierte Mauro, dass er sich Geri unwillkürlich angepasst hatte. Seine eigenen Kaubewegungen hatten sich verlangsamt und er ertappte sich dabei, wie er Geri betrachtete, ohne ihn wirklich anzusehen.

Etwas beunruhigt beendete er sein Frühstück. Dann zog er aus seiner Tasche die Habseligkeiten hervor, die er dem Selbstmörder abgenommen hatte.

Zuerst zählte er das Geld. Ein paar hundert Euro hatte Goldmann in seinem Gürtel versteckt auf sich getragen. Zwischen den Geldscheinen fand er zudem ein Foto, das ihm bei seiner ersten Inspektion entgangen war.

Die Aufnahme zeigte vier Erwachsene, eine Frau mit drei Männern. Aus der Art der Bekleidung schloss Mauro, dass das Bild schon ein paar Jahre alt sein musste. Meine Familie?, fragte er sich. Einer der beiden jüngeren Männer konnte Alex sein, aber welcher, war schwer abzuschätzen. Da alle Sonnenbrillen trugen, half selbst der Vergleich mit dem Foto auf der Identitätskarte nicht weiter. Im Hintergrund war eine mediterran anmutende Vegetation zu erkennen. Stammte die Familie aus dem

Mittelmeerraum? Das war durchaus denkbar, denn sämtliche abgebildeten Personen hatten einen südländischen Einschlag. Er wendete die Aufnahme. Sie war weder datiert noch beschriftet.

«Sieh mal, Sitting Bull, das ist meine Familie.» Mauro hielt Geri die Aufnahme unter die Nase. Dieser richtete seine staunenden Augen tatsächlich einen Moment auf das Bild. Dann lächelte er versonnen, fast glücklich, und setzte seine Kaubewegungen fort.

«Ich muss mir ein Bild von meiner Herkunft machen. Ich brauche eine neue Vergangenheit», fuhr Mauro fort. «Ich kombiniere sie mir. Das tönt doch interessant, nicht wahr, Indianer?»

Geri beachtete ihn nicht. Mauro liess ihn in Ruhe und widmete sich wieder Goldmanns Nachlass. Neben Geld und Foto waren das die Geschäftskarte des Hotels Bern und der kleine Schlüssel.

Er betrachtete die Auslegeordnung einen Moment lang grübelnd. Dann nahm er die Visitenkarte zur Hand.

«Damit beginnen wir», erklärte er Geri und langte nach dem Telefon.

*

«Hotel Bern, Roberto Rossi», meldete sich die Rezeption.

«Guten Tag, Goldmann hier», sagte Mauro. «Ist mein Bruder bereits abgereist?»

«Herr Goldmann hat vor drei Tagen ausgecheckt», erklärte der Mann. «Aber ich denke, er wird noch einmal bei uns vorbeikommen. Seine Reisetasche ist noch da.»

«Ich werde das Gepäck abholen lassen.»

«Das käme uns sehr entgegen.»

«Und die Rechnung?»

«Schon bezahlt. Wann, sagten Sie, werden Sie das Gepäck abholen können?»

«Heute. Ich werde jemanden vorbeischicken», versicherte Mauro.

«Sehr gern. Vielen Dank», bedankte sich der Rezeptionist.

*

Eine Reisetasche!

Die Aussicht auf Goldmanns Gepäck weckte Erwartungen in ihm. Das Hotel Bern lag nicht weit von der Matte entfernt. Am liebsten wäre er gleich selber hingefahren. Aber er hatte sich vorgenommen, die Öffentlichkeit zu meiden, solange ihm nicht mehr über Goldmann bekannt war und er sein Gesicht der neuen Identität nicht optimal angepasst hatte.

Mauro schenkte sich Kaffee nach. Er fand, die Dinge entwickelten sich gut. Er konnte davon ausgehen, dass mindestens im Hotel niemand vom Suizid wusste. Und offenbar wurde Alex Goldmann auch anderweitig noch nicht vermisst, sonst wäre das Gepäck bestimmt abgeholt worden. Wie weit waren wohl die Angehörigen über Alex' Leben im Bild?

Er versuchte sich vorzustellen, wie sie seine Schritte interpretierten. Was immer er in Goldmanns Rolle auch unternahm, es würde die Angehörigen eher beruhigen als beunruhigen. Selbst wenn sie ihn bereits vermissten, das Abholen des Gepäcks müsste auf jeden Fall als Lebenszeichen gedeutet werden. Aber solange Alex nicht vermisst wurde und die Leiche verschollen blieb, war er eigentlich frei. Und wenn die Leiche auftauchte, hing alles davon ab, ob sein Täuschungsmanöver durchschaut wurde oder nicht. Er würde sich einfach weiter von seiner Intuition treiben lassen.

Er betrachtete Goldmanns Identitätskarte. Sie war im Tessin ausgestellt worden. Das konnte die Kombination von südländischem Einschlag und deutschem Namen durchaus erklären. Die Körpergrösse stimmte auf zwei Zentimeter genau mit seiner eigenen überein. Altersmässig war ihm Alex zwei Jahre voraus, aber auf dem Foto sah er jünger aus. Gut zwanzig schätzte er den Mann, der hier selbstbewusst in die Kamera blickte und ihm auch bei Tageslicht noch immer erstaunlich ähnlich sah.

Trotzdem waren ein paar Veränderungen angesagt: Die Augenfarbe musste gewechselt, der Bart geschnitten, das Haar gekürzt und getönt werden. Und er durfte ruhig ein paar Jahre älter aussehen.

Mauro griff erneut zum Telefon.

Vera würde das hinkriegen.

*

Nach dem Anruf blätterte Roberto Rossi abwesend im Gästebuch. Danach stapelte er die sorgfältig geordneten Dokumente der Abreisenden um und polierte anschliessend die saubere Theke. Schliesslich unterbrach er seine nutzlose Aktivität.

«Ich bin kurz draussen», meldete er sich bei seinem Kollegen ab.

Der grinste und nickte. «Ich wär auch schon wieder reif.»

Im Hof zündete sich Roberto eine Zigarette an. Nach zwei, drei kräftigen Zügen und nachdem er sich vergewissert hatte, dass er sich alleine in der Raucherecke befand, zog er sein Handy hervor. Er wählte die programmierte Nummer.

«Sì?», meldete sich die Stimme.

«Die Fracht wird abgeholt», meldete Roberto verhalten.

«Wann?», fragte die Stimme.

«Heute.»

«Von wem?», die Stimme klang gespannt.

«Es kommt jemand vorbei», antwortete Roberto, «gemeldet hat sich sein Bruder.»

«Sein Bruder?»

Roberto konnte nicht sagen, ob es eine Frage oder ein Ausruf des Erstaunens war.

Er nahm weitere Instruktionen entgegen.

7

Mauro hörte, wie sich Einstein von einem Kunden verabschiedete und für die geleistete Arbeit zwanzig Franken verlangte. Er blickte mechanisch auf die Uhr. Für den Zwanziger hatte er über eine Stunde lang an einer defekten Lampe gebastelt. Zum gleichen Preis hatte er am Vormittag auch den Schlitten geflickt.

«Davon kannst du leben?», fragte er, als Einstein aus der Werkstatt zurückkehrte.

«Nein», sagte Einstein und setzte sich an den Küchentisch. «Geris Rente sichert uns den Grundbedarf. Geri kann ohne mich nicht überleben, und ich kann ohne Geri nicht überleben. Das garantiert uns den Frieden.»

«Und warum führst du dann die Werkstatt?»

«Die Arbeit verschafft mir einen kleinen Zusatzverdienst und etwas Abwechslung. Und zudem habe ich ein Versprechen zu halten.»

«Was für ein Versprechen?»

«Vielleicht erinnerst du dich, dass ich nach dem tödlichen Unfall der Eltern zu meinem Onkel in dieses Haus gezogen bin. Er hat uns bedingungslos aufgenommen. Der Schicksalsschlag hat meine Haltung gegenüber dem Leben völlig verändert – bis heute. Ich glaube nur noch an den Moment.»

«Ich auch!», warf Mauro ein.

«Die Werkstatt war schon zur Zeit meines Onkels eine

Anlaufstelle für kleine Reparaturen und Servicearbeiten gewesen», fuhr Einstein fort. «Er flickte so ziemlich alles: Fahrräder, Mopeds, Spielsachen, Bügeleisen, Kühlschränke und Uhren, Metall-, Holz- und Lederwaren. Manchmal zerlegte er die Dinge in alle Einzelteile, um den Mechanismus zu studieren. Rein aus Interesse. Die Leute mussten sich in diesen Fällen Monate gedulden, aber in der Regel schaffte er die Reparatur. Ich war zuerst sein Lehrling und Handlanger, später ernannte er mich zum Partner.» Einstein lächelte. «Er war ein durchwegs positiver Mensch. Mit seiner unerschütterlichen Ruhe und Beharrlichkeit hat er Geri die nötige Ruhe verschafft und mir in einer schwierigen Zeit eine Orientierung gegeben. Als er erkrankte, hat er mir sein Geschäft überschrieben, und ich habe seine Arbeiten übernommen. Ich habe ihm versprochen, den Betrieb weiterzuführen.»

«Du hast nie daran gedacht, etwas anderes zu machen oder einen Beruf zu erlernen?»

«Gelernt habe ich bei meinem Onkel», erklärte Einstein. «Für etwas anderes hatte ich weder Zeit noch Bedarf. Ich bin ausgelastet: der Haushalt, die Werkstatt, Lesen, Schreiben – und im Moment experimentiere ich zusätzlich an einem neuartigen Antrieb für Fahrräder. Da muss ich mich über allerhand Themen zur Mechanik und Materiallehre schlau machen.»

«Du bist ein Erfinder?»

«Unter anderem», sagte Einstein durchaus stolz. «Eigentlich bin ich ein Suchender.»

«Das tönt ziemlich esoterisch.»

Einstein schien etwas beleidigt. «Einen grossen Teil meiner Zeit widme ich der Philosophie. Für sie verzichte ich auf manches. Nur Ruhe und die Beschränkung geben der Philosophie den Raum, den sie benötigt.»

«Aha», meinte Mauro verständnislos.

«Was ich sagen will», ergänzte Einstein, «weder Geri noch ich sind besonders erpicht auf Spektakel. Jetzt bist du erst mal da, aber bitte stell unsere Welt nicht auf den Kopf.»

Welche Welt?, wollte Mauro spotten, fragte aber: «Tu ich das?»

«Nicht direkt. Aber schon nur deine Anwesenheit ...»

«Ich brauche nicht viel Platz ...»

«Der Platz ist doch nicht das Problem.»

Sie schwiegen einen Moment.

«Der Penner denkt tatsächlich, du seist tot», meinte Einstein schliesslich und deutete auf die letzte Seite der Tageszeitung. Vom vermissten Arzt keine Spur, lautete der Titel des Artikels.

«Nicht nur der Penner», sage Mauro. «Du bist im Moment der Einzige, der weiss, dass ich lebe. Du und Geri.»

«Du wolltest dich tatsächlich umbringen?», fragte Einstein.

«Ich weiss es nicht. Ich hatte die Schnauze schon gestrichen voll!»

«Pessoa sagt das so: Manchmal fühle er sich wie einer dieser nassen Lappen, mit denen man Schmutz beseitigt und die man anschliessend zum Trocknen ans Fenster legt, dann aber zusammengeknäuelt auf der Fensterbank vergisst, die sie nun ihrerseits beschmutzen ...»

«Ich verstehe kein Wort!»

«Ich will damit sagen: Auch ein Selbstmord würde deine Spuren nicht beseitigen. Dein Bewusstsein wird damit zwar gelöscht, aber deine Spuren werden es nicht.»

«Das Bewusstsein zu löschen, kann aber auch eine echte Erleichterung sein. Und nachdem der Alkohol versagt hatte, erschien mir die Aare eine mögliche und durchaus wirksame Lösung. Aber erst mit Goldmann eröffnete sich die Möglichkeit, das alte Leben zu beenden und gleichzeitig eine neue Spur zu legen ...»

«Mauro hat trotzdem gelebt und seine Spuren sind erst recht nicht gelöscht.»

«Für die andern schon. Für die bin ich gestorben. Und das Gute an der Sache ist, dass damit auch meine Probleme begraben sind.»

«Dein neues Leben könnte bald problematischer werden als dein altes. Als Goldmann machst du dich strafbar, spätestens, wenn du dich ein erstes Mal falsch ausweist. Und was ist, wenn Goldmann vermisst wird?»

«Wird er nicht», sagte Mauro und erzählte von seinem Anruf im Hotel Bern. «Man ist froh, wenn Goldmanns Gepäck möglichst bald abgeholt wird. Ich plane noch ein paar Korrekturen an meinem Äusseren. Bis das erledigt ist, möchte ich mich nicht auf der Strasse zeigen. Als Toter scheue ich die Öffentlichkeit. Vielleicht könntest du mir diesen Dienst erweisen?»

«Das Problem ist Geri. Ich lasse Geri ungern alleine», sagte Einstein. «Aber Matthias könnte das übernehmen. Er arbeitet ganz in der Nähe des Hotels, im Stadttheater.»

«Ich wusste, dass ich mich auf dich verlassen kann!»

Einstein winkte ab. «Ich weiss immer noch nicht, was ich von der Sache halten soll. Und dein Äusseres? Wie stellst du dir das vor?»

«Vera wird mir helfen.»

«Vera?»

«Vera Leiser, du kennst sie vielleicht auch. Sie ist zwar etwas jünger als wir, aber ganz in der Nähe aufgewachsen. Sie hat Coiffeuse gelernt und später arbeitete sie als Maskenbildnerin. Heute nennt sie sich Valérie und betreibt einen Salon in der Postgasse. Die richtige Person für eine neue Identität.»

«Maskenbildnerin am Stadttheater?», fragte Einstein interessiert.

«Maskenbildnerin in Nachtlokalen. Das war früher. Nun ist sie spezialisiert auf Piercings und Rasuren im Intimbereich.»

«Und so eine soll dir zu deiner neuen Identität verhelfen?» Einstein griff sich an den Kopf. «Du spinnst halt doch!»

«Ich habe für heute Abend einen Termin bei ihr vereinbart. Bis dann möchte ich mich noch bei dir verstecken ...»

«Siehst du, du versteckst dich! Das zeigt, dass du dir einer Schuld bewusst bist.»

«Goldmann hat sein Leben weggeworfen und ich habe es aufgelesen», rechtfertigte sich Mauro. «Das kommt zwar nicht so häufig vor, aber es ist auch nicht verwerflicher, als in einer Mülltonne zu wühlen ...»

«Ein Leben aus der Mülltonne?» Einstein tippte mit

dem Zeigefinger an die Stirn. «Verrückt! Du bist einfach verrückt. Und du warst es schon immer. Hast du nicht schon während der Schulzeit irgendwelche Medikamente für die Nerven schlucken müssen?»

«Wegen meiner Mutter konnte ich nachts nicht schlafen. Anstatt meine Mutter zu behandeln, fütterte man mir Ritalin», erwiderte Mauro gereizt.

«Und ich kann mich auch erinnern, dass du mit elf von zu Hause abgehauen bist.»

«Daran erinnere ich mich nicht mehr.»

«Ich schon. Du wolltest nach Neapel, zu deinem Vater. Du hast mich damals regelrecht bekniet, mit dir abzuhauen.»

«Da war ich in einer Krise.»

«Und was ist das?» Einstein hielt ihm die Zeitung unter die Nase, «Depression, Scheidung, Probleme am Arbeitsplatz. Wenn das keine Krise ist ...»

«Meinetwegen», gab Mauro zu. «Ich war tatsächlich etwas durcheinander. Ich hoffte, du würdest mich verstehen. Schliesslich hast auch du ein neues Leben angefangen, als deine Eltern starben.»

«Willst du wissen, was ich wirklich denke?», fragte Einstein.

«Lieber nicht», erwiderte Mauro rasch.

8

Es lohnte sich kaum, in den Sattel zu steigen. Das Hotel Bern lag nicht viel mehr als einen Steinwurf vom Stadttheater entfernt. Matthias hätte den Koffer im Grunde einfacher zu Fuss abgeholt. Aber heute lag ihm daran, möglichst rasch vom Theater wegzukommen. In seinem ausgeliehenen Kinderveloanhänger hatte er eine heikle Fracht verstaut. Die Reisetasche enthielt neben einer römischen Rüstung und einer priesterlichen Toga auch ein paar andere antike Kostüme. Er hatte die Sachen vom Theater ausgeliehen, aber im Gegensatz zum Besitzer des Veloanhängers wusste der Besitzer der Kostüme nichts davon.

Matthias hatte ein paar Semester an einer privaten Schauspielschule studiert. Mittlerweile war er seit vier Jahren in Bern, aber den Sprung auf eine ordentliche Bühne hatte er noch immer nicht geschafft. Nur die Hoffnung liess ihn bei seinem Job als Statist und als Handlanger in der Requisitenabteilung ausharren. Er glaubte fest daran, dass er irgendwann für einen erkrankten Kollegen einspringen und dann sein wahres Können zeigen konnte.

In bescheidenerem Rahmen hatte er aber schon einiges erreicht. Mit seinem kleinen Ensemble trat er regelmässig auf. Morgen stand im Aviforum in Zollikofen *Romulus der Grosse* von Dürrenmatt auf dem Programm.

Dort war er nicht nur für die Hauptrolle, sondern auch für die Ausstattung zuständig. Bei den anhaltend knappen Finanzen der Truppe hielt er es für seine Pflicht, wo immer möglich, durch Ausnutzung von Synergien für Kosteneinsparungen zu sorgen. Die Gratisausleihe aufwendiger Kostüme gehörte in diese Kategorie der Sparmassnahmen.

Im Hotel Bern schien man auf ihn gewartet zu haben. Der Hotelangestellte stand unter dem Eingang und beobachtete, wie er mit seinem Velo vorfuhr. Als er sich nach Goldmanns Gepäck erkundigte, wusste der Mann gleich Bescheid. «Un momento, bitte», sagte er und verschwand mit einem zuvorkommenden Lächeln.

Es dauerte dann doch einen längeren Momento, bis er wieder auftauchte und Matthias eine Reisetasche überreichte. Er schien wirklich froh, das Gepäck loszuwerden. «Wir sind ein Hotel und keine Gepäckaufbewahrungsstelle», erklärte er und folgte Matthias zum Fahrrad, um ihm behilflich zu sein. «Das geht schon», wehrte dieser ab. Er nahm ihm die Tasche aus der Hand, stellte sie in den Anhänger und schloss den Verschlag gleich wieder. Die Kostüme machten ihn nervös.

«Sagen Sie Signore Goldmann einen schönen Gruss», rief ihm der Mann nach.

*

Kaum war Matthias weg, sah sich Roberto Rossi suchend um. Er konnte niemanden entdecken, obwohl er wusste, dass sie in der Nähe waren.

«Der Blonde mit dem schwarzen Mantel?», hatte der

Angerufene gefragt, als Rossi den Transport vor wenigen Minuten gemeldet hatte.

«Genau», hatte er nur sagen können, dann hatte der andere schon wieder aufgelegt.

Er verzog sich in die Raucherecke. Er war zufrieden. Alles hatte geklappt. Für die letzte Information hatten sie hundert bezahlt. Diesmal hatte er nicht nur angerufen, er hatte die Tasche sogar persönlich ausgeliefert. Seiner Einschätzung nach hatte er zweihundert auf sicher.

*

Matthias fuhr am Waisenhausplatz vorbei in Richtung Bahnhof, wo er sich mit Reto, seinem Schauspielkollegen, verabredet hatte. Er parkte das Fahrrad in der Neuengasse und hievte die Tasche aus dem Anhänger. Die letzten paar Meter legte er zu Fuss zurück. Reto erwartete ihn bereits am Eingang zum Bahnhof.

«Lust auf ein Bier?», begrüsste er ihn.

«Zu kalt», erklärte Matthias und überreichte ihm die Tasche, «und zudem ist es mir recht, wenn die Ware möglichst schnell von Bern wegkommt. Die Kostüme sind teuer. Bitte mit Vorsicht behandeln.»

«Wie immer», versicherte Reto,

Sie hatten sich kaum verabschiedet, als das Motorrad heranbrauste. Matthias konnte eine Kollision nur verhindern, indem er einen Schritt zurückwich.

«He», beschwerte er sich und sah, wie der Töff direkt auf Reto zusteuerte. Völlig überrascht beobachte er, wie der Beifahrer aus dem Sattel stieg, sich sozusagen auf Reto stürzte und nach der Tasche griff.

Reto wehrte sich.

Der Mann riss ihm die Tasche einfach aus der Hand, der Verschluss öffnete sich und die Kostüme flogen auf die Strasse. Erstaunt betrachtete er die Kleidungsstücke, dann schleuderte er sie mit einem wütenden Tritt zur Seite.

Matthias konnte erst jetzt reagieren und eilte zu Hilfe.

«Wo ist er?», hörte er jetzt einen der Männer fragen. Wegen der Helme war nicht zu erkennen, welcher der beiden gesprochen hatte. Reto sah völlig verständnislos von einem zum anderen.

«Wo ist der Apparat?» Der Beifahrer versetzte Reto einen Hieb in die Magengrube.

«Was soll das?», schrie Matthias.

Der Beifahrer wandte sich um.

Matthias versuchte das Gesicht zu erkennen, aber im geschlossenen Visier des Helms sah er lediglich sein eigenes Spiegelbild. Noch bevor er weiter reklamieren konnte, schlug ihm der Beifahrer die Faust ins Gesicht. Er landete hart auf dem Teer und blieb benommen liegen.

Ein paar Passanten waren stehen geblieben.

«Polizei!», rief jemand.

«Porca madonna, leviamoci di turno», hörte er einen der Männer rufen.

Der Beifahrer liess von ihm ab und unfähig, sich zu rühren, beobachtete Matthias, wie das Motorrad davonbrauste.

«Kann ich Ihnen helfen?», fragte eine Frau und reichte ihm die Hand.

«Es geht schon», versicherte Matthias. Er wollte sich

an die Wange greifen, aber das Handgelenk schmerzte mehr als das Gesicht.

«Das wird immer schlimmer», regte sich ein Passant auf. «Schon wieder ein Überfall am helllichten Tag!»

«Was hat das zu bedeuten?», fragte Reto leise und begann die Kleidungsstücke einzusammeln.

«Ich weiss es nicht», stiess Matthias hervor.

«Ich habe es deutlich gehört, sie haben nicht Berndeutsch gesprochen», sagte Reto.

«Es gibt zu viele Ausländer in Bern ...», kommentierte einer der Schaulustigen.

«Die sind nur an Gewalt interessiert», sagte ein anderer.

«Mir wird schlecht» stöhnte Matthias. Er lag noch immer am Boden und hielt sich das Handgelenk.

«Er braucht einen Arzt», riet einer der Helfer.

«Und die Polizei!», ergänzte ein anderer.

«Das erledigen wir selber», sagte Matthias rasch.

«Heute ist man einfach nirgendwo mehr sicher», waren sich die Gaffer einig.

Inzwischen hatte Reto zusammen mit ein paar Passanten die Kleidungsstücke zurück in die Tasche gestopft. Er bedankte sich bei den Hilfsbereiten und versicherte, dass sie alleine zurechtkämen. Die Leute verzogen sich.

Reto half Matthias auf die Beine. Dieser hielt sich den Arm. «Das tut verdammt weh. Die Dreckskerle. Ich frage mich, was passiert wäre, wenn niemand da gewesen wäre.» Er war dem Weinen nahe. «Jemand hat es auf uns abgesehen ...»

«Wie kommst du darauf?», fragte Reto.

«Jemand, der von unserer privaten Ausleihe weiss», meinte Matthias.

«Wegen der paar Kostüme? Quatsch!» Reto schüttelte entschieden den Kopf. «Die dachten, die Tasche sei voller Geld. Sonst hätten sie die Kleider nicht einfach liegen gelassen.»

«Fehlt etwas?», fragte Matthias matt.

Reto schüttelte den Kopf. «Aber eines der Kostüme hat einen Riss.»

«Shit!» Matthias versuchte den rechten Arm zu bewegen. Er stöhnte vor Schmerzen. «Shit, mein Handgelenk. Ich brauch ein Bier!»

«Nein, einen Arzt», bestimmte Reto. «Und dann gehen wir zur Polizei ...»

«Und was erzählen wir?», fragte Matthias. «Dass wir mit geklauten Theaterklamotten überfallen wurden ...»

«Verdammt, du hast recht», Reto schüttelte den Kopf. «Ich glaube, wir brauchen beide ein Bier.»

«Sag ich doch!», meinte Matthias und humpelte zum nahen Brésil.

9

Er hatte den Termin absichtlich spät gelegt. Ende November dämmerte es zwar früh, aber richtig Nacht wurde es erst nach sechs Uhr. Trotzdem blickte er sich vorsichtig um, bevor er kurz vor sieben Einsteins Werkstatt verliess.

Die wenigen Leute, die unterwegs waren, strebten hastig und zielbewusst durch die Gassen.

Kaum ausser Haus, wusste er auch weshalb. Nach wenigen Schritten begann er zu frieren. Das Thermometer zeigte zwar null Grad, aber die gefühlte Temperatur war deutlich tiefer. Vom Himmel nieselte eine feuchte Kälte, die ihm von unten kalt die Beine heraufzog. Geris Hose war ihm um einiges zu kurz, dafür am Bund eine Nummer zu weit. Als er seinen Gang beschleunigen wollte, rutschte sie ihm bedenklich nach unten.

Mauro hatte ein Kleiderproblem, und Alex' Gepäck war bis am Abend noch immer nicht eingetroffen.

Er nahm die Verzögerung mit gemischten Gefühlen auf. Einerseits kam ihm Matthias' Fernbleiben nicht ganz ungelegen. Solange er nicht genau wie Goldmann aussah, war er nicht erpicht darauf, irgendwelche Leute zu treffen. Andererseits hätte er liebend gern einen Blick in die Tasche geworfen. Er hatte ja noch immer kein klares Bild von seinem neuen Ich. Goldmanns Bekleidung, das Familienfoto und die Unterkunft, immerhin ein

Viersternehotel im Stadtkern, liessen zwar ein paar Rückschlüsse zu. Aber mehr als Anhaltspunkte waren es nicht.

«Matthias verspätet sich zwar chronisch, aber diesmal kann er wirklich nichts dafür», hatte Einstein seinen Freund entschuldigt und Mauro vom Überfall und Matthias' Verletzung berichtet. «Er hat versprochen, das Gepäck morgen zu liefern.»

Mauro war beunruhigt. Der Überfall beschäftigte ihn nicht nur, weil er an Matthias' Zuverlässigkeit zweifelte, sondern auch, weil er sich irgendwie mitschuldig fühlte. Den Gedanken, dass sich sonst jemand für Goldmanns Tasche interessierte, liess er gar nicht erst aufkommen.

Den Nydeggstalden hinauf hielt er sich an die dunklere Seite, wo es kaum Schaufenster gab und entsprechend weniger Leute anzutreffen waren. In den Lauben hingegen, wo noch einiges Volk unterwegs war, wurden Begegnungen unausweichlich.

Er zog Geris Kappe tiefer in die Stirn und ging leicht gebückt. Die untere Gesichtshälfte bedeckte er mit einem Halstuch. Passanten, die ihm bekannt vorkamen, wich er in grossem Bogen aus. Man vermutete ihn zwar eher in der Aare als in den Gassen der Stadt, aber sein Gesicht war immerhin in jeder Zeitung zu sehen gewesen. Er war froh, als er sein erstes Ziel, das Internetcafé, unbehelligt erreichte.

Unter «Goldmann» lieferten der Goldmann Verlag und das Investmentinstitut Goldmann Sachs bei seiner ersten Recherche zigtausend unnütze Treffer. Die gezieltere Auswahl führte zu verschiedenen Persönlichkeiten, da gab es zum Beispiel mehrere Berufskollegen, einen Goldschmied und einen Hardrockgitarristen. Meist konnte er einen Zusammenhang zu seinem Goldmann ziemlich rasch ausschliessen. Er nahm das auch beruhigt zur Kenntnis. Vor allem der Arzt hätte ihm den Identitätswechsel eher erschwert als erleichtert.

Zwei Ergebnisse schienen ihm prüfenswert. Ein gewisser Alexander Goldmann fand sich auf Schindlers Liste aus dem Zweiten Weltkrieg. Dieser Goldmann musste zwar in der Zwischenzeit längst verstorben sein. Aber seine Nachkommen? Der zweite Treffer betraf A. Goldmann, der die technische Hochschule in Lausanne besucht hatte. Viele Studenten aus dem Tessin bevorzugten für ihr Studium die welsche Schweiz, denn Französisch lag ihnen in der Regel näher als Deutsch.

Mit diesen Erkenntnissen machte er sich auf den Weg zu Vera.

Ihr Studio lag in einer Nebengasse, abseits von den gut frequentierten Einkaufsstrassen. Von aussen machte das Altstadtgebäude einen ansprechenden Eindruck. Sobald man aber den engen und schlecht beleuchteten Flur betrat, glaubte man sich in einem Abbruchobjekt. Von der Decke blätterte der Putz, die Wände waren feucht, verschmiert und wiesen an verschiedenen Stellen Spuren notdürftiger Reparaturen auf. Die altertümlichen Klingeln waren mehrheitlich defekt. Die hölzerne Briefkastenreihe schien aus dem Brockenhaus und hing ziemlich schräg an der Wand.

Mauro stieg die Treppe hoch. Auf jeder Etage gab es drei Studios. Er stellte erleichtert fest, dass die dritte und oberste Etage einen deutlich gepflegteren Eindruck machte als der Rest des Gebäudes. Die Wände waren frisch gestrichen und der Boden einigermassen sauber. Bevor er die Klingel drückte, legte er Mütze und Halstuch ab.

Er stellte sich einen Moment lang vor, was er tun würde, wenn Vera ihn verpfiffen hätte, ihn nun statt ihrer die Polizei erwartete. Immerhin hatten in der Zeitung üble Dinge über ihn gestanden, und es gab eine offizielle Vermisstenanzeige.

Dann wäre der Spuk vorbei, dachte er erstaunlich gelassen und fragte sich, ob er sich das wünschte.

Noch bevor er eine Antwort fand, öffnete Vera.

«Komm rein!», sagte sie nach einem komplizenhaften Blick in den Flur.

*

Seit über zehn Jahren arbeitete Uwe im Hotel Bern. Er liebte seinen Job und verrichtete ihn mit dem Geschäftssinn eines Schweizers, der Gastfreundschaft eines Österreichers und der Gründlichkeit eines Deutschen. Ursprünglich aus Dresden stammend, hatte er sich stetig emporgearbeitet und seit diesem Jahr leitete er den Empfang. Im Allgemeinen hatte er sein Team im Griff, nur mit den Gepflogenheiten seiner mediterranen Kollegen tat er sich immer wieder schwer. Ihr Charme machte sie beliebt, ihr Temperament war für Uwes Uhrwerkcharakter jedoch zu unberechenbar.

Mit unterschwelligem Ärger beobachtete er, wie Roberto Rossi mit seinen Landsleuten diskutierte. Die

Männer in der Motorradkluft waren schon einmal hier gewesen und hatten auf ihn eingeredet.

Uwe verstand nicht genau, was diskutiert wurde. Aber er sah, dass sein Kollege ziemlich gestresst war. Er konnte dann auch nicht gut Nein sagen, als dieser ihn um eine Pause bat. An der Rezeption war an diesem Novemberabend nicht viel los.

«Eine halbe Stunde ist in Ordnung, geht aber von deiner Arbeitszeit ab.»

«Va bene», nickte Roberto.

«Probleme?», fragte Uwe und blickte auf die Uhr.

«Ich nicht», erwiderte Roberto vage und machte sich davon, bevor Uwe weitere Fragen stellen konnte.

*

Vera war noch immer das gleiche Plappermaul.

Während des Haareschneidens erzählte sie ihm in aller Offenheit ihr Leben bis in die privatesten Einzelheiten. Obwohl gut vier Jahre jünger als Mauro, blickte sie bereits auf eine erstaunlich bewegte Vergangenheit zurück. Diese bestand im Wesentlichen aus einem Scherbenhaufen.

«Hinter mir liegen drei Auslandaufenthalte, zwei gescheiterte Ehen und ein Konkurs», hatte sie ihre Lebensgeschichte begonnen. Das tönte allerdings etwas spektakulärer, als es in Wirklichkeit war.

Bei einer Karibik-Reise mit ihrem ersten Mann, den sie mehr auf sein Drängen hin denn aus Liebe geheiratet hatte, verguckte sie sich in einen Einheimischen. Kurz nach den Ferien war sie nochmals nach Haiti zurückgekehrt, um sich zu vergewissern, dass dort tatsächlich der Mann ihrer Träume wartete. Dann brach sie ihre Zelte in der Schweiz ab und zog nach Port-au-Prince.

Nach der Heirat betrieb sie mit Ehemann Nummer zwei eine kleine Pension. Für kurze Zeit wähnte sie sich im Paradies. Dann stellte sie fest, dass ihr neuer Mann sie nicht nur betrog, sondern sich auch regelmässig an der Geschäftskasse vergriff. Nach und nach erfuhr sie, dass er neben seinen Eltern auch ein paar Kinder aus früheren Beziehungen zu ernähren hatte. Er fand das ganz normal, verstand ihre Empörung nicht und blieb ein liebenswürdiger Mensch, der nicht daran dachte, seinen Lebensstil in irgendeiner Richtung zu ändern. Für Vera war das keine Perspektive. In Rekordzeit betrieb sie Scheidung, Konkurs und schliesslich die Rückkehr in die Schweiz.

Sie erzählte ihre Geschichte ohne Bitterkeit. Eher wie jemand, der von einer anstrengenden und ereignisreichen Reise berichtet. «Ich habe dank der Krisen viel über mich und über andere Menschen gelernt. Noch einmal das Gleiche zu erleben, habe ich keine Lust. Aber missen möchte ich meine Vergangenheit trotzdem nicht.»

«Ich will meine Vergangenheit ablegen», meinte Mauro.

«Das geht nicht. Was geschehen ist, ist geschehen. Es bleibt ein Teil von dir, ob es dir passt oder nicht. Und jetzt erklär mir mal, was dich auf diese Bieridee gebracht hat», forderte sie ihn auf.

Sie war nicht nur eine gute Erzählerin, sondern auch eine gute Zuhörerin. Und im Gegensatz zu Einstein stellte sie kaum Fragen. Nur als er auf seine Ehe zu sprechen kam, unterbrach sie ihn.

«Du hast eine Tochter?», staunte sie.

«Ja, aber das spielt keine Rolle mehr. Fakt ist, dass ich sie längst verloren habe.»

«Wie heisst sie?»

«Nina.»

«Das versteh ich nicht.»

«Was verstehst du nicht?»

«Dass du dich davonmachen willst.»

«Das ist wirklich nicht leicht zu verstehen», gab Mauro zu. «Aber auch bei ihr habe ich nichts mehr zu verlieren. Ich bin sozusagen entvatert worden.»

«Was soll das jetzt heissen?», sie blickte ihm zuerst ins Gesicht und dann auf den Schritt.

Mauro grinste. «Ich meine das symbolisch. Ich habe das Sorgerecht für meine Tochter verloren.»

«Das ist doch nichts Aussergewöhnliches!»

«Vielleicht nicht. Aber Daniela, meine Ex, und ihr Neuer versuchen seit einem Jahr aus einem verzweifelten Vater einen Kriminellen zu machen. Sogar das Besuchsrecht ist vor einem Jahr aufgehoben worden. Bezahlen darf ich, aber meine Tochter sehen: nein.»

Vera sah ihn gross an. «Was hast du bloss angestellt?»

«Nach der Trennung wurde mir meine Tochter jedes zweite Wochenende für einen halben Tag zugestanden. Das ist doch so gut wie überhaupt nichts», ereiferte sich Mauro. «Da hab ich mich halt über die Regel hinweggesetzt.»

«Ich verstehe nicht.»

«Es war eine Überraschung zu ihrem dritten Geburtstag. Ein Besuch im Disneyland. Hätte ich den im Voraus angekündigt, wäre Daniela mit dem Vorhaben sowieso nicht einverstanden gewesen. Ich habe erst einen Tag später aus Paris angerufen, um mitzuteilen, dass ich mit Nina zwei Tage später zurückkehren würde. Das war zugegebenermassen etwas gemein.»

«Und dann?»

«Orientierten sie die Polizei. Ihr Neuer ist Anwalt, musst du wissen. Der unangemeldete Ausflug ins Ausland wurde mir als Entführungsversuch ausgelegt. Du kannst dir nicht vorstellen, was das bedeutet. Ein Unbekannter kann sich Nina heute einfacher nähern als ich, ihr Vater. Oder anders gesagt: Als Goldmann habe ich mehr Möglichkeiten, mit meiner Tochter etwas zu unternehmen, denn als Mauro Matter.»

«Führst du etwas im Schilde?», fragte Vera beunruhigt.

«Im Grunde bin ich im Moment juristisch gesehen inexistent und befinde mich gewissermassen in einem rechtsfreien Raum. Ich existiere nicht mehr und bin trotzdem da. Ein paar Rechnungen hätte ich schon zu begleichen …»

«Mach bloss keinen Blödsinn.»

«Ich habe nichts zu verlieren.»

Vera sah ihn nachdenklich an. «Vielleicht wärst du doch besser gleich in die Aare gegangen. Diese Art von Rache hätte letztlich nur dir geschadet, aber so richtest du möglicherweise noch mehr Schaden an. – Und am Schluss häng ich mit drin.»

«Jeder denkt nur an sich», meinte Mauro beleidigt.

«Von mir aus», sagte Vera. «Aber trotzdem: Du hast eine Tochter. Ich könnte in dieser Situation nicht einfach verschwinden.»

«Ich hoffe, als Goldmann finde ich die nötige Distanz.»

«Sobald Goldmanns Leiche auftaucht, ist dein Spiel sowieso aus.»

«Überhaupt nicht! Im Gegenteil», sagte Mauro überzeugt. «Ich habe dafür gesorgt, dass man den Toten für Matter halten wird. Und für die meisten bin ich längst gestorben.»

Vera schüttelte den Kopf. «Ich frag mich, ob du nicht eine Schraube locker hast. Aber als Mediziner müsstest du das eigentlich selbst am besten wissen.»

«Bald bin ich für immer Alexander Goldmann», sagte Mauro fasziniert.

Sie hatte ihm die Haare fertig geschnitten und eine dunkle Tönung aufgetragen. Während die Farbe einwirkte, stiessen sie mit einem Bier auf ihre jeweiligen Scherbenhaufen an: «Après nous le déluge!»

«Im Gegensatz zu mir hast du den Neustart schon geschafft. Dein Laden scheint zu laufen», meinte Mauro und sah sich anerkennend um.

Oberflächlich betrachtet, war das Studio eine Mischung aus Coiffeursalon und Zahnarztpraxis. Bei näherem Hinsehen gab es aber doch Unterschiede, vor allem bei den Instrumenten und Utensilien. An den Wänden hingen Bilder und Vorlagen von Piercings und Tattoos jeder Stilrichtung. Von Ringen, Stäben und Stiften im Intimbereich und an andern empfindlichen Stellen über Tattoos mit Sujets aus Gothic, Erotik, Punk und Kitsch war bei Vera alles zu haben. Nicht nur die tadellose Einrichtung, sondern auch zahlreiche Karten und Aufnahmen dankbarer Kunden zeugten von einem erfolgreichen Geschäftsgang.

«Erstaunlich, dass man sich damit das Leben verdienen kann», wunderte sich Mauro. «Man benötigt ja nicht jede Woche ein neues Piercing.»

«Das stimmt. Da sind Intimrasuren eindeutig von Vorteil. Und die sind im Moment der Renner. Zuerst wurden Arme und Beine rasiert, dann die Achselhaare und nun ist die Scham an der Reihe. Der haarlose Mensch scheint das neue Ideal. Möglichst weit weg vom Tier, lautet die Devise. Und vielleicht leitet die Leute auch der Wunsch nach der verlorenen kindlichen Unschuld ...»

«... oder einfach der Wunsch, ein anderer zu werden», ergänzte Mauro, indem er auf Goldmanns Aufnahme tippte. Er hatte das Foto von der Identitätskarte kopiert, vergrössert und an den Spiegel geklebt. Durch die Vergrösserung war eine gewisse Unschärfe entstanden, die Alexanders Gesichtszüge schemenhafter und weicher erscheinen liess.

Und jetzt, ohne Bart und mit getöntem Haar, war die Ähnlichkeit noch deutlicher geworden. Mauro war eigentlich schon zufrieden mit dem Resultat, aber Vera sah noch viel Arbeit. Ein sportlicher Ehrgeiz schien sie gepackt zu haben, und sie machte sich daran, seine Augenbrauen zu korrigieren.

Sie arbeitete flink und geschickt, sehr professionell, wie ihm schien. Zweifellos war sie es gewohnt, Aufträge zu erfüllen, ohne die Motive zu hinterfragen. Sie schien lediglich darauf erpicht, die gewünschte Ähnlichkeit herzustellen. «Selbst deine Ex soll dich nicht mehr erkennen», sagte sie, während sie Kontaktlinsen mit der passenden Augenfarbe aussuchte.

Verstohlen beobachtete Mauro sie im Spiegel. Ihren rechten Nasenflügel zierte ein feines, goldenes Piercing, ansonsten schien sie sich nicht für das zu interessieren, was sie ihren Kunden verkaufte. Mauro fand das gut so, ihr mädchenhaftes Gesicht bedurfte keiner Zierleisten. Sie hatte das dichte blonde Haar hochgesteckt. Das Muster ihres handgestrickten Pullovers bestand aus lauter farbigen Ringen. Es betonte – zusammen mit dem warmen Farbspektrum – die Weiblichkeit ihres Körpers.

Sie setzte ihm die getönten Kontaktlinsen ein. Die Wirkung war erstaunlich. Vorher hatte eine grosse Ähnlichkeit mit Alexander Goldmann bestanden. Jetzt aber *war* er Goldmann. Fasziniert betrachtete Mauro sein Spiegelbild.

«Ich bin ein anderer», staunte er.

«Du bleibst, wer du bist, Muri», sagte Vera und blickte ihn kritisch an. «Setz dich nochmal hin, die Augenbrauen sind zu hell.»

Sie drückte ihn sanft in den Stuhl zurück.

Vielleicht lag es am dritten Bier, vielleicht an seiner Stimmung, aber je länger er in ihrer Behandlung stand, desto behaglicher fühlte er sich. Er entspannte sich und schloss die Augen. Sein neues Leben fing gut an. Er sass in einem zwar etwas altmodischen, aber recht bequemen Sessel. Veras warme Hände bearbeiteten sein Gesicht sanft und rücksichtsvoll. Er fragte sich, ob in ihren Berührungen eine gewisse Sinnlichkeit lag oder ob er sich das nur einbildete.

Sie schien sein Behagen zu spüren. «Na? Gefällst du dir?»

Mauro hielt ihre Hand fest, sie musste ihre Arbeit unterbrechen. «Was ich sehe und fühle, gefällt mir extrem. – Und ich bin frei und habe nichts zu verlieren», fügte er an und lächelte herausfordernd.

Sie betrachtete ihn kritisch, aber in ihren Augenwinkeln bemerkte er einen leichten Schalk. Dann löste sie sich aus seinem Griff und bearbeitete weiter seine Augenbrauen. Einen Moment später hielt sie inne und nahm seinen Kopf in ihre Hände. Sie sah ihm in die Augen.

«Eigentlich habe ich den Männern abgeschworen. Aber du bist anders. Du bist verrückt, aber du gefällst mir. Bei dir könnte ich eine Ausnahme machen.»

Er zog sie zu sich und sie setzte sich rittlings auf seinen Schoss.

«Fängt so ein neues Leben an?», fragte sie.

Er fasste sie um die Hüfte. «So fängt jedes Leben an.»

Sie wippte leicht mit dem Becken. «Für einen Totgesagten bist du erstaunlich da.»

Sie streckte ihm ihre warme Zunge in den Mund.

10

Sein Gesicht war ihm fremd geworden. «Das bin ich», sprach er zu seinem Spiegelbild und versuchte die Bedeutung dieser Erkenntnis aufzunehmen. Trotzdem war er überrascht, als er das surrende Vibrieren des Rasierapparates auch tatsächlich an seinem Kinn spürte.

Ohne Bart wirkten seine Lippen voller und weniger hart. Dafür kam ihm das Gesicht länger und kantiger vor. Die schwarzen Augen liessen die Haut blasser und das Haar dünner erscheinen. Aber insgesamt sah er mediterraner aus.

Eigentlich war es beruhigend, dass ihm ein Fremder entgegenblickte. Rein äusserlich betrachtet, war die Verwandlung gelungen. Aber innerlich hatte er sich noch nicht gefunden, und das hatte auch mit Vera zu tun.

Beiden war bewusst, dass diese Liebesnacht wohl einmalig bleiben würde. In dieser Einigkeit, der perspektivenlosen Unbefangenheit und in der gegenseitigen Attraktivität hatten sie sich leidenschaftlich gefunden. Mauro wusste nicht, ob das, was er in dieser Nacht erfahren hatte, Liebe oder bloss beiderseitige egoistische Lust war. Das verwirrte ihn. Die Verwirrung wurde noch verstärkt durch die Zweifel, die Vera an seinen Plänen geäussert hatte. Sie liebte zwar Verwandlungen, betrachtete diese jedoch lediglich als ein Spiel. In ihren Augen hatte er für seinen Ausstiegsversuch einen Schleudersitz ohne Fallschirm benutzt. Ein Bild, das ihn verfolgte.

Während er wieder in Geris Kleider schlüpfte, befiel ihn das eigenartige Gefühl des Sich-selbst-Verlierens wie ein unbestimmter Schwindel. Für einen kurzen Moment befürchtete er, auch sein Bewusstsein zu verlieren und er fragte sich, ob dies mit der vergangenen Nacht, mit seiner Verwandlung, mit seinem Bierkonsum oder mit dem Schlafmanko zu tun hatte.

Nach der Morgentoilette schrieb er eine kurze Notiz für Vera. Sie hatte sich vor ihm aus dem Bett geschlichen, weil sie ein Paar aus Indien erwartete, das sich durch Piercings an geeigneter Stelle eine Belebung des Liebeslebens erhoffte.

*

Als er wenig später auf die Strasse trat, trug er sein Gesicht nicht mehr versteckt. Heute drängte es ihn, sich unter die Leute zu mischen. Er ging Begegnungen nicht mehr aus dem Weg – im Gegenteil, er stellte sich vor, wie er sich Kollegen und Bekannten sichtbar und doch unerkannt nähern konnte. Diese Vorstellung gab ihm ein Gefühl der Unsichtbarkeit.

Mit offenem Blick und sicheren Schrittes strebte er der Matte entgegen. Er empfand nicht nur das Gefühl der Erleichterung, als ob er die alten Probleme abgelegt hätte, er spürte auch eine unbestimmte Erwartung. Selbst der Regen, der in der Nacht eingesetzt hatte und nun unablässig aus dem düsteren Himmel fiel, störte ihn nicht.

Es kam ihm vor, als sei er zum ersten Mal in den Lauben unterwegs, als könnte er die Stadt tatsächlich mit den Augen eines Fremden betrachten.

Als er die Werkstatt betrat, stand Geri neben dem Eingang und sah konzentriert aus dem Fenster. Als Mauro eintrat, wandte er das Gesicht, fokussierte einen Moment die Werkstatt, um gleich wieder in eine andere Welt abzugleiten.

Einstein hingegen schien sein Eintreten nicht zu bemerken. Er stand mit dem Rücken zu ihm im hinteren Teil der Werkstatt und war in seine Arbeit vertieft. Auf dem Schraubstock hatte er das Hinterrad eines Fahrrads eingespannt, das mehr an eine Trommel als an ein Rad erinnerte. Er beobachtete gespannt dessen gleichmässige Rotation. In seinem grauen Overall, mit der überdimensionierten Schutzbrille und dem altertümlichen Gehörschutz, welche wahrscheinlich allesamt aus ausrangierten Armeebeständen stammten, sah er aus, wie Mauro sich einen Erfinder vorstellte.

Auf dem Tisch lagen handgezeichnete Skizzen und Pläne. Auch auf den zweiten Blick war nicht zu erkennen, ob es sich um Baupläne für eine Maschine oder um abstrakte Kunst handelte.

«Der Erfinder und der Indianer», sagte Mauro, nachdem er die beiden eine Weile beobachtete hatte.

Einstein blickte erschrocken auf, dann wandelte sich sein Gesichtsausdruck in echte Verblüffung. Nachdem er Mauro ausgiebig betrachtet hatte, sagte er vorsichtig: «Der Stimme nach bist du Muri, dem Äusseren nach Alex.»

«Muri ist tot. Du darfst Alex zu mir sagen ...», sagte Mauro sehr ernst.

«Wirklich erstaunlich», meinte Einstein anerkennend und wandte sich wieder seinem Rad zu.

«Und was soll das werden?», fragte Mauro.

«Das Fahrrad der Zukunft.»

«Sieht kompliziert aus.»

«In diesem Hinterrad steckt ein neuartiger Antrieb. Wie du siehst, rotiert es von selbst.»

«Und wo ist der Motor?»

«Ein Antrieb ohne Motor!», erklärte Einstein stolz. «Der Hohlkörper im Rad enthält eine Flüssigkeit, die antreibt.»

«Eine Flüssigkeit, die antreibt?»

«Das Ganze funktioniert wie ein Schwungrad», erklärte Einstein. «Du musst dir das so vorstellen: Eine kurze Fahrt bergab oder auch ein Bremsvorgang bringt die hoch viskose Flüssigkeit in der Trommel zum Rotieren. Dank beweglichen Lamellen im Innern der Trommel kann sie bei einem Stillstand des Rads weiter rotieren. Beim Anfahren oder bergauf werden die Lamellen mittels einer speziellen Vorrichtung so verstellt, dass sich die kinetische Energie der rotierenden Flüssigkeit auf das Rad zurücküberträgt. Es resultiert ein deutlicher Antrieb. Das Schwungrad funktioniert rein mechanisch und praktisch wartungsfrei.»

«Tönt trotzdem kompliziert. Und weit dürfte ein derartiger Antrieb kaum reichen.»

«Richtig», musste Einstein eingestehen, «er ist nur für den Stadtverkehr gedacht. Stop and Go. Da bietet die

Erfindung einen grossen Vorteil. Der Prototyp hat funktioniert.» Er zeigte auf ein Modell im hinteren Teil der Werkstatt. «Ich plane schon einen Typ mit Vorder- und Hinterradantrieb.»

Mauro sah sich das Vehikel an. Es machte keinen vertrauenerweckenden Eindruck. Von der Seite betrachtet, glich es mehr einer Walze als einem Fahrrad. Es gab ein paar zusätzliche Kabelzüge, welche gefährlich vorstanden und an der Nabe endeten.

«Wirkt etwas schwer», kommentierte er.

«Tatsächlich ein Problem», gab Einstein zu. «Aber für Passfahrten ist der Antrieb sowieso nicht gedacht. Wie gesagt, im Stadtverkehr funktioniert er. Du kannst dich gern selber überzeugen. Jetzt, wo Matthias als Testfahrer auf unbestimmte Zeit ausfällt, engagiere ich dich gern als Ersatzmann ...»

«Wann kommt dieser Matthias endlich?»

«Gegen Mittag. Er wird mit uns essen. Möchtest du dich bis dann nützlich machen?»

«Warum nicht, aber lieber nicht als Versuchskaninchen mit einem derart auffälligen Gefährt.»

«Nein. Kannst du kochen?»

«Ja. Nein. Das heisst, ich weiss es nicht.»

Einstein sah ihn erstaunt an.

«Ich weiss nicht, ob Alex kochen kann», erklärte Mauro.

«Komm auf den Boden zurück.»

«Höchstens Spaghetti ...»

«Prima», sagte Einstein, «Geri mag das.»

Die Wohnung sah aus wie nach einem Einbruch.

Ordner, Papierstapel und lose Dokumente belegten zusammen mit Büchern, Kleidungsstücken und verschiedenen Erinnerungsgegenständen den Fussboden. Nach jeder Suchaktion – und es gab fast täglich eine – wurde das Chaos grösser.

Er öffnete eine weitere Bananenschachtel, welche mit «Büro» angeschrieben war, und kippte den Inhalt einfach auf den Boden. Wieder nichts. Ratlos stand er in der Unordnung und versuchte sich zu erinnern. Wo zum Teufel steckten die verdammten Papiere? Einen persönlichen Ausweis sollte er mitbringen, hatte es geheissen. In fünfzehn Minuten hatte er den Termin beim Scheidungsrichter.

Limacher setzte sich und machte ein paar Notizen. Er benötigte mindestens einen zusätzlichen Schrank und ein zusätzliches Büchergestell. Bis Weihnachten, wenn seine Tochter aus Kanada zurückkehrte, wollte er eingerichtet sein.

Irgendwo unter einem Papierstapel klingelte das Handy.

Es war Berner, seine rechte Hand.

«Ja?», sagte er nur, während er weiter in den Papieren wühlte.

«Vom Überfall am Bahnhof ist noch immer keine Anzeige des Opfers eingegangen. Wie gehen wir vor?»

«Nur die eine Zeugenaussage?»

«Ja, genau.»

«Wir müssen das trotzdem abklären. Das Opfer ausfindig zu machen, dürfte kein Kunststück sein.»

«Wahrscheinlich nicht. Wir können aber auch noch warten, sagen wir bis Montag. Und wenn er sich bis dann nicht gemeldet hat, gehen wir der Sache nach.»

Limacher wusste genau, warum Berner nachfragte. Es war Freitag. Sie alle hatten so viele Überstunden, dass zu deren Kompensation die ganze Abteilung Leib und Leben ohne weiteres ein paar Wochen hätte geschlossen werden können. Er musste die Kräfte seiner Leute sorgfältig einteilen. Ein früher Feierabend an einem Freitag war eine echte Motivationsspritze.

«Von mir aus», sagte er. «Sonst noch was?»

«Ein paar Meldungen zum vermissten Arzt. Aber keine wirklich heisse Spur.»

«Gut. Du weisst, ich komme erst am späteren Nachmittag ins Büro.»

«Viel Glück», wünschte Berner und legte auf, bevor Limacher nachfragen konnte, was er mit Glück in seinem Fall meine.

Er suchte weiter seinen Pass.

*

Für die Spaghetti fehlten ein paar Zutaten, und so war Mauro zum zweiten Mal an diesem Tag als Goldmann in den Lauben Berns unterwegs. Vor den Schaufenstern blieb er immer wieder stehen und betrachtete sich eingehend. Es war eine eigenartige Erfahrung. Wenn er sein Spiegelbild sah, fiel es ihm leicht, sich als Alexander Goldmann zu fühlen. Aber ohne dieses Bild vor Augen fiel er regelmässig in Mauro zurück. Dann blickte er auf die Uhr an seinem Handgelenk, oder er fuhr sich mit der

Hand über das glatt rasierte Kinn, um sich auf diese Weise Alex zu vergegenwärtigen.

Aber es war nicht einfach. Zum Beispiel entzifferten seine Augen unwillkürlich den Schriftzug an einem Möbelgeschäft, und er erinnerte sich daran, dass er dort in besseren Zeiten mit Daniela eine Lampe erstanden hatte. Solche Erlebnisse liessen sich nicht so einfach löschen.

Das merkte er auch, als er das gesuchte Geschäft erreichte. Hier hatte er ebenfalls schon früher eingekauft und sich mit dem Personal auf Italienisch unterhalten.

Alexander Goldmann sprach deutsch, bestimmte er für sich selber und trat ein.

Der Mann hinter der Theke sah zuerst kurz auf, wandte sich wieder seiner Arbeit zu und blickte dann nochmals auf, diesmal mit einem verwunderten oder besser gesagt mit einem prüfenden Blick.

Mauro stockte der Atem.

«Antonio?», fragte der Italiener ebenfalls etwas erschrocken, wie es Mauro schien.

«Nein, Sie verwechseln mich», lächelte Mauro erleichtert.

«Stimmt. Die Stimme passt nicht.» Der Italiener nickte freundlich, schien aber nicht ganz überzeugt. «Aber Sie sehen Antonio wirklich sehr ähnlich.» Und als Mauro seine Einkäufe bezahlte, betrachtete ihn der Mann nochmals aufmerksam, als sei er seiner Sache noch immer nicht ganz sicher.

Auf dem Rückweg blickte Mauro den Passanten gespannt entgegen, als erwarte er von ihnen eine besondere Aufmerksamkeit. Reflexartig grüsste er einen Kollegen, den er aus dem Inselspital kannte. Der Mann blickte ihn kurz an und erwiderte seinen Gruss mit einem befremdeten Kopfnicken.

Mauro stellte zweierlei fest: Die äusserliche Verwandlung schien perfekt, Doktor Straubhaar hatte ihn nicht erkannt. Hingegen war die innerliche Metamorphose noch nicht in alle Hirnwindungen gedrungen. Alexander Goldmann grüsste keine Ärzte aus dem Inselspital!

Das bekannte Möbelgeschäft, die Begegnungen mit dem Verkäufer und dem Kollegen zeigten, wie leicht er in seiner neuen Identität zu erschüttern war. Das Problem waren seine Gedanken. Um wie Goldmann zu denken, musste er mehr über ihn erfahren, musste wissen, was ihn nach Bern getrieben hatte, was ihn beschäftigte, was seine Sorgen, Ängste und Pläne gewesen waren. Vielleicht konnte er damit endlich auch sich selbst vergessen.

Als er die Gerechtigkeitsgasse hinunter schritt, kam er zum Schluss, dass er im Moment weder als Antonio noch als Mauro, noch als Goldmann, noch als irgendwer erkannt oder angesprochen werden wollte. Novemberregen hin oder her – als Nächstes erstand er sich eine Sonnenbrille. Aber damit war nur ein Teil des Problems behoben. Die vertrauten Örtlichkeiten und die bekannten Gesichter erschwerten seine innere Verwandlung. Er musste Bern möglichst rasch verlassen.

Wohin, war die eine Frage, woher das Geld nehmen, die andere.

11

Matthias erschien mit Verspätung. Er trug den Arm im Gips und wirkte auch sonst angeschlagen. Kaum eingetreten, machte er kehrt und kam schliesslich mit der Reisetasche wieder zurück.

«Du musst Matthias sein. Ich bin Alex», stellte sich Mauro vor, bevor Einstein zu Wort kommen konnte. Und mit einem Blick auf den Gips meinte er: «Es tut mir leid wegen deinem Arm.»

«Schon gut», sagte Matthias. Er war nervös und wandte sich an Einstein: «Iche ikeste ine irde immkle.» Und mit einem Blick auf Mauro fragte er: «Ikane iche ifenofe ichenspre? Sonst gehe ich lieber gleich wieder.»

Einstein antwortete: «Alex ist dicht wie ein Grab, stumm wie ein Toter sozusagen. Du musst nicht Mattenenglisch sprechen.»

«Wenn ihr Geheimnisse habt, bitte», meinte Mauro ungerührt.

Sie setzten sich an den Tisch in der Werkstatt. Wegen der Hochnebeldecke herrschte auch zur Mittagszeit Dämmerlicht und Einstein hatte ein paar Kerzen angezündet. Es war gemütlich.

Während Mauro Spaghetti schöpfte, erzählte Matthias vom Überfall und von seinen Problemen. «Schlimm ist, dass ich mit dem Gips nicht spielen kann. Die Aufführungen am Wochenende mussten wir absagen. Und da sind auch noch die beschädigten Kostüme. Wenn es uns nicht gelingt, den Schaden unbemerkt zu flicken, dann gute Nacht. Dabei hätten wir die Kleider nur dieses Wochenende benötigt. Nur ein Wochenende, stell dir das vor, Einstein! Und jetzt dieser Schlamassel.»

«Und die Haftpflichtversicherung?», schlug Mauro vor.

«Erstens habe ich so was nicht und zweitens ist der materielle Schaden nicht das Hauptproblem. Der Job am Theater ist das Hauptproblem, verstehst du?»

«Nein», sagte Mauro, er verstand wirklich nicht.

«Das Problem ist, dass ich vergessen habe, um Erlaubnis zu fragen, als ich die Kleider mitnahm», sagte Matthias gereizt. Er stöhnte und rieb sich die Hand.

«Schlimmer Bruch?», fragte Mauro.

«Der Arzt sagt, es sei nichts verrutscht, aber trotzdem sind vier Wochen Gips nötig.» Matthias griff sich wieder an den Arm. «Der Gips ist beinahe schlimmer als der Bruch.»

«Ein Gips sollte nicht schmerzen», stellte Mauro fest.

«Was der Alex so alles weiss», spottete Einstein.

«Ich hatte auch mal einen Gips», erklärte Mauro rasch. «Zeig mal her.»

Die Hand war ziemlich angeschwollen.

«Hat man dir nicht gesagt, dass du die Hand hochlagern solltest?», fragte Mauro.

«Schon möglich», Matthias zuckte die Schultern. «Ich war ziemlich durcheinander ...»

«Der Gips ist zu eng. Der Arm hat zu wenig Platz. Man sollte ihn aufschneiden», meinte Mauro.

«Aufschneiden?» Entsetzt zog Matthias den Arm zurück.

«Nicht den Arm, den Gips», beschwichtigte Mauro. «Weil der Arm angeschwollen ist, hat er zu wenig Platz.»

«Pass auf», warnte Einstein. «Der Alex ist ein richtiger Quacksalber!»

Mauro warf ihm einen bösen Blick zu. «Wir sitzen doch hier in einer Werkstatt –», er sah sich suchend um.

Er fand rasch geeignetes Werkzeug. Während er den Gips vorsichtig der Länge nach öffnete, fragte er Matthias: «Und wirklich keine Ahnung, wer das gewesen sein könnte?»

«Absolut nicht», beteuerte Matthias. «Feige Diebe, die sich mit Lederkombi und Helm vermummten. Mein Kollege denkt, sie könnten uns für Geldkuriere gehalten haben. Jedenfalls waren sie offensichtlich enttäuscht, als sie den Inhalt der Tasche erblickten.»

«Ende Monat ist vielerorts der Zahltag fällig», nickte Mauro.

«Oder jemand vom Stadttheater, der dir eins auswischen wollte», meinte Einstein. «Künstler sind bekanntlich eifersüchtig.»

Matthias schüttelte nur den Kopf. «Ich wüsste nicht, wer. Wenn mir jemand auf die Füsse treten will, kann er das jederzeit tun – auch ohne Überfall. Ich stehe ganz unten auf der Leiter, weisst du. Wenn einer Grund zur Eifersucht hätte, dann ich. – Uuh, das tut gut!», stöhnte er erleichtert, als Mauro den Gips einen Spaltbreit öffnete.

Einstein führte in seiner Werkstatt sogar einen kleinen Verbandskasten. Mauro fand darin eine passende Binde und umwickelte den Gips. «Meine Revanche für den Hauslieferdienst», erklärte er. «Du solltest dich spätestens in drei Tagen bei deinem Arzt melden. Sobald der Arm abgeschwollen ist, muss der Gips wieder geschlossen werden.»

«Jeden Tag eine gute Tat, nicht wahr, Muri», bemerkte Einstein, als sie an den Tisch zurückkehrten.

«Wer ist Muri?», fragte Matthias irritiert.

Einstein biss sich auf die Unterlippe. «Eine komplizierte Geschichte ...», begann er, hielt aber inne, als er Mauros giftigen Blick bemerkte.

Zum Glück läutete in diesem Moment die Hausglocke.

«Über Mittag ist geschlossen», bemerkte Einstein, ging aber trotzdem zur Tür.

«Es ist Vera, sie verlangt nach Alexander», meldete er und blickte Mauro fragend an.

«Ist da», gab Mauro zurück.

Einstein liess Vera ein.

«Du hast was vergessen.» Sie schob ihm die Identitätskarte zu und küsste ihn flüchtig auf die Wange. Dann blickte sie sich um und fügte anerkennend an: «Gemütlich habt ihr's hier und riechen tut's auch nicht schlecht.»

«Spaghetti, von mir persönlich zubereitet. Hast du Hunger?», lud Mauro sie ein. Zu den andern gewandt, fragte er: «Ihr seid doch damit einverstanden? Darf ich vorstellen: Das ist Vera, der Paradiesvogel. Das sind Einstein, der Erfinder, Geri, der Indianer, und Matthias, der Pechvogel.»

«Kein Problem, fühl dich wie zu Hause», Einstein beeilte sich, ein weiteres Gedeck aufzutragen.

Vera brachte frischen Wind in die Bude. Sie unterschied sich nicht nur farblich von den vier Männern, auch stimmungsmässig bewegte sie sich auf einem andern Niveau. Mauro staunte, wie rasch sich ihre gute Laune auf die andern übertrug und wie leicht sie den Kontakt fand. Nach anfänglicher Zurückhaltung erzählte sogar Matthias von seinen Problemen. Vera konnte ihm die Adresse einer Näherin angeben, die sich mit Kostümen auskannte und den Schaden zwar nicht gratis, aber in aller Diskretion beheben würde.

Einstein entkorkte zur Feier des Tages eine Flasche Wein und entwickelte überhaupt eine gewisse Geschäftigkeit. Sogar Geri schien den neuen Gast wahrzunehmen und wirkte weniger abwesend als sonst.

«Ist das hier ein Mittagstisch für alleinstehende Männer», fragte Vera, als Einstein die Teller wegräumte und Mauro die Bialetti in Betrieb setzte.

«Man könnte es so nennen», erwiderte Einstein, «aber wir sind immer daran interessiert, unseren Kreis zu erweitern.» Er sah sie einladend an.

Sie erwiderte seinen Blick und meinte herausfordernd: «Ich versuch erst mal den Espresso.»

«Und dann?», fragte Einstein.

«Mal sehen», lächelte sie.

*

Matthias brach als Erster auf. Er wollte die beschädigten Kleider unverzüglich zur Reparatur bringen.

«Jetzt, wo wir unter uns sind –», meinte Mauro, holte Goldmanns Reisetasche hervor und stellte sie auf den

Tisch. «Ich bin sozusagen ein Mann ohne Gedächtnis, ich muss mir meine Vergangenheit zusammensuchen. In dieser Tasche steckt ein Teil von ihr. Ich habe mir in den vergangenen zwei Tagen viele Gedanken nicht nur zu Goldmanns Leben, sondern auch zu seinem Sterben gemacht. Da drin finde ich vielleicht ganz konkrete Antworten. Zum Beispiel die Antwort auf die Frage, ob Goldmann extra für den Sprung von der Brücke nach Bern gereist war.»

«Und warum hätte er das tun sollen?», fragte Vera.

«Die Kirchenfeldbrücke ist eine beliebte Adresse bei Lebensmüden.»

«Und wozu dann das Hotelzimmer?»

«Vielleicht wollte er sich seinen Todesort gründlich ansehen. Oder er hatte sich an seinem Lebensende einfach noch ein paar schöne Tage in Bern gönnen wollen.»

«Würde das ein Lebensmüder tun?», zweifelte Einstein.

«Möglicherweise war er nicht lebensmüde, sondern todkrank. Ein Todkranker könnte unter Umständen seine letzten Tage geniessen wollen. So einer begeht nicht aus Überdruss Suizid, sondern aus Angst vor dem Sterben.»

«Tönt für mich auch nicht wirklich einleuchtend: Angst vor dem Tod als Selbstmordmotiv», meinte Vera.

«Ich habe auch nicht gesagt Angst vor dem Tod, sondern Angst vor dem Sterben», dozierte Mauro, während er den nicht sehr umfangreichen Inhalt der Tasche auf dem Tisch ausbreitete: zwei komplette Garnituren Unterwäsche, eine Marken-Jeans, ein gebügeltes Hemd, eine Krawatte, ein Jackett, ein Pullover und ein paar warme Lederhandschuhe. Die Kleidungsstücke waren von ähnlich guter Qualität wie der Anzug, den Goldmann bei seinem Tod getragen hatte.

«Das passt irgendwie auch nicht zu einer Reise in den Tod», sagte Vera, nachdem sie einen Blick auf die Sachen geworfen hatte.

«Der Sprung von der Brücke geschah vielleicht doch ungeplant», gab Mauro zu. «Möglicherweise wurde Goldmann eine schlimme Diagnose eröffnet.»

«Es ist nicht immer der Körper, der über Leben und Tod bestimmt», meinte Einstein. «Man kann auch aus Liebeskummer, wegen eines Konkurses oder sogar wegen einer Kränkung Suizid begehen wollen. Nicht wahr, Muri?»

«Nenn mich nicht Muri und sei nicht tendenziös. Ich habe mich schliesslich nicht umgebracht.» Mauro wandte sich wieder dem Gepäck zu. «Eine Kurzschlusshandlung wäre gut möglich», versuchte er sich und die andern zu überzeugen. «Möglicherweise ist Goldmann aus geschäftlichen Gründen nach Bern gekommen.» Als Beweis hielt er die sorgfältig verpackte Krawatte in die Höhe. «Hoffentlich kein Konkurs! Das käme mir gar nicht gelegen.»

«Egoist», warf Einstein ein.

«Ein Beziehungsdrama würde meine Zukunft weniger belasten», sagte Mauro, bevor ihm einfiel, dass er ja keine Wahl hatte.

«Muri will es tatsächlich durchziehen», bemerkte Einstein zu Vera.

«Natürlich! – Und noch einmal: bitte Alex!»

«Ich bin nicht Muri, sagte Max Frisch.»

Mauro sah Einstein verständnislos an.

«Was bringt dir schon ein neuer Name?», fragte Vera.

«Sehr viel. Ich fühle mich jedenfalls wie neugeboren. Und mir schien auch, Alex habe es dir angetan.» Er legte seinen Arm um ihre Schulter.

Sie stiess ihn sanft, aber bestimmt zurück: «Das war letzte Nacht, heute ist ein neuer Tag.»

«So rasch ändert sich das?»

«Ich ändere lediglich meine Meinung, du immerhin deinen Namen.»

«Ich habe ein neues Leben begonnen, das ist etwas anderes.»

«Der Traum von einer Wiedergeburt, so alt wie die Menschheit ...», warf Einstein ein.

«Und weisst du, warum alle diesen Traum haben?», fragte Mauro. «Weil man im neuen Leben alles besser machen möchte. Ich lebe diesen Traum!»

«Du machst gleich zwei Überlegungsfehler. Erstens bringt ein neues Leben nicht gezwungenermassen eine Verbesserung. Und zweitens muss man, um neu zu beginnen, nicht unbedingt sterben.»

«Eben», sagte Mauro nur.

«Spannend ist es ja schon», gab Vera zu. «Ich erinnere mich an meine Zeit am Theater, da habe ich mir oft vorgestellt, wie es wäre, nicht nur einen anderen Menschen zu spielen, sondern auch ein anderer Mensch zu sein.»

Mauro legte Goldmanns Sachen mit Ausnahme des Nécessaires wieder in die Tasche zurück. «Für mich ist das Ganze mehr als ein Spiel. Alexander ist sozusagen an meiner Stelle gestorben. Ich habe ein neues Leben erhalten. Ohne diese Chance wäre vielleicht ich gestorben. Es ist wie bei einer Organspende, nur symbolischer eben, und deshalb auch umfassender ...»

«Wenigstens ist da seit kurzem auch bei dir ein gewisser Hang zum Philosophischen festzustellen», meinte Einstein versöhnlich. «Wer wir sind, wird auch durch unseren Namen definiert. So gesehen, könnte ein Namenswechsel tatsächlich zu einer neuen Identität führen.»

«Das versteh ich zwar nicht, aber solange du mich unterstützt, lasse ich deine gescheiten Kommentare gelten», sagte Mauro und öffnete das Designer-Nécessaire: «Wie ihr seht, lege ich auch bei der Körperpflege Wert auf Qualität.» Das edle Rasierzeug und das teure Aftershave von Boss deuteten darauf, dass der Tote wahrscheinlich kein konsequenter Bartträger gewesen war. Vielleicht hatte er sich in den letzten Tagen einfach nur vernachlässigt. Das konnte Mauro gut nachvollziehen, schliesslich war es ihm selber nicht anders ergangen. Neben anderen Marken-Hygieneartikeln fand er auch ein Couvert eines Reisebüros. Es war leer.

«Schade», meinte er. «Ich hatte eigentlich im Sinn, zu verreisen.»

«Die Reise, die uns am weitesten bringt, ist die Reise zu uns selbst, sagt Pessoa.»

«Der Philosoph hat gesprochen.» Mauro durchsuchte minutiös jeden Winkel des Beutels.

«Der Philosoph hat recht!», Vera klopfte Einstein anerkennend auf die Schulter.

Da entfaltete Mauro ein kleines Stück Papier, das er aus einem Seitenfach gefischt hatte. «Ein Beleg von der Gepäckaufbewahrung des Flughafens Zürich-Kloten», staunte er.

«Was willst du damit?», fragte Einstein.

«Was wohl? Hinfahren!», antwortete Mauro.

«Die reinste Schnitzeljagd», bemerkte Vera.

In diesem Moment ging die Türe.

Mauro fuhr zusammen und packte rasch Goldmanns Sachen zusammen

«Wo ist Geri?», fragte Einstein erschrocken und verliess die Werkstatt.

Wenige Minuten später kehrte er mit seinem sichtlich verstörten Bruder zurück.

«Was hat er?», fragte Mauro.

«Etwas bringt ihn durcheinander», stellte Einstein beunruhigt fest.

«Wahrscheinlich herrscht Krieg in seiner Parallelwelt», witzelte Mauro.

«Ich vermute eher zu viel Betrieb», sagte Einstein mit leisem Vorwurf «Er läuft weg, wenn er Angst hat. Das Problem ist, dass er nicht spricht. Die Leute wissen dann nicht, wo er hingehört.» Er fasste den Bruder behutsam an der Schulter und versuchte ihn zu beruhigen. «Alles in Ordnung, komm Geri, setz dich.»

«Du könntest ihm ein Schild mit deiner Telefonnummer um den Hals hängen», schlug Vera vor.

«Oder markier ihn irgendwie», ergänzte Mauro. «Häng ihm einen grossen Heliumballon ums Handgelenk, am besten an einer langen Schnur, dann siehst du ihn von weitem. Unauffälliger und sicherer wäre eine Art elektronische Markierung, etwas Ähnliches wie die Fussfessel im Strafvollzug.»

Einstein meinte nur: «Ich könnte auch einfach dafür sorgen, dass Geri mehr Ruhe hat.»

«Verstanden», sagte Mauro. «Ich ziehe aus. Es ist für alle besser. Das geht nicht gegen euch, aber mit alten Bekannten zusammen zu sein, erschwert den Identitätswechsel.»

Vera sagte: «Ich wollte mich sowieso verabschieden.»

12

Es war die neuste Version des MacBooks, ultraflach, federleicht, ausgerüstet mit allen Schikanen. Das passte gut zu Gabriel Kühne, dem Technikfreak, iPhone-Anwender der ersten Stunde und Statussymboljäger, der eine Rolex trug, BMW fuhr und regelmässig zum Shopping nach New York oder Tokio flog, je nachdem ob Outfit oder Elektronik angesagt war.

Vor drei Tagen war Gabriel nach New York abgereist, obwohl Technik auf der Einkaufsliste gestanden hatte; er wollte sich das neuste iPhone besorgen, bevor es in der Schweiz erhältlich war. In den letzten Tagen vor seiner Abreise hatte er oft genug damit geprahlt.

Mauro war deshalb davon ausgegangen, dass sich Gabriel in sicherer Distanz befand und er alle Zeit hatte, sich in dessen Wohnung umzusehen. Er war nicht nur hierhergekommen, um sich neu einzukleiden, er spielte auch mit dem Gedanken, sich für ein paar Tage in dieser Wohnung einzunisten. Eigentlich liess ihn nur der Umstand, dass er Gabriels Rückreisedatum nicht genau kannte, zögern.

Auch sein Wissen um den Wohnungsschlüssel hatte er der Prahlerei des Kollegen zu verdanken. Gabriel hatte behauptet, dass gerade die banalen Verstecke zur Aufbewahrung des Schlüssels besonders geeignet seien, da das Banale besonders häufig übersehen werde. Aldo, Mauros regelmässigster Tennispartner und seines Zeichens Berater in Sicherheitsfragen, hatte sich mit ihm auf eine Wette eingelassen. Zu dritt hatten sie sich zu Gabriels Wohnung am Donnerbühlweg begeben. Dreissig Sekunden bekam Aldo, um den Schlüssel zu finden. Er hatte es nicht geschafft. Dabei hatte Gabriel wirklich das banalste Versteck gewählt, das man sich ausdenken konnte: den Türvorleger. Natürlich stiess man nicht gleich beim ersten Blick auf den Schlüssel. Er lag in einem gut versteckten Schlitz im Gummi der Matte. Gabriel hatte es unheimlich genossen, den Sicherheitsexperten ins Leere laufen zu lassen.

Mauro konnte nicht widerstehen. Er klappte den Laptop auf und schaltete das Gerät ein. Er wusste, dass Gabriel gelegentlich im Behandlungszentrum operierte. Wer weiss, vielleicht würde er hier etwas Brauchbares über Buscolo oder Ferrari finden? Er hatte den ungerechtfertigten Rausschmiss auch als Alex noch nicht überwunden.

Während der Laptop aufstartete, rief er sich das letzte Gespräch mit dem Klinikdirektor in Erinnerung. «Wir bieten Ihnen an, das Verhältnis in gegenseitigem Einvernehmen aufzulösen, ansonsten sehen wir uns gezwungen, Sie fristlos zu entlassen», hatte ihm Cortesi eröffnet. «Für Ihr Curriculum könnte das einen unschönen Klecks bedeuten.»

«Ferraris Hintern?», hatte Mauro gefragt, Cortesi den Witz aber überhört, sodass Mauro angefügt hatte: «Ich verstehe absolut nicht, warum Sie mich auf die Strasse stellen wollen.»

«Wer spricht denn da von ‹Auf-die-Strasse-Stellen›?» Der Klinikleiter hatte sein gewinnendstes Lächeln aufgesetzt. «Trennung im gegenseitigen Einvernehmen. Schliesslich haben Sie eine Grenze überschritten, unser Vertrauen missbraucht. Und mit Ihren Vorwürfen an die Adresse von Professor Ferrari ...»

Mauro hatte ihn unterbrochen: «Es ging nicht darum, Vorwürfe zu erheben. Ich vermutete einen Irrtum. Das ist doch ein wesentlicher Unterschied!»

«Sie sind in seine Privatsphäre eingedrungen ...»

«Ich hatte eher das Gefühl, er war dabei, in die sehr private Sphäre seiner Sekretärin einzudringen ...»

Der Direktor hatte tatsächlich einen kurzen Moment erfolglos gegen ein Grinsen angekämpft, war aber sofort wieder förmlich geworden. «Wir legen grossen Wert auf korrekten Umgang und Diskretion. Das ist unser Kapital – natürlich neben unserer Fachkompetenz. Ihr Verhalten steht in krassem Widerspruch zu unseren Richtlinien und, wie soll ich sagen – zu unserem Stil ...»

«Sie meinen zu Ferraris Stil?»

Anstelle einer Antwort hatte ihm Cortesi die Vereinbarung zur Unterschrift zugeschoben. «Wir können das gütlich regeln.»

«Es geht mir nicht ums Geld, es geht mir um den Patienten», hatte Mauro insistiert.

«Ich kann Ihnen nur so viel sagen: Die weitere Behandlung des Patienten lag nicht bei Doktor Ferrari. Schon daraus können Sie schliessen, wie falsch Sie liegen.»

«Und was hindert Sie daran, mir Einblick ins Patientendossier zu gewähren?»

«Ihr Verhalten. Und jetzt unterschreiben Sie schon», hatte Cortesi verärgert gedrängt.

«Da haben Sie meine Unterschrift!» Mauro hatte das Papier in ein paar Fetzen zerrissen und das Büro verlassen. Und anschliessend hatte er in der Bar in den Marktlauben seine folgenreiche Sauftour gestartet.

Der Job hatte ihm sowieso nicht zugesagt. Und das angebotene Geld hätte er eh zu einem guten Teil seiner Ex rüberschieben müssen. Da war er halt entlassen und zahlungsunfähig, na und?

Mauro wandte sich dem farbig gewordenen Bildschirm zu.

Eigentlich hätte er es ja wissen müssen. Der Mistkerl hatte sein Gerät vor unerlaubten Zugriffen geschützt. Er tippte aufs Geratewohl eine Kombination ein. Der Computer gab einen Warnton von sich. Nach einigen weiteren erfolglosen Passwortversuchen gab er es auf.

Er sah sich weiter in der Wohnung um. Sie unterschied sich ziemlich von seiner Bude. Sorgfältig ausgesuchte Möbel und Nippes, alles sauber und gepflegt, die Möblierung nicht überladen, vielleicht eher eine Spur zu karg. Nur die paar persönlichen Aufnahmen und die Fachzeitschriften auf der Theke liessen einen Bewohner erahnen, ansonsten kam er sich wie in einer Vorzeigewohnung vor.

Es würde nicht einfach werden, hier zu wohnen, ohne Spuren zu hinterlassen, dachte Mauro und entschied, sich erst einmal auf die Lösung seines Kleiderproblems zu konzentrieren. Gabriel und er hatten eine ähnliche Statur, und das Verschwinden der paar Kleidungsstücke aus den übervollen Schränken würde er kaum bemerken.

Erst recht nicht nach New York. Wahrscheinlich kleidete er sich dort sowieso vollständig neu ein, obwohl Technik auf dem Programm stand.

*

Gabriel sass noch ziemlich schlaftrunken mit seiner Freundin in der Frühstückslobby des Mariott Midtown, als das Klingelzeichen seines Handys eine Nachricht meldete. Ein paar Hotelgäste blickten tadelnd auf. Das kümmerte ihn nicht. Als frisch beförderter Oberarzt erachtete er es als vornehme Pflicht, jederzeit erreichbar zu sein – auch in Amerika. Das Gefühl der Unentbehrlichkeit tat seinem Ego gut. Und auch wenn seine Freundin die Augen verdrehte, er wusste, dass sie im Grunde stolz auf ihn war. Ärgerlich war nur, dass er das brandneue iPhone wegen Konfigurationsproblemen noch nicht hatte in Betrieb nehmen können.

Er blickte auf das Display des alten – und stutzte.

Die Nachricht kam von seinem Mac in Bern. Er hatte den Laptop so konfiguriert, dass er beim Aufklappen die Webcam aktivierte und im Falle einer verzögerten oder falschen Passworteingabe automatisch ein Bild auf sein Handy sendete. Mit dieser Massnahme kontrollierte er die Integrität seiner Reinigungskraft. Er hasste neugierige Menschen. Ein unerlaubter Griff an seine Apparate war ein Kündigungsgrund.

Er überlegte kurz. In Bern war jetzt Nachmittag, Freitagnachmittag. Frau Sladic kam montags und donnerstags. An einem Freitag hatte niemand etwas in seiner Wohnung verloren.

Gespannt öffnete er die Mitteilung und betrachtete die Aufnahme. Sie zeigte einen Mann, der auf seinem Bürostuhl sass. Er hatte sich etwas abgewendet und blickte abwesend am Bildschirm vorbei. Das Bild war unscharf und das Gesicht im Gegenlicht zu dunkel. Er vergrösserte die Aufnahme, aber die Unschärfe blieb, wurde sogar noch störender.

Der Mann kam ihm bekannt vor, aber er konnte das Gesicht trotzdem nicht genau zuordnen. Was ihn noch fast mehr irritierte: Er wirkte überhaupt nicht gestresst, eher gelangweilt.

Ein merkwürdiger Einbrecher, dachte Gabriel.

Aber eben doch ein Einbrecher.

Er alarmierte unverzüglich die Polizei.

*

Bei der Auswahl der Kleidungsstücke beschränkte sich Mauro auf zwei Kriterien: Wintertauglichkeit und älter als ein Jahr beziehungsweise aus der Mode. Er fand einen Norwegerpullover und ein Paar Manchesterhosen. Ansonsten schien der Skihüttenstil nicht Gabriels bevorzugter Dresscode zu sein. Ein paar gefütterte Stiefel machten einen unbenutzten Eindruck. Damit schien deren Ausleihe selbst in Anbetracht des nahenden Winters verantwortbar. Mit solchen und ähnlichen Argumenten stellte Mauro bei seinem Streifzug durch eine beachtliche Anzahl von Schränken und Schubladen einen Stapel brauchbarer Kleider zusammen.

In der Küche stiess er auch auf ein paar hundert Franken Bargeld. Nach kurzem Abwägen nahm er einen Teil des Geldes an sich. Er schwor bei sich, Gabriel den Betrag bei Gelegenheit zurückzuzahlen. Aber im Moment war Bares noch fast wertvoller als warme Kleidung.

Dann zog er sich um. Im Spiegel in der Diele begutachtete er das Resultat. Er war einigermassen zufrieden. Kleider und Schuhe lagen eine halbe Nummer über seiner Grösse. Sie sassen entsprechend locker, er sah aus wie ein mässig erfolgreicher Versicherungsvertreter. Dieser Eindruck verstärkte sich noch, als er die Brille, die er im Jackett gefunden hatte, aufsetzte. Er nahm sie von der Nase und überprüfte die Gläser. Es war Fensterglas. Offenbar hatte auch Gabriel Verwandlungswünsche.

Er zog wieder seine eigenen Kleider an, stopfte die Brille in seine Tasche und packte die ausgewählten Kleidungsstücke in eine Segeltuchtasche, die er in der Garderobe gefunden hatte. Dann machte er einen Kontrollgang durch die Wohnung. Er wollte keine Spuren hinterlassen. In der Stube warf er zufällig einen Blick aus dem Fenster und sah wie sich zwei Männer auf der Quartierstrasse an der Südseite dem Gebäude näherten. Sie waren stämmig, robust gekleidet, und ihre gespannte Aufmerksamkeit passte nicht zu ihrem gemächlichen Gang. Mauro konnte die Polizeibeamten in Zivil förmlich riechen.

Versteckt hinter dem Vorhang, beobachtete er, wie die beiden stehen blieben und die Fassade hochblickten. Er konnte erkennen, wie sie die Stockwerke abzählten. Im dritten Stock, genau auf seiner Höhe, blieben ihre Blicke haften.

Er fragte sich, wer die beiden herbeigepfiffen haben könnte. Hatte ihn der Hausbewohner in der gegenüberliegenden Wohnung bei der Schlüsselsuche beobachtet – oder hatte jemand in der Wohnung unten Verdacht geschöpft?

Er sah, wie die Männer langsam das Haus umrundeten, wahrscheinlich, um zum Eingang zu gelangen.

Viel Zeit blieb ihm nicht.

Zunächst vergewisserte er sich, dass die Wohnungstüre abgeschlossen war. Dann ging er zurück zur Ankleide. Wahllos suchte er ein paar Hosen zusammen: Boss, Levis, Bogner – es spielte keine Rolle. Er knüpfte gerade die fünfte Hose Bein an Bein an die vierte, als er im Flur Stimmen hörte und kurz darauf die Türglocke schellte. Er schlich auf den Balkon.

Die Türglocke ging erneut, länger und eindringlicher.

Er hoffte, dass die beiden noch einen Moment warteten, bevor sie die Türe aufbrachen. Er knüpfte die Hosenkette am Geländer fest, prüfte den Knoten, vergewisserte sich, dass die Luft rein war, und begann sich abzuseilen.

Gut vier Meter über dem Boden endete die improvisierte Rettungsleine. Mauro stiess sich etwas von der Wand ab und sprang im Zurückschwingen auf den Balkon im ersten Stock. Er landete auf einem Gartentisch, der mit lautem Krachen kippte. Er rappelte sich hoch, stieg übers Geländer, liess sich zuerst hängen und schliesslich auf den Boden fallen. Er landete weich, aber sein Auftritt hinterliess deutliche Abdrücke im feuchten Boden.

Direkt über seinem Kopf öffnete sich ein Fenster.

Da rannte er los.

13

Limacher drückte den Startknopf.

Das Rattern der Maschine kam ihm ungewöhnlich laut vor. Lag es am Mahlwerk oder an der Tatsache, dass am Freitagabend der Lärmpegel des normalen Betriebs fehlte? Als er mit dem Kaffee durch die Gänge des Polizeipräsidiums schritt, begegnete er keiner Menschenseele. Die paar Beamten, die noch nicht ins Wochenende verreist waren, schienen einen weiten Bogen um ihn zu machen, als hätte er die Pest. Wie Schnecken in ihre Häuser hatten sie sich in ihre Büros zurückgezogen, damit sie nicht in letzter Minute mit einem lästigen Auftrag belangt werden konnten.

Etwas Ruhe war gut. Er hatte eben einen wichtigen Schritt vollzogen, einen Schritt in ein neues Leben sozusagen. Die Verhandlung vor dem Scheidungsrichter hatte mit Verspätung begonnen, dann aber kürzer gedauert als befürchtet. Eigentlich war es keine Verhandlung gewesen. Er hatte einfach dort gesessen und den richterlichen Urteilsspruch entgegengenommen. Zerrüttung der Ehe. Er konnte es akzeptieren, auch wenn es nicht ganz den Tatsachen entsprach. Zerrüttung tönte roh, wie ein aufreibender Kampf. In Wirklichkeit war das Gegenteil geschehen. Kapitulation anstelle von Kampf, Rückzug anstelle von Auseinandersetzung. Absterben einer Beziehung, das hätte es besser getroffen.

Gisela und er waren auseinandergedriftet, ohne es merken zu wollen. Solange Linda zu Hause gewohnt hatte, waren sie über ihre Tochter miteinander verbunden geblieben. Mit deren Auszug verschwand das letzte bindende Glied. Die Distanz wurde nicht nur offensichtlich, sie wuchs noch zusätzlich und rascher. Gisela hatte ihre Entschlüsse längst gefasst, viel früher als er. Linda würde von der Scheidung erst nach ihrer Rückkehr aus Kanada erfahren.

Limacher nahm einen Schluck von seinem Espresso. Er schmeckte ihm nicht, war wässrig und zu bitter. Als die Flüssigkeit die Speiseröhre hinunterfloss, spürte er einen unangenehmen Druck hinter dem Brustbein. Er fragte sich, ob sein Körper die Aufnahme des Getränks verweigerte oder ob der Stumpf einer abgestorbenen Beziehung einen derartigen Schmerz verursachte. Konnte nach einer gerichtlich vollzogenen Amputation eine Art Phantomschmerz am Herzen auftreten?

Dann liess der Druck nach und Limacher liess die Frage fallen. Er stellte das Gesöff beiseite und blätterte die Neueingänge durch. Am umfangreichsten war wie üblich der Stapel aus der Abteilung Verkehr. Erfahrungsgemäss würde dieser heute Abend weiter anwachsen. Nichts Neues bei Leib und Leben, dafür ein paar Meldungen wegen Sachbeschädigungen und Diebstahl.

Eigentlich waren Einbrüche nicht sein Gebiet. Aber der Fall vom Donnerbühlweg hatte offenbar zu Diskussionen geführt. Ein Einbruch, wo schon vor dem Ausrücken der Streife eine Aufnahme des Täters existierte. Das war zumindest im Privatbereich ein Novum.

Er überflog die Meldung. Der Alarm war von New York hereingekommen, auch das ein Novum. Der Wohnungsbesitzer, ein Arzt, hatte seinen Laptop nicht nur clever vor Missbrauch geschützt, er hatte zusätzlich ein intelligentes Meldesystem programmiert.

Eine zukunftsweisende Lösung, nicht nur für versierte Technikfreaks, dachte Limacher und las interessiert weiter. Seitens der Polizei wurde in üblicher Weise verfahren. Eine Streife in Zivil sollte den Täter überraschen. Aber der Dieb musste gewarnt worden sein. Mittels einer eilends gebastelten Rettungsleine war ihm die Flucht gelungen. Bemerkenswert war nicht nur die Art, sondern auch der Preis der Rettungsleine: Die verwendeten Markenhosen hatten einen Gesamtwert von weit über tausendfünfhundert Franken.

Limacher nahm noch einen Schluck und verzog das Gesicht. Der Espresso fiel definitiv durch. Vielleicht sollte er der Abteilung zu Weihnachten eine neue Kaffeemaschine schenken.

Er las den Bericht zu Ende. Die Streife hatte in der unangetastet wirkenden Wohnung offene Schranktüren und eine offensichtlich frisch gepackte Tasche voller Kleider gefunden. Garderobe und Laptop, etwas anderes schien den Dieb nicht interessiert zu haben. Nach einer ersten Bestandsaufnahme fehlten lediglich die für die Flucht verwendeten Hosen.

Nach Angaben des Arztes gab es in der Wohnung einen Tresor, den der Eindringling allerdings in Ruhe gelassen hatte. Möglicherweise war er zu früh gestört worden, oder er hatte etwas anderes gesucht. Dieser

Einbruch unterschied sich deutlich von den Delikten, wie sie üblicherweise durch mittellose Drogenabhängige oder Diebesbanden begangen wurden. Bevor man weitere Schritte unternahm, wollte man die Rückkehr des Wohnungsbesitzers abwarten.

Die Wohnung gehörte Dr. Gabriel Kühne, einem gebürtigen Deutschen, der seit über zehn Jahren in der Schweiz lebte. Er war plastischer Chirurg und nicht aktenkundig. Das Gesicht des Täters war dem Arzt nach seinen telefonischen Angaben nicht völlig unbekannt vorgekommen, auch wenn er keinen konkreten Verdacht äussern konnte. Er hatte in seiner Karriere schon einige tausend Patienten behandelt. Auch jemanden aus der Nachbarschaft wollte er nicht ausschliessen. Dafür sprach, dass der Einbrecher sich eines mangelhaft versteckten Wohnungsschlüssels bedient hatte.

Kühne hatte vorgeschlagen, das Bild des Täters in YouTube zu veröffentlichen. Das war jetzt Mode und hatte sich bei der Identifikation der Täterschaft auch schon als hilfreich erwiesen. Aber man hatte ihm trotzdem abgeraten. Vor allem der Qualität der Aufnahme wegen.

Limachers Blick glitt über das Bild. Es war in mehrerer Hinsicht von schlechter Qualität. Unscharf, im Gegenlicht und in einem Winkel aufgenommen, der die Gesichtszüge nicht klar abbildete. Das Gesicht konnte unzähligen Männern zugeordnet werden. Die zu erwartenden Meldungen zu überprüfen, wäre für die Fahndung eine kaum zu bewältigende Aufgabe gewesen. Kam dazu, dass die Veröffentlichung einer Aufnahme, die nicht aus eigenen Quellen stammte, nicht unproblematisch war. Die Echtheit des Bildes müsste zuerst genau überprüft werden. Seine Kollegen hatten richtig entschieden.

Er legte das Bild auf den Stapel zurück und nippte noch einmal an der Tasse. Schnupperte. Kein Zweifel: Das unbefriedigende Ergebnis war nicht nur auf die Dominanz der Bitterstoffe, sondern auch auf den zu kurzen Abgang zurückzuführen. Vielleicht liessen sich diese Mängel wenigstens teilweise mit einer etwas geringeren Durchlauftemperatur und einem feineren Korn beheben. Er würde es versuchen. Denn immerhin erinnerte der Geruch des Getränks in seinen Komponenten durchaus an den Espresso im Nullpunkt.

Limacher stutzte, stellte die Tasse ab und nahm noch einmal Kühnes Dossier zur Hand.

Er erinnerte sich jetzt ganz deutlich an seinen Zügeltag. Ein Mann hatte ihn kontaktiert, wollte Informationen zu Lo Russos Befreiungsaktion verkaufen.

Damals hatte er vergeblich versucht, dem Anrufenden ein Gesicht zu geben.

Nun lag es vor ihm.

*

Er hatte es eilig wegzukommen. Seine Habseligkeiten packte er in Goldmanns Reisetasche.

Einstein machte keine Anstalten, ihn zurückzuhalten. Im Gegenteil, sein plötzlicher Aufbruch schien ihn zu erleichtern. «Ich vermute, das sind nicht die letzten Schwierigkeiten in deinem neuen Leben», kommentierte er, als ihm Mauro von seiner missglückten Kleiderbeschaffung berichtet hatte. «Und Geri wird die Ruhe guttun.»

Der Indianer stand am Fenster, wippte mit dem Körper im Takt des Regens und schien darauf zu warten, dass sich der graue Vorhang hob.

«Auch ich benötige Ruhe», meinte Mauro.

«Du steckst noch keine zwei Tage in deiner neuen Identität und schon hast du die Polizei am Hals. Denkst du nicht auch, es wäre an der Zeit, in dich zu gehen?»

«Nein. Denk ich nicht. Und ich lerne schnell, ein zweites Mal wird mir das nicht passieren. Eine Fahrt zum Flughafen, noch der eine oder andere Abschiedsbesuch – aber danach hält mich in Bern nichts mehr.»

«Du willst abhauen?»

«Hast du dir vorgestellt, ich hätte meine Zelte abgebrochen, um mein neues Leben in Bern zu beginnen?»

«Ich habe mir gar nichts vorgestellt.»

«Ich schon», sagte Mauro knapp. Er berührte Geri sanft am Arm und umarmte Einstein kurz. «Danke vorerst für alles. Du bist ein perfekter Freund. Bevor ich verschwinde, werde ich mich auf jeden Fall noch bei euch melden.»

«Und wohin gehst du jetzt?»

«Was spielt das für eine Rolle?»

*

Der Kollege vom Diebstahl hatte keine Freude an Limachers Anruf.

«Eigentlich bin ich gar nicht mehr da.»

«Nur kurz. Es geht um den Fall am Donnerbühlweg.»

«Der Dieb ist zwar entwischt, aber immerhin konnte grösserer Schaden verhindert werden. Es scheint nichts zu fehlen», verteidigte sich der Beamte.

«Darum geht es mir nicht. Die Aufnahme des Täters – sie hat mich an jemanden erinnert», sagte Limacher unbestimmt.

«Ach ja?», meinte der andere nicht wirklich interessiert.

«Kennen wir den Arzt?» fragte Limacher. «Ich wüsste gern mehr über ihn.»

«Seit wann überprüfen wir die Bestohlenen?» Der Widerstand des Kollegen wurde spürbarer.

«Wenn mich nicht alles täuscht, ist der Einbrecher ein alter Bekannter – nicht unbedingt ein Dieb.»

«Sondern?»

«Möglicherweise ein ehemaliger Informant.»

Sein Kollege zögerte. «Das müsste ich am Montag mit der Teamleitung besprechen. Ich meine: Nächste Woche, das reicht doch wohl, oder?»

«So rasch wie möglich», drängte Limacher. «Du besorgst mir Informationen zum Arzt, und ich liefere Angaben zum Einbrecher.»

«Wir haben beschlossen, Kühnes Rückkehr abzuwarten. Das kann uns viel Arbeit ersparen. Wir sind im Moment in der Klemme. Es fehlt überall an Leuten. Wir sollten Überstunden abbauen und dabei steht uns die schlimmste Zeit des Jahres noch bevor …»

«Schon gut», beschwichtigte Limacher, «am Montag sehen wir weiter.»

Er legte auf, griff nach dem Handy, wo er Holzers Nummer gespeichert hatte.

«Ja?», meldete sich sein ehemaliger Vorgesetzter aus der Abteilung für verdeckte Ermittlungen.

«Limacher. Hallo Werner, wie geht es …»

«Ah Christian. Ich stecke in einer Besprechung. Etwas Dringendes?», fragte Holzer knapp.

«Ein Einbruch, der dich interessieren könnte», sagte Limacher.

«Ja?»

«Jemand ist in eine Wohnung eingedrungen, machte sich am Computer zu schaffen und verschwindet wieder.»

«Etwas gestohlen?»

«Soweit ich die Dinge überblicke, nein. Der Einbruch erinnerte mich an unsere gemeinsamen Zeiten.»

Limacher erzählte von der Webcam und vom Bild, das der Wohnungsbesitzer übermittelt hatte. Er schloss mit den Worten: «Die Aufnahmequalität ist zwar himmeltraurig, aber das Gesicht erinnert mich an einen alten Bekannten.»

«Einen gemeinsamen Bekannten?»

«Genau.»

«Ich seh's mir an», versprach Holzer.

Limacher legte auf. Er wusste, was zu tun war. Er beherrschte die Regeln noch immer. Bei dieser Abteilung nannte man keine Namen, beschriftete man keine Bilder und hinterliess man keine Spuren. Er würde Holzer Goldmanns Bild kommentarlos an die übliche Adresse übermitteln.

Genau wegen dieses ewigen Versteckspiels hatte er sich vor gut einem halben Jahr zum Kanton versetzen lassen. Er hatte bei seinem früheren Job nicht nur das Gefühl gehabt, zu vereinsamen und in einer irrealen Welt zu leben, er sah in dieser Art Arbeit mindestens auch teilweise einen Grund für das Scheitern seiner Ehe. Die verdeckte Tätigkeit hatte ihn gezwungen, Ausreden zu benutzen, Lügen zu kreieren oder sich in Schweigen zu hüllen. Er hatte den Job gewechselt, weil er endlich einer Arbeit nachgehen wollte, über die er sprechen durfte, die sich mit realen Problemen befasste und für die er sich nicht zu schämen brauchte.

Er blickte aus dem Fenster. Die Lichterketten der Strassen zogen sich wie Adern durch die Häuserreihen und die stockenden Fahrzeugkolonnen erinnerten ihn an einen Pulsschlag.

Er hatte auf einmal das starke Bedürfnis auszugehen, sich unter die Leute zu mischen, den Puls der Stadt nicht nur zu beobachten, sondern sich von ihm anstecken zu lassen, ihn in seine Adern aufzunehmen. Er schaltete das Mobiltelefon aus und griff nach Mantel und Schirm.

Für seine Ehe war der Entscheid zum Stellenwechsel zu spät gekommen. Für ihn hoffentlich nicht.

14

Mauro beobachtete seine Mitbewohner. Am Nebentisch sassen Engländer, etwas weiter weg Japaner, dann eine Gruppe Deutscher und drei Kanadier; die übrigen Gäste konnte er nicht mit Bestimmtheit einer Nationalität zuordnen. Er war ein Fremder unter Fremden – und das mitten in Bern. Er fühlte sich nicht nur sicher, er war auch sonst zufrieden mit seiner Wahl. Die Jugendherberge lag zentral und doch etwas versteckt. Sie befand sich in unmittelbarer Nähe der Matte und Einsteins, aber auch in der Nähe von Bahnhof und Behandlungszentrum. Von hier aus konnte er seine wichtigsten Ziele problemlos zu Fuss erreichen.

Er hatte sich vorerst für zwei Tage angemeldet. Zusammen mit einem Koreaner, der gebrochen Englisch sprach, bewohnte er einen Sechserschlag. Es stimmte alles. Für wenig Geld war er mit dem Nötigsten versorgt. Sogar ein Internetanschluss stand ihm zur Verfügung.

Er ass langsam. Fast wie Geri, dachte er, als er den Bissen Butterbrot breiig kaute. Vielleicht sollte er wirklich einen Gang zurückschalten, schliesslich war es nicht zuletzt seine Ungeduld gewesen, die ihn in seinem früheren Leben immer wieder in Schwierigkeiten gebracht hatte. Und nach dem missglückten Besuch in Kühnes Wohnung schien ihm erst recht Besonnenheit angesagt.

Den Zwischenfall hatte er allerdings nicht primär sich

selber zuzuschreiben. Das verunsicherte ihn. Er konnte sich nicht erklären, warum die Polizei so rasch zur Stelle gewesen war. Er hoffte nur, dass er nicht allzu viele Spuren hinterlassen hatte. Wenigstens hatte er beim Betreten der Wohnung, mehr aus Zufall wegen der Kälte als aus Voraussicht, Handschuhe getragen.

Auch als Alexander Goldmann durfte er sich nicht alles erlauben, er hatte sogar eine gewisse Verantwortung. Das war ihm erst gestern bewusst geworden. Bis dahin war ihm sein neues Leben eher als ein Spiel vorgekommen. Das Leben, ein Spiel? Diese Einsicht hatten schon berühmtere Männer gehabt. Er bedauerte, dass ihm das nicht bei der Diskussion mit Einstein in den Sinn gekommen war. Es hätte den Philosophen sicher beeindruckt.

Er beendete sein Frühstück und betrachtete einmal mehr das Familienfoto. Es musste ein wichtiger Schlüssel zu seiner Vergangenheit sein, sonst hätte Goldmann es kaum derart gut geschützt auf sich getragen. Noch vor dem Essen hatte er seine Recherchen fortgesetzt und war seiner jüdischen Abstammung nachgegangen. In den historischen Registern von Osteuropa war er fündig geworden: Im Warschau der Vorkriegszeit hatte eine Familie Goldmann gelebt. 1943 beteiligte sich Aaron Goldmann am Aufstand im Ghetto. Kurze Zeit später wurde er mitsamt seiner Familie – es gab nicht näher bezeichnete Angehörige und Nachkommen – ins Vernichtungslager Treblinka deportiert. Dort verloren sich die Spuren. Sämtliche Familienangehörigen galten als Opfer der Massenvernichtung. Mauro hatte ausgerechnet, wenn ein Sohn der Familie Goldmann überlebt hatte, sei es im Lager oder ausserhalb des Lagers, dann konnte Alexander Goldmann ein Enkel eben dieses Aaron Goldmann aus Warschau gewesen sein. Im Internet fand er zwar keine entsprechenden Hinweise, aber sein Aussehen sprach keineswegs gegen die jüdische Herkunft. Er bedauerte, dass auf Schweizer Identitätskarten keine Angaben zur Religion gemacht wurden.

Er erwog die Vor- und Nachteile jüdischer Wurzeln. Wenn Alexander Goldmanns sämtliche Vorfahren und Verwandten dem Genozid zum Opfer gefallen waren, dann erleichterte das den Rollentausch gewaltig. Andererseits hatte er keine Ahnung von einem jüdischen Lebensstil, und wenn er jetzt aus dem Fenster ins trübe Marziliquartier blickte, suchte er seine Wurzeln eigentlich lieber im Süden als in Osteuropa.

Draussen zeigte der November sein hässlichstes Gesicht: Kalter Nieselregen benetzte die Stadt unablässig und hüllte sie in ein dunkles, farbloses Grau. Sämtliche Spuren der herbstlichen Farbenpracht hatte er weggewischt. Die Menschen hatten sich in ihre Häuser zurückdrängen lassen, und sogar die Kinder fehlten auf den Strassen.

Mauro fröstelte. Die kalte Nässe schien die Scheiben zu durchdringen. Er räumte sein Geschirr zusammen und verliess den Speisesaal. Sein nächstes Ziel war der Flughafen in Zürich. Dort erwartete ihn ein weiteres Puzzleteil seiner künftigen Vergangenheit.

Ein Unfall im Kandertal durchkreuzte Limachers Pläne, sich an diesem Wochenende aus dem Karton zu befreien. Das störte ihn nicht weiter. Aufräumen und Ordnung Schaffen war noch nie seine Sache gewesen. Darin unterschied er sich wesentlich von den meisten seiner Polizistenkollegen.

Die Niederschläge hatten Bern durchnässt, dem Oberland hingegen den ersten Schnee beschert. Wie jedes Jahr führte der Wintereinbruch zu zahlreichen Verkehrsunfällen. Und auch dieses Jahr waren nicht primär die Strassenverhältnisse, sondern die mangelhafte Ausrüstung der Fahrzeuge schuld daran. Meist gab es lediglich Blechschaden, aber am frühen Samstagmorgen kam es in der Nähe von Kandersteg zu einer mittleren Katastrophe. Bei einem Unfall mit einem Kleinbus fanden drei Menschen den Tod, und es gab fünf Schwerverletzte.

Als Limacher mit seinen Leuten eintraf, war der Unfallhergang weitgehend geklärt. In einer steilen Rechtskurve hatte der Fahrer die Kontrolle über das Fahrzeug verloren. Der Bus war von der Strasse abgekommen und einen Abhang hinuntergestürzt. Trotz sofortiger Alarmierung der Rettungskräfte war für zwei Männer jede Rettung zu spät gekommen, ein dritter war auf dem Weg ins Spital verstorben.

Wegen der unübersichtlichen Situation bezüglich der Identität der Unfallopfer waren Limacher und seine Kollegen des kriminaltechnischen Dienstes aufgeboten worden.

Der Bus hatte im Auftrag einer deutschen Firma Gastarbeiter aus dem Osten zu einer Baustelle im Wallis transportiert. Bei mindestens zwei der Arbeiter fanden sich identische Papiere. Zusätzlich erschwert wurde die Identifikation durch sprachliche Probleme. Ihr Chef, und gleichzeitig Chauffeur und Dolmetscher der Gruppe, der Einzige, der hätte Auskunft geben können, war tot.

«Obduktion bei allen Opfern?», fragte Martens vom Institut für Rechtsmedizin, als die Säcke mit den Toten verladen wurden.

«Und DNA», forderte Limacher. «Und zwar nicht nur bei den Toten, sondern auch bei den Verletzten. Wir müssen alle überprüfen. Auf die Papiere können wir uns nicht verlassen. Ich ahne nichts Gutes.»

«Alle?», stöhnte Martens. «Wie stellst du dir das vor? Zwei der Verletzten sind in Interlaken hospitalisiert, einer in Thun und drei liegen im Inselspital ...»

«Interlaken ist nicht ab der Welt, Thun liegt auf dem Rückweg und die Insel vor den Toren des Instituts. Wir überprüfen alle.»

«Das sagt sich schnell», jammerte Martens, «an die Arbeit denkt keiner. Wenn jemand schummelt, haben wir die Mühe und die Kosten.»

Limachers Handy surrte.

Nach einem kurzen Blick aufs Display – es zeigte einen unbekannten Teilnehmer an – nahm er das Gespräch entgegen.

«Holzer», meldete sich eine Stimme.

Limacher hatte den Einbrecher vom Donnerbühlweg bereits wieder vergessen.

«Du hast mir das Bild geschickt ...»

Da fiel der Groschen. «Ich habe den Anruf meines

Assistenten erwartet, deshalb habe ich nicht gleich geschaltet. Ein Verkehrsunfall in Kandersteg beschäftigt uns gerade ziemlich ...»

«Arbeitest du neuerdings auf der Strasse?», spottete Holzer. «Was für ein Abstieg!»

«Im Moment würde ich nicht ungern den Verkehr regeln. Wir stecken voll drin: Neben winterlichen Verhältnissen und mangelhaften Fahrzeugen finden wir hier unklare Identitäten und Verdacht auf Schwarzarbeit. In diesem Unfall steckt nicht nur ein Haufen Arbeit, sondern auch jede Menge journalistischer Zündstoff. Die Frage nach Personenkontrollen, Vorwürfe an den Winterdienst ...»

«Sehnsucht nach dem alten Posten?»

«Fehlanzeige.»

«Gib's doch zu. Ist doch langweilig, Tote zu untersuchen. Und dann noch die Plage mit der Presse. Das bringt doch nichts.»

«Dafür ist es einfacher mit dem Gewissen zu vereinbaren, Mörder und Einbrecher zu jagen, als Einbrüche zu vertuschen und Verbrecher zu schützen.»

«Keine wirklich gute Aufnahme», sagte Holzer unvermittelt. Er vertrug die Kritik an seiner Arbeit schlecht, auch wenn er wusste, dass seine Abteilung an den Grenzen der Rechtsstaatlichkeit operierte.

«Aber ich hatte recht?», wollte Limacher wissen.

«Er sieht ihm in der Tat ähnlich. Nur: Er arbeitet nicht mehr für uns.»

«Aber er hat für uns gearbeitet», antwortete Limacher. «Und er hat sich vor kurzem bei mir gemeldet.»

«Tatsächlich?» Holzer war einen Moment sprachlos. «Warum hast du das nicht gleich gesagt.»

«Weil ich dachte, er habe sich vielleicht bereits bei euch gemeldet.»

«Nein. Was wollte er?»

«Es gab doch vor knapp zehn Tagen diese spektakuläre Befreiung eines Mafioso in Neapel. Erinnerst du dich?»

«Ja, ich erinnere mich. Vincenzo Russi, genannt die Katze ...»

«Lo Russo», korrigierte Limacher. «Zu ihm wurden mir Informationen angeboten.»

«Wann?»

«Vor einer Woche.»

«Wie gesagt, ich habe nichts von ihm gehört und er ist nicht mehr unser Mann.»

«Aber damit ist das Problem doch nicht gelöst. Seine Spezialität waren die Beziehungen zum organisierten Verbrechen ...»

«Er ist nicht vertrauenswürdig», unterbrach Holzer. «Es gab starke Zweifel. Und gerade, als wir ihn näher überprüfen wollten, kam der Befehl, die Dinge ruhen zu lassen. Von oberster Stelle.»

«Wer ist schon vertrauenswürdig?»

«Bei wem, sagtest du, wurde eingebrochen?», fragte Holzer schliesslich.

«Ich sagte noch nichts. Die Wohnung wird von einem Arzt bewohnt.»

«Kennen wir ihn?»

«Meines Wissens nicht.»

«Ergibt das einen Sinn?»

«Nein.»

«Stört es uns?»

«Sei nicht zynisch», entgegnete Limacher. «Wir wissen längst, dass das organisierte Verbrechen nördlich der Alpen Fuss fasst. Und in Bern haben wir doch einfach keine Ahnung. Ich finde, wir sollten der Sache nachgehen.»

«Wir?», fragte Holzer kühl. «Du vergisst erstens, dass du nicht mehr zuständig bist, und zweitens, dass auch bei uns die Zeit nicht stehen geblieben ist.»

«Dann sieh dir wenigstens seine Akte an, schau, woran er zuletzt gearbeitet hat. Und den Chirurgen.» Holzer sagte nichts und Limacher fügte an: «Du weisst, ich habe keinen Zugang mehr zu diesen Dingen. Sonst würde ich es selber erledigen.»

«Mal sehen, was sich machen lässt.».

«Die Mafia in Bern, das muss dich doch interessieren!»

«Die Mafia ist überall», bemerkte Holzer und legte auf.

*

Die Gepäckaufbewahrung befand sich etwas versteckt, im obersten Geschoss. Als er die Abfertigungshalle durchquerte, warf er einen Blick auf die Anzeigetafeln. Madrid, Rom, Paris, Kairo, Singapur, New York und andere ferne Destinationen blinkten ihm verheissungsvoll entgegen. Er hätte viel darum gegeben, jetzt gleich verreisen zu können. Aber noch war er nicht so weit.

Der Mann nahm das Papier entgegen und studierte es ausführlich. Er verlangte einen Ausweis zu sehen. Immerhin war das Gepäck vor über einer Woche abgegeben worden.

«In Ordnung, Herr Goldmann, warten Sie einen Moment», sagte er und verschwand hinter den Regalen.

Mauro hatte keine Ahnung, was ihn erwartete. Vom einfachen Handgepäck bis zum Überseekoffer kam alles in Betracht. Er wartete gespannt.

Der Gepäckmensch erschien mit einer etwas voluminös anmutenden Aktentasche. «Kostet zweiundsiebzig fünfzig», sagte er.

Mauro reichte ihm einen Hunderter, und während der Mann mühsam das Wechselgeld herauszählte, besah er sich das Gepäckstück. Es handelte sich um eine Laptoptasche, und sie wirkte ziemlich vollgestopft. Er öffnete den Reisverschluss einen Spaltbreit. Er war etwas enttäuscht, denn er bekam lediglich ein Stück Stoff zu sehen. Am liebsten hätte er die Tasche auf der Stelle untersucht, aber er wurde beobachtet.

Mauro nahm das Wechselgeld entgegen und vergewisserte sich: «Keine weiteren Gepäckstücke?»

Der Gepäckmann schüttelte den Kopf. «Vermissen Sie etwas?» Es tönte misstrauisch.

«Nein. Alles bestens. Danke.» Mauro machte, dass er wegkam.

Er begab sich gleich wieder zu den Bahngeleisen im Untergeschoss des Flughafens. Auf dem Perron setzte er sich auf eine Bank. Zunächst öffnete er das Hauptfach. Unter den wenigen Kleidungsstücken, es waren Sommerkleider, entdeckte er nicht den erwarteten Laptop, sondern einen schmalen Metallkoffer. Er war erstaunlich schwer und abgeschlossen.

Mauro langte in seine Tasche und probierte den Schlüssel, den er in Goldmanns Gürtel gefunden hatte. Er passte.

Er blickte sich kurz um, bevor er den Deckel leicht anhob. Er stiess ihn gleich wieder zu. Die Frau auf der Nachbarbank warf ihm einen neugierigen Blick zu.

Mauro lächelte freundlich entschuldigend und legte den Metallkoffer zurück. Er zog den Reissverschluss zu und hielt die Tasche fest umklammert.

Dann schloss er die Augen und führte sich noch einmal den Kofferinhalt vor Augen.

*

Limacher war zufrieden. Die Pressekonferenz war unerwartet glatt über die Bühne gegangen. Noch waren nicht alle Einzelheiten geklärt, aber sie hatten die Fragen der Journalisten parieren können.

Schuld am Unfall waren weder der reduzierte Winterdienst noch irgendwelche verkehrstechnischen Probleme gewesen. Das Fahrzeug aus Polen war ganz einfach mangelhaft ausgerüstet gewesen. Mit den Sommerreifen – und diese erst noch mit abgefahrenem Profil – hatte der Chauffeur auf der schneebedeckten Strasse keine Chance gehabt. Zudem waren die Sitzbänke nicht ordnungsgemäss angebracht worden. Als sich der Wagen überschlug, lösten sie sich aus den Halterungen, was die Katastrophe noch verschlimmerte.

Mehr offene Fragen gab es zu den Unfallopfern. Die Arbeiter stammten gemäss ersten Erkenntnissen aus Polen, aber da sich ihre Papiere als gefälscht erwiesen, musste diese Frage noch geklärt werden. Die Baufirma hatte Taglöhner aus dem Osten angeheuert, angeblich weil sie mit ihren Arbeiten in Verzug geraten war. Für drei der Männer bestanden regelkonforme Arbeitsverträge; nur waren anstelle von den drei Arbeitern nun deren neun eingereist.

«Was macht das für einen Sinn?», fragte Berner nach der Pressekonferenz seinen Chef.

«Soweit wir wissen, arbeiteten die Männer in Dreiergruppen auf drei unterschiedlichen Baustellen. Bei einer Stichkontrolle weisen alle drei einen gültigen Vertrag auf. Der Kontrolleur kann nicht ahnen, dass auf zwei andern Baustellen jeweils drei weitere Männer mit den gleichen Verträgen arbeiten.»

«Raffiniert», staunte Berner. «Und was soll das bringen?»

«Die Leute schwarzarbeiten zu lassen und gleichzeitig Geld zu waschen. Die Firma bezahlt neun Leuten den Lohn – in der Buchhaltung erscheinen aber nur drei Angestellte. Nur wer Schwarzgeld loswerden muss, hat ein Interesse an einer derartigen Buchführung.»

«Wer mag dahinterstecken?»

«Die Vermittlungsfirma genoss bisher einen seriösen Ruf. Ohne den Unfall wäre der Schwindel auch kaum ans Licht gekommen. Es gibt eine Menge Schwarzgeld auf der Welt …»

In diesem Moment ging Berners Telefon. «Spaziergänger haben in der Engehalde eine Leiche entdeckt», meldete er weiter.

«Allmählich haben wir genug Leichen», meinte Limacher. «Weiss man etwas Näheres?»

«Die Streife vor Ort meint, vieles spreche für unseren vermissten Arzt.»

«Wenigstens eine Leiche, die fehlte. Sie ist also buchstäblich aufgetaucht», sagte Limacher.

*

Nicht nur des plötzlichen Reichtums wegen hielt Mauro für seine Rückfahrt nach Bern einen Klassenwechsel für angebracht. Am Samstagnachmittag war die erste Klasse schwach besetzt. Zu Recht hatte er angenommen, hier mehr Ruhe für die weitere Untersuchung des Gepäcksstücks zu finden. Trotzdem vergewisserte er sich immer wieder, dass sich niemand in seiner Nähe befand oder auch nur im Anmarsch war.

Er hatte sich nicht getäuscht. Der Koffer enthielt bündelweise Euroscheine, Zweihunderter, Hunderter und Fünfziger. Die Scheine, die Goldmann in seinem Gürtel getragen hatte, waren sozusagen nur das Handgeld gewesen.

Bündel für Bündel, sich immer wieder absichernd, dass er wirklich unbeobachtet war, zählte Mauro das Geld. Nach einer knappen Viertelstunde hatte er einen ziemlich genauen Überblick gewonnen. Alles in allem steckten im Koffer gegen hundertneunzigtausend Euro, umgerechnet rund eine Viertelmillion Schweizerfranken.

Das war mehr Geld, als er je besessen hatte. Seine finanziellen Sorgen waren vorerst gelöst.

Eine andere Frage drängte sich angesichts des Bargeldes dafür umso unangenehmer auf: Warum hatte sich Goldmann umgebracht?

In der Hoffnung auf eine Antwort untersuchte Mauro den Rest der Tasche. Die Kleider liessen keine Rückschlüsse zu. Sie passten schlecht in den November und konnten darauf hindeuten, dass Goldmann aus wärmeren Gefilden angereist war – oder dass er ursprünglich vorhatte, in wärmere Gefilde abzureisen.

Im Aussenfach befand sich dann auch tatsächlich ein Umschlag mit Reisedokumenten. Da war zunächst einmal ein Ticket für einen Flug von Zürich nach Neapel für den 16. November, den Tag vor Goldmanns Suizid. Die restlichen Papiere waren in Italienisch abgefasst. Es handelte sich um eine verbindliche Reservation für eine Transatlantiküberfahrt auf einem portugiesischen Frachter, genauer gesagt, für eine Schiffspassage von Neapel nach Montevideo. Das Ticket galt für eine Person. Hatte Goldmann eine unauffällige Gelegenheit gesucht, nach Südamerika zu gelangen?

Gemäss den Unterlagen würde das Schiff Neapel in Woche neunundvierzig verlassen. Bis spätestens am fünften Dezember sollte sich Goldmann bei der Reederei melden. Dann würde auch das genaue Auslaufdatum des Frachters bekannt sein. Mauro blickte auf die Datumsanzeige seiner Uhr. Das war in ziemlich genau zwei Wochen.

Er legte die Papiere ins Fach zurück und schloss die

Augen. Weihnachten in Südamerika, mit den Taschen voller Geld. Die Vorstellung war verlockend. Und dass das Schiff in Neapel auslief, kam ihm sehr entgegen. Eine Reise nach Neapel war sowieso überfällig.

Er untersuchte das zweite Aussenfach der Tasche. Er fand einen Reiseführer über Südamerika, ein italienisch-spanisches Wörterbuch sowie einen Impfausweis. Mauro überprüfte das Dokument: Punkto Impfungen war Goldmann absolut à jour gewesen.

Und schliesslich stiess er noch auf etwas, das nicht so recht zu den Reiseunterlagen passen wollte. In einen Schal eingewickelt war ein kleines Metallkästchen, sehr flach und nicht viel grösser als eine Zündholzschachtel.

Mauro studierte das Teil eingehend. Grösse, Form, Aufbau, Anschlüsse für Elektroden – obwohl er noch nie einen in den Händen gehalten hatte, kam er zum Schluss, dass es sich hier um einen ausrangierten Herzschrittmacher handeln musste.

Aber wer trägt einen gebrauchten Schrittmacher mit sich herum, und warum?

Drei mögliche Antworten kamen ihm in den Sinn.

Erstens: Goldmann war Herzspezialist gewesen und führte den Apparat aus beruflichen Gründen mit sich. Diese Möglichkeit schloss Mauro aus. Bei seinen Recherchen im Internet hätte er auf einen Hinweis stossen müssen. Ein Spezialarzt zog in der heutigen Zeit Spuren im Netz, erst recht, wenn es sich um einen Herzspezialisten handelte.

Zweitens: Goldmann war selber Träger eines Schrittmachers gewesen, sein Gerät hatte gewechselt werden müssen, und er hatte das alte Modell als Erinnerungsstück behalten. Dagegen sprach nicht nur Goldmanns Alter. Er hätte beim nächtlichen Kleidertausch an der Aare trotz der schlechten Belichtung die entsprechende Narbe kaum übersehen; und zudem hätte Goldmann in diesem Fall wohl über einen Schrittmacherausweis verfügt.

Drittens: Das Teil stammte von jemandem, der Goldmann nahegestanden hatte, zum Beispiel von einem Elternteil. Denkbar, dass sein Vater oder seine Mutter kürzlich verstorben war. Mauro wusste, dass derartige Geräte vor einer Kremation ausgebaut werden mussten.

Diese Variante gefiel ihm am besten und mit ihr liess sich vieles erklären: Goldmann hatte seinen letzten Elternteil verloren, eine Menge Geld geerbt, plante die Ausreise nach Südamerika und behielt den Schrittmacher als Erinnerungsstück. Blieb die Frage, warum er nach Bern gereist und sich hier von der Brücke gestürzt hatte. Aus Trauer über den verstorbenen Schrittmacherträger.

Mauro betrachtete das Gerät näher. Firmenaufschrift und Seriennummer waren noch gut lesbar, lediglich die Elektrodenanschlüsse schienen leicht beschädigt. Er schob es ins Aussenfach der Tasche zurück. Dann öffnete er noch einmal kurz den Koffer, entnahm ihm ein paar grosse Scheine und stopfte sie in seine Jackentasche.

Zufrieden lehnte er sich zurück. Er umarmte das neue Gepäckstück wie einen Schatz. Die Tasche hatte zwar viele Fragen unbeantwortet gelassen, aber sie eröffnete völlig neue Perspektiven. Das Geld erlaubte ihm die Planung von Alex' Zukunft, und der Schrittmacher konnte ihm dabei helfen, mehr über seine Vergangenheit zu erfahren.

Wie schon nach der Nacht bei Vera befiel ihn ein leichter Schwindel. Aber heute hatte er nicht das Gefühl, den Boden unter den Füssen zu verlieren, sondern das Gefühl, als sei er endgültig in seinem neuen Leben angekommen.

15

Der verregnete Sonntag stand ganz im Zeichen des unerwarteten Reichtums. Als Erstes buchte er das Zimmer um. Er wechselte vom Sechserschlag ins Einzelzimmer und erkundigte sich nach Möglichkeiten, Wertsachen zu deponieren.

«Probleme mit dem Zimmergenossen, Alex?», fragte Karin von der Rezeption besorgt, als er sein Anliegen vorbrachte.

«Nein, alles bestens. Aber ich fühle mich etwas krank. Ich möchte niemanden anstecken, und etwas Ruhe kann auch nicht schaden.»

Er versuchte etwas kränkelnd dreinzublicken. Es gelang ihm offenbar.

«Na, dann gute Besserung», wünschte ihm Karin und fügte bedauernd an: «Ob krank oder gesund: Leider wirst du so oder so den vollen Preis bezahlen müssen.»

«Schon klar», erwiderte Mauro und schaute noch schwächer drein.

Gleich nach dem internen Umzug begab er sich zum Bahnhof. Zunächst suchte er die Schanzenpost in der Nähe des Bahnhofs auf, welche auch sonntags geöffnet hatte. Es gab nicht viele Leute in der Halle. Er kam gleich an die Reihe.

«Ich benötige Postpakete für Auslandsendungen», wandte er sich an die Beamtin.

«Welche Grösse, bitte?»

«Ein Paar warme Socken sollte darin schon Platz finden.»

«Dann empfehle ich Ihnen Paketgrösse Nummer zwei. Eines?»

«Ein Dutzend. Wie lange braucht so ein Paket, um Neapel zu erreichen?»

«Der italienische Zoll macht im Moment Probleme mit der Paketpost. Es gibt regelmässig Verzögerungen von ein paar Tagen bis zu zwei Wochen. Briefe sind weniger problematisch.»

«Was heisst Probleme?», wollte Mauro wissen.

«Die Pakete werden am Zoll geöffnet und nicht selten zurückbehalten.»

Er zögerte. Er musste sich etwas anderes einfallen lassen.

«Dann doch nur ein Paket», korrigierte er und schob zweihundert Euro unter dem Panzerglas hindurch.

«Wünschen Sie das Wechselgeld in Euro?», fragte die Postangestellte, während sie die Echtheit des Geldscheins auf dem Gerät überprüfte.

«In Franken, bitte», antwortete Mauro, er hatte ein mulmiges Gefühl. Was, wenn die Scheine gar nicht echt waren? Er suchte in aller Eile nach einer Rückzugsstrategie. Noch bevor er zu einer Lösung gekommen war, zählte die Beamtin das Wechselgeld heraus und überreichte es ihm mit dem PostPac.

«Vielen herzlichen Dank», sagte Mauro überschwänglich. Das Geld war also echt!

Unverzüglich begab er sich in die Shoppingzone des

Bahnhofs und erstand sich zuerst die dringend benötigte Wäsche, dann zwei Biskuitdosen, Klebeband, Papier und Schreibzeug. Die Einkäufe stopfte er in eine Reisetasche, die er ebenfalls neu kaufte.

Auf dem Rückweg dachte er über seinen Reichtum nach. Er hatte keine Idee, wie er das Geld am besten ausser Landes schaffen konnte. Ein Konto zu eröffnen, kam nicht in Frage. Er wollte keine Spuren legen. Sollte er es einfach in einem Koffer mitführen, wie Goldmann?

Warum hatte der das Geld nicht auf der Bank gelagert? Hatten sich die Banker geweigert, das Geld anzunehmen? Aber was war das für ein Idiot, der deswegen nach Bern fuhr, sich umbrachte und am Flughafen in Zürich eine Viertelmillion und ein Schiffsticket nach Übersee hinterliess?

Mit dem vielen Geld war das Rätsel um Alex Goldmann jedenfalls nicht kleiner geworden. Eine weitere Lösung, die ihm in den Sinn kam, verdrängte er.

*

«Sind Sie bereit?», fragte Berner.

«Wenn es sein muss», hauchte Frau Matter mit tonloser Stimme.

«Leider ja». Berner schickte sich an, das Tuch zurückzuziehen.

«Warten Sie!» Frau Matter schloss die Augen und klammerte sich mit ihren knochigen Händen an seinem Ärmel fest.

Die Situation war für Berner auch physisch unangenehm. Sie roch nach abgestandenem Rauch und billigem

Parfum. Riechen war noch nett ausgedrückt. Hatte ihm Limacher etwa deswegen den Vortritt gelassen? Schonte er sein empfindliches Riechorgan auf seine Kosten? Berner fand, dafür schuldete ihm Limacher ein Bier.

Er betrachtete die Mutter des Toten von der Seite. Ihr dünnes Haar hatte sie nur notdürftig hergerichtet, die Augen waren gerötet, die Haut blass und ungesund gefleckt. Sie schien zu frieren, die Lippen hatten sich bläulich verfärbt. Vielleicht auch wegen des abgewetzten Wintermantels erinnerte ihn ihre Erscheinung an diesen Obdachlosen. Heruntergekommen und krank, dachte Berner und fragte sich ernsthaft, ob es eine gute Idee gewesen war, die Frau zur Leichenschau zu bestellen.

«Wenn es Ihnen zu viel wird …»

Sie gab sich einen Ruck. «Bringen wir's hinter uns.»

Berner zog das Tuch zurück.

Frau Matter zwang sich, den Toten anzublicken.

Sie wandte sich gleich wieder ab. «Mein Gott, Mauro», stammelte sie und sank schwer auf den Stuhl, den ihr Berner zuschob. Sie schluckte und würgte.

Berner wusste nicht, ob sie mehr gegen die Tränen oder gegen den Brechreiz ankämpfte. Er hätte ihren Ekel verstanden. Der Tote bot einen hässlichen Anblick. Seine Haut war aufgedunsen. Die leicht geöffneten Augen schimmerten in einem leblosen und undefinierbaren Grau. Über die Stirne zogen sich Schürfspuren und am Hinterkopf erahnte man eine grössere Wunde. Bei diesem entstellenden Anblick wirkte das relativ unversehrte dunkle Haar wie eine Perücke.

«Ihr Sohn?», fragte er nach.

«Er ist es», schluchzte sie und vergrub das Gesicht in ihren Händen. «Mein Junge. Mein Gott, warum muss mir das geschehen!»

«Ich bringe Sie nach draussen», sagte Berner und führte die Frau aus dem Kühlraum. «Sie werden meiner Kollegin, Frau Loosli, leider noch ein paar Fragen beantworten müssen. Wir fahren Sie anschliessend nach Hause.»

«Positiv», raunte er der Polizistin zu, bevor er sich von der Frau verabschiedete.

Diese reagierte kaum. Still und elend beweinte sie ihren Sohn.

«Ist das Care Team orientiert?», fragte die Kollegin.

Berner schüttelte stumm den Kopf.

«Ich mach das.»

*

«Wenigstens hier eine klare Situation», kommentierte Limacher, als ihm Berner wenig später von der Identifikation berichtete.

«Das heisst, die Leiche ist freigegeben?», wollte Berner wissen. «Der Staatsanwalt wartet nur noch auf dein O. K.»

«Auf die DNA-Analyse sollten wir trotzdem nicht verzichten.»

«Muss das wirklich sein?», entgegnete Berner. «Die Spurensicherung ist heillos überfordert. «Kandersteg ist noch nicht verarbeitet und vom Inselspital sind gestern zwei weitere unklare Todesfälle reingekommen. Die Freigabe brächte dem Labor Entlastung.»

«Warum hat die Gegenüberstellung eigentlich nicht schon gestern stattgefunden?» Limacher überging Berners Bemerkung.

«Wir hatten zuerst auf die Ehefrau gesetzt. Sie war jedoch nicht bereit, herzukommen, und liess ausrichten, dass sie mit ihrem Mann nur noch per Anwalt kommuniziert habe. Wir hätten eine richterliche Verfügung benötigt und dazu kommt, dass sie Matter in den letzten zwei Jahren kaum je gesehen hat.»

«Geschieden?»

«So gut wie.»

«Aha. Und weiter?»

«Seine Mutter war nicht ganz einfach ausfindig zu machen. Sie hat ihren Wohnsitz auf einem Campingplatz am Neuenburgersee. Da sie kein Auto besitzt, musste sie von der Streife abgeholt und nach Bern gefahren werden.»

«Ist die Identifikation deiner Meinung nach über jeden Zweifel erhaben?»

«Sie hat überhaupt nicht gezögert! Dank der tiefen Wassertemperatur ist der Leichnam relativ gut erhalten geblieben. Natürlich ist er aufgedunsen und weist die üblichen Treibspuren vom Fluss auf. Die grosse Wunde am Hinterkopf hat aber keinen Einfluss auf die Gesichtszüge. Die Blinddarmoperation hat sie ebenfalls bestätigt. Und zuvor hatte sie schon den Ring mit den Initialen MC als den seinen identifiziert. Sie ist geschieden. Ihr Mann hiess Calabretto.»

Limacher sagte nichts.

Berner fasste das Zögern seines Chefs als Ausdruck

des Zweifelns auf. «Ich meine, der Fall war schon vorher klar. Die Bomberjacke: gehört eindeutig Matter. In seinen Taschen hat man neben dem Geldbeutel mit Ausweisen auch einen Wohnungsschlüssel gefunden: alles Matters Eigentum. Sogar eine halb aufgelöste Rechnung vom Restaurant Schwellenmätteli liess sich entziffern und in Zusammenhang mit Matters Sauftour bringen. Datum und Uhrzeit stimmen mit den Aussagen des Obdachlosen überein. Die Verletzung am Hinterkopf dürfte nach Einschätzung des Arztes beim Aufprall entstanden sein. Die Kirchenfeldbrücke ist an dieser Stelle immerhin gegen vierzig Meter hoch».

«Hab ich dir gesagt, dass mich der Tote irgendwie an den Einbrecher am Donnerbühlweg erinnert?», fragte Limacher unvermittelt.

«Eine unscharfe Aufnahme und eine vier Tage alte Wasserleiche. Da fände sich sogar eine Ähnlichkeit zwischen dir und mir.»

Limacher unterdrückte ein Lächeln. Berner neigte zu Übergewicht und sein pausbackiges Gesicht verlieh ihm eine gewisse Gemütlichkeit. Er hingegen war schlank, um nicht zu sagen: mager. Aber Berner hatte trotzdem recht, ein paar Tage im Wasser machten die Menschen einander ähnlich.

Berner wiederholte: «Der Fall war schon vor der Identifikation klar.»

«Mich stört, wenn alles klar ist», erwiderte Limacher.

«Verwenden wir doch unsere Kräfte für das, was unklar ist, Christian. Wir haben jede Menge unerledigter Fälle im Kühlraum.»

Ein müde wirkender Kollege streckte den Kopf zur Türe herein. «Frau Matter möchte gehen. Ist das in Ordnung?»

Die leichte Ungeduld in seiner Stimme erinnerte Limacher daran, dass heute Sonntag war und dass seine Leute nicht scharf darauf waren, den Tag im Amt zu verbringen.

«Natürlich», sagte er freundlich.

«Der sah auch nicht fit aus», meinte Berner, als sie wieder unter sich waren.

«Vielleicht hast du recht», lenkte Limacher ein, «zu viele offene Baustellen.» Und dabei dachte er auch an seine Wohnung, die er eigentlich heute hatte aufräumen wollen.

«Das heisst, die Leiche ist freigegeben?»

«Ja», sagte Limacher ohne Überzeugung.

*

Auf dem Parkplatz vor dem Institut für Rechtsmedizin rauchte Frau Matter Zigarette um Zigarette und weinte leise vor sich hin.

Man hatte ihr mitgeteilt, wenn sie sich noch einen Moment gedulde, könne sie die Papiere gleich mitnehmen. Als Berner sich ihr näherte, drückte sie mit zittrigen Fingern den Stummel in den Aschenbecher. Sie stolperte, als sie sich ihm zuwandte.

«Passen Sie auf sich auf!», mahnte der Polizist und überreichte ihr den Umschlag. «Hier sind alle nötigen Dokumente für die Beisetzung.»

«Danke. Wann kann die Kremation frühestens angesetzt werden?», fragte sie leise.

«Morgen Vormittag wird Ihr Sohn in den Schosshaldenfriedhof überführt, dann steht dem nichts mehr im Weg.»

«Es wird keine grosse Sache werden, nur im kleinen Kreis, aber möglichst rasch, wissen Sie.» Es tönte wie eine Rechtfertigung.

Berner überreichte ihr ein kleines Paket: «Hier sind noch ein paar persönliche Effekten. Die Uhr, die Schlüssel, der Siegelring ...»

«Den soll er behalten ...»

«Wie Sie wünschen», der Beamte wickelte das Paket auf und entnahm ihm den Ring. Frau Matter beobachtete ihn dabei.

«Warten Sie», stiess sie auf einmal hervor. Sie nahm den Ring in die Hand und betrachtete ihn kurz: «Man soll mit der Kremation doch noch zuwarten – geht das?»

«Das lässt sich richten. Stimmt etwas nicht?»

«Es gibt noch einen Vater», sagte Frau Matter sichtlich aufgewühlt und drückte dem Beamten den Ring in die Hand.

«Brauchen Sie Hilfe?», fragte Berner.

«Ich habe jemanden, der zu mir schaut», versicherte Frau Matter rasch und stieg in den wartenden Wagen.

Berner atmete tief durch. Er fragte sich erst jetzt, ob der leicht süssliche Geruch, der von der Frau ausging, nicht von ihrem Parfum, sondern von einer Alkoholfahne herrührte. Schnaps war nicht nur bei Menschen vom Land ein immer noch beliebtes und verbreitetes Allerheilmittel, auch zur Beruhigung nach schlechten Nachrichten.

16

Je sechzigtausend Euro verstaute er in den beiden Biskuitdosen. Zu diesem Zweck hatte er das Geld in Zeitungspapier verpackt und diese Pakete mit Plastikfolie und Klebeband umwickelt. Nun beschriftete er die Pakete mit *Fotos 1991, Fotos 1992* und so weiter und klebte sie auf dem Boden der Dose fest. Als Füllmaterial benutzte er ebenfalls Zeitungspapier. Am Schluss verklebte er die Dosen sehr sorgfältig und beschriftete sie mit *Dokumente I* und *Dokumente II*.

Schon während der Bastelarbeit hatte er eine Flasche Prosecco geöffnet und seinen unerwarteten Reichtum gefeiert. Er wusste nicht, was ihn euphorischer stimmte, seine Zukunftsfantasien oder das Getränk. Jedenfalls nicht der Blick aus dem Fenster. Nur die erfreuliche Aussicht, auf der südlichen Hemisphäre zu überwintern, liess ihn den tristen Anblick ertragen.

Nach getaner Arbeit legte er sich aufs Bett und versuchte einmal mehr, sich in Goldmann zu versetzen. Wie gern hätte er ihn über seine Absichten ausgefragt. Uruguay einfach! Was hatte das zu bedeuten? Wartete dort eine grosse Liebe auf ihn? Die Familie? Ein Auftrag? Oder eine neue Existenz? War Alexander auf der Flucht? War er ein Wirtschaftskrimineller? Ein Auftragskiller? Ein Geschäftsmann, der mit der Kasse feige vor dem Konkursbeamten floh?

Solange er nicht mehr über Goldmann wusste, musste er eigene Pläne verwirklichen. Bei der Suche nach seinem künftigen Domizil würde er sich Zeit lassen. Uruguay tönte vielversprechend, aber im Vordergrund seiner Sehnsüchte standen Städte wie Rio, Santiago oder Buenos Aires. Wahrscheinlich war es gescheiter, sich an einem Ort niederzulassen, wo es noch andere deutschsprechende Auswanderer gab. Dort fiel er weniger auf, und an einem solchen Ort könnte er vielleicht sogar eine kleine Praxis betreiben. Als Goldmann hatte er zwar kein Diplom vorzuweisen, aber seine Fachkenntnisse würden für ihn sprechen. Am Morgen würde er ein paar Patienten beraten und am Nachmittag in der Sonne liegen, am liebsten an der Copacabana. So liess sich der Winter ertragen!

Er gönnte sich ein weiteres Glas Prosecco und ging in Gedanken den Strand entlang.

Noch bevor er seinen Traum zu Ende gedacht hatte, schlief er ein.

*

Zwei Stunden später verliess er die Jungendherberge, schwer beladen und mit schwerem Kopf, aber in umso leichterer Stimmung.

Er hatte die beiden zum Abschied ins Restaurant Schwellenmätteli einladen wollen, aber Einstein hatte abgelehnt. «Geri», hatte er erklärt, «ist schon genug durcheinander. Wenn du den Abend mit uns verbringen willst, dann komm zu uns. Und falls du unbedingt etwas zum Essen beitragen möchtest, dann bring eine gute Flasche Wein oder etwas zum Dessert mit.»

Mauro tat beides. Das Konfekt aus den Dosen hatte er in improvisierte Säckchen abgefüllt. Für Einstein hatte er zudem eine Dreierkiste guten Wein und für Geri ein Kaleidoskop beschafft. Er hatte sich vorgestellt, dass dessen unbekannte Welten durch die verzerrende Optik einen neuen Reiz erhielten. Mit diesen Geschenken und einem Einkaufsgutschein wollte er sich bei den beiden für die Aufnahme bedanken.

Neben den Mitbringseln führte er auch die beiden umfunktionieren Biskuitdosen mit. Ihm wurde übel, wenn er daran dachte, dass er in der Papiertasche über hunderttausend Euro lose mit sich trug. Aber noch weniger gefiel ihm die Idee, das Geld in der Jugendherberge zu lagern. Bei Einstein glaubte er sein Vermögen einigermassen in Sicherheit. Geld interessierte diesen nicht. Die grösste Gefahr schien ihm, dass der zerstreute Erfinder die Dosen irgendwo verlegen oder für etwas anderes benutzen könnte. Vorsichtshalber hatte er den Schriftzug *Kambly* mit *nicht wegwerfen!* überklebt.

Der Weg in die Matte führte ihn der Aare entlang. Es war noch keine Woche her, seit er mit Pascal Oberli auf der andern Seite des Flusses die halbe Nacht verbracht hatte, aber es kam ihm vor wie eine Ewigkeit.

Er hielt inne und suchte das gegenüberliegende Ufer ab. Vom Penner war nichts zu sehen, auch dessen Kartonbehausung schien geräumt. Wahrscheinlich hatten sich ihm nach seiner rührenden Geschichte nicht nur jede Menge Herzen, sondern auch ein paar Türen geöffnet. Mauro gönnte ihm sein Glück, umsomehr, als sich auch für ihn selbst die Dinge positiv entwickelten.

Lediglich drei offene Baustellen sah er noch vor sich. Wenn diese geschlossen waren, konnte er verreisen. Erstens musste das viele Geld irgendwie nach Neapel verschoben werden. Dann hatte er noch eine Rechnung mit dem Behandlungszentrum offen, wobei er im Moment keine Ahnung hatte, wie er die begleichen konnte. Und schliesslich wollte er Nina ein letztes Mal sehen.

Er blickte nach oben und suchte die Stelle, wo Goldmann das Geländer überstiegen haben musste. Die Höhe der Brücke war auch von unten gesehen schwindelerregend. Er musste wirklich verzweifelt gewesen sein!

Sein Blick glitt nach unten. Dort, wo Goldmann auf der Böschung aufgeschlagen war, hatten sich ihre Lebenswege gekreuzt: Alexander Goldmann im freien Fall, Mauro Matter gestrandet. Durch einen kleinen Eingriff hatte er die beiden Lebenslinien neu verknüpft, aus der Kreuzung einen Knoten gemacht.

Bisher schien alles aufzugehen, nur seine offenen Fragen liessen sich nicht beantworten. Im Gegenteil: Alles, was von Goldmann zum Vorschein kam, lieferte keine Antworten, sondern bloss neue Fragen.

Während er sich der Matte näherte, beschlich ihn das ungute Gefühl, etwas zu übersehen oder falsch zu gewichten. Er kannte das Gefühl aus der Klinik. Bei Patienten mit einer mehrfachen Problematik war es nicht immer einfach, neue Symptome richtig zu interpretieren. Ein Husten bei einem Frischoperierten konnte alles bedeuten, von der einfachen Erkältung über die beginnende Lungenentzündung oder Herzinsuffizienz bis hin zur tödlichen Lungenembolie. In dieser Situation das Richtige zu tun, war nicht nur eine Frage des Wissens und der Erfahrung, es war die eigentliche Kunst. Die Quittung für die Entscheide erhielt man oft erst im Nachhinein. Im schlimmsten Fall, wenn der Patient gestorben war.

*

Sein Weg führte ihn an Matteschulhaus, Mühlepark mit Stadtmühle, Mühlebeiz und Matterlaube vorbei. Er liess diese Stationen von Mauro Matters Leben unbeachtet. Als er die Tür zur Werkstatt aufstiess, wehte ihm eine Welle warmer und wohlriechender Luft und gleich darauf – und zu seinem Erstaunen – Vera entgegen. Sie begrüsste ihn herzlich und doch distanziert.

Heute trug sie einen Pullover mit rot-weiss-schwarzen Linien und Rhomben, der ihr fast bis zu den Knien reichte. Ein Ledergurt mit einer massiven Schnalle betonte die schlanke Taille. Um ihren Hals schlang sich ein oranger Seidenschal.

«Du siehst blendend aus», sagte Mauro anerkennend, «hast du mich erwartet?»

Sie lächelte geheimnisvoll und fragte anstelle einer Antwort: «Immer noch auf deinem Trip?»

«Natürlich. Und es ist, bitte sehr, kein Trip, sondern mein neues Leben.»

«Entschuldigung», sagte Vera versöhnlich, aber auch etwas spöttisch. «Ich versteh trotzdem nicht, was dir Alex auf die Länge bieten kann.»

«Die Chance, alles ein bisschen besser zu machen.»

«In welcher Beziehung?»

«Zum Beispiel in unserer Beziehung», er sah sie herausfordernd an.

Sie hielt seinem Blick stand, lächelte, sagte aber nichts.

«Was treibt eigentlich dich hierher?», fragte Mauro, nachdem er eingetreten war.

«Hausbehandlungen», antwortete sie.

Mauro sah sie fragend an und sie führte ihn in die Küche.

Einstein war mit Kochen beschäftigt. Aber schon von hinten war die Veränderung erkennbar. Sein dichtes Haar war frisch geschnitten. Weil sich an verschiedenen Stellen widerspenstige Wirbel zeigten, wirkte es trotzdem ungebändigt.

Mauro grinste: «Du siehst aus, als ständest du unter Strom.»

Vera strich über Einsteins Haar und meinte: «Fühlt sich ganz gemütlich an.»

Auch Geri war frisch frisiert. Sein schulterlanges Haar war in der Mitte sauber gescheitelt. Die Stirnfransen waren gekürzt und mit Gel zum Stehen gebracht worden. Er trug ein Haarband, geflochten im Stil südamerikanischer Strickkunst. Das aufgestellte Haar konnte man bei oberflächlicher Betrachtung durchaus für eine Federspitze halten und nun sah er wirklich wie ein Indianer aus.

«Hugh», grüsste Mauro und drückte ihm das Kaleidoskop in die Hand. Geri lächelte versonnen. Mauro versuchte ihm beizubringen, wie das Glas zu gebrauchen war. Er hielt es ihm vor die Augen. Geri blickte mit demselben unbestimmten Blick durch das Rohr, mit dem er zuvor die Küchenwand bestaunt hatte.

«Wir können gleich essen», meldete Einstein. «Zu Goldmanns Ehren gibt es Bigos.»

«Ist das jüdisch?», fragte Mauro.

«Absolut nicht. Das polnische Nationalgericht. Ein Eintopf mit Schweinefleisch, Sauerkraut, Weisskraut und viel Zwiebeln – das Richtige für einen kalten Winterabend. Alex müsste das eigentlich kennen.» Er tischte die Pfanne auf und Mauro entkorkte eine Flasche Wein.

«Ich hoffe, der Nero d'Avola vom Italiener passt», sagte Mauro probierte einen Schluck. «Der Verkäufer sieht mich jedes Mal an, als sei ich ein Gespenst.»

«Bist du ja in gewissem Sinn auch», meinte Einstein.

«Apropos Gespenst», warf Vera ein, «hast du die neusten Nachrichten gehört? Sie haben den Toten aus der Aare identifiziert.»

«Welchen Toten?» Mauro verschüttete beinahe den Wein.

«Im Wehr an der Engehalde ist gestern eine Leiche entdeckt worden.»

«Und?», fragten Mauro und Einstein gleichzeitig.

«Es handelt sich um den vermissten Mauro Matter.» Vera versuchte die Nachrichtensprecherin zu imitieren.

Mauro sprang auf: «Ist das wirklich wahr?»

Auch Geri war aufgestanden. Er sah aus wie ein aufgescheuchtes Wild. Mit weit geöffneten Augen fixierte er Einstein. Auf seiner breiten Stirn bildeten sich grobe Falten. Dann begann er mit dem Oberkörper zu wippen.

Einstein fasste ihn leicht um die Schulter. «Nur ruhig, Geri. Alles ist in Ordnung. Muri regt sich auf.»

«Alex», korrigierte Mauro und setzte sich wieder.

«Tut mir leid, Winnetou», entschuldigte er sich. «Das ist ein wichtiger Moment in meinem Leben, was sag ich, der wichtigste Moment, sozusagen die Geburt. – Es sei denn, Vera verarscht mich.»

«Natürlich nicht. Wir können ja in einer Viertelstunde die Nachrichten hören ...»

«Was sagen sie?»

«Genau das, was ich gesagt habe: Die Leiche wurde von Angehörigen identifiziert.»

«Ich glaube es nicht. Ich hatte darauf gehofft. Aber jetzt bin ich trotzdem überrascht. Für meine Familie bin ich tatsächlich gestorben. In diesem Moment ist gewissermassen der Point of no Return überschritten.»

Er hob das Glas. «Auf Alex.»

«Du spinnst», sagte Vera und prostete ihm zu.

«Von mir aus. Aber vielleicht denke ich einfach etwas weiter als ihr. Wir werden ins Leben geworfen, wir werden nicht gefragt, wo und wie wir starten wollen. Warum sollten wir also nicht auch das Recht haben, ein Leben abzulehnen? Ich mache von diesem Recht Gebrauch. Ich lehne Mauro Matters Leben ab. Aber ich bringe mich nicht um, ich übernehme einfach dasjenige von Alexander Goldmann. Das ist doch legitim.»

«Das tönt logisch und ist trotzdem total schräg», erwiderte Vera. «Die Vergangenheit hängt dir immer am Hals.»

«Von welcher Vergangenheit sprichst du?», fragte Mauro. «Ich habe doch noch gar keine Vergangenheit. Meine Vergangenheit ist noch keine Woche alt.»

«Goldmann hat seine Vergangenheit nicht mit in die

Aare genommen. Du kannst sie nicht einfach übernehmen.»

«Ich nehme Goldmanns Vergangenheit an, wie einer, der das Gedächtnis verloren hat. Ich übernehme nur, was ich weiss – und was mir gefällt.»

«Deine Vergangenheit bist du trotzdem nicht los», warf Einstein ein.

«Doch! Indem ich für die andern Vergangenheit bin, bin auch ich meine Vergangenheit los.»

«Hoffnungslos», kommentierte Einstein und sie assen einen Moment schweigend.

Schliesslich meinte Vera: «Ich habe mich gefragt, wie so etwas möglich ist.»

«Was?», fragte Mauro.

«Wie konnte deine Frau oder deine Mutter den Toten für dich halten? Eine Mutter muss doch ihr Kind erkennen.»

«Die beiden haben mich in den letzten Jahren kaum je gesehen.» Mauros Stimme klang einen Moment bitter. Dann erklärte er – vielleicht mehr sich selber als den andern: «Der Tote gleicht mir wie ein Bruder. Zudem trug er meine Papiere auf sich, meinen Siegelring, meine Kleider, und er hatte genau so lange im Wasser gelegen, wie ich vermisst wurde.»

«Aber irgendwo hat doch jeder Mensch etwas Besonderes», zweifelte Vera.

«Nach ein paar Tagen im Wasser ist nichts mehr, wie es war. Zum Beispiel ist die Augenfarbe schon nach einem Tag nicht mehr erkennbar. Das Wasser weicht die Hornhaut auf ...»

«Können wir das Thema wechseln, bis wir fertig gegessen haben?», unterbrach Vera.

«Dürfte schwierig sein», meinte Mauro fasziniert.

«Und wenn Vera recht hat?», fragte Einstein grübelnd.

«Ich versteh deine Frage nicht?»

«Wenn die Mutter ihren Sohn doch erkannt hat?» Einstein sah Mauro auf einmal sehr aufmerksam an. «Das würde bedeuten, dass hier ein anderer sitzt, einer, der sich für Mauro Matter ausgibt, einer, der Mauros Leben an sich genommen hat.»

«Du spinnst», unterbrach Mauro.

«Wir haben uns lange nicht gesehen ...», entgegnete Einstein.

«Wie käme ich darauf, bei dir Zuflucht zu suchen?»

«War nur eine Idee», sagte Einstein und fragte: «Was ist eigentlich mit dem Gepäck vom Flughafen?»

«Kleider, ein paar persönliche Sachen, ein Schiffsticket und etwas Bargeld», sagte Mauro kurz. Man merkte, dass seine Gedanken woanders waren. «Ich werde euch für eure Bemühungen entschädigen können.»

«Mit fremdem Geld?»

«Mit meinem Geld!»

«Du hast komische Ansichten von Eigentum.»

«Die könntest du für mich aufbewahren», sagte Mauro zu Einstein, um vom Thema abzulenken, und deutete auf die Keksdosen.

«Dein Notvorrat?», spottete Vera.

«Ein paar persönliche Dinge.»

«Ein Faden zu Mauro Matter?», fragte Einstein.

«Ich lass sie bei dir, bis ich definitiv abreise», wich Mauro aus.

«Und wohin geht die Reise?», fragte Vera.

«Vorerst nach Neapel.»

«Und dann?»

«Dann geht's weiter.»

«Das heisst?»

«Transatlantik, die grosse Überfahrt sozusagen.»

«Eine Kreuzfahrt?»

«Nein. Eine einfache Überseereise nach Amerika.»

«Warum Amerika?»

«Goldmann wollte nach Amerika verreisen», erklärte Mauro.

«Passt das?», fragte Einstein.

«Ich finde: ja. Amerika einfach oder sich umbringen. Ist doch beides eine Möglichkeit auszusteigen, nicht?»

«Eine Überfahrt könnte aber auch einen Neubeginn signalisieren», meinte Vera.

«Und die Möglichkeiten passen zusammen wie die Faust aufs Auge, nicht wahr Muri?»

Mauro gab keine Antwort. Einsteins Bemerkung irritierte ihn. «Ich habe noch etwas Interessantes in seinem Gepäck gefunden», sagte er und zog den Schrittmacher hervor.

«Was ist das denn?», fragte Vera.

«Ein Herzschrittmacher.»

«Ein was?»

«Ein Schrittmacher, ein Apparat, der Patienten eingesetzt wird, die an einer Herzrhythmusstörung leiden.»

«Goldmann war doch krank?», fragte Vera.

«Kaum. Ich denke nicht, dass er der Träger dieses Schrittmachers war.»

«Und warum führt er ihn dann mit sich?», fragte Einstein.

«Genau das gilt es herauszufinden. Diesen Schrittmacher hat jemand eine gewisse Zeit unter seiner Haut getragen. Und aus irgendeinem Grund wurde er wieder herausoperiert. Man entfernt einen derartigen Apparat entweder, wenn die Batterie aufgebraucht ist, oder vor der Kremation.»

«Vor der Kremation?», staunte Vera.

«Der Schrittmacher enthält eine Lithiumbatterie. Wenn die auf achthundert Grad erhitzt wird, explodiert sie. Wie ein Knallkörper. Das kann den Ofen beschädigen.»

«Vielleicht hat Goldmann sich den Apparat vor seinem Tod absichtlich entfernt», meinte Vera.

Mauro lächelte. «Man kann sich erstens einen Schrittmacher nicht selber entfernen und zweitens glaube ich nicht, dass Goldmann krank war. Wenn ich die Narbe übersehen hätte, würde sie spätestens der Rechtsmediziner entdeckt haben.»

Mauro drehte den Apparat in seinen Händen. «Ich denke eher, dass der Schrittmacher einem Elternteil von Goldmann gehörte. Er hat ihn möglicherweise als Andenken behalten. Das Kästchen wird mir bei der Ahnenforschung helfen.»

«Wie denn?», fragte Einstein.

«Dieser Apparat ist wie alle seiner Art nummeriert und registriert. Er kann einwandfrei einem bestimmten

Patienten zugeordnet werden. Ich benötige lediglich jemanden, der Zugang zu den entsprechenden Registern hat. Deshalb wollte ich dich bitten, den Schrittmacher Aldo Girardi zukommen zu lassen. Er ist ein Elektronikfachmann, arbeitet in der Sicherheitsbranche und vor allem: Er ist mit einem Herzspezialisten befreundet.»

Einstein zögerte.

Mauro fuhr fort: «Aldo wohnt im Kirchenfeldquartier und war in den letzten Monaten mein Tennispartner. Ein umgänglicher und hilfsbereiter Mensch. Ich wäre froh, wenn der Schrittmacher möglichst rasch zu ihm gelangen könnte. Ich brauchte die Ergebnisse vor meiner definitiven Abreise.»

«Warum gehst du nicht selber zu ihm?»

«Ich will nicht in mein altes Leben zurück.»

«Und wie soll ich diesem Aldo dein Anliegen erklären?»

«Sag ihm einfach, du habest einen Auftrag für den Privatdetektiv Aldo Girardi. Du seist zu diesem Schrittmacher gekommen und möchtest aus bestimmten Gründen den Träger ausfindig machen. Da ist nichts Illegales dabei. Aldo wird die Nachforschung ohne weitere Fragen und in aller Diskretion erledigen.»

«Was macht man nicht alles», sagte Einstein schliesslich und griff nach dem Schrittmacher. «Du meinst, das Teil hat tatsächlich schon mal in einem Körper gesteckt?», fragte er fasziniert.

«Ich bin wirklich für einen Themenwechsel!» Vera stocherte in ihrem Teller herum.

«Wie geht es Matthias?», lenkte Mauro ein.

«Besser.» Einstein legte den Schrittmacher beiseite.

«Weiss man etwas über die Täterschaft?»

«Nein. Ich weiss nicht einmal, ob die beiden Anzeige erstattet haben.»

«Und sein Arm?», fragte Mauro.

«Musste neu eingegipst werden. Beim Aufschneiden muss sich etwas Gips gelöst haben. Es hat ihn halb närrisch gemacht.» Einstein holte den Gips hervor und zeigte ihn den andern. «Er möchte, dass ich ihn in eine Theaterrequisite umwandle.»

Mauro betrachtete den Gips nachdenklich. Er brachte ihn auf eine Idee, wie er das Geld ausser Landes schaffen könnte. «Darf ich mal?» Er schaffte es knapp, seine Hand hineinzuschieben.

«Willst du dich nun auch noch krank stellen», fragte Vera amüsiert.

«Warum eigentlich nicht?»

«Zum Reisen wäre das nicht sehr praktisch», zweifelte Einstein.

«Das stimmt. In diesem Fall brauchte ich eine Begleitung.» Mauro blickte beide einladend an.

«Ich war mal auf Capri. Capri war schön», schwärmte Vera.

«Nein danke», sagte Einstein. «Ich halte es mit dem Philosophen: Dem steht das ganze Universum zur Verfügung, ohne dass er seine Hütte verlassen muss.»

«Und wenn wir alle zusammen verreisen würden?», schlug Mauro vor und dachte schon daran, welch neue Perspektiven zur Geldausschaffung sich damit eröffneten. «Ich lade euch ein, weil ihr mir geholfen habt.»

«Und woher nimmst du das Geld?», wollte Vera wissen.

«Alex besitzt ein paar stille Reserven.»

*

Als er sich nach der Probe mit seinen Theaterkollegen zum obligaten Schlummertrunk Richtung Kornhausbar begab, sah er den Mann erneut. Er stand wie das letzte Mal rauchend in dem kleinen Park auf der gegenüberliegenden Seite des Platzes, direkt an der Ecke neben dem Von-Erlach-Denkmal. Auch dieses Mal war ihm zuerst das Aufglühen der Zigarette aufgefallen. Matthias vermied es, in seine Richtung zu blicken.

Aber nachdem er das Kornhaus betreten hatte, warf er einen Blick durch das Glas des Windfangs. Der unbekannte Raucher schlenderte auf der andern Seite den Platz entlang und hielt genau gegenüber inne.

Interessierte sich der Mann für ihn? Und wenn ja, warum?

Seit jenem Überfall vor dem Bahnhof war er verunsichert.

Er gesellte sich zu seinen Kollegen, bestellte ein Bier und versuchte, alles andere zu vergessen.

17

Er sass auf der kalten, schmucklosen Holzbank in dem kleinen Park direkt gegenüber dem Kindergarten und wartete. Für einmal regnete es nicht. Freiburg zeigte sich von seiner freundlichen Seite. Er legte die Zeitung beiseite und beobachtete, wie ein älterer Mann Tauben fütterte. Die Vögel umschwärmten ihn mit aufgeregtem Gurren und aufgeplustertem Gefieder. Die mutigsten flogen ihm auf die Schulter. Dann sah der Mann einen Moment aus wie eine Vogelscheuche. Er warf Mauro einen um Anerkennung heischenden Blick zu. Dieser gewährte sie ihm halbherzig. In Gedanken war er noch bei dem, was er gerade gelesen hatte.

Vermisster Arzt hat sich umgebracht lautete der Titel. Die Meldung fand sich erst auf der letzten Seite des Blattes. Andere Aktualitäten füllten die Zeitung, unter anderem der tragische Unfall in Kandersteg, die Währungskrise und der erneute Vulkanausbruch in Island. Der Fall Mauro Matter war geklärt und bot der Presse keinen wirklich neuen Stoff mehr. Über Motive und Todesursache gab es kaum Zweifel, die Aussagen des Obdachlosen Pascal Oberli hatten sich bestätigt.

Mauro löste sich von seinen Gedanken und beobachtete, wie sich sein Atem im Gegenlicht der entkräfteten Novembersonne verlor. Er sah viel Symbolisches in diesem Vorgang: In den nächsten Wochen würden sich die Spuren seines Lebens auflösen wie Dampf in kalter Luft.

Es gab immer weniger Bindungen zu Mauro. Und heute war er nach Freiburg gekommen, um die vielleicht stärkste zu lösen.

Nach einem Blick auf die Uhr – es ging gegen zwölf – richtete er sein Augenmerk auf das Gebäude vis-à-vis. Dort hatte sich bereits eine kleine Schar Eltern versammelt, ein untrügliches Zeichen, dass die Mittagspause unmittelbar bevorstand. Er beschloss, ebenfalls in der Nähe vom Ausgang des Kindergartens auf Nina zu warten. Er konnte sich das leisten, schliesslich war er für sie unsichtbar.

Er überprüfte kurz sein Äusseres und wollte sich erheben. Da hörte er ihre Stimme hinter sich. Er unterdrückte die noch nicht begonnene Bewegung.

«Natürlich muss sie es erfahren. Und Abschied nehmen können, das ist ganz wichtig ...», hörte er Daniela sagen.

«Ich weiss einfach nicht, wie viel ich ihr zumuten darf», sagte sie weiter, «ich meine, sie ist noch ein Kind ...»

Sie erschien in seinem Blickfeld, das Handy am Ohr, streifte ihn mit einem kurzen Blick und ging weiter in Richtung Kindergarten, ohne ihn weiter zu beachten. Sie trug Schwarz.

«Nein, übermorgen, um fünf. – In Bern auf dem Schosshaldenfriedhof, im engsten Kreis», hörte er sie noch erklären. «Ich weiss es noch nicht – eigentlich zähle ich mich nicht zum engen Kreis ...»

Das Weitere konnte Mauro nicht mehr verstehen. Vom Kindergarten her schellte eine Glocke, und Daniela begab sich zu dessen Ausgang.

Mauro blieb sitzen. Daniela so unbefangen in seiner Nähe zu sehen, war eine längst vergessene Erfahrung, die ihn nicht nur überraschte, sondern auch unerwartet heftig aufwühlte.

Gespannt beobachtete er sie. Ihre sonst blassen Wangen waren leicht gerötet gewesen. Er konnte nicht sagen, ob es von der Kälte herrührte oder ob sie Schminke aufgetragen hatte. Das Haar trug sie länger als früher, aber noch immer leicht getönt. Er hatte das nie für nötig gehalten, aber sie fand ihr natürliches Braun stets zu wenig kräftig. Sie hatte noch immer ein paar Kilo zu viel, was aber bei ihrer Körpergrösse kaum auffiel. Sie kaschierte es auch geschickt mit dem sakkoartigen Wintermantel, der ihr bis knapp über die Knie reichte. Ihre langen, schlanken Beine steckten in engen, hohen Stiefeln.

Sie beendete das Gespräch. Kaum hatte sie ihr Telefon verstaut, kamen die ersten Kinder aus dem Gebäude gestürmt, mitten unter ihnen Nina.

Sie war ein hübsches Kind. Von ihm hatte sie den dunklen Teint und die tief liegenden, ernsten Augen und von Daniela die weichen Gesichtszüge und das dichte, hellbraune Haar. Sie plauderte mit ein paar Freundinnen, bevor sie sich ihrer Mutter zuwandte. Die beiden umarmten und küssten sich. Nina überreichte Daniela eine kleine Figur, und Mauro konnte unschwer erkennen, dass Daniela sie für das Werk lobte.

Die beiden entfernten sich schwatzend. Ein glückliches

Kind mit einer liebenden Mutter. Mauro sass noch immer auf der Parkbank, auch als die beiden längst aus seinem Blickfeld verschwunden waren. Er kam sich überflüssig vor. Er liess die schmerzhafte Leere einen Moment lang zu, dann wehrte er sich entschieden gegen derartige Gefühle. Er wollte nicht länger Mauros Trübsal blasen.

Wenn er richtig verstanden hatte, fand am Mittwochnachmittag auf dem Schosshaldenfriedhof seine Abdankung statt.

Die Idee, an seiner eigenen Beerdigung teilzunehmen, verdrängte die drohende Leere.

*

Limacher beobachtete, wie sich das Tässchen füllte.

Es sah alles recht gut aus. Die braune Flüssigkeit floss zäh, fast klebrig vom Auslass. Der Schaum, der sich bildete, war sehr fein und glänzte fettig. Gegen Schluss wurde er immer heller – das sah wirklich vielversprechend aus. Er nahm die Tasse unter seine Nase und zog die Luft mit vorsichtigem Schnuppern ein. Es sah nicht nur vielversprechend aus, es roch auch vielversprechend. Fast feierlich trug er den Kaffee in sein Büro.

Berner erwartete ihn bereits. Noch bevor Limacher sich gesetzt hatte, begann er ihn über die neuesten Entwicklungen in Kandersteg zu orientieren. «Einer der Verletzten konnte ausreichend Auskunft geben. Die Arbeiter stammen alle aus der gleichen Gegend, einfache Leute. Sie wurden angeheuert und auf verschiedene Baustellen in ganz Europa verfrachtet; sie kennen weder die

Orte, wo sie arbeiteten, noch ihre eigentlichen Auftraggeber.»

«Und die Papiere?»

«Sämtliche gefundenen Ausweise sind gefälscht. Die richtigen wurden ihnen abgenommen.»

«Ein richtiger Menschenhandel», bemerkte Limacher bitter.

«In den beiden Dörfern, wo die Arbeiter herkommen, wartet man auf die Verletzten und auf die Überführung der Leichen. Die Rückschaffung scheint den Behörden vor Ort wichtiger als unsere Arbeit. Sind sie einmal in ihrer Heimat, dürfte ihre Identifizierung nur noch eine Formsache sein. Für alle Fälle haben wir aber genug genetisches Material sichergestellt.»

«Sehr gut», sagte Limacher nach einem kleinen Schluck. Er war nicht mehr weit von der idealen Maschineneinstellung entfernt. Lediglich die Wassermenge musste noch einmal etwas reduziert werden.

«Und sonst?»

«Morgen gibt es richtig viel Platz in unserem Kühlschrank: Die Leichen der Arbeiter gehen nach Polen und der tote Arzt kommt auf den Schosshaldenfriedhof.»

«Wir sind wieder aufnahmefähig.»

Berner winkte ab: «Der Papierkram wird uns problemlos noch eine Woche beschäftigen.»

«Apropos Arzt», sagte Limacher, «wissen wir schon etwas über den Chirurgen vom Donnerbühlweg?»

«Du meinst Kühne?»

Limacher nickte.

«Wurde überprüft», sagte Berner. «Die einzigen Kleckser auf seinem sonst strahlend weissen Arztkittel sind regelmässige Geschwindigkeitsübertretungen. Mit seinem Bussengeld könnten wir beide locker mit unseren Familien Weihnachten in der Südsee verbringen.»

Limacher machte ein langes Gesicht.

«Sorry. Das mit der Familie tut mir leid», entschuldigte sich Berner.

«Schon gut. Das ist alles? Ich meine in Bezug auf Kühne?»

«Ja. Was hast du denn erwartet?»

«Ich weiss es selber nicht.»

«Und du hast den Kollegen offenbar Angaben zum Einbrecher versprochen.»

«Stimmt», sagte Limacher und wischte sich den Schaum von der Nase.

*

Gleich nachdem er Berner entlassen hatte, rief er Holzer an.

«Sind wir weiter?», wollte Limacher wissen.

«Nein», sagte Holzer. «Wir werden auch nicht weiter kommen. Es gibt kein entsprechendes Dossier mehr.»

«Das ist doch unmöglich!»

«Manchmal gibt es gute Gründe, Daten zu löschen», meinte Holzer. «Denk nur an die Atomgeschichte mit dem Iran.»

«Genau *die* Geschichte lehrte uns doch: Irgendwo gibt es immer eine Kopie».

«Ich kann nichts für dich tun, Christian, der Mann existiert für uns nicht mehr», sagte Holzer, und etwas versöhnlicher fügte er an: «Falls er sich wieder meldet, befrag ihn von mir aus. Aber natürlich mit der nötigen Vorsicht und ohne Aufsehen.»

«Das ist alles, was du mir raten kannst?»

«Er ist nicht mehr unser Mann», wiederholte Holzer und legte auf.

*

Daniela und Nina zu beobachten, war wie ein Einblick in einen Teil seines Lebens gewesen, an dem er keinen Anteil mehr hatte. Diese Erfahrung war irritierend und beruhigend in einem.

Beruhigend, weil er hier ganz offensichtlich nicht vermisst wurde. Für die beiden war er längst nicht mehr existent. Er konnte verschwinden, ohne ein Chaos zu hinterlassen. Irritierend, weil genau das ihn traurig machte. Es hatte eine Zeit gegeben, wo er Nina als wichtigsten Zweig seines Lebensbaums angesehen hatte. Dieser Zweig hatte sich von ihm abgespalten, hatte eine neue Stütze gefunden, lange bevor er zu Goldmann geworden war.

Die Begegnung vor dem Kindergarten in Freiburg begleitete ihn bis an den Schalter der Western Union in Bern.

Diese Möglichkeit zum Geldtransfer war ihm während der Rückfahrt in den Sinn gekommen. Nina hatte ihn an seine eigene Kindheit erinnert, unter anderem auch daran, wie er mit seiner Mutter gelegentlich Geld abgeholt hatte. «Das schlechte Gewissen von deinem Vater», hatte sie ihm jeweils erklärt, wenn sie sich am Schalter der Western Union Geld auszahlen liess.

Er hatte sich damals gefragt, wie die Frau hinter dem Schalter zum Geld seines Vaters gekommen sein mochte. Einmal hatte er sich von zu Hause weggeschlichen, um die Geldfrau zur Rede zu stellen. Aber diese hatte ihn nur verständnislos angelächelt und ihm einen Schokoriegel geschenkt.

Anfänglich waren die Überweisungen aus Italien regelmässig gekommen, alle zwei Wochen vielleicht. Dann waren sie seltener geworden und am Schluss vollständig versiegt.

Es waren keine einfachen Zeiten gewesen. Geld war immer knapp. Seine Mutter hätte am liebsten gesehen, wenn er nach der obligatorischen Schulzeit eine Lehre angefangen hätte. Aber Ernesto, ein Freund seines Vaters, den Mauro einfach Zio nannte, war dagegen gewesen und hatte massgeblich dafür gesorgt, dass er das Gymnasium besuchen konnte.

Seine Mutter hatte es Ernesto nie gedankt, im Gegenteil. «Wenn er sein eigenes Geld verdienen würde, müsste ich mich nicht jeden Abend an der Bar abrackern», hatte sie dem Zio vorgeworfen.

Kaum war er achtzehn geworden, hiess sie ihn, für sich selber zu sorgen. «Ich habe meine eigenen Probleme, weisst du», hatte sie ihm erklärt, wenn er etwas von ihr wollte. Aber er hatte eigentlich schon vorher gelernt, sich allein durchzuschlagen.

Mit neunzehn, gleich nach der Matur, war er ausgezogen. Dank Stipendien und regelmässigen Nebenjobs kam er gar nicht so schlecht über die Runden. Nach ihrem Umzug an den Neuenburgersee sah er seine Mutter noch seltener und seine raren Besuche wurden immer kürzer. Tauchte er mal unangemeldet bei ihr auf, traf er sie nicht selten betrunken an. Er hatte erst im Verlaufe des Studiums realisiert, wie schwer alkoholkrank sie war.

Der letzte Besuch lag fast ein Jahr zurück. Er hatte sie zu Weihnachten mit einer Einladung zu einem gemeinsamen Nachtessen überraschen wollen. Statt Dankbarkeit hatte es Vorwürfe gehagelt. Dass er nie etwas von sich hören lasse, dass er undankbar sei, dass er keine Ahnung habe, wie schwer es für sie sei, dass er – gerade auch als Arzt – sich besser um seine kranke Mutter kümmern könnte; Mauro hatte die Vorwürfe über sich ergehen lassen und später kommentarlos das Weite gesucht. Er hatte sich vorgenommen, nicht mehr an den See zurückzukehren.

Bis vor einer Woche hatten ihn diese Erinnerungen belastet, hatten ihn traurig oder aggressiv gemacht. Aber heute kam es ihm vor, als ob er über das Leben eines andern nachdächte.

Nachdem er zehntausend Euro für Alexander Goldmann in Neapel einbezahlt hatte, begab er sich direkt zum Reisebüro. Obwohl sein Schiff kaum vor Mitte Dezember auslaufen würde, wollte er Bern möglichst bald nach dem Begräbnis den Rücken kehren.

Er hatte Glück: Donnerstag, am Tag nach seiner Abdankung, gab es einen Flug von Basel nach Neapel.

Er löste ein einfaches Ticket.

Limacher hatte den Stellenwechsel noch nie bereut, obgleich die Arbeitsbelastung bei Leib und Leben deutlich höher war als bei seiner vorherigen Anstellung.

Noch am Samstag hatte es so ausgesehen, als fänden sie aus der Arbeit nicht mehr hinaus, und jetzt, nur zwei Tage später, standen die wichtigsten Fälle kurz vor dem Abschluss. Sein Team hatte hervorragend gearbeitet. Sie hatten die Prioritäten richtig gesetzt: voller Einsatz, wo es zu handeln galt, und Schonung von Ressourcen, wo sich die Dinge von alleine entwickelten.

Den Unfall in Kandersteg hatten sie trotz seiner Komplexität rasch in den Griff bekommen. Nun waren die Kollegen von der Wirtschaftskriminalität gefordert. Und im Falle des lebensmüden Arztes hatte ihnen der Zufall viel Arbeit abgenommen.

Während er die Treppe des altehrwürdigen Polizeigebäudes hinunterstieg, überlegte er sich, was er mit dem freien Abend anfangen sollte. Die Wohnung war im Moment seine dringendste Pendenz. Sie sah schlimmer aus als am Zügeltag. Die tagtäglichen kleinen Suchaktionen nach Dokumenten, Kleidungsstücken, Akkuladegeräten, Nagelschere und Carlos Wurmtabletten hatten die Unordnung permanent vergrössert. Dieser Zustand war als Dauerlösung untragbar.

Schon vor dem Verlassen des Gebäudes stach ihm der Geruch nach Zwiebeln und Fett unangenehm in die Nase. Heute war Zibelemärit. Das war nicht weiter schlimm, er schätzte das namensgebende Gemüse ausserordentlich. Aber dass sich ganz Bern an ein und demselben Tag mit dem Zwiebelvorrat für ein ganzes Jahr eindecken musste, hatte er nie begriffen. Und dass an diesem Tag blödsinnigerweise auch noch tonnenweise Konfetti rumgeschmissen wurde, fand er schlicht eine Frechheit.

Nach wenigen Minuten sah er sich in seinen Vorurteilen bestätigt. Jemand klopfte ihm auf die Schulter. Ahnungslos wandte er sich um, und schon flog ihm eine erste Ladung ins Gesicht. Der Werfer grinste, Limacher wollte protestieren und kriegte prompt eine weitere Ladung Papierschnitzel in den Mund. Innert Kürze spürte er die lästigen Konfetti nicht nur unter seinem Hemd, sondern auch in seiner Nase und im rechten Gehörgang. Zu guter Letzt kriegte er noch eins mit einem Gummihammer über die Rübe.

Er blies zum Rückzug. Die Pläne für die Aufräumarbeiten verschob er. Anstatt zu seiner Wohnung und damit Richtung Bahnhof zu gehen, wo das Gedränge erfahrungsgemäss nur noch schlimmer würde, wandte er sich der Unterstadt zu. Bei Zwiebelkuchen, Bier und Tageszeitungen würde er abwarten, bis sich die Festmeute verzogen hatte.

Er schlug den Mantelkragen hoch, kniff die Augenlider zusammen, setzte trotz der Dunkelheit die Sonnenbrille auf, hielt den Mund geschlossen und duckte sich, als könnte er sich auf diese Weise unbemerkt und unbehelligt durch die Menge stehlen.

Sein Verhalten erinnerte ihn unwillkürlich an seine frühere Tätigkeit. Von der Abteilung für verdeckte Ermittlung schweiften seine Gedanken ganz automatisch weiter zu Goldmann. Vielleicht hatte es auch damit zu tun, dass der Zeitglockenturm in seinem Blickfeld erschien. Hier, im wohl öffentlichsten Pissoir der Stadt Bern, hatte er Goldmann das erste und einzige Mal getroffen. Der Abort befand sich an der Nordseite des Gebäudes, an einer belebten Strasse inmitten der Altstadt. Dort hatten sie kurz nebeneinandergestanden, er und Goldmann, und er hatte trotz der Dunkelheit für einen Moment dessen Profil zu Gesicht bekommen.

Das war vor zwei Jahren gewesen. Anlässlich des flüchtigen Treffens hatten sie zum Austausch von Informationen ein Briefkastensystem vereinbart. Das Prinzip war zwar etwas veraltet, galt aber immer noch als sehr sicher.

Limacher verspürte keinen Harndrang und schätzte öffentliche Toiletten nicht besonders – und dennoch betrat er das Pissoir. Es störte ihn, dass er sich nicht alleine auf dem Ort befand. Aber einen Rückzieher konnte er sich jetzt auch nicht mehr leisten. Er kramte in seinem Hosenschlitz und verrichtete sein Geschäft. Er brachte kaum mehr als ein paar Tropfen hervor.

Sein Versagen lag nicht primär an seiner Blase, seiner Prostata oder am mitleidigen Blick seines Nachbarn. In dem kleinen Spalt, dort, wo das Metallgestänge des Sichtschutzes am Turm befestigt war, steckte der Papierschnipsel. Es war kein Konfetti. Es war das Zeichen, dass sich im Briefkasten Post befand.

Er verliess die Toilette und machte sich auf den Weg. «Verderbliche Ware», hatte ihm Goldmann am Telefon angekündigt. Das bedeutete, dass es wichtige Neuigkeiten gab. Limacher konnte immer noch nicht verstehen, warum Holzer nicht hatte anbeissen wollen.

Er erreichte die gedeckte Burgtreppe, welche ins Mattequartier hinunter führte. Auf dem ersten Podest hielt er kurz inne und vergewisserte sich, dass er unbeobachtet war. Dann ging er langsam weiter. Die hölzerne Dachkonstruktion über der Treppe lagerte auf einer soliden Mauer und wies an mehreren Stellen Lücken auf.

Er brauchte nicht zu suchen. Er hätte den Briefkasten auch mit verbundenen Augen gefunden. Er langte nach oben und streckte seine Hand in eine nicht einsehbare Nische an der Rückseite eines Balkens.

Er ertastete ein kleines Stück Papier, nahm es an sich und griff noch einmal in den Briefkasten. Aber da war nichts mehr. Im Weitergehen betrachtete er kurz seine Beute.

Goldmanns Post bestand aus einer Visitenkarte.

18

Den halben Morgen verbrachte Limacher mit Büroarbeiten. Das Budget und der Stellenplan für das nächste Jahr sollten noch vor Ende Monat eingegeben werden. Eine undankbare Aufgabe. In den Augen seiner Mitarbeiter musste der Stellenetat unbedingt aufgestockt werden, die Regierung dagegen erwartete einen Plan zur Umsetzung der angekündigten Sparmassnahmen. Entweder er solidarisierte sich mit der Leitung oder mit seinen Mitarbeitern. Er entschied sich für Letzteres und beantragte ohne Hoffnung drei neue Stellen.

Gegen Mittag fand er Zeit, sich um die Post zu kümmern. Unter Post verstand er an diesem Morgen etwas ganz Bestimmtes: die Visitenkarte des Hotels Bern, welche Goldmann für ihn im Briefkasten deponiert hatte. Er betrachtete sie eingehend und fragte sich, ob sie vor oder nach dem Anruf hinterlegt worden war. Eigentlich spielte das keine Rolle, sie war für ihn bestimmt. Bei Holzers ablehnendem Verhalten hatte er beschlossen, sich selber um Goldmann zu kümmern.

«Ist vor einer Woche abgereist», erhielt er zur Antwort, als er sich im Hotel nach ihm erkundigte.

«Und er hat nichts für mich deponiert?», fragte Limacher.

«Wie war gleich Ihr Name?»

«Limacher.»

«Nein. Sein Bruder hat die Reisetasche vor fünf Tagen abholen lassen», sagte der Rezeptionist.

Limacher bedankte sich und legte auf. Er rechnete nach. Die Tasche war fünf Tage nach dem Anruf im Nullpunkt und einen Tag vor dem Einbruch bei Kühne abgeholt worden.

Auch wenn er die Zusammenhänge noch nicht erkannte, seine Spürnase hatte Fährte aufgenommen.

*

Sie konnte sich nicht erinnern, wann sie zum letzten Mal zu Fuss in Bern unterwegs gewesen war. Seit der Trennung hatte sie die Altstadt gemieden. Das wurde ihr erst jetzt richtig bewusst, als sie mit fast befreitem Gefühl durch die Lauben der Marktgasse schritt. Aber warum eigentlich? Hatte ihr der Gedanke, Mauro zu treffen, Angst gemacht?

Er hatte recht impulsiv sein können, aber gefürchtet hatte sie sich nie vor ihm.

Peter hatte das zwar anders gesehen. Er hielt Mauro für krank und unberechenbar. Nach Ninas Entführung, und erst recht nachdem ihnen das Gericht recht gegeben hatte, wollte auch sie das anders sehen.

In diesem Moment wurde ihr klar, dass sie Bern nicht aus Angst, sondern aus Scham gemieden hatte. Der Gedanke an die Gerichtsverhandlung war auch heute noch beklemmend. «Das ist nicht fair», hatte Mauro ihr schon vor dem Prozess vorgeworfen, «Was habe ich von meiner Tochter? Ihr wollt nicht Gerechtigkeit, sondern das alleinige Sorgerecht.»

Sie hatten zwar in allen Punkten recht bekommen und trotzdem blieb das Gefühl, nicht das Richtige getan zu haben. Das hatte vor allem mit Nina zu tun. Das Kind litt bis heute unter der Trennung. In den ersten Monaten hatte die Kleine täglich nach ihrem Vater verlangt. Erst als sie ihn nur noch unter Aufsicht treffen durfte, schien die Tochter-Vater-Beziehung spürbar abzukühlen.

Schien.

Es war noch keine Woche her, dass sie Nina in ihrem Zimmer hatte weinen hören. «Ich bin einfach traurig», hatte sie behauptet, aber Daniela war nicht entgangen, dass sie eine Aufnahme Mauros vor ihr zu verstecken suchte. Sie wusste nicht, was sie mehr erschreckt hatte, dass Nina ihren Vater noch immer dermassen vermisste oder dass sie gelogen hatte.

In solchen Momenten hatte sie eine echte Wut auf Mauro, wünschte, dass er endlich aus ihrem und Ninas Leben verschwinden würde. Und jetzt?

Seit der Vermisstmeldung, dem Selbstmordverdacht und erst recht seit Sonntag, als ihr mitgeteilt worden war, dass man Mauro identifiziert habe, war sie hin- und hergerissen. Auf der einen Seite konnte sie – wie Peter es ihr riet – den Tod durchaus positiv sehen. Auf der andern Seite war sie mit ihrer Vergangenheit alles andere als im Reinen. Sie spürte auf einmal das starke Bedürfnis, sich von ihm zu verabschieden, vielleicht sogar sich bei ihm zu entschuldigen.

Peter verstand das nicht. «Nach allem, was er dir angetan hat», hatte er gesagt und sie vom Gang nach Bern abhalten wollen. «Was hat er mir denn angetan?», hätte sie am liebsten gefragt, aber sie wusste, dass Peter sie nicht verstehen würde.

Natürlich, die Beziehung war von Beginn an nicht einfach gewesen, das Zusammenleben mit Mauro viel anstrengender als mit Peter. Mauro war immer wieder für Überraschungen gut gewesen. Als spontan, sorglos, impulsiv, begeisterungsfähig bis ungestüm hatte sie ihn erlebt. Er hatte sie oft verärgert und verunsichert, aber auch überrascht und geliebt.

Das Unberechenbare an Mauro hatte sie erst nach der Geburt zu stören begonnen. Da wünschte sie sich ein geordneteres Leben. Seine für sie zum Teil verantwortungslose Unbekümmertheit gab immer häufiger Anlass zu Differenzen. Irgendwie hatten sie es nicht geschafft, diese Spannungen zu lösen. Der Schritt zur Trennung war ihr trotzdem nicht leichtgefallen. Ohne Peter hätte sie ihn kaum geschafft. Er teilte ihre Empörung über Mauros Eskapaden und respektierte ihren Wunsch nach einem geordneten Leben. Und wie er Nina aufgenommen hatte, bewunderte sie bis heute und war ihm dankbar dafür.

Der Umgang mit Mauro blieb nach der Trennung schwierig. Er foutierte sich um Abmachungen, Besuchspläne und andere Verbindlichkeiten. Die Alimente bezahlte er meist erst ein paar Tage nach dem vereinbarten Termin. Sie vermutete aus Nachlässigkeit, Peter sah darin gezielte Schikane.

«Er will, dass du leidest», hatte er ihr erklärt. Und als der Anruf aus Paris gekommen war, hatte er sie darin bestärkt, die harte Linie zu fahren. «Jetzt haben wir die

Chance, die Diskussionen mit ihm ein für alle Mal zu beenden» – so hatte er sie ermutigt, die Polizei einzuschalten. Mit der Anzeige wegen Entführung erreichten sie, dass Mauro vom unsteten zum unberechenbaren, vom spontanen zum hinterhältigen und vom unkonventionellen zum kriminellen Menschen und Vater wurde. Vor ihr und vor dem Richter.

Und sie hatte ihn so sehen wollen, nicht weil es richtig war, sondern weil sie sich Ruhe wünschte. Bis zum letzten Sonntag hatte sie Mauro nur noch als Problem wahrgenommen und so ihr Verhalten vor sich selber gerechtfertigt. Zusammen mit Peter hatte sie ein Feindbild aufgebaut, mit dem sich sogar Ninas Leiden ertragen liess.

Und jetzt war das Feindbild in sich zusammengefallen, von der Bildfläche verschwunden.

Mauro fehlte.

Diese Erkenntnis belastete sie. Und dass sie diese Gedanken nicht mit Peter diskutieren konnte, machte die Sache auch nicht einfacher. Er hatte sich nicht nur geweigert, mit ihr nach Bern zu kommen, er wollte ihr auch keine Trauer erlauben. In solchen Momenten wünschte sie ihm einen Teil von Mauros Emotionalität. Schliesslich blieb Mauro der Vater ihrer Tochter. Sie hatten ein Recht auf Abschied und Versöhnung. Das war sie nicht nur sich und Mauro, sondern auch Nina schuldig. Wenn es zumutbar war, sollte auch sie ihren Vater noch einmal sehen können.

Sie bestieg den Bus zum Friedhof bei der nächstgelegenen Haltestelle, noch bevor sie das untere Ende der Altstadt erreicht hatte.

Der Mann an der Loge erinnerte sich gut und zeigte sich dienstbeflissen.

Die Tasche hatte ein paar Tage rumgestanden. Am dritten Tag hatte sich der Chefconcierge zu kontrollieren erlaubt, ob sich verderbliche Ware darin befand.

Limacher horchte unwillkürlich auf, aber der Mann hatte das Wort zufällig gewählt.

Man hatte diesbezüglich schon allerhand Unappetitliches erlebt. In Goldmanns Gepäck fand sich nichts Derartiges, aber man sei trotzdem froh gewesen, als die Tasche von einem Velokurier abgeholt wurde.

Limacher zeigte dem Concierge die Aufnahme von Kühnes SMS.

«Doch, das könnte durchaus Herr Goldmann sein», sagte der Rezeptionist und fügte an: «Die Aufnahme ist allerdings sehr unscharf, wenn ich das so sagen darf, Herr Inspektor.»

«Ist auch keine Aufnahme von uns», fühlte Limacher sich zu bemerken bemüssigt und erkundigte sich nach dem Kurier, erhielt aber keine brauchbare Auskunft.

Er machte sich auf den Weg zurück ins Polizeipräsidium.

Goldmann hatte versucht, ihn anzurufen, und gleichzeitig hatte er eine Nachricht im Briefkasten deponiert, wahrscheinlich, um ihm seinen Standort mitzuteilen. Schliesslich war er abgereist, hatte aber ein Gepäckstück zurückgelassen. Limacher hielt es für ziemlich wahrscheinlich, dass die verderbliche Ware darin gelagert hatte. Am Tag, nachdem man das Gepäckstück abgeholt hatte, war Goldmann in die Wohnung eines Arztes eingedrungen und hatte sich an dessen Computer zu schaffen gemacht.

Was mochte der Chirurg mit einem Informanten zu tun haben?

Das Gespräch mit dem Rezeptionisten hatte wenig Konkretes erbracht, aber Limacher wusste, in welche Richtung er weitersuchen musste: Anrufliste im Hotel Bern am fraglichen Tag, Velokurier, Doktor Kühne. Blieb nicht nur die Frage, ob das wirklich seine Aufgabe war, sondern auch, ob das im Nachhinein überhaupt noch Sinn machte.

Er erreichte das Präsidium und ging direkt zur Espressomaschine. Während das Mahlwerk ratterte, dachte er daran, Holzer noch einmal zu kontaktieren.

Da meldete seine Nase, dass etwas nicht stimmte. Er sah es bereits, als die Flüssigkeit in die Tasse lief. Sie war zu dünnflüssig und farblos. Jemand hatte die Einstellung der Maschine verändert, wahrscheinlich gleichzeitig Pulvermenge und Temperatur reduziert. Der Espresso roch fade. Er schüttete die Brühe weg und programmierte um. Aber auch danach war er mit dem Resultat nicht ganz zufrieden.

Auf dem Weg zurück in sein Büro erwog er eine interne Order, welche die Kompetenz zur Einstellung der Espressomaschine ein für alle Mal regelte.

*

Es dunkelte, als sie sich den Aufbahrungsräumen näherte. Die wenigen Besucher, die sich noch auf dem Friedhof aufhielten, strebten – beladen mit welken Blumen und abgebrannten Kerzen – dem Ausgang zu. Sie erwog einen Moment, kehrtzumachen und den Heimkehrenden zu folgen; hätte es vielleicht auch getan, wenn sie sich nicht telefonisch angemeldet und man ihr nicht versprochen hätte, mit der Kremation bis nach ihrem Besuch zu warten.

Sie brauchte gar nicht erst zu läuten, der Angestellte hatte sie erwartet. Als er die Tür aufschloss, warf er ziemlich demonstrativ einen Blick auf die Uhr. Die Zeiger standen auf fünf.

Der Raum lag in gedämpftem Kerzenschein. «Wenn es Ihnen zu dunkel ist: Der Lichtschalter befindet sich neben der Tür», grummelte er. Daniela bedankte sich und wartete, bis er sich entfernt hatte. Sie wollte bei dieser letzten Begegnung mit Mauro allein sein.

Erst als die Türe ins Schloss gefallen war, blickte sie auf den Toten.

Der Aufenthalt im Wasser hatte ihn völlig entstellt. Körper und Gesicht waren aufgedunsen, nichts war mehr zu sehen von seinen feinen Gesichtszügen, seinen schlanken Händen, seinen ernsten Augen. Der tote Mauro war ihr fremd.

Sie war froh, dass sie Nina bei ihrer Kollegin gelassen hatte. Der Anblick wäre nichts für das Kind gewesen. Da war es doch besser, wenn ihr das Bild ihres Vaters auf dem Foto als Erinnerung blieb. Sie musste lediglich noch entscheiden, ob sie mit Nina die Abdankung besuchen sollte oder nicht.

Sie wandte sich wieder dem Leichnam zu. Die Haut schien nicht nur aufgedunsen, sondern auch gebleicht.

Sein dunkler Teint, der ihr immer Eindruck gemacht hatte, war einer trüben Blässe gewichen. War Mauro krank gewesen?

Grübelnd studierte sie die Gesichtszüge des Toten. Sie gab sich Mühe, das Abstossende zu übersehen, und suchte das Vertraute. Aber das Gefühl, einen Fremden vor sich zu haben, blieb.

Sie erhob sich und beugte sich über den Leichnam. Sie suchte nach dem Muttermal am Hals. Es war weg! Nervös schob sie einen Ärmel des Leichenhemds etwas nach oben. Auch die Narbe am Arm fehlte.

Sie war völlig verblüfft. Was vor ein paar Sekunden ein Gefühl gewesen war, wurde zur Gewissheit: Hier lag ein anderer.

Sie verliess den Raum verstört. War Mauro über den Tod hinaus für eine Überraschung gut und führte sie alle einmal mehr an der Nase herum?

19

Seit Nebel und Wolken gewichen waren, sorgte der Zufluss kalter Polarluft für frostige Temperaturen und trockene Luft. In den Nächten schlug sich die vorhandene Restfeuchtigkeit als Raureif nieder und die feinen Eiskristalle überzogen die Stadt wie Puderzucker.

Im Besprechungsraum der Abteilung Leib und Leben hingegen herrschten tropische Verhältnisse. Die Luft war feucht und dick, die Scheiben beschlagen. Aber nicht nur die Feuchtigkeit und Hitze machten das Atmen schwer. Konsternation, Scham und Frustration belasteten den Raum wie ein giftiger Dunst.

Zusammengekommen war das erweiterte Team im Fall Matter. Limacher schwitzte, obwohl er sich seiner Jacke längst entledigt hatte. Er eröffnete die Krisensitzung und bemühte sich, sachlich zu bleiben.

«Wie Sie bereits alle wissen, ergibt sich im Fall Matter eine völlig neue Ausgangssituation. Frau Daniela Matter-Locher, Noch-Ehefrau des vermissten Arztes Mauro Matter, hat gestern ihrem Ehemann die letzte Ehre erweisen wollen. Nach ihrem Besuch in der Abdankungshalle behauptete sie, der Tote sei nicht ihr Mann. Die bisher durchgeführten Untersuchungen scheinen ihr recht zu geben.»

Er atmete tief durch. Es kam niemandem in den Sinn, ein Fenster zu öffnen. «Noch gestern Abend wurden sowohl die Ehefrau wie auch die Mutter ausführlich befragt. Die Wasserleiche, von der wir glaubten, dass sie der vermisste Arzt sei, wurde ins IRM zurückverlegt und erweiterten Untersuchungen unterzogen. Heinz Berner wird Ihnen berichten.»

«Doktor Matter wird seit ziemlich genau einer Woche vermisst. Aufgrund verschiedener Umstände und Hinweise bestand und besteht der starke Verdacht, dass er Selbstmord begangen hat. Es liegt ein Abschiedsbrief vor, der gemäss der Analyse der Kollegen vom kriminaltechnischen Dienst zweifelsfrei Matter zugeschrieben werden darf.» Berner räusperte sich und suchte nach den richtigen Worten. «Als vor drei Tagen die Leiche im Wehr an der Engehalde entdeckt wurde, deuteten alle – aber auch wirklich alle – Indizien darauf hin, dass es sich beim Toten um den vermissten Arzt handelte. Grösse, Statur und Alter, Kleidung und Wertgegenstände, alles passte. Die festgestellten Verletzungen und die postmortalen Veränderungen stimmten absolut mit den Aussagen des Zeugen Pascal Oberli überein.»

Berner blickte zum Rechtsmediziner. «Die Legalinspektion bestätigte einen Sturz aus grosser Höhe als Todesursache, und die Schleifspuren am Körper deuteten klar darauf hin, dass die Leiche ein Stück weit in der Aare getrieben haben musste. Die Annahme, dass der Tote vier bis fünf Tage im Wasser gelegen hatte, wurde bestätigt.»

Der Rechtsmediziner nickte und Berner fuhr fort: «Frau Susanna Matter identifizierte den Leichnam in der direkten Gegenüberstellung als ihren Sohn. Darauf wurde der Tote zur Bestattung freigegeben.»

«Keine DNA-Analyse?», fragte der Staatsanwalt, den Limacher vorsorglich zur Besprechung eingeladen hatte.

«Unser Labor war zum damaligen Zeitpunkt mit dem Unfall von Kandersteg und zwei unklaren Todesfällen des Inselspitals voll ausgelastet», erklärte Limacher. «Im Sinne einer Ökonomisierung der Kräfte glaubten wir, bei Matter auf diese Massnahme verzichten zu dürfen.»

Limacher blickte zum Staatsanwalt. Der blieb stumm.

Berner fuhr fort. «Matters Ehefrau hatte sich zunächst zwar geweigert, bei der Identifizierung mitzumachen, hat dann ihrem Mann aber dennoch die letzte Ehre erweisen wollen. Sofort nach ihrem Besuch in der Aufbahrungshalle des Krematoriums äusserte sie den starken Verdacht, dass der Tote nicht ihr Mann sei. Anfänglich waren wir sehr skeptisch. Aber aufgrund der neusten Resultate müssen wir davon ausgehen, dass sich die Mutter getäuscht hat.»

«Wie ist so etwas möglich?», fragte Petra Loosli, die jüngste Kollegin im Team.

«Was?», fragte Berner zurück.

«Wie kann eine Mutter ihren eigenen Sohn nicht erkennen?»

«Das erklärt uns am besten unsere Psychologin», leitete Limacher die Frage weiter.

«Hier spielt das Zusammentreffen von mehreren Faktoren eine Rolle», erläuterte die Kollegin. «Zum einen die Ausnahmesituation. Frau Matter stand sozusagen unter Mehrfachschock und Mehrfachstress. Da war die Nachricht, dass sich ihr Sohn wahrscheinlich von der Kirchenfeldbrücke gestürzt hatte. Dann die Selbstvorwürfe, die immer da sind, wenn sich ein Familienangehöriger umbringt. Weiter die Spannung zwischen Hoffen und Bangen während der Suchphase. Und schliesslich der Schock der Gewissheit, als die Leiche auftauchte.»

«Der Tote sieht dem Arzt wirklich *sehr* ähnlich», ergänzte Berner, der sichtlich froh war, dass ihm die Kollegin nicht in den Rücken fiel. «Und er trug dessen Papiere auf sich.»

«In dieser Situation wird eigentlich von allen – und gerade auch von der Mutter – eine Bestätigung der Befürchtung erwartet. Es würde jetzt schon etwas völlig Unerwartetes brauchen, um noch von der vorgefassten Annahme abzuweichen», ergänzte die Psychologin. «Die Erwartungshaltung liesse auch uns in dieser Situation durchaus ein X für ein U wahrnehmen. Und dann kommt noch ein Faktor dazu, dem wir zu wenig Beachtung geschenkt haben: Frau Matter ist Alkoholikerin. Sie versucht das zu verstecken. Sie darf keine Unsicherheiten zeigen, keine Fehler machen. Aus Angst, sich zu blamieren, würde sie allfällige Zweifel für sich behalten.»

«Jetzt blamiert sie sich erst recht», meinte Petra Loosli.

«Ich war bei der Identifizierung dabei», erklärte Berner, «sie war nicht unsicher. Sie hat nur ganz kurz hingesehen.»

«Vielleicht haben sie Ekel und Angst daran gehindert, genauer hinzusehen. Ich denke aber eher, dass sie aufgrund ihrer Persönlichkeit gar nicht anders konnte, als dem Erwartungsdruck nachzugeben. Das hat etwas mit der Stabilität ihrer Persönlichkeit zu tun. Je grösser die

Divergenz zwischen implizitem und explizitem Selbstwert, desto …»

«So genau wollten wir das eigentlich gar nicht wissen, Frau Kollegin», unterbrach Limacher.

«Grundkenntnisse über Persönlichkeitsmerkmale können nicht nur helfen Zeugenaussagen zu gewichten, sondern auch dazu beitragen, eigene blinde Flecken zu erkennen.» Die Psychologin sah ihn böse an.

«Und warum liess sich seine Frau nicht täuschen?», wollte Petra noch wissen.

«Sie ist eine ganz andere Persönlichkeit», kam die Psychologin Limacher zuvor. «Souverän und selbstkritisch. Zudem hat sie Erfahrung im Porträtieren. Das schärft den Blick. Und sie war nüchtern.»

Ein paar Anwesende grinsten.

«Eine einfache Möglichkeit, die Sachlage zu überprüfen, ergab sich aus den Angaben der Ehefrau», fuhr Berner fort. «Sie wusste von einer operierten Vorderarmfraktur vor drei Jahren. Die Spuren der Operation hätten noch sichtbar sein müssen. Die entsprechenden Narben fehlen bei der Leiche. Damit scheint klar, dass sich die Mutter getäuscht hat», schloss Berner seinen Bericht.

«Warum hat man nicht vorher nach der Narbe gesucht?», fragte der Staatsanwalt.

«Die Mutter hatte diesen Unfall bei der Befragung nicht erwähnt», antwortete Berner.

Es blieb eine Weile still im Sitzungszimmer.

«Es ist passiert», sagte Limacher und bat den Rechtsmediziner um weitere Details.

«Die Obduktion ist auf heute Morgen angesetzt. Folgende Befunde stehen fest: männlich, ungefähr dreissig Jahre alt, plus minus zwei, drei Jahre. Wir können davon ausgehen, dass der Mann nicht am Fundort ins Wasser gelangt ist. Am Kopf, an den Knien und weniger ausgeprägt auch am Rücken finden sich die typischen Schleifspuren, wie sie durch das Treiben im Fluss verursacht werden. Gemäss den angewandten Beurteilungskriterien dürfte die Leiche vier bis fünf Tage im Wasser gelegen haben. Verschiedene Verletzungen am Kopf und an den Armen sind vereinbar mit einem Sturz aus grosser Höhe beziehungsweise mit einem Aufprall aus grosser Höhe. Wir werden die Befunde noch mit früheren Fällen von der Kirchenfeldbrücke vergleichen.»

«Könnte er auch ertrunken sein?», wollte Limacher wissen.

«Die ersten Befunde lassen darauf schliessen, dass der Mann wahrscheinlich nicht ertrunken ist. Todesursache war höchstwahrscheinlich das Schädelhirntrauma. Dieser Punkt wird aber sicher auch noch einmal überprüft.»

Limacher nickte und Martens fuhr fort: «Bei der näheren Untersuchung der Arme fanden sich an den Handgelenken Spuren von Verletzungen, die nicht unbedingt zu einem Sturz passen. Möglicherweise hatte der Mann in den letzten Tagen eine Art Armband, Fesseln oder sogar Handschellen getragen. Wir werden die Leiche vor der Obduktion durch den Scanner schieben. Das sollte uns weiterhelfen. Diesen Befunden wurde bei der Legalinspektion sicher zu wenig Beachtung geschenkt», gab Martens zu.

«Keine Folgen irgendeiner Operation?», fragte Limacher.

«Nein», Martens schüttelte entschieden den Kopf. «Matters Krankengeschichte aus dem Inselspital liegt vor. Das mit der Vorderarmfraktur stimmt.»

«Ebenfalls noch ausstehend sind die Befunde der DNA-Analyse», ergänzte der Kollege vom Labor. «In Matters Wohnung konnte genügend Material sichergestellt werden. Noch vor dem Wochenende sollten die Resultate vorliegen.»

«Nach der Autopsie und der DNA-Analyse wissen wir es sicher», fasste Limacher zusammen. «So, wie es aussieht, haben wir nicht nur den Fall des vermissten Arztes wieder offen, wir haben es zusätzlich mit einem neuen Fall zu tun: einer Wasserleiche mit unbekannter Identität und unbekannter Todesursache. Wir werden unverzüglich mit der Überprüfung der Vermisstenmeldungen beginnen.»

«Kleider und Papiere, die der Tote auf sich trug, lassen aber immer noch einen Zusammenhang zu Matter vermuten. Wir sollten mehr über den Arzt wissen. Zum Beispiel auch sein Vorstrafenregister. Wir müssen mit allem rechnen», warf Berner ein.

«Bitte keine voreiligen Schlüsse», forderte Limacher. «Wir warten die Resultate der laufenden Untersuchungen ab. Auch der Zeuge von der Aare muss nochmal befragt werden. Und natürlich kontrollieren wir Matters Wohnung, seine Konten und seine Handykontakte. Was wissen wir über seinen Freundeskreis?»

«Nicht mehr als zum Zeitpunkt der Vermisstenmeldung. In dieser Hinsicht wäre die Abdankung aufschlussreich gewesen», meinte Berner.

«Gute Idee. Warum lassen wir sie nicht einfach laufen und schauen uns die Trauergäste näher an?», fragte Limacher. «Die Gelegenheit führt ein paar Leute zu uns, die wir sonst mühsam suchen müssten.»

«Eine Beerdigung ohne Leiche? Hast du zu viele schlechte Krimis gelesen?» Berner war nicht überzeugt.

Limacher blickte ungerührt auf die Uhr. «Die Mutter hat die Trauergäste wahrscheinlich noch gar nicht alle orientieren können. Sie liefert uns die Liste der eingeladenen Personen und wir bieten ihr an, die Gäste zu informieren. Wir müssen ihr ja nicht sagen, dass wir das auf dem Friedhof tun. Am besten, wir sind mit ein paar Leuten vor Ort.»

«Und woher nehme ich die Leute?», reklamierte Berner.

«Der Einsatz dauert nicht länger als eine Stunde», beschwichtige Limacher.

20

Man begegnete ihm mit Aufmerksamkeit, machte ihm Platz, wo es eng war, und im Tram wurde ihm sogar ein Sitz angeboten. Mauro registrierte mit Erstaunen, welchen Einfluss ein Gips auf das Verhalten der Mitmenschen ausübte. Aber nicht nur die Umgebung, auch er selber passte sich an. Er ertappte sich dabei, wie er bei gewissen Bewegungen eine leidende Miene aufsetzte, wie er empfindlicher auf Rempeleien reagierte und überhaupt erstaunlich rasch in die Rolle des Kranken fand. Respekt und Rücksichtnahme waren nicht zu verachtende Krankheitsgewinne.

Auf der andern Seite missfiel ihm das Auffällige an dem Gips. Wie schon am Vortag hatte er auch heute eher das Bedürfnis sich zurückzuziehen als aufzufallen. Sogar der Gang zu Einstein, er hatte ihm geholfen den Gips anzulegen, hatte ihn Überwindung gekostet, und er war froh gewesen, als er die Werkstatt wieder verlassen konnte.

Er ahnte, was ihn am meisten verunsicherte.

Das Geld.

Der unerwartete Reichtum kam ihm zwar gelegen, aber er wusste weder, woher das Vermögen stammte, noch, ob es jemanden gab, der darauf Anspruch hatte. Er musste nicht nur damit rechnen, dass das Geld illegal erwirtschaftet worden war, sondern auch, dass er sich mit seiner Inbesitznahme strafbar machte.

Wie auch immer. Es war schlicht und einfach an der Zeit abzureisen, sagte er sich, als er durch den Bahnhof schritt. Bei einem Kiosk erstand er eine Zeitung. Beruhigt stellte er fest, dass Matter aus den Schlagzeilen verschwunden war.

Er klemmte die Zeitung unter den Arm und verliess den Bahnhof Richtung City West.

Hinter der Empfangstheke sass Angela Martini, vertieft in Schreibarbeiten. Mauro merkte, wie sich sein Puls beschleunigte. Er fragte sich, was ihm mehr Herzklopfen verursachte, ihr Anblick oder die Angst, erkannt zu werden. Schliesslich machte er sich bemerkbar, indem er seinen Gipsarm auf die Theke legte und übertrieben freundlich grüsste.

Sie schaute ihn gross an, warf einen erstaunten Blick auf den Gips und fragte: «Sind Sie angemeldet?»

«Nein», erwiderte Mauro. «Aber ich habe ein dringendes Problem.»

«Wir behandeln in der Regel nur auf Voranmeldung», erklärte Angela und schenkte ihm ein zuvorkommendes Lächeln, «wenn Sie nicht Patient unserer Klinik sind, kann ich leider nichts für Sie tun. Das Inselspital befindet sich keine fünfhundert Meter ...»

«Aber das hier ist doch eine medizinische Klinik?», unterbrach Mauro mit gespieltem Erstaunen.

«Das schon, aber wir sind eine spezialärztliche Praxis», erklärte Angela freundlich.

«Genau das suche ich», erwiderte Mauro. «Einen Spezialisten. Und in die Insel mag ich nicht gehen, dort wartet man immer so lange.»

Angela Martini zögerte.

«Und hier wird man netter empfangen», fügte Mauro ein Lächeln an, das gewinnend sein sollte.

Sie lächelte zurück: «Mal sehen, was sich machen lässt», und verschwand in Richtung Praxisräume.

Mauro lehnte über die Theke und warf einen Blick auf den Bildschirm. Angela war eben dabei gewesen, das Operationsprogramm für den folgenden Tag zusammenzustellen: ein plastischer Eingriff im Gesicht, eine Narbenkorrektur am Bauch, zwei Handoperationen ... Er hörte Stimmen und konnte sich gerade noch merken, wo das Operationsprogramm im Computer abgelegt wurde, dann stand auch schon Kollege Pfenninger vor ihm.

Mauro hatte bisher kaum mit ihm zu tun gehabt. Handchirurgische Patienten benötigten selten internistische Betreuung.

«Wo liegt das Problem?», fragte der Kollege nach der knappen Begrüssung.

Mauro brachte seine Geschichte vor: «Der Sturz war vor zwei Tagen. Ein dummer Ausrutscher auf dem Eis. Ich wurde auf dem Notfall des Inselspitals verarztet. Man hat einen fraglichen Bruch am Handgelenk festgestellt und dieses Teil verordnet.» Er hob demonstrativ den eingegipsten Arm. «Die Ärzte schienen nicht einig über die Behandlung. Ich möchte ganz einfach eine Zweitmeinung.»

«Wir behandeln in der Regel auf Zuweisung. Für die Grundversorgung gibt es Hausärzte und öffentliche Spitäler ...»

«Denen traue ich nicht», unterbrach Mauro.

Pfenninger lächelte, winkte aber trotzdem ab: «Wir können nicht einfach jeden, der hereinläuft, behandeln.»

«Ich zahle bar.» Mauro legte demonstrativ ein paar Hunderteuroscheine auf die Theke.

Pfenninger schielte zuerst auf das Notenbündel, dann auf den Gips. «Vielleicht sollten wir uns die Sache tatsächlich mal ansehen. Ist ja wirklich ein unkonventionelles Modell, das Sie tragen.» Und zu Angela meinte er: «Veranlassen Sie bitte schon mal ein Röntgenbild, Frau Martini. Ich übernehme Herrn ...?»

«Goldmann. Danke sehr, Herr Doktor», schmeichelte Mauro.

Pfenninger verschwand mit gewichtigem Schritt.

Mauro reichte Angela seine Identitätskarte und sie tippte Name und Geburtsdatum in den Computer.

«Krankenkasse und Adresse?», fragte sie.

«Diese Angaben können wir uns sparen. Ich bin auf der Durchreise. Ich bezahle bar und benötige keinen Beleg», erklärte Mauro.

«Wie Sie wünschen», erwiderte Angela, zwar etwas verunsichert, aber immer noch sehr zuvorkommend. Sie führte ihn gleich in den Warteraum und hiess ihn Platz nehmen.

«Die Röntgenassistentin wird Sie hier abholen. Wenn Sie noch Fragen haben, finden Sie mich an der Theke.»

Mauro bedankte sich und blickte ihr lange nach. Er fand nicht zum ersten Mal, dass Angela nicht nur dem Namen nach ein Engel war. Schon während seiner Anstellung war sie ihm als die einzige vernünftige Person im Team vorgekommen. Sie hatten sich auf Anhieb gut verstanden, nicht zuletzt, weil bei ihr die Vernunft in einer äusserst attraktiven Verpackung steckte. Für sie wäre er glatt bereit gewesen, sein Spiel aufzugeben.

Kaum war der Engel ausser Sichtweite, trat er in den Gang hinaus. Ausnahmsweise hoffte er darauf, dass Kollege Pfenninger unanständig lange auf sich warten liesse. Vor einer Reihe Wandschränke, von denen er wusste, dass sie als Röntgenarchiv dienten, blieb er stehen. Er horchte in den Raum. Die Luft war rein.

Er öffnete die erste Schranktür. Sie war nicht verschlossen. Rasch sah er die Mappen durch. Er suchte nach dem Dossier von Lorenzo Buscolo, neunzehn Jahre jung, männlich. Er hoffte zu erfahren, ob diesem tatsächlich ein Schrittmacher eingesetzt worden war. In der Regel wurde nämlich nach einer derartigen Operation ein Röntgenbild angefertigt, um die korrekte Lage des Apparates und der Elektroden zu überprüfen und zu dokumentieren.

Irgendwo ging eine Türe und Mauro hielt kurz inne. Als wieder alles ruhig war, setzte er seine Suchaktion fort. Er fand die Mappe. Sie war schmal und leicht. Sie enthielt lediglich eine Aufnahme. Gespannt betrachtete er das Röntgenbild im Gegenlicht der Gangbeleuchtung. Es zeigte Buscolos Thorax. Die Aufnahme war drei Tage vor seinem Rausschmiss angefertigt worden. Unter dem rechten Schlüsselbein zeichnete sich gestochen scharf der Schatten eines Herzschrittmachers ab. Der Elektrodenverlauf erschien ihm ungewöhnlich gestreckt.

Er versuchte gerade die Lage der Spitze abzuschätzen, als er hinter sich Schritte hörte.

«Suchen Sie etwas Bestimmtes?» Die Stimme hinter ihm tönte wie eine Rasierklinge.

Mauro fuhr herum.

Die Röntgenassistentin blickte ihn unfreundlich an.

«Das Couvert hat unter dem Schrank gelegen. Ich habe es für Sie hervorgezogen und mir erlaubt, das Bild zu betrachten. Es war niemand da», er hob unbeholfen die Schultern und gab sich Mühe, schuldbewusst dreinzublicken. «Das sollte ich wohl nicht, wie? Arztgeheimnis oder was?»

Wortlos nahm sie ihm Bild und Dossier aus der Hand und befahl: «Folgen Sie mir!»

*

Am Nachmittag orientierte ihn Martens über die ersten Ergebnisse der Obduktion.

«Aufgrund der Untersuchung der Lunge und des Herzens können wir davon ausgehen, dass der Mann mit an Sicherheit grenzender Wahrscheinlichkeit nicht ertrunken ist.»

«Kein Wasser in der Lunge?», fragte Limacher.

«Doch, aber das ist nicht das entscheidende Kriterium», erklärte Martens. «Bei einem Ertrinkungstod wird aktiv Wasser eingeatmet und geschluckt. Das Herz schlägt im Allgemeinen noch kurz weiter und durch den Blutfluss werden Teile des eingeatmeten Wassers in alle Winkel des Körpers abtransportiert. In solchen Fällen finden wir zum Beispiel Kieselalgen im Hirn und in der Leber. Hier war dies nicht der Fall. Der Kreislauf muss ausgesetzt haben, bevor der Mann ins Wasser gelangt war.»

«Also ist er am Sturz verstorben», folgerte Berner.

«Das habe ich nicht gesagt», korrigierte der Pathologe. «Ich kann lediglich sagen, dass Atmung und Kreislauf ausgesetzt haben, bevor er ins Wasser gelangte.»

«Was ist mit den Verletzungen?»

«Die Kopfverletzung, die Knochenbrüche und weitere Verletzungen sind durchaus mit einem Sturz von der Kirchenfeldbrücke vereinbar. Allerdings muss er auf festen Grund aufgeschlagen sein.»

«Am Ufer», warf Berner ein. «Er ist nicht der Erste. Dann rutschte er ins Wasser ab – oder jemand hat ihn ins Wasser gestossen.»

«Das wäre eine Möglichkeit», bestätigte der Pathologe, «aber auch das erklärt nicht alles. Einen Teil der Verletzungen muss er vorher erlitten haben.»

«Von welchen Verletzungen sprechen wir?», fragte Limacher.

«Erstens die subkutanen Hämatome an den Handgelenken. Die ringförmige Ausbreitung der Blutungen könnte nicht vom Sturz, sondern zum Beispiel von einer Fesselung herrühren. Die Hämatome müssen gemäss unserer Einschätzung mindestens sechs Stunden vor dem Tod aufgetreten sein. Zweitens finden sich am Rücken und an den Genitalien streifenförmige Schürfungen. Bei der ersten Untersuchung wurden sie als Schleifspuren durch den Fluss interpretiert. Aufgrund der aktuellen Untersuchungsergebnisse müssen wir aber eher an Folterverletzungen denken.»

«Ein Abstecher in den Sadomaso-Salon vor dem finalen Sprung?», fragte Berner.

«Dein Kommentar hilft uns nicht weiter, aber er gibt uns wenigstens Einblick in deine geheimen Wünsche», sagte Limacher.

Martens grinste. Berner lief rot an. «Ob der Alki, dieser Oberli, etwas damit zu hat?», fragte er schliesslich.

«Wo bleibt er eigentlich?», fragte Limacher.

«Wird gesucht», sagte Berner.

*

«Herr Goldmann hat sich ziemlich auffällig benommen. Zuerst schnappte er sich im Gang ein herumliegendes Röntgendossier ...», sagte die Röntgenassistentin.

«... seit wann liegen bei uns vertrauliche Dokumente im Gang herum?», wollte Doktor Pfenninger nicht wirklich interessiert wissen. Er stand am Empfang und betrachtete die Bilder von Mauros Arm.

«... und später verirrt er sich in den Befundraum.»

«Nicht alle Leute sind mit den Verhältnissen der Klinik vertraut», meinte Angela.

Pfenninger nickte abwesend: «Wo, sagte er, wurde er gegipst?», fragte er die Assistentin.

«Im Inselspital.»

«Und wann soll das gewesen sein?»

«Vor ein paar Tagen.»

«Merkwürdig», kommentierte Pfenninger. «Ich sehe keine Fraktur und der Gips hat ja ungewöhnliche Dimensionen.»

«Sag ich ja!», meinte die Assistentin triumphierend.

«Er soll sich einen Moment gedulden!» Pfenninger verschwand mit Mauros Aufnahmen.

«Doktor Pfenninger wird sich die Bilder ansehen, dann erhalten sie Bescheid», versicherte die Röntgenassistentin und komplimentierte Mauro zurück in den Warteraum. Im Gang warf sie einen prüfenden Blick auf die Schrankfront – sie schien seine Gedanken erraten zu haben.

Er hatte tatsächlich im Sinn, das Röntgenarchiv einer weitergehenden Untersuchung zu unterziehen. Das Röntgenbild war zwar in seiner Sehrinde gespeichert, aber es warf doch Fragen auf. Wenn er das richtig in Erinnerung hatte, projizierte sich die Spitze der Elektrode in den Vorhof. Den Sinn eines solchen Vorgehens konnte er sich nicht vorstellen. Entweder war ihm in diesem Bereich eine wichtige Innovation entgangen, oder die Lage der Elektrode war nach dem Eingriff noch korrigiert worden. Dann müsste es allerdings ein Folgebild geben. Er verliess den Warteraum und steuerte wieder auf die Schrankfront zu.

«Suchen Sie etwas Bestimmtes?», fragte ihn eine bekannte Stimme nicht wirklich hilfsbereit. «Die Toilette.»

«Nahe liegend und kaum zu übersehen», erklärte die Röntgen-Aufseherin mit gefährlich rotem Gesicht und deutete auf die gut gekennzeichnete Toilettentür gleich neben dem Warteraum.

«Wie lange muss ich eigentlich noch warten?», fragte Mauro jetzt ebenfalls gereizt.

«Sie werden sich etwas gedulden müssen.»

«Ich habe Schmerzen!»

Die Aufseherin zeigte kein Mitgefühl und liess ihn nicht aus den Augen, bis er auf der Toilette verschwand.

Mauro beschloss, eine angemessene Zeit auf dem stillen Örtchen zu verbringen. Sein Blick folgte den Anleitungen zur korrekten Händedesinfektion und zur Entnahme eines Mittelstrahlurins, ohne den gelesenen Inhalt bewusst wahrzunehmen.

Sein Hirn beschäftigte sich weiter mit Buscolo und Ferrari. Was hatte der Herzspezialist zu verstecken?

Er betätigte die Spülung und anschliessend wusch er sich mechanisch die Hände. Er wollte die Toilette eben verlassen, als sein Blick auf ein Stück Papier fiel, das unter der Tür steckte. Der Zettel war vorher nicht da gewesen. Jemand musste ihn von aussen durchgeschoben haben, sehr wahrscheinlich, während er sich die Hände gewaschen hatte.

Er hob das Papier vorsichtig hoch und entfaltete es.

«Der Schwindel ist aufgeflogen. Du bist in Gefahr!»

Mauro faltete das Papier wieder zusammen, steckte es in seine Jackentasche. Leise öffnete er die Tür. Er hatte noch keine drei Schritte gemacht, als die Wachhündin aus dem Röntgen angeschossen kam. Sie schien auf ihn gewartet zu haben.

«Doktor Pfenninger kommt jeden Moment.».

«Das will ich doch sehr hoffen!», erwiderte Mauro entnervt.

*

Vielleicht, weil er im vierten Untergeschoss lag, vielleicht, weil er mit seinem provisorischen Ausbau tatsächlich an eine Höhle erinnerte, nannten sie den Ort Grotto. Es war nur von der hintersten Ecke der Tiefgarage des City West aus erreichbar. Ursprünglich hätte an dieser Stelle ein Verbindungsstollen zu einem der Nachbargebäude entstehen sollen. Aber die Liegenschaftsbesitzer hatten sich nicht einigen können, und das Projekt war nie zu Ende geführt worden. Nun endete der gut fünf Meter breite Tunnel nach zwanzig Metern in einer Sackgasse.

Das Behandlungszentrum war der erste Mieter gewesen, der Interesse an einem längerfristigen Mietvertrag gezeigt hatte. Man überliess ihm den nutzlosen Blinddarm gern und ohne Auflagen. Seither diente der Stollen dem Zentrum als Keller, als Werkstatt und als Zentrale für die Sicherheitsabteilung. Und gelegentlich auch als Unterkunft. Im Grotto wurden Leute einquartiert, von denen niemand zu wissen brauchte, dass sie sich in Bern aufhielten. Wie zum Beispiel die Gebrüder Frattini aus Neapel.

Von den Angestellten des Behandlungszentrums hatten nur einige wenige Kenntnis von der Existenz des Grotto. Zu den Eingeweihten gehörte Enzo Tossi, der Leiter der Sicherheitsabteilung und des Hausdienstes.

Sicherheit wurde grossgeschrieben im Behandlungszentrum. Sicherheit und Diskretion. Für die Sicherheit sorgten unter anderem verschiedene Überwachungskameras, für Diskretion die sorgfältige Aufbewahrung wichtiger Dokumente im Grotto. Tossi war stolz, Hüter dieser Geheimnisse zu sein. Er fühlte sich als heimlicher Chef des Behandlungszentrums.

Er deponierte Dossiers in den dazu vorgesehenen Stahlschränken und wartete auf das Eintreffen der Frattinis. Sie hatten sich bereits seit über einer Woche im

Grotto einquartiert. Ihren genauen Auftrag kannte er nicht, meist hielten sie sich irgendwo in der Stadt auf.

«Ein Auftrag, der dich nichts angeht!», hatte ihm Sergio auf seine Nachfrage grob erklärt. Seit kurzem wusste er, dass der Auftrag etwas mit Goldmann zu tun haben musste. Als er den Namen des Patienten nannte, den die Loge ihm als allzu neugierig gemeldet hatte, schien Sergio völlig von der Rolle.

«Goldmann?» Er hatte das Wort mit tonloser Stimme ins Telefono gepresst. «Halte den Mann zurück, wir kommen sofort. Wir treffen uns im Grotto.»

Auf Luigi, Sergios Bruder, hatte der Name ebenfalls einen unerwarteten Eindruck gemacht. Er hatte zweimal zurückgerufen, um sich zu vergewissern, dass Tossi wirklich von Goldmann sprach.

Nun meldete sich auch Sergio ein zweites Mal. «Goldmann darf unter gar keinen Umständen die Klinik verlassen, bevor wir da sind! Unter gar keinen Umständen, hörst du!», befahl er. «Du fährst gleich ins Behandlungszentrum hoch und kümmerst dich persönlich darum!»

Tossi verstand die Aufregung nicht. Er unterbrach seine Arbeit widerwillig und beeilte sich nicht besonders. Er war beleidigt. Normalerweise war er es, der im Behandlungszentrum die Befehle erteilte.

*

Um ein Haar wäre Limacher der Kragen geplatzt.

Ganz kurzfristig hatte ihn Keller, der stellvertretende Polizeikommandant, zu einer Lagebesprechung in sein Büro bestellt. Er wünsche, über den aktuellen Ermittlungsstand und die weiteren Schritte ins Bild gesetzt zu werden. Limacher ahnte nichts Gutes. Im neuen Jahr war ein Wechsel an der Polizeispitze angesagt, und Keller nutzte jede Gelegenheit, um sich zu profilieren.

Schon nach der Begrüssung wurde klar, dass sein Vorgesetzter unter dem Begriff Lagebesprechung einen Zusammenschiss verstand. Noch bevor Limacher richtig zu Wort gekommen war, legte er los: «Einen Vermissten für tot erklären! Wissen Sie eigentlich, was Sie uns eingebrockt haben?»

«Die Leute gaben ihr Bestes. Wer konnte ahnen ...»

«Das ist schlimmer als der Witz, in dem ein Arzt einen Lebenden für tot erklärt», unterbrach Keller. «Man hält uns für blöd, Limacher, und ich kann nicht mal widersprechen.»

«Wer genau hält Sie aus welchem Grund für blöd?», fragte Limacher mit nachsichtiger Freundlichkeit.

Keller blitzte ihn gefährlich an. «Verstehen Sie mich nicht absichtlich falsch, Limacher», warnte er. «Sie sind verantwortlich für die Arbeit Ihrer Leute. Grundregel Nummer eins: Vertrauen ist gut, Kontrolle ist besser. Schon vergessen, Limacher?»

«Wir haben ein echtes Problem mit unseren Ressourcen und versuchen unsere Kräfte optimal einzuteilen. Der Fall schien klar ...»

«Schien klar! Optimal einteilen!», echote Keller höhnisch. «Merken Sie nicht, dass Sie besser schweigen würden!»

Limacher hielt die Klappe, aber innerlich kochte er. Anstelle zusätzlicher Kräfte einen Rüffel.

«Wenn der Fall Wellen schlägt, dann muss jemand den Kopf hinhalten», fuhr Keller fort. «Haben Sie sich das eigentlich schon überlegt?»

«Ich möchte nicht in Ihrer Haut stecken», antwortete Limacher bittersüss.

«Sie verstehen mich schon wieder absichtlich falsch, Limacher. Ich erwarte Ihren Bericht noch heute Abend.»

«Das wird leider nicht möglich sein, gleich beginnt mein Einsatz auf dem Friedhof.»

Limacher hatte den Entscheid in diesem Moment gefasst. Seine Anwesenheit bei Matters inszenierter Beisetzung war zwar nicht unbedingt erforderlich, aber sie lieferte ihm einen willkommenen Grund, das Präsidium möglichst rasch zu verlassen. Nachdem er sich die Standpauke zu Ende angehört hatte, liess er sich pro forma mit einem Funkgerät ausrüsten und meldete sich zum Einsatz auf dem Friedhof ab.

Er benötigte frische Luft, und zwar dringend.

*

Tossi bat Angela, Goldmann ins Gipszimmer zu führen.

«Ins Gipszimmer?», wunderte sie sich. «Nicht ins Sprechzimmer?»

«Nein, ins Gipszimmer. Ich werde ihn dort in Empfang nehmen.»

«Haben Sie Ihr Tätigkeitsfeld erweitert, Signor Tossi?»

«Nicht direkt. Ich bin lediglich zuständig für die Entfernung von Überflüssigem. Zum Beispiel überflüssiger Gipse und überflüssiger Patienten.»

«Ach ja?» Angela blickte erstaunt auf.

«Nur bei Leuten, die ihre Nase in Dinge stecken, die sie nichts angehen», erklärte Tossi, und nach einem anzüglichen Blick fügte er hinzu: «Enthüllungen jeder Art sind meine Spezialität.»

«Was sage ich dem Patienten?»

«Sagen Sie ihm, wir müssten etwas besprechen.»

«Und wenn er nicht will?»

«Warum sollte er nicht wollen?», fragte Tossi misstrauisch zurück.

Angela setzte ihr Sonntagsgesicht auf und mit einem «Wie Sie meinen» verliess sie den Empfang in Richtung Warteraum.

Als sie die Türe öffnete, war der Patient verschwunden.

*

Mauro hatte nicht lange gezögert. Kaum war die Assistentin aus dem Blickfeld verschwunden, begab er sich auf dem kürzesten Weg und leisen Sohlen zum Ausgang. Die Theke am Empfang war verwaist, was er einen Moment lang bedauerte. Er hätte sich ganz gern vom Engel verabschiedet.

«Der Schwindel ist aufgeflogen!» Während er in Richtung Bahnhof eilte, pochte der Satz wie ein unangenehmer Schmerz in seinem Bewusstsein. Im ersten Moment hatte er angenommen, dass sich «Schwindel» auf seinen Gips bezog. Schon das war ein Schreck gewesen. Aber als ihm in den Sinn kam, dass der anonyme Schreiber möglicherweise seinen Rollentausch gemeint haben könnte, da kriegte er einen gewaltigen Schreck.

«Du bist in Gefahr!» Der zweite Satz tönte aber nicht wie eine Drohung, sondern wie eine Warnung.

Bei der Bushaltestelle am Bahnhof hielt er inne. Im Schutz des Billettautomaten gönnte er sich eine Verschnaufpause und sah sich vorsichtig um. Er hatte das Gefühl, verfolgt zu werden. Eine Anzeigetafel informierte, dass es in weniger als fünf Minuten einen Bus gab, der ihn zum Friedhof fahren würde.

Er betrachtete seinen voluminösen Gips. Er behinderte ihn nicht nur, er markierte ihn auffälliger als den Hund ein buntes Fell. Er musste ihn möglichst rasch loswerden.

*

Als Tossi den Frattinis meldete, der Patient sei verschwunden, reagierten sie völlig hysterisch. Sergio, der mit dem Wagen unterwegs zum Grotto war, hiess ihn, sofort, und wirklich sofort, in Richtung Inselspital loszuziehen und nach Goldmann Ausschau zu halten. Seinem Bruder, der sich am Bahnhof aufhielt, befahl er per Telefon, auf dem Bahnhofsplatz Stellung zu beziehen.

«Mit dem Gips ist er nicht zu übersehen», versuchte Tossi zu beruhigen und erhielt für diese Bemerkung nicht weniger als eine Morddrohung.

Als Luigi keine fünf Minuten später meldete, dass er Goldmann auf dem Bahnhofsplatz gesichtet hatte, beruhigte sich Sergio etwas.

«Behalt in ihm Auge», beschwor er seinen Bruder. «Ich mach mich auf den Weg.»

«Eben steigt er in den Bus», berichtete Luigi.

«Welche Richtung?»

«Linie 12, Zentrum Paul Klee.»

«Du fährst mit!»

«Und dann?»

«Verlier ihn nicht aus den Augen!»

*

Mauro konzentrierte sich darauf, langsamer zu atmen. Es war nicht die Anstrengung, die ihm den Atem raubte. Er war angespannt. Er spürte eine Gefahr, die er nicht orten konnte und die seine Brust wie ein engendes Band umklammerte.

Als der Bus losfuhr, blickte er aus dem Fenster, ohne etwas wahrzunehmen. Strassen, Menschen und Fassaden glitten an ihm vorüber, bedeutungslos wie Kulissen einer fremden Welt. Vor seinen Augen standen immer die gleichen zwei Bilder: der Zettel unter der Toilettentür und Buscolos Röntgenbild mit dem Schrittmacher.

Beide Entdeckungen hatten ihn vollständig überrascht. Aber es war nicht die Überraschung, die ihn beunruhigte. Viel schlimmer für ihn war, dass er nicht verstand, was diese Dinge zu bedeuten hatten. Er verstand weder das Vorgehen bei Buscolo noch die Warnung.

Er zog den Zettel aus der Manteltasche.

War es Kollege Pfenninger, der ihn hatte warnen wollen? Aber warum hätte er das tun sollen?

Oder die Röntgenassistentin-Aufseherin? Bestimmt nicht!

Angela? Ihr war zuzutrauen, dass sie sein Spiel durchschauen könnte. Aber warum hatte sie ihn dann nicht direkt darauf angesprochen? Sie hatten doch sonst offen über alles geredet. Und warum hatte sie nicht an der Theke gesessen, als er die Klinik verlassen hatte?

Wer ausser der Wachhündin konnte wissen, dass er auf der Toilette gesessen hatte?

Er versuchte sich an die Gesichter, denen er im Behandlungszentrum begegnet war, zu erinnern. Aber er war zu sehr mit sich und seinem Projekt beschäftigt gewesen, als dass er auf andere Patienten geachtet hätte. Im Grunde wusste er nicht mal mit letzter Sicherheit, ob die Warnung wirklich ihm gegolten hatte.

Er löste die Binde, welche den Gips fixierte. Im Hinblick auf seine Reiseabsichten hatte er ihn so angelegt, dass er ihn ohne Schwierigkeiten an- und ausziehen konnte. Mit einem kurzen Ruck befreite er sich daraus. Sein Sitznachbar beobachtete ihn irritiert.

«Möchten Sie ihn? Ich schenke ihn Ihnen!»

Der Mann schüttelte nur den Kopf, beeilte sich aufzustehen und stieg am Bärenpark aus.

Die Buslinie endete beim Zentrum Paul Klee, das in unmittelbarer Nähe zum Schosshaldenfriedhof lag. Mauro wartete, bis sich die andern Fahrgäste etwas verlaufen hatten, dann steckte er den Gips in die nächstgelegene Abfalltonne.

Nun wandte er sich dem Hintereingang des Friedhofs zu. Er fühlte sich erleichtert. Es kam ihm vor, als hätte er mit dem Gips auch das unangenehme Erlebnis im Behandlungszentrum entsorgt.

Er blickte auf die Uhr. Seine Abdankung begann in einer knappen Viertelstunde. Es war vielleicht gar nicht so schlecht, wenn er etwas zu früh da war. Das verschaffte ihm Zeit, die eintreffenden Trauergäste zu beobachten.

Besuchten eigentlich Frauen die Abdankungen von Männern, von denen sie sich scheiden lassen möchten?

Mauro betrat die Anlage.

*

«Er hat den Bus verlassen und den Gips weggeschmissen!», meldete Luigi. Er beobachtete Goldmann etwas abseits von der Bushaltestelle, aus sicherer Distanz. «Nun geht er zum Friedhof. Was machen wir denn jetzt? Wir wissen im Grunde überhaupt nicht, ob er ...»

«Porco dio!», fluchte Sergio, «er trägt den Namen eines Toten, er schnüffelt in der Praxis rum, er haut ab, bevor er behandelt wird, er trägt einen falschen Gips – das reicht doch, um zu wissen, dass er auf der falschen Seite steht!»

«Er geht zum Friedhof», unterbrach Luigi. «Wie lautet der Plan?»

«Dranbleiben!»

«Wie lange?»

«Bis sich die Gelegenheit bietet.»

Wofür?, wollte Luigi fragen. Die Frage war eigentlich überflüssig.

«Ich bin unterwegs», sagte Sergio und legte auf.

Sergio würde die Drecksarbeit übernehmen. Wie immer.

21

Der Schosshaldenfriedhof lag an einem sanften Abhang, am Rand von Ostermundigen. Durch den Nebeneingang beim Zentrum Paul Klee betrat man ihn an der höchstgelegenen Stelle. Nach wenigen Schritten bot sich ein fast vollständiger Überblick über die ganze Anlage, vor allem jetzt, wo das Laub von den Bäumen gefallen war.

Mauro erspähte lediglich ein paar wenige Besucherinnen, mehrheitlich ältere Frauen, damit beschäftigt, auf den Gräbern die letzten Vorkehrungen für den nahenden Winter zu treffen. Blumenreste wurden entsorgt, Töpfe geleert und Rosenstöcke mit Tannzweigen bedeckt. Mauro beobachtete das stumme und traurige Schaffen nur kurz. Die Bise blies ihm empfindlich ins Gesicht und er wandte sich in Richtung Abdankungshalle.

Über einen Querweg erreichte er die Allee, welche teils als Weg, teils als breite Treppe zum weiten Vorplatz der Abdankungshalle führte. Um diesen Platz gruppiert, befanden sich auch die Dienstgebäude der Verwaltung und der Gärtnerei.

Vor der Halle standen ein paar dunkel gekleidete Gestalten. Mauro war noch zu weit entfernt, um Gesichter zu erkennen. Er stellte sich vor, dass ein paar seiner Kollegen eine Einladung erhalten hatten. Der Gedanke, alte Bekannte zu treffen, machte ihm auf einmal Herzklopfen und er schwenkte auf einen Seitenweg ein.

Das ungute Gefühl besserte sich nicht wirklich, als er durch die Gräberreihen schlich. Er realisierte, wie seine Identität zwischen Matter und Goldmann oszillierte. Nach dem Auftauchen der Leiche, und erst recht nach deren Identifikation, hatte er geglaubt, sein altes Leben ablegen und seinem Begräbnis als Fremder beiwohnen zu können. Aber hier holte ihn einmal mehr seine Vergangenheit ein.

Erneut warf er einen Blick in Richtung Trauergesellschaft. Seine Mutter war auf alle Fälle da, auch wenn er sie jetzt nicht entdecken konnte. Sie würde allerdings kaum nüchtern erscheinen – nicht um diese Tageszeit und nicht zu diesem Anlass. Da kannte er sie gut genug. Eine derartige Belastung war für sie erst recht ein Grund, den Alkoholpegel hoch zu halten. Es sei denn, der Schock hätte auf ihr Trinkverhalten eine heilsame Wirkung ausgeübt. Dann hätte er wenigstens in diesem Punkt etwas Gutes bewirkt.

Aber eigentlich war ihm das Schicksal seiner Mutter gleichgültig. Sie hatte ihm in seinem Leben wenig Unterstützung geboten, hatte ihn vorgezeigt, wenn es ihr günstig erschien, und hatte ihn sich selber überlassen oder gar abgeschoben, wenn er ihren Plänen in die Quere zu kommen drohte.

Heute konnte er sich durchaus vorstellen, dass die Frage nach der Grösse der Erbschaft seine Mutter mehr interessierte als die Gründe für sein Ableben. Sie hatte ihn mehrfach um finanzielle Unterstützung gebeten. Sie glaubte, als Arzt schwimme er im Geld. Dabei ergab sich bei ihm Ende Monat kaum je eine positive Bilanz. Wenn seine Wohnung nicht bald gekündigt und die laufenden Verpflichtungen nicht sistiert wurden, übertrafen die Schulden rasch das kleine Guthaben.

Überhaupt – was blieb eigentlich von seinem Leben? Nina und Daniela in Freiburg, seine Mutter am Neuenburgersee, sein Vater in Neapel, Einstein in der Matte, Vera in der Altstadt, seine Studienkollegen in Bern, ein paar Arbeitskollegen – es kam ihm vor, als sei sein Leben ein loses Geflecht von Personen und Orten, zusammengehalten durch den Namen Mauro Matter. Mit seinem Verschwinden würde sich dieses Netz rasch auflösen.

Er steuerte wieder in Richtung Abdankungshalle.

*

«Von mir aus können wir abbrechen», schlug ein sichtlich frierender Berner vor.

«Wir benötigen jeden Hinweis.» Limacher rieb sich ebenfalls die Hände. Der Vorraum der Halle, in der sie sich besprachen, war schlecht geheizt.

«Die drei Personen, die wir bis jetzt befragen konnten, haben uns keinen Schritt weiter gebracht», reklamierte Berner. «Eine Menge Freunde scheint Matter nicht gehabt zu haben.»

«Die Abdankung war im kleinsten Kreis geplant und seine Kollegen stehen voll im Arbeitsprozess», entgegnete Limacher. «Sie werden, wenn überhaupt, auf die letzte Minute kommen. Wir bleiben bis Viertel nach.»

«Ein Besucher hat sich richtig geärgert, dass man eine Abdankung für eine Befragung missbrauche.»

«Wer war das?», wollte Limacher wissen.

Berner blickte auf seine Notizen. «Aldo Girardi. Spielt im gleichen Tennisclub. Verstand sich offenbar recht gut mit Matter, nicht zuletzt auch wegen ihrer Herkunft.»

«Das heisst?»

«Beide haben ihre Wurzeln in Italien. Aldo Girardis Mutter ist Italienerin und Matters Vater Italiener. Du erinnerst dich: Frau Matter ist eine geschiedene Calabretto.»

«Und was sagt er zum Selbstmord?»

«Gar nichts. Er hat sich kurzum geweigert, mit uns auf einem Friedhof über Matters Vergangenheit zu sprechen. Er fand das absurd. Überrumpelt und missbraucht, so komme er sich vor.»

«Das ist übertrieben.»

«Aber irgendwie hat er trotzdem recht.»

«Meinst du, er weiss mehr?»

«Kaum», Berner verstummte und deutete zum Eingang, wo ein weiterer Trauergast auftauchte.

«Ich zieh mich zurück. Viertel nach macht ihr Schluss», bestimmte Limacher und entfernte sich in Richtung Allee.

Er sah ungern ein, dass die Aktion sie nicht weiterbrachte. Nicht nur er selber hatte im Moment ein Erfolgserlebnis nötig. Die Blamage mit der Wasserleiche hatte die ganze Truppe demoralisiert.

Als er sich ein Stück weit vom Vorplatz entfernt hatte, rief er im Büro an und erkundigte sich, ob man Pascal Oberli schon aufgetrieben habe. Während er auf die Antwort wartete, versuchte er aus den bisherigen Erkenntnissen schlau zu werden. Völlig frei erfunden hatte

Oberli seine Geschichte kaum. Die zurückverfolgten Handykontakte stützten seine Aussagen. Matter musste die letzte SMS tatsächlich in der Nähe der Kirchenfeldbrücke empfangen haben. Und eben dort war das Handy um zwei Uhr in der Früh aus dem Netz verschwunden und konnte seither nicht mehr geortet werden.

«Noch keine Spur», meldete der Beamte vom Revier.

«Wir suchen weiter», befahl Limacher.

«Martens hat nach dir gefragt», sagte der Beamte.

«Zum Abendrapport bin ich zurück», versicherte Limacher, beendete das Gespräch und versuchte erfolglos, den Rechtsmediziner zu erreichen. Wahrscheinlich lagen erste Resultate der DNA-Analyse vor. Limacher war sich bewusst, dass unabhängig vom Resultat viele offene Fragen blieben. Entweder hatten sie im Keller des IRM eine Leiche ohne Identität, von der sie nicht wussten, wie sie zu Matters Papieren gekommen war, oder sie mussten, falls die Mutter sich doch nicht getäuscht hatte, für Matters Verletzungen eine Erklärung finden.

In beiden Fällen konnten vielleicht die Aussagen des Obdachlosen weiterhelfen.

Mit Oberli war er wieder am Ausgangspunkt seiner Gedanken angelangt, ohne einer Lösung näher gekommen zu sein. Er drehte sich im Kreis.

Er schaltete das Funkgerät aus. Er wollte ungestört nachdenken können. Vielleicht fand er im stummen und einseitigen Dialog mit den Toten den Ausgang aus dem Teufelskreis.

Er war noch knappe hundert Meter vom Platz entfernt und blickte mechanisch auf die Uhr. Die Abdankung musste bald beginnen. Seine Abdankung.

Er versuchte erneut zu erspähen, ob er jemanden kannte.

Obwohl es in der einsetzenden Dämmerung immer schwieriger wurde, Gesichter zu erkennen, konnte er mit ziemlicher Sicherheit sagen, dass sich ausser Simon, seinem Kollegen aus der Lerngruppe, kein bekanntes Gesicht entdecken liess.

Simon stand im Gespräch mit einer Unbekannten, die – wie zwei weitere Männer vor der Abdankungshalle – einen schmucklosen, dunklen Anzug trug. Mauro fielen ihre Schuhe auf: keine eleganten Schuhe, sondern robustes Schuhwerk, das eher an Wanderschuhe als an Ausgehschuhe erinnerte. Das war doch eher ungewöhnlich, selbst im November, zumal noch kein Schnee lag. Vielleicht eine Angestellte des Bestattungsinstituts?

Nein.

Plötzlich wusste er, woran ihn diese Truppe erinnerte: an Polizeibeamte in Zivil.

Er wandte sich ab und schwenkte bei der nächsten Gelegenheit auf den Weg ein, der in Richtung Zentrum Paul Klee führte.

Bei der Polizei hatte er keine Freunde. Er wusste nicht genau, was er von der Sache halten sollte, aber er ahnte nichts Gutes. Deshalb hatte er beschlossen, den Friedhof möglichst rasch auf dem gleichen Weg zu verlassen, auf dem er ihn betreten hatte: durch den Hinterausgang.

Limacher war der Mann von dem Moment an aufgefallen, als er in seinem Blickfeld auftauchte. Die wenigen Leute, die jetzt noch unterwegs waren, benutzten die Anlage entweder als Abkürzung oder zum Besuch eines Grabes. Aber dieser junge Mann machte weder einen zielstrebigen noch einen trauernden Eindruck. Er schien unentschlossen, schritt ohne ersichtlichen Plan durch die Anlage. Wenn er ein Ziel hatte, dann doch am ehesten die Abdankungshalle. Handelte es sich um einen Verwandten von Mauro Matter, der unschlüssig war, ob er an der Abdankung teilnehmen sollte? Seine Bekleidung passte zwar nicht unbedingt zu einer Trauerfeier, aber auf Distanz sah er dem Toten nicht unähnlich.

Als der Mann auf einmal abrupt kehrtmachte, bekam Limacher kurz sein Gesicht zu sehen.

Und da stockte ihm der Atem.

«Das gibt's doch nicht!», flüsterte er.

Er zögerte nur kurz.

Dann heftete er sich Goldmann an die Fersen.

22

«Er kommt!»

Luigi überwachte am Rande des Parkplatzes den Hintereingang des Friedhofs. Er stand mit Sergio, welcher mit dem Wagen in einer kleinen Seitenstrasse wartete, in ständiger Verbindung.

«Porco dio!», hörte er Sergio fluchen, «ich sehe ihn. Das ist unmöglich! Hol's der Teufel!»

Luigi verstand seinen Bruder. Ihm selber war auch schier das Blut in den Adern gefroren, als er Goldmann das erste Mal erblickt hatte. Er war nicht abergläubisch, aber einen Toten vor sich zu sehen, war eine verdammt unangenehme Sache.

«Porco dio», wiederholte Sergio. «Wenn ich es nicht mit eigenen Augen sähe, würde ich es nicht glauben.»

«Und jetzt?», fragte Luigi.

«Er gehört mir», zischte Sergio. «Diesmal schalte ich ihn aus, das schwör ich bei meiner Mutter!»

Seine Stimme klang unangenehm schrill. Luigi griff sich ans Ohr mit dem Empfänger und blickte vorwurfsvoll in Richtung Sergio. Er versuchte vergeblich, sein Gesicht hinter den getönten Scheiben des bulligen Offroaders zu erkennen.

Dann konzentrierte er sich wieder auf den Gehweg, welcher vom Friedhof in den Parkplatz mündete. Strasse und Parkplatz waren menschenleer. Wenn Goldmann sich der Bushaltestelle zuwandte, würde Sergio sich ihm von hinten nähern können.

«Die Luft ist rein», meldete er.

Er hörte, wie Sergio den Motor anwarf. Goldmann reagierte nicht. Ohne sich um seine Umgebung zu kümmern, schritt er weiter. Luigi beobachtete gebannt, wie sich der Wagen langsam in Bewegung setzte. Den Mann, der sich Goldmann von hinten in raschen Schritten näherte, übersah er.

*

«Goldmann?»

Begann der Wechsel der Identitäten seine Persönlichkeit zu spalten oder hatte da tatsächlich jemand seinen Namen gerufen? Mauro blickte sich nicht um. Stimmenhören war ein Zeichen von Schizophrenie.

«Goldmann!» Die Stimme hinter ihm klang jetzt näher und forscher. Aber es war nicht nur der befehlende Ton, der ihn zusammenzucken liess.

Hinter ihm war jemand, der Goldmann kannte!

Es war das erste Mal, dass er mit seinem neuen Namen angesprochen wurde. Er überlegte nur Sekundenbruchteile, eigentlich hatte er gar keine Wahl. Er würde sich dem Rufer so oder so stellen müssen. Es war Zeit, Farbe zu bekennen, Zeit für einen weiteren Schritt hin zu seiner neuen Identität. Derjenige, der Goldmann kannte, würde ihn seiner Vergangenheit näher bringen.

Während er sich umwandte, versuchte er möglichst harmlos dreinzublicken.

«Goldmann, erkennen Sie mich nicht?»

Der Mann, der ihn einzuholen versuchte, war ihm völlig unbekannt: ein hagerer Mittfünfziger mit einer auffallend grossen Nase.

Mauro schüttelte bedauernd den Kopf. «Ich kann mich nicht erinnern.»

«Limacher», der andere blickte ihn erwartungsvoll an.

«Mein Gedächtnis», entschuldigte sich Mauro, während er Limacher rasch musterte. Die blauen Augen wirkten hinter der Hornbrille wässrig und unausgeruht. Der blasse Teint und die bleich-roten Haare verstärkten den ungesunden Eindruck. Mauro schaffte es nicht, den Mann einzuordnen. Noch bevor er seine Ausrede vom verlorenen Gedächtnis anbringen konnte, bemerkte Limacher: «Ich habe den Briefkasten geleert.»

Aber Mauro hörte nicht mehr zu.

Gebannt beobachtete er, wie der Geländewagen beschleunigte und sich rasch näherte. Limacher geriet direkt vor das Fahrzeug.

«Achtung!», schrie Mauro und schnellte instinktiv nach vorn. Selber zur Seite springend, versuchte er den verblüfften Limacher mit sich zu reissen. Aber weil dieser versuchte, ihm auszuweichen, konnte er nicht mehr verhindern, dass die Stossstange des Geländewagens den Mann erfasste und sie beide seitlich weggeschleudert wurden.

Im Fallen konnte er trotz der dunklen Tönung der Seitenscheiben ganz kurz das gespannte Gesicht des Fahrers sehen. Dann landete er hart auf dem gefrorenen Boden.

«Idiot!», schrie er dem Wagen nach. Dieser bremste

vor der Bushaltestelle scharf ab und hielt kurz an. Ein Mann stieg zu und schon brauste der Wagen davon.

Mauro wandte sich Limacher zu. Er lag wenige Schritte von ihm entfernt schwer atmend auf dem Boden. Er rührte sich nicht. Mauro fasste ihn an der Schulter. Limacher kam zu sich und sah ihn mit seinen farblosen Augen benommen an. Er hob den Kopf und stammelte ein paar unverständliche Worte. Dann verdrehte er die Augen und sank schlaff auf den Boden zurück.

Das hatte ihm gerade noch gefehlt! Am liebsten wäre er gleich von der Bildfläche verschwunden, aber der Mann benötigte Hilfe.

Vom Zentrum Paul Klee her näherte sich eine Reisegruppe. Ein paar Männer eilten herzu und gaben aufgeregt ihrer Empörung Ausdruck.

«Ein Raser», meinte der eine, «Der war bestimmt betrunken», sagte ein anderer und der dritte fand: «Das ist Fahrerflucht!»

«Ist jemand von Ihnen Arzt», unterbrach Mauro ihre Spekulationen.

Niemand meldete sich, aber immerhin anerbot sich einer der Männer, den Rettungsdienst aufzubieten.

«Ja, dringend», sagte Mauro: «Wählen Sie die 144. Melden Sie einen Schwerverletzten, nicht ansprechbar. An der Bushaltestelle Zentrum Paul Klee, oberste Dringlichkeit.»

Der Mann nickte und Mauro wandte sich wieder Limacher zu. Unter dem Kopf begann sich eine kleine Blutlache zu bilden. Mauro hob seinen Kopf leicht an, um die Wunde zu inspizieren. Limacher schlug erneut die Augen auf und blickte ihn staunend an.

«Sie bleiben besser liegen», befahl Mauro und setzte seine Untersuchung fort. «Sie waren kurz weg. Wahrscheinlich eine leichte Hirnerschütterung. Sie haben eine Wunde am Hinterkopf. Scheint nicht so schlimm, aber es blutet.»

Mauro sprach weiter zu Limacher, aber im Grunde rapportierte er für sich selber. Er tastete Limachers Arme und Beine ab. «Spüren Sie das?», fragte er immer wieder.

Limacher nickte schlaff. Er versuchte sich etwas aufzurichten, hielt aber stöhnend inne.

«Lassen Sie das lieber», befahl Mauro und fragte: «Wo tut's weh?»

Limacher deutete auf die linke Seite.

Mauro öffnete die Jacke.

«Eine Waffe!», wunderte sich einer der Helfer.

«Polizist?», fragte Mauro erschrocken.

Limacher nickte und versuchte nach der Waffe zu greifen. Er schaffte es nicht. «Nicht bewegen», mahnte Mauro.

«Meine Kollegen ...», stöhnte Limacher und sank wieder zurück.

«Ist hier jemand Arzt?», fragte Mauro erneut in die Runde der Schaulustigen, die sich noch etwas vergrössert hatte. Ein verletzter Bulle war das Letzte, was er brauchte.

«Der Rettungswagen ist unterwegs», orientierte der Anrufer.

«Hilft das?» Eine Frau reichte ihm eine Reiseapotheke. Ansonsten liess man ihm den Vortritt.

Wohl oder übel setzte er seine Untersuchungen fort.

Über dem linken Brustkorb zeichnete sich auf der Haut eine streifige Rötung ab, die sich bis in den Oberbauch zog. Wahrscheinlich hatte der Wagen Limacher hier erfasst.

Vorsichtig tastete Mauro den Bauch des Verletzten ab. «Eine Milzruptur ist möglich», kommentierte er für sich selber und griff nach dem Puls. Dieser war nur schwach spürbar und ging ziemlich rasch.

Limacher schien wieder wegzutreten. Erst als Mauro ihn im Bereich des Brustkorbes untersuchte, reagierte er, am empfindlichsten an der Stelle unter dem Waffenhalfter. Als Mauro den Gurt löste, zeigte der Polizist eine schwache Gegenwehr.

«Sie sollen sich nicht rühren», mahnte Mauro. «Wahrscheinlich hat Ihnen die Stossstange die Dienstwaffe in den Brustkorb gedrückt und ein paar Rippen gequetscht. Bleiben Sie einfach ganz ruhig liegen, der Rettungswagen ist gleich da.»

«Benachrichtigen Sie meine Kollegen», forderte Limacher jetzt stöhnend. «Der Funk ...», er verstummte schwer atmend.

«Machen wir», sagte Mauro und vergewisserte sich, dass das Gerät an Limachers Gürtel ausgeschaltet war. Noch mehr von der Sorte konnte er wirklich nicht gebrauchen. Er verband die Wunde am Hinterkopf behelfsmässig mit einem Dreiecktuch aus der Reiseapotheke.

Der Polizist schlug die Augen auf: «Das war Absicht ...»

«Halten sie still!», wiederholte Mauro. Limachers Puls ging schneller und wurde schwächer.

«Das geht Richtung Schockzustand, möglicherweise eine innere Blutung», murmelte er und bat einen der Umstehenden, Limachers Beine hochzulagern.

«Was sagt er?», fragte der Helfer unsicher.

«Er fantasiert.»

«Ich krieg keine Luft», stöhnte Limacher und die Flügel seiner überdimensionierten Nase öffneten sich wie die Nüstern eines Pferdes. Er schien erneut das Bewusstsein zu verlieren.

In der Ferne war das Heulen einer Sirene zu hören.

«Die Rettung ist da», beruhigte Mauro Limacher, sich und seine Helfer.

*

Das Rettungsteam arbeitete rasch und professionell. Mauro rapportierte in knappen Sätzen den Unfallhergang und seinen Verdacht auf eine innere Blutung. Innert kürzester Zeit war der Patient mit Sauerstoff und Infusion versorgt.

Mauro fand, jetzt war der richtige Zeitpunkt, sich zu empfehlen. Aber als er sich zum Gehen wandte, wurde Limacher unruhig. Er schob sich die Sauerstoffmaske vom Gesicht und hauchte: «Sie sind hinter Ihnen her!»

«Wie bitte?» Der Leiter des Rettungsteams, ein Deutscher, hatte ihn nicht recht verstanden.

«Er fantasiert, er ist Polizist und denkt an den Fahrer, der ihn angefahren hat.» Mauro drückte Limacher die Sauerstoffmaske aufs Gesicht. «Sie sollten jetzt nicht sprechen …», mahnte er.

Limacher sank zurück.

Der Rettungssanitäter blickte gestresst auf den Monitor. «Etwas stimmt nicht. Die Infusion muss schneller laufen», befahl er seiner Kollegin und bereitete einen weiteren Beutel mit Kochsalzlösung vor. «Der Kreislauf verschlechtert sich und die Sättigung sinkt. Die Flüssigkeit scheint zu versickern.» Er blickte hilfesuchend zu Mauro. «Irgendwo blutet er. Wir müssen ihn möglichst rasch auf den Notfall bringen. Ich bin froh, wenn Sie uns beim Verlad behilflich sind.»

Mauro nickte widerstrebend und half bei den Vorbereitungen für den Transport. Limacher atmete tatsächlich schwerer. Als Mauro ihm die Gurte um die Brust legen wollte, wehrte er sich matt, am Rande der respiratorischen Erschöpfung.

Kaum hatten sie die Bahre in den Rettungswagen geschoben, verlor Limacher erneut das Bewusstsein.

Hektik kam auf. «Mehr Sauerstoff und mehr Volumen!», befahl der Teamleiter.

Die Infusion wurde rascher laufen gelassen, die Beine wurden hochgelagert, aber Limachers Zustand wurde kritischer.

Mauro warf einen Blick auf den Monitor. Trotz maximaler Sauerstoffgabe fiel die Sättigung im Blut weiter ab. Auch die Kreislaufdaten verschlechterten sich von Minute zu Minute. Mauro beobachtete erst die blau verfärbten Lippen und dann die gestauten Halsvenen des schwer Atmenden. Er klopfte den Thorax ab. Es klang hohl.

«Geben Sie mir bitte Ihr Stethoskop!»

«Machen Sie schon! Ich bin Arzt!», fügte er an, als der Rettungssanitäter zögerte.

Er ergriff das Instrument und hielt es Limacher an die Brust. Auf der linken Seite fehlte das Atemgeräusch.

«Der Mann entwickelt einen Spannungspnoe. Wir müssen den Thorax drainieren.»

Der Teamleiter sah ihn skeptisch an.

«Ich bin Arzt», wiederholte Mauro. «Ich brauche eine dicke Kanüle, einen Handschuh, eine Schere und Heftpflaster, bitte sofort.»

Endlich nickte der Sanitäter und reichte ihm das Geforderte.

Mauro nahm die dickste Nadel aus dem Instrumentenkasten und stiess sie dem Polizisten in den verletzten Brustkorb. Er zeigte kaum eine Reaktion auf den Einstich. Aus der Nadel entwich hörbar Luft.

Nun zerschnitt Mauro den Handschuh und fertigte behelfsmässig ein Einwegventil an, indem er einen Finger des Handschuhs zu einem kurzen Schlauch zurechtschnitt. Diesen fixierte er mit Klebeband am Kanülenende. Die Luft aus dem Thorax entwich, ohne dass beim Einatmen Luft angesogen werden konnte.

«Fahren!», befahl Mauro.

Während sich der Rettungswagen in Bewegung setzte, befestigte Mauro sein Konstrukt an Limachers Thorax. Dann justierte er Infusion und Sauerstoffzufuhr. Innert weniger Minuten stiegen Sauerstoffsättigung und Blutdruck an und der Puls begann zu sinken. Limachers Zustand stabilisierte sich. Als er sich zu regen begann, verabreichte ihm Mauro ein Schmerzmedikament. In diesem Moment war er ganz Arzt, unabhängig von all seinen andern Gedanken und Problemen.

Aber nur für einen Moment.

Noch bevor sie das Inselspital erreichten, schlug Limacher die Augen auf. Er blickte benommen um sich. Es war ihm anzusehen, dass er sich zu orientieren versuchte. Dann wurde er unruhig. «Atmen Sie möglichst gleichmässig und ruhig, und sprechen Sie nicht. Ihre Lunge ist verletzt. Sie wurden angefahren», erklärte Mauro und fixierte die Sauerstoffmaske etwas straffer.

Limacher sah ihn gross an, schien nichts zu begreifen. Er versuchte, sich die Sauerstoffmaske vom Gesicht zu ziehen.

Der Rettungssanitäter griff ein. «Vielleicht sitzt die Maske zu fest.» Er lockerte sie etwas. «Besser?»

Limacher stammelte ein paar unverständliche Worte und langte nach dem Arm des Sanitäters, als versuchte er ihn festzuhalten.

Es ging ihm wirklich besser.

Zu gut, fand Mauro.

«Sie sollen sich nicht bewegen», sagte er streng und bereitete eine Ampulle Valium vor.

«Valium?», fragte der Rettungssanitäter.

«Er ist unruhig», erklärte Mauro.

«Der Mann darf nicht entkommen», stöhnte Limacher jetzt schon besser verständlich unter der Maske hervor.

«Wir haben bestimmt die Fahrzeugnummer», sagte Mauro.

Limacher schüttelte den Kopf und versuchte erneut zu sprechen. Der Rettungssanitäter hob die Maske leicht an. «Sprechen Sie ganz langsam», forderte er den Patienten auf.

In diesem Moment injizierte Mauro fünf Milligramm Valium intravenös. Limacher entspannte sich augenblicklich und blieb stumm.

«Ist doch besser so», meinte Mauro.

Der Rettungssanitäter sah ihn zweifelnd an.

«Ich bin der Arzt», sagte Mauro mit aller Arroganz.

Inzwischen waren sie im Inselspital angelangt. Sie wurden schon erwartet, das Team der Notaufnahme stand bereit. Mauro konnte nicht anders, als beim Auslad zu helfen. Er war froh, dass er kein bekanntes Gesicht entdeckte. Noch bevor die Equipe mit dem Patienten die Notfallpforte passierte, drückte er einem der Helfer die Infusion in die Hand.

«Meine Sachen sind im Wagen», erklärte er. Und während der Tross mit dem Verletzten im Gebäude verschwand, ging er zur Ambulanz zurück.

Unter den neugierigen Blicken des Fahrers nahm er eine Rettungsjacke und einen Notfallkoffer an sich. «Kommt alles zurück», beruhigte er den Mann und begab sich ebenfalls zur Notfallpforte. Er blickte nicht zurück, obwohl er den stechenden Blick des Fahrers im Nacken spürte.

Als er die automatische Türe hinter sich schliessen hörte, bog er bei der erstbesten Möglichkeit ab. Unbehelligt erreichte er das Treppenhaus. Auf dem ersten Absatz zog er sich die Rettungsjacke über sein verdrecktes Hemd. Ein paar Stockwerke tiefer verliess er das Treppenhaus wieder und durchschritt die Inselspitalgänge, als ob er einen klaren Auftrag hätte. Rettungsjacke und Notfallkoffer liessen ihn überall passieren, ohne dass er aufgefallen wäre. Als er das Insellabyrinth schliesslich unbehelligt durch einen Seitenausgang verliess, wurde Limacher bereits in den Notfall-OP geschoben.

*

Luigi blieb im Spitalareal stationiert, während sich Sergio ins Grotto begab.

Die beiden hatten das Geschehen aus sicherer Distanz beobachtet. Als sie Goldmann im Rettungswagen verschwinden sahen, beschlossen sie, ihm zu folgen. Er fuhr mit Sirene und Blaulicht, es war abzusehen, dass der Wagen das Inselspital ansteuerte.

Tatsächlich stiessen sie an der Notfallpforte wieder auf ihn, aber von Goldmann fehlte jede Spur. Er blieb verschollen, auch als der Rettungswagen längst wieder abgefahren war.

«Wir sind nicht weiter», meinte Tossi, der irgendwie erleichtert war, dass Goldmann auch den Frattinis entwischt war.

Sergio beachtete ihn nicht. Er sah sich die Aufnahmen von Goldmann an «Wir haben den Falschen erwischt», kommentierte er bitter.

«Was ist eigentlich mit Goldmann?», fragte Tossi, der gar nichts mehr verstand.

«Er besitzt etwas, was uns gehört», sagte Sergio.

*

In der Matte traf Mauro anstelle von Einstein Vera an.

«Schon wieder Haare schneiden?», bemerkte er bissig.

«Ich bin Einstein behilflich. Er traut sich nicht mehr,

Geri alleine zu lassen. Er ist in den letzten Tagen zweimal davongelaufen. Gestern bis zum Bärenpark. Es ist beinahe zur Katastrophe gekommen. Er konnte im letzten Moment daran gehindert werden, das Geländer zum Gehege zu übersteigen.»

«Aha», sagte Mauro. Geris Eskapaden interessierten ihn wenig.

«Du hast das Leben der beiden ziemlich durcheinandergebracht», meinte Vera.

«Oder du!», konterte Mauro.

Vera blickte ihn forschend an. «Du scheinst selber durcheinander zu sein.»

«Mein neues Leben verläuft tatsächlich turbulent.»

In diesem Moment trat Einstein ein. «Wo ist der Gips?», fragte er erstaunt.

«Ich musste ihn entsorgen», berichtete Mauro und erzählte den beiden in kurzen Zügen von seinem Besuch im Behandlungszentrum und von den Erlebnissen auf dem Friedhof. «Ich hinterlasse eine ziemlich unübersichtliche Situation», schloss er seinen Bericht. «Ich weiss gar nicht, ob ich hoffen soll, dass der Polizist überlebt.»

«Zuerst behandelst du ihn und dann hoffst du, dass er stirbt?», wunderte sich Vera.

«Genau», bemerkte Mauro sarkastisch, «ich bin ein besonderer Onkel Doktor. Den Patienten, die ich behandle, wünsche ich den Tod, und die Patienten, die ich für gesund erkläre, sind offensichtlich krank. Ich habe noch immer keine Ahnung, warum mein Patient im Behandlungszentrum einen Schrittmacher verpasst bekam.»

«Vielleicht ganz einfach, weil er ihn nötig hatte», meinte Vera.

Mauro schüttelte den Kopf. «Ferrari traue ich alles zu. Auch, dass er Menschen unnötige Behandlungen verschreibt und sogar unnötige Eingriffe vornimmt.»

«Welcher Patient liesse sich schon einen unnötigen Schrittmacher einpflanzen?», zweifelte Einstein.

«Wenn dir der Arzt sagt, es sei nötig, und dir entsprechend die Hölle heissmacht …»

«Es gäbe doch einfachere Dinge, die man einem Patienten aufschwatzen könnte. Ein Medikament, eine Kur …»

«Aber nicht so lukrative», unterbrach Mauro. «Ein Schrittmacher kostet mit der Operation rasch mal gegen zwanzigtausend. Und wenn man ein ausgedientes Modell einpflanzt …»

«Apropos Schrittmacher. Aldo möchte dich kennenlernen», unterbrach ihn Einstein.

«Aldo möchte mich kennenlernen?», fragte Mauro irritiert.

«Ja, genau. Das heisst: Aldo Girardi möchte den Besitzer des Schrittmachers kennenlernen.»

«Und weshalb? Gibt es schon Ergebnisse?»

«Ich denke schon, aber er rückt nicht heraus damit. Er möchte wissen, woher der Schrittmacher stammt.»

«Das braucht er doch gar nicht zu wissen. Frag ihn einfach noch einmal nach dem Namen des Patienten. Ich weiss, dass er einen Herzspezialisten kennt, der das für ihn herausfinden kann. Du kannst es mir dann mitteilen, am liebsten postlagernd für Goldmann, an die Hauptpost in Neapel.»

«Ich weiss nicht, ob Girardi ohne weitere Angaben mit dem Namen herausrückt.»

«Was hat er nur», ärgerte sich Mauro und hielt inne. Draussen fuhr eine Polizeistreife vorbei.

«Ich geh mal lieber», wechselte er ziemlich abrupt das Thema. Er nahm die Biskuitschachteln vom Gestell.

«Du verreist definitiv?», wollte Einstein wissen.

«Genau. Und ich brauche deshalb allen Proviant.»

«Du weisst, dass wegen dem Vulkan wieder sämtliche Flughäfen der Schweiz geschlossen wurden?», fragte Vera.

«Nein. Seit wann?»

«Seit heute. Sie meldeten es in den Nachrichten. Die Aschewolke verschiebt sich nur langsam, die Flugsperre kann ein paar Tage dauern.»

«Dann verreise ich mit dem Zug», meinte Mauro.

«Die Züge sind ausgebucht, vor allem die internationalen Linien sind überlastet.»

«Umso besser für mich.»

*

Kaum in der Jungendherberge angekommen, zog er sich um und packte seine Sachen.

Er hatte beschlossen, unverzüglich abzureisen. Je schneller er die Stadt verliess, desto besser. Langsam beengte ihn Bern nicht nur wegen seiner Vergangenheit. In seinem kurzen neuen Leben war er bereits zu oft mit dem Gesetz in Konflikt geraten.

Und mit zu vielen offensichtlichen Gesetzesbrechern.

Der Unfall hatte ihn erschreckt. Immerhin war ein Polizist vielleicht sogar mit Absicht lebensgefährlich verletzt worden. Der Fahrer hatte Fahrerflucht begangen. Und was war mit dem, der noch zugestiegen war? Mauro musste davon ausgehen, dass man ihn nach dem Unfall als Zeugen suchte. Und er musste auch davon ausgehen, dass er von der Überwachungskamera am Eingang der Notfallstation des Inselspitals gefilmt worden war. Er hoffte, die Grenze zu passieren, bevor Limacher Auskunft geben konnte. Spätestens dann würde man nach Goldmann suchen.

Wenn er sich beeilte, erreichte er gerade noch den Cisalpino nach Mailand mit Anschluss an den Nachtzug nach Neapel. Die Kleider, die er auf dem Friedhof getragen hatte, entsorgte er im Kehricht. Einzig die Rettungsjacke legte er nach kurzem Zögern zur Seite. Danach packte er das wenige Gepäck, das er mitzunehmen beabsichtigte, in die kürzlich erstandene Reisetasche. Alles andere stopfte er in Goldmanns Tasche.

Es bedurfte einiger Überredungskünste, bis sich Karin an der Loge bereit erklärte, das Gepäck zu hüten. Mauro gab vor, für ein paar Tage ins Oberland zu verreisen. Die Aussicht auf einen gemeinsamen Apéro nach seiner Rückkehr liess sie eine Ausnahme machen.

Der Weg zum Bahnhof führte ihn durch die Stadt.

Allmählich machte sich doch so etwas wie eine vorweihnächtliche Stimmung bemerkbar. Die Auslagen der Geschäfte waren festlich dekoriert. Es gab Lichter- und Kerzenketten, Gold- und Purpurbänder, Sterne, jede Menge Rinder und Schafe, Tannenbäume und zahllose Anregungen für sinnlose Geschenke. Seine Weihnachtswünsche, Badehosen und Schnorchel, fand er nirgends ausgestellt.

Im Bahnhof herrschte ein riesiges Gedränge. Zusätzlich zum üblichen Feierabendverkehr gesellten sich gestrandete Fluggäste, erkennbar an ihrem umfangreichen Gepäck und den ratlosen Gesichtern. An den Billettschaltern und Informationsständen hatten sich lange Warteschlangen gebildet. Bahnbeamte, freiwillige Helfer und sogar die Bahnpolizei waren damit beschäftigt, verzweifelte Passagiere zu beraten.

Der erneute Vulkanausbruch mit dem entsprechenden Durcheinander im Bahnverkehr kam ihm nicht ungelegen. In der unorganisierten Masse ging er völlig unter. Jeder, der nicht reklamierte, wurde in Ruhe gelassen. Die Sicherheitskontrollen am Flughafen hätten ein erhebliches Risiko dargestellt.

Mauro ging direkt auf den Bahnsteig und stieg in den überfüllten Zug, ohne sich um ein Billett zu bemühen. Als sich der Zug kurze Zeit später in Bewegung setzte, hatte er das Gefühl, in Bern ein Chaos zu hinterlassen. Vielleicht rührte dies ja auch nur vom Gewirr auf den Bahnsteigen her.

Der Zug verliess den Bahnhof im Schneckentempo. Mauro blickte konzentriert aus dem Fenster. Der Vollmond tauchte den Aarehang in ein stilles, verträumtes Licht, und in diesem Moment kam es ihm vor, als befände er sich selber in einem Traum. Die Häuser, die jetzt in immer rascherer Folge an ihm vorbeiflogen, schienen ihm fremd und irreal. Und je länger er unterwegs war, desto unwirklicher wurden das Behandlungszentrum, der Friedhof, Limacher, Einstein, Vera, die Jugendherberge und alles, was er heute erlebt hatte.

Die Stimme des Kondukteurs holte ihn in die Realität zurück.

Mauro stellte sich unschuldig und begriffsstutzig, aber der Beamte zeigte kein Erbarmen. Er bezahlte schliesslich Billett und Zuschlag, Vulkanausbruch hin oder her.

Mauro sah erneut aus dem Fenster. Der Mond starrte unverwandt mit blassem Gesicht auf ihn herab, als suchte er seine Aufmerksamkeit. Und in diesem Moment durchschaute er das traurige Geheimnis dieses Traumkünstlers: Für sein Licht bediente er sich der Sonne, in seiner Bahn war er an den Planeten gefesselt. Durch kein anderes Gestirn wurde den Menschen ihre eigene Abhängigkeit im Grunde deutlicher vor Augen geführt. Aber weil er sie in ihre Träume entführte, verehrten und bewunderten sie den machtlosen Trabanten.

Für Mauro jedoch war die Zeit des Träumens vorbei.

2. Teil
Im Strudel

23

Heute bot sich Umberto keine Gelegenheit mehr, sein Taschengeld aufzubessern. Nach der Messe würde zwar der eine oder andere Kirchgänger Lorenzo noch einmal die letzte Ehre erweisen. Unmittelbar danach aber würde Monsignore Reale den Opferstock leeren und die Räumlichkeiten abschliessen.

Im Halbdunkel der Abdankungshalle zählte der Junge seine Einnahmen. An diesem Nachmittag hatten ihm seine Geduld und seine Geschicklichkeit knapp zehn Euro eingebracht, grösstenteils in Form von Fünfzig-Cent-Stücken. Diese liessen sich eindeutig am besten aus dem Opferstock angeln. Nur selten gelang es ihm, einen Euro zu fischen.

Wertvollere Münzen oder gar Geldscheine waren auf diese Weise kaum zu ergattern. Das lag einerseits an deren Grösse, andererseits am Standort der Kirche. Santa Maria della Speranza stand in Scampia. In diesem Vorort Neapels waren hohe Spenden selten. Kam dazu, dass es in letzter Zeit neben den normalen Todesfällen praktisch jede Woche ein Opfer aus den Bandenfehden der Camorra zu beklagen gab. Die Regelmässigkeit, mit der sich der Tod unter die Lebenden drängte, nahm dem Sterben seinen Schrecken, stumpfte die Leute ab und untergrub die Spendenfreudigkeit.

Der Junge schielte auf den Sarg.

Lorenzo Buscolo war keine zwanzig Jahre alt geworden, bevor ihn in einer Pizzeria an der Via San Rocco drei gezielte Schüsse niedergestreckt hatten. Obwohl der Mord mitten im Feierabendbetrieb begangen worden war, hatten sich keine Zeugen finden lassen. Über die Motive gab es im Quartier die üblichen Spekulationen – mit einem Wahrheitsgehalt, der grösser war als der des Polizeirapportes.

Für seine Familie war Lorenzo ein guter Junge gewesen. Als Pizzakurier habe er sich ehrliches Geld und ein schickes Motorrad verdient, hatten seine Eltern zu Protokoll gegeben. Die wahren Gründe für seine regelmässigen Ausflüge standen in keinem Bericht. In einem Stadtteil, in dem die Jugendarbeitslosigkeit bei fünfzig Prozent lag, stellten sich gewisse Fragen nicht.

Die feinen Strahlen der spätherbstlichen Abendsonne fielen in flachem Winkel auf den Sarg. Das goldene Licht verlieh dem Toten einen würdevollen Glanz. Die feierliche Stimmung berührte den Jungen. Er umklammerte die Beute krampfhaft. Einen Moment lang kämpfte er gegen das aufkommende schlechte Gewissen an.

Damit ihn beim Verlassen der Abdankungshalle kein verdächtiges Klimpern verraten konnte, wickelte er die gestohlenen Münzen sorgfältig in ein Taschentuch. Gerade wollte er aus seinem Versteck hervortreten, als vor der Kirche zwei Motorräder stoppten.

Vielleicht eine letzte, unverhoffte Chance? Freunde Lorenzos als edle Spender?

Er hatte sich kaum hinter die überlebensgrosse Statue der Heiligen Maria zurückgezogen, als zwei Männer die

Abdankungshalle betraten. Ein Dritter positionierte sich am Eingang.

Umberto lugte vorsichtig unter Marias Arm hervor. Die beiden Männer gingen direkt zum Sarg. Zum Erstaunen des Jungen behielten sie ihre Helme auf dem Kopf, auch die Handschuhe zogen sie nicht aus.

Nach einem kurzen Geflüster, das Umberto nicht verstehen konnte und das unter den Helmen dumpf – fast wie Stimmen aus dem Jenseits – klang, machten sich die beiden am Sarg zu schaffen. Rücksichtlos schoben sie den reichen Blumenschmuck zur Seite und begannen die Leiche zu entkleiden.

Und jetzt – Umberto stockte der Atem – zückte der eine ein Klappmesser und stach damit auf den toten Lorenzo ein.

Eine grauenvolle Beklemmung beschlich den Jungen. Auf einen Aufgebahrten einzustechen, war ungeheuerlich.

Nun langte derjenige, der mit dem Rücken zu ihm stand, in den Sarg, und mit einem kurzen Ruck riss er dem Toten etwas aus der Brust.

Umberto entfuhr ein Schrei. Er hatte zwar nichts Genaues erkennen können, aber es musste das Herz gewesen sein, das der Mann Lorenzo aus dem Leib gerissen hatte!

Der Motorradfahrer zuckte zusammen. Dann wandte er langsam den Kopf – bis Umberto im Spiegelbild des Helmvisiers das verzerrte Bild der Statue der Heiligen Maria erkennen konnte.

Da machte er sich in die Hose.

24

Das Durcheinander war gross.

Die Verwirrung gründete nicht primär in der Tatsache, dass der Einsatzleiter fehlte. Das kam ab und zu vor, und in der Regel war für Vertretung gesorgt. Nicht seine Abwesenheit, sondern die Art und Weise, wie Limacher dem Team abhandengekommen war, irritierte. Keine zweihundert Meter vom Einsatzort seiner Kollegen entfernt war er von einem Unbekannten über den Haufen gefahren und lebensgefährlich verletzt worden. Und dies, ohne dass seine Leute etwas vom Geschehen mitbekommen hätten. Im Nachhinein konnte sich Berner gut an das Sirenengeheul erinnern. Aber die kleine Anhöhe zwischen dem Friedhof und dem Zentrum Paul Klee hatte dafür gesorgt, dass ihnen entgangen war, was sich ausserhalb der Friedhofsmauern abgespielt hatte.

Es dauerte dann auch einige Zeit, bis sich Berner einen ungefähren Überblick über das Geschehene verschafft hatte. Ein Carchauffeur lieferte brauchbare Auskünfte. Er hatte beobachtet, wie der Geländewagen mit übersetzter Geschwindigkeit den Parkplatz durchrast und die zwei Männer über den Haufen gefahren hatte. Sogar den Wagentyp und die Zulassungsnummer hatte er festgehalten.

Noch am Abend hatte sich herausgestellt, dass sowohl der Wagen wie auch die Nummernschilder gestohlen waren. Man ging davon aus, dass die Autodiebe – gemäss den Angaben des Carchauffeurs hatte der Lenker einen Komplizen – bei ihrer Arbeit gestört worden waren. Damit liess sich auch die dreiste Fahrerflucht nach dem Unfall erklären. Ebenfalls klar war, dass ein Unbekannter Limacher erste Hilfe geleistet hatte. Gute erste Hilfe, wie die Rettungssanitäter betont hatten.

*

«Professionelle und lebensrettende erste Hilfe», präzisierte Frau Doktor Borer, die stellvertretende Leiterin des Notfallzentrums. «Herr Limacher erlitt durch den Aufprall eine lebensgefährliche Lungenverletzung, einen sogenannten Spannungspneumothorax.»

Berner sah sie nur gross an.

«Die Kollision hat Ihrem Chef eine Rippe in den Brustkorb gedrückt», erklärte die Ärztin. «In der Lunge entstand ein Riss. Bei jedem Atemzug drang Luft aus der Lunge in den Brustkorb. Diese Luft im Brustraum verdrängte dann zunehmend die Lunge. Im Extremfall kann bei einer derartigen Verletzung die Lunge vollständig kollabieren und der Patient erstickt. Da würde sogar eine korrekte Beatmung nichts mehr nützen, im Gegenteil: Bei einer aktiven Beatmung würde zusätzlich Luft in den Brustkorb gepumpt und so die Lage verschlimmert.»

Berner nickte, obwohl er nichts verstanden hatte.

«Gemäss den Aufzeichnungen des Überwachungsgerätes aus dem Rettungswagen stand Herr Limacher kurz vor dem Ersticken. Die einzig richtige Massnahme in dieser Situation bestand darin, die Luft aus dem Brustraum abzulassen. Sein Retter hat mit einfachsten Mitteln ein Ventil gebastelt, das den Zweck erfüllte. Er hat alles richtig gemacht. Ohne seine Intervention hätte ihr Chef den Unfall kaum überlebt.»

Berner schwieg. Ihm wurde erst jetzt bewusst, wie nah Limacher dem Tod gewesen war.

«Seine Angehörigen konnten wir bisher nicht erreichen», unterbrach Frau Doktor Borer seine Gedanken.

«Eine schwierige Situation», nickte Berner. «Vor ein paar Tagen erst hat er sich von seiner Frau getrennt. Er hat eine Tochter, aber die ist zurzeit im Ausland.»

«Ein Unglück kommt selten allein.» Frau Borer schickte sich an, sich zu verabschieden.

«Wird er wieder gesund?», fragte Berner rasch.

«Er ist ausser Lebensgefahr. Die Situation ist stabil. Es sieht gut aus.»

«Wann werde ich mit ihm sprechen können?»

«Er hat ziemlich viele Medikamente intus. Verlässliche Auskünfte wird er kaum vor Mittag geben können. Ich denke, Sie warten am besten bis am Abend.»

«Und immer noch niemand, der den Retter kennt?», fragte Berner ohne grosse Hoffnung. Er hatte die gleiche Frage schon erfolglos dem Rettungsteam und auf der Notfallstation gestellt.

«Ich habe ihn nicht gesehen.» Frau Borer schüttelte bedauernd den Kopf.

Berner blieb im Vorraum der Notfallstation stehen, unschlüssig, ob er Limacher seinem Schicksal überlassen durfte. Gisela, seine Frau, kannte er nur flüchtig von den wenigen Anlässen, bei denen man die Partnerinnen oder

Partner seiner Kollegen und Kolleginnen zu Gesicht bekam, meistens bei Beförderungen oder Beerdigungen. Einen Anruf würde sie ihm nicht verübeln.

«Hallo Gisela, gut, dass ich dich erreiche», begann er seine Erklärungen und schilderte ihr Limachers Unfall. «Ich weiss, ihr lebt getrennt. Aber ich dachte mir, ich orientiere dich trotzdem. Es ist ja erst ein paar Tage her, seit er ausgezogen ist ...»

«Danke», erwiderte sie höflich, aber kühl. «Ich lass ihn grüssen und wünsch ihm gute Besserung.»

«Wenn du ihn besuchen möchtest, er liegt auf der Thoraxchirurgie in der Insel.»

«Ich werde es mir überlegen», gab sie zurück.

«Schön. Besser gesagt: alles klar» meinte Berner, bevor er sich verabschiedete. Tönte gar nicht schön und nichts war klar.

Er ging zurück auf die Krankenstation, um nachzufragen, ob Limacher etwas benötige. Der Schichtwechsel war im Gang, er wurde vertröstet und weiterverwiesen, es fand sich niemand, der ihm Auskunft geben konnte. Er verliess das Spital verunsichert. War es seine Aufgabe, dem Chef den Pyjama ins Spital zu bringen?

Aber das war eigentlich gar nicht die wichtigste Frage.

Die Aktion bei Matters Scheinabdankung hatte statt zu Erklärungen oder Hinweisen zu neuen Problemen geführt. Der Irrtum über die Identität der Leiche hatte sich offenbar nicht nur im engsten Familienkreis herumgesprochen. Einer der verärgerten Trauergäste musste die Presse orientiert haben. Noch vor Ende der Aktion waren auf dem Friedhof Journalisten aufgetaucht und hatten mit den Trauergästen ausführlichere Interviews als die Polizei geführt. Die Schlagzeilen in der heutigen Presse reichten von «Peinlichkeit» bis zu «Schlamperei bei Leib und Leben».

Da vermochte ihn auch die Erinnerung an Limachers beliebte Feststellung, dass neue Probleme ebenfalls als ein Ergebnis der Untersuchung zu deuten seien, nicht über den Misserfolg hinwegzutrösten. Das Team hatte nicht nur den Faden, sondern auch den Chef verloren.

*

Die Bilder waren da, noch bevor er den Bahnhof verlassen hatte. Im Schnelllauf durchlebte er die letzte gemeinsame Reise nach Neapel, wenige Wochen bevor sich seine Eltern getrennt hatten.

Er erinnerte sich, wie er an der Hand seines Vaters eingetaucht war, in diese bunte und lärmige Stadt – eine Stadt, die so anders war als Bern: andere Geräusche, andere Farben, andere Gerüche und anderes Licht.

Napoli hatte ihn schon als Kind verwirrt und fasziniert. Heute erschien ihm die Stadt nicht viel anders als damals, nur noch lauter und noch hektischer. Einzig die Luft, die er stickig und stinkend in Erinnerung hatte, wurde durch einen kühlen Nordwind angenehm aufgefrischt.

Auf der Piazza Garibaldi herrschte ein lärmiges Durcheinander von Fussgängern, Mopeds, Taxis, Autos und Bussen. Die Fahrzeuge stauten sich in ungeordneten Kolonnen rund um den Platz. Der totale Kollaps schien unvermeidlich, und doch kam der Verkehr nie vollständig zum Erliegen. Hupend und zwängend blockierten sich die Autos gegenseitig. Zwischen den Wagen drängten sich Mopeds und Menschen durch schmale Lücken, sich gleichermassen behindernd und befördernd. Menschen versuchten sich über die mehrspurige Strasse hinweg rufend und gestikulierend zu verständigen.

Mauro fühlte sich mit jedem Schritt besser. Das beengende Korsett der Aarestadt hätte ihn beinahe erstickt, und hier in der Hafenstadt ging sein Atem bereits leichter. Hätte er am Ende nicht einen Identitätswechsel, sondern bloss einen Klimawechsel nötig gehabt?

Aber er spürte auch die Strapazen der Reise. Er hatte die Nacht halb dösend, halb sitzend im Korridor verbracht. Als er nahe der Via Garibaldi auf eine Pension stiess, zögerte er nicht lange und bezog ein Zimmer mit Blick auf die Strasse.

Nach einer ausgiebigen Dusche legte er sich aufs Bett, lauschte dem gedämpften Lärm der Stadt und betrachtete die bröckelnde Stuckatur an der Zimmerdecke. Das Zimmer erinnerte ihn an die Wohnung seiner Nonna. Nicht zuletzt wegen ihr hatte er die Aufenthalte in Neapel genossen. Sie hatte ihn nicht nur nach Strich und Faden verwöhnt, sie hatte ihn auch geschickt von den Diskussionen und Streitereien seiner Eltern abgeschirmt. Ja, hier hatte er eine gute Zeit erlebt und auch jetzt fühlte er sich wohl.

Ich bin angekommen. Und irgendwo hier lebt mein Vater.

Kaum hatte Pascal Oberli das Zimmer verlassen, riss Berner die Fenster auf.

«Genau auf diese Weise holen wir uns die Grippe», sagte Petra Loosli vorwurfsvoll.

«Der stinkt wie ein vergessener Kehrichtsack», verteidigte sich Berner. Tatsächlich hatten sie Oberli in völlig verwahrlostem Zustand an der Schiffländte im Mattequartier aufgegriffen. Er hatte seine unerwarteten Einkünfte in Hochprozentiges investiert und sich einem Dauerrausch hingegeben.

Berner sog gierig an der Novemberkälte, als kehrte er von einem Tauchgang zurück.

«Verstunken ist noch keiner, erfrieren tut jeden Winter mehr als einer», reklamierte die Kollegin.

Berner ging nicht darauf ein. Er fragte stattdessen: «Was denkst du über seine Geschichte?»

«Er wird uns wahrscheinlich bei jeder Befragung eine neue Version auftischen. Aber der Spur nach decken sich seine Aussagen mit unseren Erkenntnissen. Das Entscheidende muss sich während seiner Abwesenheit abgespielt haben. Ich frage mich, ob Matter ihn absichtlich weggeschickt hat?»

«Und was hat sich deiner Meinung nach Entscheidendes abgespielt?»

«Wir wissen, dass nicht alle Verletzungen mit einem Sturz von der Brücke erklärbar sind. Vielleicht kam es auf der Brücke zu einem Streit. «Matter hat den Unbekannten niedergeschlagen, von der Brücke geworfen und sich aus dem Staub gemacht.»

«Und wie kommt der Tote zu Matters Papieren?»

«Könnte er ihm zuvor geklaut haben. Der Diebstahl könnte der Ausgangspunkt des Streits gewesen sein.»

«Gemäss grafologischem Gutachten stammt der Abschiedsbrief aus Matters Feder. Bringt ein Lebensmüder einen Dieb um?», zweifelte Berner. «Da scheint es mir doch wahrscheinlicher, dass Matter seine Papiere irgendwann abhandengekommen sind, dass das Auftauchen der Papiere und Matters Selbstmord nichts miteinander zu tun haben.»

«Vielleicht war der Mann, mit dem der Penner den Abend verbracht hatte, gar nicht der depressive Arzt.»

«Und wo ist der Arzt jetzt?», fragte Berner. «Wir spekulieren nur noch.»

Petra hob ratlos die Schultern. «Was wohl Limacher dazu sagen würde?»

*

Ein schepperndes Quietschen weckte ihn aus dem Mittagsschlaf. Benommen blickte er aus dem Fenster. Der Ladenbesitzer im Gebäude gegenüber zog die Rollläden hoch. Das Schuhgeschäft erinnerte ihn daran, dass er schon wieder ein Kleiderproblem hatte.

Beim Einkaufen beschränkte er sich bewusst auf das Nötigste, verzichtete auf jegliche Extravaganz oder Eleganz. Einzig bei den Schuhen erlaubte er sich eine Ausnahme. Neben gewöhnlichen Halbschuhen erwarb er sich ein paar schicke Lederstiefel, sozusagen als Ersatz für Pascals Abschiedsgeschenk. Im Dienste der Unauffälligkeit erstand er sich eine Mütze der SSC Napoli und eine dunkle Sonnenbrille.

Er war zufrieden mit seiner Ausstattung. Als er neu eingekleidet durch das Zentrum in Richtung Porto flanierte, fühlte er sich bereits als Teil der Stadt. Sein Ziel war die Transatlantico SA, wo Goldmann seine Überfahrt gebucht hatte.

Unterwegs beobachtete er immer wieder fasziniert den Strassenverkehr. Scheinbar unorganisiert zwängten sich Lastwagen, Personenwagen, Mopeds und Fussgänger aneinander vorbei. Aber nur scheinbar unorganisiert. Die Ordnung entstand aus dem Moment heraus. Die Passanten und Fahrzeuge bewegten sich zwar unberechenbar, aber doch mit dem gemeinsamen Ziel, vorwärtszukommen. Nicht Regeln leiteten die Menschen, sondern Gelegenheiten.

Natürlich gab es auch hier blinkende Ampeln, Verkehrsschilder, Verbotstafeln und Polizisten. Aber die Spontaneität hatte Vortritt. Chaos anstelle von Ordnung, schreiende Farben anstelle von Beamtengrau. Mauro fühlte sich im Gewusel der Stadt in seinem Element.

Der feuchte Geruch der nahen See wurde intensiver und kündigte den Hafen an. Nach einer längeren, erfolglosen Suche in der unerwartet weitläufigen Anlage stiess er schliesslich auf einen Arbeiter, der sich als Führer anerbot. Er führte ihn zu einem Dock, wo kleinere Frachtschiffe gelöscht wurden. Neben einer der zahllosen Lagerhallen stand ein notdürftig umfunktionierter Frachtcontainer. *T.ans.tlan.ico .A* lautete die lückenhafte Aufschrift über der Tür. An ihr hing ein Schild *Bin in einer Minute zurück! F.*

«Ecco. Ihr Reisebüro», sagte sein Führer und nahm das erwartete Trinkgeld entgegen.

Die Tür war abgeschlossen.

Mauro verzog sich in die nächstgelegene Bar, von wo er den Container im Auge behalten konnte. An der Theke holte er sich Espresso und Zeitung und stellte sich auf Warten ein.

Das Abfallproblem, der Fussball, die Camorra und die Weihnachtswünsche der lokalen Prominenz schienen die Themen zu sein, welche die Neapolitaner hauptsächlich interessierten. Bereits Norditalien und die Eskapaden des Regierungschefs in Rom wurden am Rande abgehandelt, aus dem übrigen Europa schaffte es gerade noch die isländische Aschenwolke in die Schlagzeilen. Und dies wahrscheinlich auch nur, weil die SSC Napoli nicht wie üblich per Flugzeug zum Spitzenspiel gegen Inter Mailand reisen konnte, sondern die sechshundertsiebenundfünfzig Kilometer mit dem Mannschaftsbus zurücklegen musste.

Das Abfallproblem wurde ausführlich besprochen und beklagt – mit der gleichen schreienden Rhetorik wie das Morden der Malavita. Im inoffiziellen Krieg der rivalisierenden Clans gab es in diesem Jahr das hundertzweiundzwanzigste Todesopfer zu beklagen (Dunkelziffern nicht eingeschlossen), eine traurige Höchstmarke. Der jüngste Mordanschlag sorgte aber nicht primär des neuen Rekordes, sondern der Umstände wegen für grosses Aufsehen.

In der Abdankungshalle der Chiesa della Speranza in Scampia war ein Elfjähriger niedergestochen worden.

Neben der Ermordung des Jungen schockte aber auch die Schändung der aufgebahrten Leiche, ebenfalls ein Mafiaopfer. Über die Hintergründe der Tat konnte nur spekuliert werden, aber natürlich vermutete man eine Familienfehde hinter der Abscheulichkeit. Das Blatt sprach von einer neuen Dimension des Hasses, und als Beweis präsentierte es ein Bild des geschändeten Leichnams.

Mauro besah sich die Aufnahmen. Sie zeigte das Gesicht eines jungen Neapolitaners mit irgendwelchen Wunden am Thorax.

Mauro fiel beinahe vom Hocker. Er wusste, wo er dieses Gesicht schon einmal gesehen hatte.

*

Desinfektionsmittel, Kaffee, Blut, Brot, fremdes Parfum und eigener Schweiss: In dieser verwirrenden Geruchspalette wachte er auf. Seine Nase wollte die Luft etwas tiefer einziehen, aber der Schmerz auf der linken Brustseite hinderte sie daran.

Riechen funktioniert, tief einatmen hingegen nicht, analysierte Limacher. Als er die Augen aufschlug, stand ein Tablett mit Essen vor ihm. Er versuchte sich etwas aufzurichten, aber er schaffte es nicht.

Neben seinem Bett stand ein Apparat, der ein zischendes Geräusch von sich gab und mit dem er offenbar über irgendwelche Schläuche verbunden war. Er wollte sich die Einrichtung näher ansehen, aber bei der geringsten Bewegung stach es ihn in der linken Brust.

Augen öffnen funktioniert, Augen bewegen ebenfalls,

sich aufsetzen und drehen unmöglich, rapportierte sein Hirn.

Er sah aus dem Fenster. Gemäss der Aussicht, die sich ihm bot, musste sein Zimmer im oberen Drittel des Bettenhochhauses liegen, Minimum fünfzehnte Etage, schätzte er. Die Berner Alpen waren weiss bepudert. Die Schneefelder erschienen im kühlen Licht der Novemberdämmerung in einem gedämpften Blau, welches zunehmend ins Violett überging. Limacher bestaunte das Bild, als sähe er es zum ersten Mal. In gewissem Sinne war er ja tatsächlich neugeboren, nachdem was man ihm über den Unfall erzählt hatte.

Aber bewegen ging trotzdem nicht. Er schaffte es weder seine Position zu verändern noch den Arm nach dem Tablett auszustrecken. Er schloss die Augen wieder. Appetit hatte er sowieso keinen und der Kaffe roch nicht verlockend. Er wollte einfach liegen bleiben, bis die Schmerzen verschwunden waren. So verharrte er, bis die abendliche Visite eintraf.

«Keinen Appetit?», fragte der Arzt und stellte das Tablett zur Seite.

«Keine Kraft», sagte Limacher müde.

Der Arzt nickte, ohne verstanden zu haben, und untersuchte ihn. Vorsichtig beklopfte er den Brustkorb und kontrollierte das Atemgeräusch mit dem Stethoskop.

«Wie steht's mit mir?», fragte Limacher nach der Untersuchung.

«Den Umständen entsprechend gut», stellte der Arzt fest. «Die Lunge hat sich entfaltet.»

«Was ist mit den Schläuchen?»

«Bis der Riss in der Lunge verheilt ist, werden Sie sie benötigen.»

«Sie tun mir weh», klagte Limacher. Die Schmerzen machten ihn übellaunig.

«Sie könnten tot sein», meinte der Arzt trocken.

Limacher nickte, man hatte ihm bereits von der lebensrettenden Aktion berichtet. «Wie lange schätzen Sie, werde ich hier bleiben müssen?»

«Morgen wissen wir mehr.» Der Arzt verabschiedete sich.

Limacher entspannte sich. Er wollte nicht mit dem Schicksal hadern, sondern sich in Geduld üben. Er war dem Tod knapp entkommen, besser gesagt: Goldmann hatte ihn dem Sensenmann zweimal entrissen. Das erste Mal, als er ihn vor dem heranbrausenden Geländewagen zur Seite gezogen und das zweite Mal, als er ihn vor dem Ersticken bewahrt hatte. Aber seine Gedanken waren nicht nur in Dankbarkeit bei Goldmann, sondern auch voller Fragen.

Goldmann war offenbar Arzt.

Er wollte darüber nachdenken, aber er schlief wieder ein.

*

Mauro hatte eben den dritten Espresso ausgetrunken, als er hinter dem trüben Glas an der Seitenwand des Containers einen Lichtschein entdeckte. Er bezahlte und schlenderte zur Reederei. Das Schild hing noch immer an der Tür, aber im Innern regte sich etwas.

Der Mann, der hinter dem Pult sass, war in der

Rauchwolke fast nicht zu erkennen, dafür umso besser zu hören. Er hing an seinem Telefonino. Mit seinem Vollbart, seinem dichten dunklen Haar, einem für einen Süditaliener auffällig blassen Teint und seinem Übergewicht machte er den Eindruck eines verweichlichten Seebären.

Er nickte Mauro kurz zu und wies auf einen der beiden Stühle an der Wand des Containers. Danach beachtete er ihn einstweilen nicht mehr und führte mehrere Telefongespräche. Mauro erfuhr ungewollt, dass F. für Fabrizio stand, dass dieser seine Wäsche einer gewissen Lucia anvertraute, dass er sein Abendessen wie üblich bei Carla einzunehmen beabsichtigte, dass seine Mutter morgen einen Arzttermin hatte und dass es Sache der Schwägerin sei, sie dabei zu begleiten.

In einer Gesprächspause wagte Mauro einen Versuch: «Sie sind zuständig für Reservationen?»

«Du hast nicht per Zufall ein paar Zigaretten?», fragte der bleiche Seebär, anstatt eine Antwort zu geben.

«Nein. Ich bin hier, um meine Buchung zu verschieben.»

Der Mann sah ihn grübelnd an, danach verliess er das Büro und verschwand für eine gute Viertelstunde aus seinem Blickfeld.

Mauro ergab sich in sein Schicksal. Er nahm sich eine der herumliegenden Zeitschriften und gab sich lesend, auch als ihn der Mann nach seiner Rückkehr kaum wahrzunehmen schien.

Nachdem die Machtverhältnisse geklärt waren, schenkte ihm Fabrizio nach einer weiteren Zigarettenlänge endlich seine Aufmerksamkeit. «Worum geht es?», fragte er.

«Um die Reservation einer Transatlantik-Überfahrt. Es ist mir daran gelegen, früher abzureisen.»

«Welches Schiff?»

«Die Liberty», sagte Mauro.

«Ist noch gar nicht eingelaufen. Wir erwarten sie frühestens am Wochenende. Das Abreisedatum legen wir erst fest, wenn sie vor Anker liegt. Welcher Name?»

«Goldmann.»

«Goldmann?» Der Seebär blickte auf.

«Genau. Die Reise ist gebucht und bezahlt ...»

«Zurückzahlen kann ich in keinem Fall», unterbrach ihn Fabrizio und schaute ihn mit zusammengekniffenen Augen an. «Gebucht ist gebucht!»

Mauro erhob sich. «Ich melde mich wieder», sagte er und wandte sich zu Tür.

«Wo kann ich dich erreichen? Ich meine, falls sich doch noch eine frühere Gelegenheit bieten sollte.»

«Wir lassen es mal, wie es ist», sagte Mauro und verabschiedete sich.

Der schläfrige Seebär beschäftigte sich vor allem mit Zigaretten und den eigenen Problemen. Aber der Name Goldmann schien ihn geweckt zu haben.

Mauro verliess die Reederei nachdenklich.

25

Die Pizza bei Matteo war zwar kulinarisch mehr als in Ordnung gewesen, aber alleine zu essen, brachte nur den halben Genuss. Er vermisste die Geselligkeit, und dies schon am ersten Tag. Er befand sich dauernd unter Menschen und war doch alleine. Er kam sich vor wie in einem grossen Wartesaal und zählte die Tage bis zu seiner Abreise.

Die Wartezeit kam ihm allerdings nicht nur ungelegen, wie er am Schalter der Western Union feststellte. Er wollte das aus der Schweiz überwiesene Geld direkt nach Montevideo weitertransferieren. Der Mann hinter der Theke erklärte ihm, dass der Höchstbetrag für einen Geldtransfer nach Uruguay bei fünftausend Euro pro Tag liege. «Ich kann Ihnen versichern, da sind wir Spitze, bessere Bedingungen finden Sie auch bei der Konkurrenz nicht.»

Mauro liess fünftausend an Alexander Goldmann in Montevideo weiterleiten und rechnete nach: Sogar wenn er verschiedene Institute gleichzeitig benutzte, brauchte er mehrere Tage, schon nur um die Hälfte seines Vermögens ins Ausland zu schaffen. Immerhin verlieh ihm der Geldtransfer das gute Gefühl, bereits eine Fussspitze auf Südamerika gesetzt zu haben.

Von der Western Union begab er sich gleich zur Hauptpost nebenan. Er wollte wissen, ob Alexander Goldmann postlagernde Nachrichten erhalten hatte. Es war nichts da. Wie erwartet.

Er wandte sich seinem nächsten Ziel zu: Felice Calabretto.

Mauro hatte keine Ahnung mehr, wie die Adresse gelautet hatte. Er erinnerte sich lediglich, wie er mit seinem Vater am Bahnhof den Bus bestiegen und ihn bei einem kleinen Platz vor der grossen Schule wieder verlassen hatte. Von dort waren sie durch eine enge Gasse zur Wohnung seiner Grosseltern gelangt.

Er versuchte es auf gut Glück. Der Bus war vor dem Nationalmuseum abgebogen. Als Bub hatte er die Haltestellen mitgezählt, ohne sich um die Namen zu kümmern. Vier Haltestellen waren es gewesen, einmal hatten sie sich verlaufen, weil der Fahrer eine übersprungen hatte.

Er liess sich jetzt ganz von seiner Erinnerung leiten, die Bilder aus seiner Kindheit führten ihn durch den Busbahnhof. Während er mit wachem Blick aus dem Fenster sah, verglich sein Hirn die neuen Eindrücke mit den Bildern aus der Vergangenheit.

Es war erstaunlich, wie wenig sich das Stadtbild verändert hatte. Er erkannte die Strassenecken, die Häuserfronten, die Schaufensterreihen und manchmal, so hatte er das Gefühl, sogar die Menschen wieder.

Er verliess den Bus beim vierten Halt und betrat die Via San Mandato, eine enge Gasse, die den Hang hinaufführte. Noch immer behinderten parkierte und ausrangierte Mopeds, Kehricht, Kot und hie und da ein Autowrack das Durchkommen in der sonst schon engen

Strasse. Die dicht behängten Wäscheleinen hingen wie ein loses Dach in den Häuserschluchten. Das Quartier machte einen heruntergekommen, aber keineswegs einen verlassenen Eindruck. Die Menschen betrachteten ihn mit unverhohlener Neugierde und hie und dort wurde er angesprochen.

Mauro folgte der inneren Karte, zusammengesetzt aus Bildern der Erinnerung. Er staunte selber, als er ohne Umwege auf den gesuchten Hauseingang stiess. Nur: An den Schildern neben der Haustür fehlte der Name Calabretto. Er drückte kurzerhand die Klingel, wo früher seine Nonna gewohnt hatte.

Zwei Stockwerke über ihm streckte eine ältere Frau den Kopf aus dem Fenster.

«Was ist?», fragte sie.

«Ich suche Felice Calabretto. Ich habe Nachrichten für ihn.»

«Er wohnt nicht mehr hier.»

«Und seine Mutter?»

«Ist vor drei Jahren gestorben.»

«Wo finde ich ihn.»

«Warte einen Moment!»

Der Kopf verschwand und wenig später erschien die Frau im Hauseingang. Sie musterte ihn neugierig. «Woher kommst du?»

«Aus der Schweiz.»

«Aus der Schweiz?», wiederholte sie und sah ihn noch interessierter an. «Gibt es etwas Wichtiges?»

«Nein», sagte Mauro.

«Seit dem Tod seiner Mutter wohnt er bei seinem

Schwager. Unten in Positano. Er hilft ihm im Geschäft aus.»

«Bei Tomaso?»

«Du kennst ihn?», fragte sie erstaunt. «Er hat doch nicht etwa gewonnen? Er spielt noch immer Schweizer Zahlenlotto.»

«Nein. Es ist etwas Familiäres», sagte er.

«Ja, er hatte eine Frau in der Schweiz. Es gab Probleme wegen einem Kind. Keine schöne Geschichte, glaube ich.»

«Danke.» Mauro schickte sich zum Gehen an.

«Das wird ihn freuen», sagte sie. «Weisst du, es ist ihm in letzter Zeit ziemlich dreckig ergangen. Er war oft krank und er hat seinen Job verloren.»

«Das tut mir leid» sagte Mauro.

«Nichts ist mehr, wie es war», klagte die Frau und setzte zu einer Tirade auf die heutigen Zustände an.

«Ich muss leider weiter», unterbrach er.

«Ich hoffe, du hast gute Nachrichten?»

«Aber ja doch», Mauro verabschiedete sich.

«Grüsse ihn von Maria», rief sie ihm nach.

«Werd ich machen!»

Als er die Gasse hinunterstieg, sah er seinen Vater vor sich, einen gesunden, kräftigen Mann, voller Lebenslust und Energie.

Was ihm Maria gesagt hatte, tönte nicht gut.

*

Berners Rapport ermüdete ihn stärker als erwartet. Er musste sich zwingen, zuzuhören. Man hatte den Wagen gefunden, der ihn über den Haufen gefahren hatte. Der

Schaden am rechten Kotflügel, die Stofffetzen, die Farbpartikel an Limachers Jacke: Alles passte. Trotz zahlreicher Zeugen gab es aber noch keine brauchbare Beschreibung des Fahrers. Die Spuren, die er im Wagen zurückgelassen hatte – Abdrücke von Handschuhen, ein Stadtplan von Bern und ein halber Karton Bier –, halfen auch nicht weiter.

«Die Leute von der Reisegruppe haben auch nicht mehr gesehen. Sie waren zu weit weg vom Unfallgeschehen», schloss Berner seinen Bericht.

«Es war kein Unfall», sagte Limacher.

«Was sagst du?»

«Es war Absicht!» Limacher wollte den Arm heben, hielt aber mitten in der Bewegung mit schmerzverzerrtem Gesicht inne. «Und ich vermute, der Fahrer hatte es nicht auf mich, sondern auf meinen Retter abgesehen. Ich geriet sozusagen zwischen die Fronten. Kollateralschaden.»

«Kollateralschaden?» Berner sah ihn verständnislos an.

«Der Mann, der mir das Leben gerettet hat, ist der gleiche, der in Kühnes Wohnung eingedrungen ist.» Limacher verstummte. Er wusste nicht, wie viel er seinem Kollegen erzählen wollte. «Ich möchte, dass du mir das Bild von diesem Einbrecher am Donnerbühlweg ins Spital bringst.»

«Wie du willst.» Berner war anzusehen, dass er aus den Äusserungen seines Chefs nicht ganz klug wurde.

«Und Matter?», wollte Limacher wissen.

«Nach wie vor verschollen.»

«Was wissen wir über sein Leben?»

«Nicht mehr und nicht weniger als vor dem Begräbnis. Das hab ich dir doch schon erklärt», sagte Berner leicht ungeduldig. «Ich denke, es reicht für heute.»

«Danke», sagte Limacher müde. «Grüss die andern von mir – und vergiss das Foto nicht.»

Kaum hatte Berner das Zimmer verlassen, rief Limacher Holzer an.

Dieser hatte bereits von seinem «Missgeschick» gehört. Limacher schilderte ihm den Unfall so genau wie möglich, allerdings immer darauf bedacht, keine Namen zu nennen.

«Ziemlich verworren, was du erzählst», meinte Holzer und fragte vorsichtig: «Sprechen wir noch immer von der gleichen Person?»

«Ich bin zwischen die Fronten geraten», sagte Limacher. «Da wird knallhart gekämpft. Ich habe dir von Anfang an gesagt, wir sollten die Information ernst nehmen.»

«Ich verstehe deine Sorgen», sagte Holzer. «Aber ich kann dir wirklich nicht helfen.»

«Und warum nicht?»

«Ich komme dich besuchen», sagte Holzer und legte auf.

Das bedeutete nichts anderes, als dass Holzer am Telefon keine weitere Auskunft geben wollte. Wenn er das richtig verstand, gab es mit Goldmann ein echtes Problem.

Limacher lehnte sich erschöpft zurück.

26

Seinem Vater wollte er als Mauro begegnen.

Vor der Abfahrt an die Amalfiküste hatte er die Kontaktlinsen entfernt und seine Frisur angepasst. Nun kam ihm das Gesicht, das sich in der Glaswand hinter dem Sitz des Chauffeurs spiegelte, fremd vor. Was machte die Identität eines Menschen aus? Der Name, das Gesicht, die Herkunft? Oder war es das, was von einem Menschen blieb, wenn man ihm genau diese Dinge wegnahm?

Sein Spiegelbild gab ihm keine Antwort, und er blickte wieder aus dem Fenster. Sie befuhren eine kurvenreiche Strasse, die sich in engen Windungen hoch über dem Meer der felsigen Küste entlangschlängelte. Es gab kaum Häuser und nur selten zweigte ein schmaler Weg ab. Die grauen Felsen, das milchig-grüne Wasser und der matte Himmel standen im glanzlosen Licht der Novembersonne – keine Spur von mediterraner Wärme.

Ganz unerwartet, unmittelbar nach einer engen Kurve, tauchte Positano auf. Die hellen Häuser klebten wie ein bunter Flechtenteppich am Fels und bildeten in der Steinwüste eine einladende Oase. Die Strasse erreichte das Städtchen an seinem obersten Rand, an die hundert Meter über dem Meeresspiegel.

«Folgen Sie diesem Weg, immer schön nach unten, er führt Sie direkt ans Meer», erklärte ihm der Chauffeur, als er den Bus verliess.

Der Ort, ein einziger, grosser Terrassenbau, war überschaubar und gepflegt. Je weiter er abstieg, desto enger wurden die Gassen und desto intensiver war der Geruch des Meeres. Schliesslich erreichte er den kleinen, flacheren Teil des Städtchens mit ein paar Geschäften, Restaurants und der Kirche. Und gleich dahinter öffnete sich der Blick auf das Meer. Der schmale Streifen Strand wirkte in seiner Verlassenheit verschwenderisch, wo es hier doch sonst fast kein Stück ebenes Land gab.

Er ging weiter, bis er freien Blick auf das Meer hatte. Die einbrechende Dämmerung verwischte die Grenze zwischen Himmel und Meer. Der Ausblick war verheissungsvoll und unbestimmt in einem, ein Spiegel seiner Lage. Seine Vergangenheit hatte sich aufzulösen begonnen, bevor seine Zukunft sich klar abzeichnete.

Er wandte sich dem Restaurant zu, wo sie sich verabredet hatten.

*

Der Mann, der auf ihn zutrat, musste sein Vater sein.

Er erkannte ihn eher am Gang als an seinem Aussehen: Federnd, fast tänzelnd, wie ein trippelnder Fussballspieler, der sich dem Gegner näherte, kam er auf ihn zu. Daneben schien er ihm kleiner, älter und viel blasser als in seiner Erinnerung. Wenn sie einander im Bahnhof begegnet wären, hätte er ihn wohl nicht erkannt.

Mauro zögerte, aber sein Vater umarmte ihn herzlich.

«Welche Überraschung!», stiess er mehrmals hervor. Er musterte ihn mit aufmerksamem, lebhaftem Blick.

«Mauro, bist du's tatsächlich?», fragte er mehrmals.

«Ich habe erfahren, dass du vermisst wurdest. Dann habe ich vom geplatzten Begräbnis gehört – und nun stehst du da ...»

«Du weisst das alles?», staunte Mauro. «Woher? Das stand sicher nicht in eurer Zeitung?»

«Nein, nein. Ernesto hält mich auf dem Laufenden.»

«Lo Zio Ernesto?»

Sein Vater nickte.

«Ernesto hat sich immer sehr für mich interessiert und mich in schwierigen Zeiten unterstützt.» Als du abgehauen bist, wollte er sagen. Aber er brachte es nicht über die Lippen.

«Dank Ernesto war ich stets im Bild. Dank ihm wusste ich von deinen Plänen und Träumen. Und über ihn konnte ich dir den einen oder andern Wunsch erfüllen.»

«Du?»

«Du hattest immer Wünsche», lächelte sein Vater. «Schon, als wir noch eine Familie waren. Die Fussballschuhe, kaum konntest du richtig gehen. Dann das Fahrrad, später das Moped. Dann das Studium, der Tennisunterricht. Über Ernesto konnte ich dich trotz allem immer ein wenig unterstützen.»

«Hinter der Grosszügigkeit des Onkels stecktest *du*?»

«Ecco», erwiderte sein Vater bescheiden.

«Und warum habe ich nie davon erfahren? Warum hast du mich nie besucht? Warum hast du dich hier versteckt? Warum warst du nicht da, als ich ...» Mauro brach ab. Seine Stimme zitterte. Die Fragen, die er jahrelang mit sich herumgetragen hatte, brachen unkontrolliert aus ihm heraus.

Sein Vater blickte unbehaglich auf den Tisch. «Ich habe mich nicht versteckt.»

«Doch, natürlich! Meine Mutter hat es genau so ausgedrückt: Du versteckst dich in Italien», Mauro sprach langsam, um die Fassung nicht vollständig zu verlieren. «Weisst du, was es heisst, ohne Vater aufzuwachsen? – Es war nicht einfach ...»

«Das kann ich mir vorstellen.» Sein Vater hielt seinem Blick stand. Er fragte: «Und aus welchem Grund besuchst du mich heute, ich meine gerade jetzt?»

«Ich werde auswandern und ein neues Leben beginnen», sagte Mauro. «Zuvor will ich mit der Vergangenheit ins Reine kommen, oder sagen wir so: sie wenigstens abschliessen können.»

«Ein neues Leben? Und deine Familie?»

«Hat dir Ernesto nicht erzählt, dass wir uns getrennt haben?»

«Doch. Aber von deiner Tochter kannst du dich nicht trennen.»

«Das sagst gerade du!», sagte Mauro bitter. In diesem Moment wurde ihm bewusst, dass er hier mit dem Grossvater seiner Tochter sprach. Dieser Gedanke brachte ihn noch mehr durcheinander. Als sein Vater nichts erwiderte, fragte er: «Warum hast du auf meine Briefe nicht geantwortet? Warum hast du auf die Geburtsanzeige nicht reagiert? Warum bist du nicht nach Bern gekommen? Es hätte mir sehr viel bedeutet ...»

Sein Vater nickte müde. «Ich durfte nicht ...»

«Du durftest nicht?»

«Eine komplizierte Geschichte.»

«Ich will sie hören!»

Der Vater zögerte noch immer. «Manchmal ist die Wahrheit schmerzhafter als das Leben.»

«Was meinst du damit?»

«Als ich gehört habe, dass du dich von der Brücke gestürzt hast, da habe ich mir schwere Vorwürfe gemacht, weisst du. Ich habe mich gefragt, ob dich die Lügen oder die Wahrheit in den Tod getrieben haben.» Seine Augen wurden feucht, aber er lächelte «Es ist sehr gut, dass du da bist, Mauro. Dass du lebst. Vor einer Woche hätte ich alles darum gegeben, dir die Wahrheit sagen zu können. – Ich habe deiner Mutter versprochen, sie mit ins Grab zu nehmen. Aber sie hat sich auch nicht an unsere Abmachungen gehalten.»

«Von welchen Abmachungen sprichst du?»

«Noch vor deiner Zeit fuhr ich einige Jahre Neapel–Schönbühl. Gemüse auf der Hinfahrt, Käse auf der Rückfahrt. Übernachtet habe ich oft auf dem Parkplatz eines Restaurants in der Nähe Berns. Es war ein beliebter Stopp für Fernfahrer.» Er fuhr stockend weiter. «Dort lernte ich deine Mutter kennen. Sie arbeitete an der Bar. Sie war eine attraktive, begeisterungsfähige Frau. Du hast viel von ihr, weisst du.»

Mauro wollte sich das gar nicht vorstellen.

Sein Vater fuhr fort: «Wir hatten eine Affäre, viele grosse Versprechungen, aber ohne Zukunftspläne. Ich wusste, dass sie nicht nur meine Kabine kannte.»

«War sie eine ... Prostituierte?»

«Nein, nein», er schüttelte den Kopf, «das glaube ich nicht. Wir haben uns wirklich geliebt. Es gab keinen andern Mann für sie in dieser Zeit. Das hat sie mir hoch und heilig geschworen, nicht erst, als sie schwanger wurde ...», er zögerte. «Ich hatte keine Zweifel. Also bin nach Bern gezogen. Wir haben geheiratet.»

«Den Teil der Geschichte kenne ich.»

«Wir hatten eine kurze gute Zeit. Dann begannen wir uns zu streiten, erst des Geldes wegen, später auch aus andern Gründen. Zum Beispiel, was dich anbelangt. Eine Nachbarin berichtete mir, dass Susanne dich vernachlässige, dass du nachts alleine auf der Strasse anzutreffen seist, dass sie dich schon mehrmals bei sich aufgenommen habe, als du vor verschlossener Tür standest.»

Er zögerte wieder. «Ich machte mir natürlich grosse Sorgen. Ich war immer unterwegs und zu diesem Zeitpunkt schon etwas angeschlagen. Die Thalassämie schwächte mich und ich befürchtete natürlich, dass ich dir diese Krankheit vererbt hätte. Ja, ich machte mir grosse Sorgen, auch wegen der Thalassämie.»

Mauro betrachtete seinen Vater gebannt. «Und was ist dann passiert?»

«Dann passierte das, was sich im Leben eines Fernfahrers irgendwann ereignet: Ich hatte mit meinem Sattelschlepper eine Panne. Der Wagen steckte in Luzern fest und ich kam unverhofft zu einem freien Tag. Ich nutzte ihn zu einem Überraschungsbesuch.»

Sein Blick verlor sich. «Und erst da realisierte ich, dass Susanne nicht nur heimlich trank, sondern, dass sie mich auch betrog. Von da weg hatten wir nur noch Streit. Wegen ihren Bekanntschaften, wegen dem Alkohol, wegen dem Geld, wegen den Nachbarn und natürlich deinetwegen.»

Er schluckte leer. «Ich wusste, meine Chancen auf das Sorgerecht waren gleich null, besonders als Chauffeur. Und als Italiener. Aber nach einem besonders heftigen Streit entschloss ich mich, es mit einem Anwalt zu versuchen. Ich dachte, es gebe genug Gründe, die für mich sprachen, gerade auch gesundheitliche Gründe. Ich wollte die Scheidung und ich wollte dich. In Neapel konnte ich dir ein Zuhause und ein gesundes Klima bieten.»

Er zögerte. «Da sagte mir Susanne, das mit der Krankheit sei Quatsch, du seist gesund, dein Blut sei in Ordnung.» Er blickte Mauro entschlossen an. «Ich leide an einer Thalassämia intermedia, einer Form der Thalassämie, die weitervererbt wird. Du kennst das sicher. Ich wusste auch ganz gut über die Krankheit Bescheid. Sie kommt in unserer Familie gehäuft vor.»

Mauro ahnte, was folgte.

«Ich glaubte ihr natürlich nicht und setzte mich mit deinem Kinderarzt in Verbindung. Er war ganz erstaunt, als ich die Thalassämie erwähnte. Er sagte, dein Blutbild sei in Ordnung.» Seine Stimme zitterte. «Für mich brach eine Welt zusammen. Ich hatte dich ins Herz geschlossen, weisst du. – Schliesslich akzeptierte ich die Dinge, wie sie waren. Das Blutbild war mir egal. Wir einigten uns darauf, eine Familie zu bleiben. Aber dann begann Susanne mir mit der Trennung und mit dem Entzug des Sorgerechts zu drohen, sobald ich nicht gefügig war oder mich wehren wollte. Es wurde immer schwieriger, vor allem ihre Geldforderungen waren absurd. Fast drei Jahre dauerte dieser Zustand. Dann, von einem Tag auf den andern, verbot sie mir jeglichen Kontakt mit dir. Später vernahm ich, dass sie einen Freund hatte.»

Felice weinte und Mauro brachte keinen Ton mehr heraus.

«Ich versuchte mehrmals, sie umzustimmen», fuhr Felice fort. «Sie drohte mir mit der Polizei. Rechtlich gesehen hatte ich keine Chance. Einzig über Ernesto konnte ich noch ein wenig an deinem Leben teilhaben.»

«Du bist nicht mein Vater.» Mauro war erschüttert.

«In meinem Herzen warst du immer mein Sohn – und du wirst es bleiben. Per sempre.» Felice war aufgestanden und umarmte Mauro stumm. «Aber es stimmt: In deinen Adern fliesst nicht das Blut der Calabretto.»

Mauro war unfähig, etwas zu sagen. Er konnte es noch nicht fassen. Das brachte ihn weiter von seiner Vergangenheit weg als sein Identitätswechsel.

«Es mag grotesk tönen: Die Tatsache, dass ich nicht dein Vater bin, half mir, die Trennung zu verkraften», hörte er Felice sagen. «Aber darüber hinweggekommen bin ich nie.»

«Und wer ist mein Vater?», fragte Mauro leise.

«Ich weiss es nicht. Sie hat es mir nie gesagt. Sie hat ein paar Männer gekannt – und sie war oft betrunken, weisst du.»

Mauro nickte nur.

«Ich kehrte nie mehr in die Schweiz zurück», erklärte Felice. «Als du älter wurdest, war ich mehrmals drauf und dran, zu dir zu reisen, um dir die Wahrheit zu sagen.

Dann wiederum dachte ich, es gehe dir ja gut. Ich hörte von deinen Erfolgen, deinem Studium und deiner Familie. Nach der Nachricht von deiner Scheidung fragte ich mich, ob du die Wahrheit wusstest. Und als ich von deinem Selbstmord hörte, da war mir klar, dass du die Wahrheit hättest wissen müssen.»

Mauro war fassungslos.

«Für mich bleibst du mein Sohn. Meine Türe steht dir immer offen.» Felice umarmte ihn erneut.

«Ich danke dir.» Mauro stand auf. «Ich möchte jetzt gehen. Ich muss das verdauen.»

Sie umarmten einander stumm. Felice hatte Tränen in den Augen. «Werden wir uns vor deiner Abfahrt noch einmal sehen?», fragte er.

«Ich weiss es nicht. Ich sage dir Bescheid», sagte Mauro und verliess das Lokal.

*

Er stolperte die Gassen hoch. Von der Umgebung nahm er nichts wahr. Als er die Bushaltestelle erreichte, ging er einfach weiter. Es drängte ihn fort. Er beschleunigte seinen Schritt und folgte der Strasse in Richtung Neapel. Je näher er dem Rand des Städtchens kam, desto schneller ging er. Bereits war er in einen leichten Trab gefallen. Die wenigen Leute, die er noch antraf, beobachteten ihn erstaunt.

Als er auch die letzten Häuser hinter sich gelassen hatte, rannte er wie wild drauflos. Er spurtete immer weiter, bis alles in ihm brannte, die Lungen, die Beine, die Arme, die Augen, die Gedanken. An einer Stelle, wo die Strasse förmlich am Felsen hing und unter ihm die Brandung tobte, hielt er völlig ausser Atem an.

Er lehnte sich ans Geländer. Das Keuchen ging mehr und mehr über in ein stockendes Ringen und schliesslich in ein hemmungsloses Schluchzen.

«Wer, zum Teufel, bin ich?», schrie er stumm in die Natur.

Die Felsen der Amalfiküste antworteten ebenso wenig wie die Brandung.

27

«Wer zum Teufel bist du?», fragte Limacher die unscharfe Aufnahme des Einbrechers in Kühnes Wohnung.

Er legte das Bild vorsichtig zur Seite und langte nach dem Tässchen. Er bewegte sich langsam. Links schmerzte der Brustkorb und rechts behinderte ihn die abgestöpselte Infusion. Die Nadel erinnerte ihn daran, dass er lediglich Ausgang auf Bewährung erhalten hatte.

Der kurze Weg ins Restaurant im obersten Geschoss des Bettenhochhauses hatte ihn tatsächlich stärker mitgenommen, als er erwartet hatte. Aber seit er am Morgen von seinen Schläuchen befreit worden war, fühlte er sich besser, und der kurzfristige Termin mit Kühne hatte ihn förmlich aus dem Bett getrieben.

Er hielt die Tasse unter die Nase und dann genehmigte er sich einen Schluck. Nicht gerade ein Lavazza, aber eine ausgereifte Mischung, durchaus eine Steigerung im Vergleich zum Spitalkaffee am Bett.

Er sah sich um. Kühne hing noch immer am Handy. Das Gespräch mit ihm hatte bisher nicht viel ergeben. Es war etwas mühsam, ständig klingelte sein Mobiltelefon.

Endlich legte er auf und Limacher stellte die Tasse auf den Unterteller zurück.

«Wie gesagt», nahm Kühne das Gespräch sofort wieder auf, nachdem er sich gesetzt hatte. «Es fehlt nichts, worauf ich nicht verzichten könnte. Und die wertvollsten

Sachen, die goldenen Manschettenknöpfe und die Rolex, lagen unberührt im Bad. Auch am Tresor hat sich der Einbrecher nicht zu schaffen gemacht. Möglich, dass er etwas aus der Haushaltskasse mitgehen liess.»

«Er benutzte Ihren Schlüssel. Könnte es sein, dass es jemand ist, den Sie kennen?», fragte Limacher.

Kühne griff nochmals nach der Aufnahme. «Nicht wirklich. Vielleicht ist eine gewisse Ähnlichkeit mit dem einen oder andern Patienten oder Kollegen da. Aber die Aufnahme ist ja wirklich kein Passfoto.»

«Ein Kollege?», fragte Limacher interessiert. Er dachte daran, dass Goldmann ärztliche Fähigkeiten hatte.

«Zum Beispiel Doktor Matter, mit dem ich zusammengearbeitet habe», meinte Kühne, «aber das zeigt, wie wenig aussagekräftig mein Urteil ist. Der ist ja tot.»

«Er wird vermisst», korrigierte Limacher. «Wie gut kennen Sie ihn?»

«Nicht besonders. Im Behandlungszentrum hatte ich ein paarmal beruflich mit ihm zu tun gehabt. Ein netter Kerl. Vielleicht etwas chaotisch, aber schon ziemlich clever.»

«Und privat?»

«Spielten wir das eine oder andere Mal zusammen Tennis. Man plauderte ein wenig, aber richtig kennen tu ich ihn nicht. Aus der Zeitung erfuhr ich mehr über ihn, als er mir erzählt hatte. Zum Beispiel, dass er Familie hatte, – sorry», Kühne brach ab, sein Telefon läutete schon wieder.

«Ich danke Ihnen. Ich melde mich gerne später wieder.» Limacher fühlte sich auf einmal schwach.

Kühne nickte und erhob sich. «Ich bin gespannt auf die Ergebnisse», sagte er. Er zückte das iPhone und war nur noch abwesend.

Limacher blickte ihm grübelnd nach. Was hatte Goldmann bei Kühne zu finden gehofft?

Er bereute, dass sie seinen Laptop nicht beschlagnahmt hatten. Aber hätte Kühne die Polizei gerufen, wenn er in seiner Wohnung belastendes Material versteckt hielte?

Der Chirurg blieb ein Fragezeichen.

Das grössere Fragezeichen aber war Goldmann.

«Goldmann ist Mediziner, Kühne ist Mediziner und Matter ist Mediziner. Matter verschwindet. Goldmann taucht auf. Goldmann schleicht sich in Kühnes Wohnung. Kühne kannte Matter. Matter ist Arzt. Goldmann ist Arzt. Matter verschwindet.»

Das ging auf, hier schloss sich der Kreis – allerdings ohne einen Sinn zu ergeben.

Matter gleich Goldmann?

Der Gedanke lag nahe und die Hypothese wurde durch Kühnes Aussagen gestützt. Aber in seinem Inneren sträubte sich irgendetwas gegen diese Annahme.

Er zog schnuppernd die Luft durch die Nase. Kühne hatte den leisen Duft von Boss-Aftershave hinterlassen. Da wurde ihm klar: Es war seine Nase, die sich gegen die Hypothese Matter gleich Goldmann sträubte.

Er dachte angestrengt nach. Er war Goldmann zweimal begegnet und die beiden Male hatte der Mann bei ihm nicht nur geruchlich einen unterschiedlichen Eindruck hinterlassen.

Das erste Mal war er ihm wie ein richtiger Süditaliener vorgekommen: Äusserlich gepflegt, mit einem Hang zur Eitelkeit, die dem Schweizer abging, lebhaften, aufmerksamen Augen, und einer Spur Melancholie. Und mit einem Hauch von Oliven und Knoblauch.

Der Goldmann, der ihn gerettet hatte hingegen, sprach perfekt Berndeutsch und verfügte über medizinische Fachkenntnisse. Er war ihm trotz der äusserlichen Ähnlichkeit vifer, jünger und urbaner erschienen. Er hatte nicht nach Essen, sondern nach etwas Duschmittel gerochen, nichts Auffallendes, ein gewöhnliches Duschgel, vermischt mit dem Geruch von Körper und Schweiss.

War es möglich, dass ein Mensch unter Stress sich nicht nur anders verhielt als sonst, sondern auch unterschiedlich roch? Zudem mussten Informanten mehrere Identitäten verkörpern können und Goldmann beherrschte dies möglicherweise einfach perfekt. Dann fragte es sich, welche der beiden Persönlichkeiten dem wirklichen Goldmann näher kam. Der melancholische Süditaliener oder der Arzt in Bern. Für den Arzt sprachen nicht nur sein Handeln und der Einbruch bei Kühne. Viele bekannte Agenten waren Ärzte gewesen.

Matter gleich Goldmann? – Wenn er weiterkommen wollte, musste er mehr wissen, und zwar von beiden. An Goldmanns Akte kam er nicht ran, noch nicht. Aber bei Matter sah er eine Möglichkeit, aus dem Kreis auszubrechen.

Er erhob sich.

Das Gefühl, sich im Kreis zu drehen, war sofort wieder da, aber jetzt drehten nicht die Gedanken, sondern das Restaurant. Die Frau an der Kasse bemerkte seine Unsicherheit und konnte gerade noch verhindern, dass er stürzte.

*

Er erwachte aus einem Alptraum.

Unter ihm bebte die Erde. In wilder Panik rannte er durch ein Haus mit zahllosen Zimmern. Sobald er einen Raum verlassen hatte, stürzte dieser hinter ihm ein. Um den Trümmern zu entkommen, musste er immer schneller rennen. Das Vorwärtskommen wurde ständig beschwerlicher; er wollte schon aufgeben, als endlich der Ausgang auftauchte. Er warf sich mit aller Kraft nach vorne, aber es reichte nicht. Kurz vor der rettenden Tür schlug er hart auf dem Boden auf. Da hörte die Erde auf zu beben.

Mauro realisierte, dass er aus dem Bett gefallen war. Er blieb einen Moment auf den harten, kühlen Kacheln liegen. Sein Schädel brummte unangenehm, er konnte nicht sagen, ob das vom Alkohol oder vom Aufprall herrührte. Er erhob sich mühsam und tastete sich ins Bad. Nachdem er die Blase entleert hatte, hängte er sich an den Wasserhahn. Das Wasser schmeckte nach Chlor, aber lieber Chlor als Kolibakterien.

Dann blickte er in den Spiegel, wo ihm ein müder Alex entgegenblickte.

Er erinnerte sich vage, dass er sich nach dem Besuch bei seinem Vater, das heisst bei seinem vermeintlichen Vater, wieder in Alex verwandelt hatte. Trotzig und definitiv.

Er war nach Neapel gekommen, um mit seinem alten Leben abzuschliessen – und was hatte er vorgefunden? Einen Faden zu seiner Vergangenheit, der keiner war. Mauro entpuppte sich als ein Trugbild, nicht realer als Alexander.

Er kratzte sich am Hinterkopf und hatte das Gefühl, er kratze einen fremden Kopf. Der Alkohol, tröstete er sich und betrachtete sich weiter.

«Ich bin ein anderer», erklärte er seinem Spiegelbild und grinste schräg, «ich bin nicht Calabretto und ich bin nicht Matter.»

Gestern fand er es zum Weinen, heute zum Lachen.

*

Berner überreichte ihm eine Tasche mit frischer Wäsche, das kleine Set mit Olivenöl, Aceto, Salz, Pfeffer und ein paar weiteren, gemäss Limacher lebensnotwendigen Gewürzen, sowie die aktuelle Tageszeitung.

«Danke», sagte Limacher. «Das geht selbstverständlich auf Arbeitszeit.»

Berner stellte den Wäschesack neben den Nachttisch. «Solange du nicht von mir verlangst, dass ich auch noch für dich wasche und bügle ...»

«Socken habe ich vergessen», unterbrach Limacher nach einem Blick auf die Tasche. «Ich kriege meine Füsse nie warm, seit dem Unfall ist es noch schlimmer. Handgestrickte Socken wären ideal ...»

«Soll ich auch noch zu stricken beginnen?»

Limacher grinste. Es tat weh. «Das nächste Anliegen ist rein beruflich», sagte er ernst. «Ich möchte DNA und

Fingerabdrücke von Matter mit den gefundenen Spuren in Kühnes Wohnung vergleichen.»

«Was soll Matter mit dem Einbruch zu tun haben?»

«Heute Morgen habe ich mit Kühne gesprochen. Er kennt Matter und sah eine gewisse Ähnlichkeit zwischen ihm und dem Einbrecher.»

«Und?»

«Wenn tatsächlich Matter in Kühnes Wohnung eingebrochen ist, wissen wir nicht nur mehr über den Einbrecher, wir wüssten auch, dass Matter lebt. Das hätte auf unsere Ermittlungen einen erheblichen Einfluss. Es würde nicht alle Fragen lösen, aber es würde unsere Untersuchungen in eine neue Richtung lenken.»

«Du hast doch behauptet, du kennst den Einbrecher?», fragte Berner.

«Das habe ich tatsächlich gesagt. Es geht um eine Geschichte von früher. Und sie wird noch verwirrender, wenn der Einbrecher bei Kühne Matter hiesse. Wir beginnen mit dem Spurenvergleich: Fingerabdrücke, DNA, was sich gerade finden lässt. Und ich schaue, dass ich hier möglichst bald rauskomme.»

Berner schwieg und Limacher überreichte ihm einen Zettel mit Datum und Zeitangaben. «An einer Liste aller Anrufe im Hotel Bern im festgehaltenen Zeitraum wäre ich auch noch interessiert.»

«Wir sind auf Resultate angewiesen», sagte Berner jetzt mit leisem Vorwurf. «Wir haben einen vermissten Arzt, eine nicht identifizierte Wasserleiche, einen nicht identifizierten Einbrecher ... Ich mache, was ich kann.»

Berner verliess Limacher nachdenklich. Dessen Ideen

und Anliegen schienen ihm insgesamt ziemlich unzusammenhängend. Er nahm sich vor, die Psychologin zu fragen, ob nach einem derartigen Unfall Hirnschäden zu erwarten seien.

*

Am Empfang hielt ihn die Wirtin auf.

«Da ist jemand für Sie, Signor Goldmann.»

Mauro dachte sofort an seinen Vater. Wer sonst konnte ihn hier aufsuchen wollen? Er wandte sich um. Ein Unbekannter trat auf ihn zu.

«Antonio, ich muss dich sprechen», sagte der Mann auf Italienisch.

«Kennen wir uns?»

«Natürlich!», meinte der Unbekannte und sah ihn vorwurfsvoll an. «Stell dich nicht so an! Du wirst deinen Freund doch nicht verleugnen wollen?»

Mauro bemerkte, wie die Wirtin sie aufmerksam beobachtete.

«Wie wär's mit einem Aperitivo», schlug er vor und führte den Mann aus der Lobby.

«Gute Idee!», meinte der Unbekannte.

«Wo können wir in Ruhe sprechen?», fragte Mauro, als sie draussen waren.

«Wir gehen zu Scaturchio», schlug sein Besucher vor und fragte: «Was ist los mit dir, Antonio?»

«Ich hatte einen Unfall. Ich habe mein Gedächtnis verloren», erklärte Mauro.

«Ich kann nicht lange mit dir sprechen», sagte der Mann, nachdem sie im Restaurant Platz genommen hatten, «ich habe nicht geglaubt, dich wiederzusehen. Nach allem was ich gehört habe …»

«Was hast du gehört?»

«Man hat behauptet, du seist tot.»

Mauro lächelte. «Das bin ich auch.»

«Mach keine blöden Witze!» Er musterte ihn kritisch. «Warum wohnst du im Hotel?»

«Ich weiss es selber nicht», erwiderte Mauro. «Wie hast du mich gefunden?»

Sie warteten schweigend auf den Kellner, der sich näherte, und bestellten je ein Glas Greco del Tufo. Mauro musterte seinen neuen Freund. Er wirkte etwas ungepflegt und an seiner Jacke fehlten ein paar Knöpfe.

Kaum hatte sich der Kellner entfernt, sagte der andere: «Der Typ, der dir die Fahrkarte verkauft hat, erzählt jedem, dass du wieder da bist. Du hast doch nicht wirklich im Sinn, auf das Schiff zu warten?»

«Warum nicht?», fragte Mauro.

Sein Gegenüber lehnte sich über den Tisch. «Mensch, Antonio, begreifst du nicht? Die sind hinter dir her!»

«Ich habe mein Gedächtnis verloren», erklärte Mauro vage. «Sag mir doch bitte deinen Namen.»

«Diese Ausrede wird dir nicht helfen. Und das wegen Lorenzo hast du doch mitgekriegt?», fragte der Mann fast verzweifelt. «Ich kann wirklich nichts mehr für dich tun. Ich rate dir nur eines: Hau ab!»

«Was ist mit Lorenzo passiert?», fragte Mauro.

«Liest du keine Zeitung?» Er leerte das Glas in einem Zug und stand auf. «Du bist total verrückt. Wir kennen uns nicht mehr», zischte er und verschwand.

Mauro blieb sitzen.

Goldmann war zum zweiten Mal als Antonio angesprochen worden. Aber es war nicht nur der Name, der sich wiederholte. Es war auch der Gesichtsausdruck seines Gegenübers, der gleich war: Sowohl der Mann heute wie der Verkäufer beim Italiener in Bern hatten ihn mit ähnlich ungläubigem Blick angesehen.

Er bezahlte und verliess das Lokal. Auf einmal hatte er das dringende Bedürfnis, sich in eine Ecke der Welt zu verziehen, wo ihn niemand, aber wirklich niemand erkannte.

«Ich checke aus», meldete er in der Pension.

«Wohin soll's gehen?» fragte die Wirtin.

«In den Süden.»

Er traute keinem mehr. Man hatte Goldmann in weniger als zwei Tagen aufgestöbert, obwohl er keinem gesagt hatte, wo er wohnte. Das war erstaunlich und beunruhigend.

Er ging auf sein Zimmer und packte seine sieben Sachen.

Er erinnerte sich an seine Nacht mit Pascal an der Aare. Dort hatte er sich als Strandgut gefühlt: Treibgut in einer vom Fluss vergessenen Pfütze hinter dem Ufer. Heute sah er sich in einem Strudel gefangen. Um ihn kreisten die Trümmer seiner Vergangenheit und unter ihm taten sich Abgründe auf.

*

Er deponierte Gepäck und Geld im Hauptbahnhof.

Dann erkundigte er sich auf der Post nach Nachrichten aus der Schweiz. Tatsächlich hatte der Beamte etwas für ihn.

Die Nachricht von Einstein war kurz. «Ruf mich an. Es gibt Neuigkeiten.»

Mauro begab sich sofort zum nächstgelegenen Fernsprechapparat.

«Mensch Muri, du bist richtig berühmt», sagte Einstein nach der kurzen Begrüssung. Man sucht dich als unbekannten Zeugen des Unfalls, bei dem ein Polizist verletzt wurde. Mit Bild, aber ohne Namen.»

«Ein Foto?»

«Eher ein Schnappschuss. Er zeigt dich an einem Laptop. Keine gelungene Aufnahme, aber ich würde schon sagen, dass es ein Bild von dir ist.»

«Von Alex oder von Mauro?», fragte Mauro nach.

«Beides ist möglich, vielleicht eher Alex.»

«Tönt nicht gut.»

«Doch, doch. Tönt positiv. Es heisst, der Gesuchte habe Leben gerettet ...»

«Goldmann?», wollte Mauro wissen.

«Nein, ein Name wird nicht genannt. Aber für mich ist klar, dass sie von dir sprechen.»

Als Mauro nichts sagte, fuhr er fort: «Dein Freund Aldo Girardi hat mich besucht. Ein sympathischer Mensch. Er war sehr interessiert an meiner Werkstatt und am Rad. Ich glaube, ich habe einen neuen Kunden gefunden. Er möchte eine Videokamera in einer Fahrradlampe eingebaut haben. Und die Kamera sollte erst noch schwenkbar sein ...»

«Was sagte er zum Schrittmacher?»

«Er gehörte einem gewissen Alfredo Rossi aus Vietri sul Mare.»

«Vietri sul Mare?»

«Liegt bei Salerno ...»

«Ich weiss, wo Vietri liegt.»

«Eben. Und darum habe ich mir gedacht, ich informiere dich, solange du in Neapel bist.»

«Hat Aldo gesagt, ob dieser Rossi noch lebt?», fragte Mauro.

«Er ist im letzten Sommer verstorben; in einem Spital in Salerno.»

«Danke. Sonst noch was?» Mauro hatte das Gefühl, Einstein hielt mit etwas zurück.

«Aldo hat mich besucht, weil er mehr über den Schrittmacher erfahren wollte ...»

«Interessiert er sich neuerdings für Kardiologie?»

«Nein. Er meint, an diesem Schrittmacher habe jemand herumgebastelt.»

«Herumgebastelt?»

«So hat er sich ausgedrückt.»

«Was meint er damit?»

«Näheres könne er nur herausfinden, wenn er das Gerät auseinandernehme. Aber dann gehe es möglicherweise kaputt.»

«Von mir aus», sagte Mauro. Eigenartigerweise war ihm der Schrittmacher nicht mehr so wichtig.

«Sehr gut», meinte Einstein erleichtert. «Ich habe es ihm nämlich schon erlaubt.»

Als Mauro schwieg, fragte Einstein vorsichtig: «Sonst alles o. k., Muri?»

«Ich bin etwas verkatert.»

«Du tönst irgendwie anders», meinte Einstein.

«Ich *bin* ein anderer», sagte Mauro nur.

«Du zitierst Rimbaud?», fragte Einstein interessiert. «Ich habe gar nicht gewusst, dass du ...»

«Nein», unterbrach Mauro, «ich komme zurück.»

«Ich weiss nicht, ob das im Moment eine gute Idee ist», zweifelte Einstein.

*

Limacher hatte sein Nachtessen eben beendet, als Holzer auftauchte.

«Du lebst bei Leib und Leben gefährlicher als bei uns», meinte er nach der Begrüssung.

«Man hatte es nicht auf mich, sondern auf unseren Mann abgesehen. Ich muss unbedingt mehr über Goldmann ...»

«Warte!» Holzer bedeutete ihm zu schweigen, schlich zur Tür und öffnete sie unvermittelt. Nach einem Blick in den Flur erklärte er: «Man kann nicht vorsichtig genug sein.»

Er schloss die Türe umständlich und fuhr fort: «Goldmann kannst du vergessen.»

«Und warum?», fragte Limacher.

«Goldmann hat uns bereits vor Wochen kontaktiert und verderbliche Ware angeboten. Er verlangte von uns eine neue Identität und Geld. Viel Geld. Er hat behauptet, seine Angaben seien eine lebenslange Rente wert. Er hat aber nie wirklich etwas geliefert.»

«Was hatte er versprochen?»

«Mitteilungen über mafiöse Aktivitäten in der Schweiz.»

«Ist Goldmann Schweizer?»

Holzer schüttelte den Kopf. «Seine Spuren führen nach Italien. Aber wir wissen ehrlich gesagt nicht genau, wer Goldmann wirklich ist. Oder anders gesagt: Alexander Goldmann ist eine Fiktion.»

«Eine Fiktion?», staunte Limacher. «Die Fiktion hat mir das Leben gerettet!»

«Der Mann, der sich Goldmann nennt, hat seine Identität sorgfältig ausgewählt. Es gab in Mendrisio tatsächlich eine Familie Goldmann. Auf einer Geschäftsreise in Finnland erlitt die Familie einen schweren Autounfall. Die Umstände wurden nie ganz geklärt. Alexander war damals zwei Jahre alt. Beim Unfall starben seine Eltern sofort, Alexander ein paar Wochen später in einem Krankenhaus in Finnland.»

«Ein Doppelagent?»

«Wir müssen davon ausgehen. Dafür spricht auch, dass seine Akte auf Befehl von höchster Stelle vernichtet wurde.»

«Was hat das zu bedeuten?»

«Doppelagenten sind immer ein Risiko. Besonders solche wie Goldmann. Neben der Mafia war Waffenhandel sein zweites Betätigungsfeld.»

«Hast du Goldmann einmal getroffen?», wollte Limacher noch wissen.

«Nein», sagte Holzer sehr rasch.

Limacher wusste, dass es wenig Sinn machte, weiter zu bohren. Er sagte nur: «Der Anschlag ist doch der beste Beweis, dass Goldmann nicht bluffte.»

«Ich habe dir mehr erzählt, als ich wollte.» Holzer erhob sich. «Diese Angelegenheit solltest du uns überlassen.»

«Und mein Unfall?»

«Ich wünsch dir gute Besserung, Christian!» Holzer lächelte mitfühlend.

Bevor er ging, blieb er einen Moment am Fussende des Bettes stehen. «Überleg dir trotzdem, ob du nicht doch irgendwelche Feinde hast», mahnte er zum Abschied.

28

Vielleicht, weil der Vulkan sich beruhigt hatte, vielleicht, weil es eine absolut bedeutungslose Samstagnacht war – wer reiste schon Ende November Richtung Norden, wenn nicht Verirrte und Heimatlose? –, der Nachtzug von Neapel nach Mailand war unterbelegt. Ab Rom hatte er ein ganzes Abteil für sich allein.

Die meiste Zeit döste er vor sich hin, stets an der Grenze zwischen Schlaf und Wachzustand. Vor dem dunklen Geviert des Wagenfensters zappte sein Hirn durch sein Leben. Orte, Menschen, Namen und Situationen erschienen wie zufällig aneinandergefügte Ausschnitte. In den Bildern vermischten sich Realität und Fiktion und was er sah, ergab weder Zusammenhang noch Sinn. Als der Zug im Morgengrauen in Mailand einfuhr, fühlte er sich müde und benommen.

Der Gedanke an die Einreise in die Schweiz und an die Zollkontrolle machte ihm Sorgen. Die Grenze im Zug zu überqueren, erschien ihm zu riskant. Das einzige Ausweisstück, das er mit sich führte, war Goldmanns Identitätskarte. Warum der Name Goldmann in der Presse nicht erwähnt wurde, konnte er so wenig verstehen wie den Umstand, dass man ihn in Neapel unter dem Namen Antonio offensichtlich besser kannte als einen bunten Hund.

Nach einem ausgedehnten Frühstück entschied er sich

dafür, erst einmal eine Fahrkarte nach Stresa zu lösen. Am Lago Maggiore boten sich mehrere Möglichkeiten, die Grenze zu überqueren.

*

«Der Austritt heute ist in doppelter Hinsicht ungünstig», warnte der Abteilungsarzt.

«Warum?»

«Erstens wegen dem Neuschnee. Einen Sturz können Sie sich schlicht nicht leisten. Da müssten Sie nochmal ganz unten beginnen. Zweitens sind sonntags sämtliche Praxen geschlossen. Wenn Sie kurzfristig Hilfe benötigen, wird es schwierig ...»

«Ich hab ja Sie!», unterbrach Limacher und zog die Verzichtserklärung zu sich.

«Es ist Ihre Entscheidung», sagte der Arzt widerstrebend.

«Ich weiss», erwiderte Limacher. «Bei Atemnot melde ich mich unverzüglich auf der Notfallstation.»

Als er dem Arzt die Verzichtserklärung überreichen wollte, hielt er mit schmerzverzerrtem Gesicht inne. Er konnte den Arm nicht heben.

«Sie sind nicht einmal reisefähig», bemerkte der Arzt triumphierend.

«Ich will nur in meine Wohnung zurück.»

«Ich weiss nicht, was Sie sich davon versprechen.»

«Ich habe den Spitalkoller», behauptete Limacher. «Und auch ein paar Fragen, die mich beschäftigen ...»

«Niemand ist unersetzlich», belehrte ihn der Arzt. «Und einsatzfähig sind Sie sowieso nicht.»

«Da mögen Sie recht haben. Aber es gibt Dinge, die man gerne selber erledigt. Das müssten gerade Sie eigentlich verstehen. Ich nehme an, wenn Sie wissen wollen, wie es Ihrem Patienten wirklich geht, schicken Sie auch nicht die Vertretung vorbei.»

«Das ist nicht dasselbe», stellte der Arzt fest, ohne aber etwas entgegenhalten zu können. Er nahm Limacher die Verzichtserklärung aus der Hand.

Limacher versuchte sich zu bücken, um seine Schuhe unter dem Bett hervorzuziehen. Auch das gelang ihm nicht.

«Sie sind ein unvernünftiger Dickschädel», sagte der Arzt und schob ihm mit der herablassenden Hilfsbereitschaft des Überlegenen die Schuhe vor die Füsse.

*

Mauro konnte nicht genau sagen, was den Mann von den andern Reisenden unterschied. Wenn man auf einen Zug wartet, gibt es immer Leute, die einem irgendwie auffallen, sei es ihrer Kleidung, ihres Blickes oder ihrer Bewegungen wegen. – Genau das war es: das Bewegungsmuster! Kein wartendes, sondern ein suchendes Auf- und Abgehen. Und der ausdruckslose Blick, der sich rasch schärfte, wenn jemand den Bahnsteig betrat. Es ging eine Unruhe von dem Mann aus, die er zu verstecken versuchte. Das schmale Gesicht mit den markanten Backenknochen erinnerte ihn an jemanden.

Vielleicht machte ihn diese Ähnlichkeit wachsam. Obwohl der Mann, als der Zug einfuhr, plötzlich verschwunden war, blieb Mauro vorsichtig. Er setzte sich absichtlich nicht in ein Abteil, sondern blieb in einem Vorraum stehen, direkt beim Einstieg, von wo er den Gang in zwei Waggons überblicken konnte.

Der Zug war noch keine fünf Minuten unterwegs, als der Unbekannte wieder auftauchte. Er betrat den Wagen vom hintern Ende her. Mauro konnte sehen, wie er kurz die Toilettentür öffnete und seinen Kopf durch die Türe streckte. Dann ging er langsam den Gang entlang und blickte wie zufällig in jedes Abteil.

«Sie sind hinter Ihnen her», hatte Limacher ihm nach dem Unfall auf dem Parkplatz zugeraunt. Er hatte recht gehabt. Und jetzt fiel es ihm wie Schuppen von den Augen: Die Frage war nicht, wer hinter *ihm* her war, sondern, wer hinter *Goldmann* her war. Oder hinter Antonio. «Sie bringen dich um!», hatte der Mann in Neapel ihn gewarnt.

In diesem Moment spürte Mauro die Gefahr so real wie das Rattern unter seinen Füssen.

Während er sich im Zug nach vorne bewegte, suchte er fieberhaft nach einem Ausweg. Eigentlich machte es wenig Sinn, weiterzugehen. Irgendwann würde er die Lokomotive erreichen oder, falls der Mann nicht alleine war, einem Komplizen direkt in die Arme laufen. Es gab nur eine Lösung: Er musste den Zug verlassen. Er erwog bereits, die Notbremse zu ziehen, als ihn das Gepäck, das im nächsten Waggon direkt neben der Toilette aufgestapelt war, auf eine andere Idee brachte.

Er war weder als Alexander noch als Mauro sicher. Warum sollte er sich nicht eine neue Identität zulegen?

Der kleine, etwas altmodische Koffer ohne Schliessvorrichtung schien ihm einen Versuch wert. Er vergewisserte sich, dass er unbeobachtet war. Dann ergriff er das Gepäckstück und schloss sich damit in der Toilette ein. Er legte das Köfferchen auf das schmale Spülbecken. Es war lediglich mit einem Lederband gesichert. Er löste das Band und liess das Schloss aufschnappen. Ein säuberlich gefaltetes, dunkelblaues Gewebe mit einem feinen Muster kam zum Vorschein.

Ein Vorhang, war sein erster Gedanke. Aber als er den Stoff ausbreitete, bekam er erst recht weiche Knie: Er hielt den züchtigen Rock einer Ordensschwester in der Hand!

*

Der Austritt war vielleicht doch ein Fehler gewesen.

Limacher gab es ungern zu. Normalerweise war er derjenige, welcher den Leuten die Folgen ihres unverantwortlichen Handelns vorhalten musste.

Er war nicht im Stande gewesen, ohne Hilfe zum Taxistand zu gelangen, geschweige denn, sein Gepäck eigenhändig zu tragen.

«Sie hätten besser das Behindertentaxi bestellt», liess ihn der Taxichauffeur seinen Unmut merken, als er ihm beim Einsteigen half.

Limacher schaffte es nicht, seine Beine in den Wagen zu heben. «Tut mir leid», entschuldigte er sich, «ich wusste nicht, dass man zum Beineheben intakte Rippen braucht.»

«Für Kranken- und Behindertentransporte gibt es spezielle Dienste», schimpfte der Chauffeur, nachdem er sich später gegen ein grosszügiges Trinkgeld doch noch bereit erklärt hatte, das Gepäck vor die Wohnungstür zu bringen.

Limacher bereute, dass er nicht in einen Wohnblock mit Lift gezogen war. Alle drei Tritte musste er innehalten. Carlo und der Gestank nach Katzenpisse kamen ihm entgegen, als er völlig geschafft die Wohnungstüre aufschloss. Er hielt die Luft an und öffnete sämtlich Fenster. Dann setzte er sich auf eine Bananenkiste und streichelte Carlo das Fell.

Plötzlich nervte ihn alles. Seine Wohnung mit der Behaglichkeit einer Abstellkammer, Carlo, das Stinktier, Berner, der die Katzenkiste nie gereinigt hatte, Gisela, die ihn sitzen liess, Holzer, der nicht kooperierte, der Mann, der ihn über den Haufen gefahren hatte. Sogar den Abteilungsarzt, dem er nachträglich doch recht geben musste, verwünschte er.

Er war für zwei Wochen krankgeschrieben. Im Spital war ihm das völlig übertrieben vorgekommen, aber im Moment zweifelte er, ob er überhaupt je wieder richtig auf die Beine kommen würde.

Er langte in seine Manteltasche und suchte nach den Schmerztabletten, die er nach einigem Verhandeln mit nach Hause bekommen hatte. Trotzig schluckte er das Doppelte der verschriebenen Dosis. Er blickte auf die Uhr. Das Nullpunkt öffnete in weniger als einer Stunde.

Bevor er die Wohnung wieder verliess, reinigte er unter Schmerzen die Katzenkiste, stellte den stinkenden Kehricht auf den Balkon und machte notdürftig sein Bett. Es ging ja. Er durfte den Schmerz einfach nicht beachten.

Dann machte er sich auf den Weg. Das Nullpunkt hatte ihn noch nie enttäuscht.

Aber heute war alles anders. Selbst der geliebte Espresso schmeckte nicht. Er verdächtigte den Barista, in seiner Abwesenheit die Kaffeemischung gewechselt zu haben. Aber der beteuerte, dass alles wie gewohnt sei.

Nach dem zweiten Versuch gab er es auf und wechselte zum Barolo. Auch dieser erschien ihm weniger kräftig als sonst und hatte einen metallenen Nachgeschmack. Nach dem dritten Glas störte ihn das eigentlich nicht mehr. Er fühlte sich besser.

*

Der Zug passierte ein paar Weichen und verlangsamte seine Fahrt. Sie fuhren in Busto Arsizio ein. Er warf einen letzten Blick in den Spiegel. Eine flachbrüstige Ordensschwester blickte ihm entgegen, die oben etwas breit war, aber dank der Jacke, die er sich unter dem Rock umgebunden hatte, umso kräftiger in der Hüfte. Er hatte die Linsen entfernt, seine hellen Augen passten besser zur Farbe des Kleides. Der Bartwuchs war das grösste Problem. Er setzte die Haube mit dem Schleier so auf, dass das Tuch nicht nur sein Haar, sondern auch den grössten Teil seines Gesichts bedeckte. Wenn er den Kopf bewegte, kratzte sein Kinn am Kragen. Er hatte das Gefühl, dass das weitherum hörbar sein musste.

Er hatte keine andere Wahl. Er musste es riskieren. Bevor er die Türe öffnete, schickte er standesgemäss ein Stossgebet zum Himmel.

Er verliess die Toilette absichtlich rückwärts, das Köfferchen umständlich an den Bauch gepresst. Aus dem Augenwinkel erkannte er den Mann, der offensichtlich vor der verschlossenen Tür gelauert hatte. Sein prüfender Blick streifte ihn nur kurz. Während sein Verfolger die Suche im nächsten Wagen fortsetzte, öffnete Mauro die Waggontüre und hoffte, dass die Besitzerin des Koffers nicht ebenfalls Busto als Reiseziel hatte.

Er konnte den Zug unbehelligt verlassen. Um zu vermeiden, dass ihn die Ordensschwester oder sonst jemand zu Gesicht bekam, stellte er sich gleich hinter die nächstgelegene Anzeigetafel. Er konnte beobachten, wie sich sein Verfolger kurz vor der Abfahrt aus der Tür lehnte und einen suchenden Blick auf den Bahnsteig warf.

Mauro wartete, bis der Zug ausser Sichtweite war, dann wandte er sich der Bahnhofstoilette zu. Der Bahnarbeiter am Pissoir blickte ihn erschrocken an und dann bekreuzigte er sich.

Mauro bemerkte seinen Irrtum und verzog sich auf die Damentoilette.

Dass er sich in der Toilette geirrt hatte, brachte ihn weniger durcheinander als das Rätsel, das ihn seit seiner Umkleideaktion beschäftigte.

Wie waren sie ihm auf die Spur gekommen?

Die einzige Erklärung, die er dafür fand, erschütterte ihn. Er hatte seine Rückkehr nur einem einzigen Menschen mitgeteilt.

29

«Keller vermutet eine überraschte Diebesbande oder halt doch einen direkten Racheakt. Er erwartet die Auflistung der letzten Fälle, die damit zu tun haben könnten», sagte Berner und schaute Limacher fragend an.

«Hast du die Liste?», fragte Limacher.

«Ich kenne deine Fälle nicht.»

«Ich spreche von der Anrufliste des Hotels Bern.»

«Ach so.» Berner griff nach seiner Mappe. «Ich weiss zwar noch immer nicht, wozu du sie brauchst, aber ich habe sie.»

«Goldmann ist im Hotel Bern abgestiegen und der Mann, der mich über den Haufen gefahren hat, hatte es nicht auf mich, sondern auf Goldmann abgesehen», sagte Limacher und erklärte Berner erstmals, was es mit dem Informanten der Abteilung für verdeckte Ermittlungen auf sich hatte. «Da Goldmann gemäss Holzer gar nicht mehr existiert, darf ich dir die Sache mitteilen, in aller Vertraulichkeit natürlich.»

Berner überreichte ihm die Anrufliste. «Jagst du da nicht ein Hirngespinst?», zweifelte er.

«Das Hirngespinst hat mir das Leben gerettet und meine Nase sagt mir, dass etwas faul ist.»

Berner blickte automatisch auf Limachers Riechorgan, das ihm heute besonders gross und blass vorkam. «Bist du nun krankgeschrieben oder nicht?»

«Was soll die Frage? Mein Kopf funktioniert. Mitdenken ist doch wohl erlaubt. Körperlich bin ich vielleicht noch nicht ganz auf der Höhe ...»

«Ich kann wirklich nicht für dich ermitteln, ich habe keine Zeit», unterbrach Berner. «Keller erwartet von mir die Liste deiner Fälle.»

«Verstanden», sagte Limacher. Er wollte aufstehen, kam aber nicht vom Sessel hoch.

Berner war ihm behilflich. «Du gehörst ins Bett und nicht an den Schreibtisch.»

«Danke für den Tipp.» Limacher schleppte sich in sein Büro zurück.

Er hatte das starke Bedürfnis, sich hinzulegen. Aber der Gedanke an seine Bude liess ihn ausharren. Und die Erkenntnis, dass im Moment sein Büro sein Zuhause und die Arbeitskollegen seine Familie waren, verlieh ihm auch keine Flügel.

Er warf ein paar Schmerztabletten ein und studierte die Anrufliste.

*

In der kurzen Zeit seiner Abwesenheit hatte Bern sich verwandelt. Die Neuschneedecke, die dank der Kälte hielt, bedeckte die Stadt wie ein schützender Überzug und hüllte selbst die hässlichsten Flecken in unschuldiges Weiss. Gerade wegen seiner eigenen Unruhe sah er heute nicht nur das Erstickende, sondern auch das Schützende der Stadt.

Gut eingepackt mit Schal, Mütze und Handschuhen und mit hochgeschlagenem Mantelkragen, stapfte er in

Richtung Behandlungszentrum. Er hatte sich nicht nur der Kälte wegen dick eingehüllt. Er wurde gesucht, und es gab ein Foto von ihm. Das war nur ein Grund, warum er eigentlich seinen Aufenthalt in Bern möglichst kurz halten wollte. Er musste davon ausgehen, dass seine Verfolger – wie auch immer – hier ebenfalls auf seine Spur stiessen. Ein Unterschlupf bei Einstein kam nicht mehr in Frage, und damit hatte er sozusagen die Basis in seiner Heimatstadt verloren.

Die letzte Nacht hatte er in Italien, in einem Hotel nahe der Grenze, verbracht. Für die kommende Nacht zog er einen kurzen Aufenthalt in seiner Wohnung in Betracht. In Matters Spind im Behandlungszentrum gäbe es noch einen Schlüsselbund. Dieser ermöglichte ihm nicht nur den Zugang zu seiner Wohnung, sondern auch zu seinem Wagen. Und diesen benötigte er für sein wichtigstes Vorhaben dringend.

Er näherte sich dem City West vorsichtig. Er war keine hundert Meter mehr vom Behandlungszentrum entfernt, als er Gabriel Kühne das Gebäude betreten sah. Mauro wandte sich ab und begab sich ins Bistro auf der gegenüberliegenden Strassenseite. Er nahm sich eine Zeitung und setzte sich an einen Platz, von wo er den Eingang unter Kontrolle hatte.

Unaufmerksam blätterte er die Zeitung durch. Er entdeckte im Lokalteil gleich zwei Artikel, die ihn betrafen. Er nahm zur Kenntnis, dass man im Falle des verletzten Inspektors, der inzwischen aus der Spitalpflege entlassen werden konnte, noch immer nach dem unbekannten Helfer suchte. Goldmanns Name wurde nach wie vor nicht erwähnt, was ihn zwar erleichterte, er sich aber nicht erklären konnte.

Ein zweiter Artikel befasste sich mit Mauro Matter. Vom Arzt fehlte zwar nach wie vor jede Spur. Bei der Leiche, die vor einer Woche aus der Aare gefischt worden war, hatte man verschiedene persönliche Gegenstände des Vermissten gefunden. Ein Delikt – ein Diebstahl oder gar ein Gewaltverbrechen – konnte nicht ausgeschlossen werden. Der Obdachlose, der die letzte Nacht mit dem Vermissten verbracht hatte, war vorübergehend festgenommen worden.

Mauro legte die Zeitung beiseite. Wenn er das richtig verstanden hatte, verdächtigte man Pascal, er könnte ihn beraubt oder sogar umgebracht haben. Er brachte wenig Mitleid auf. Für einen Obdachlosen bedeuteten bei diesen Temperaturen ein paar Tage an der Wärme, auch wenn es sich dabei um eine geheizte Gefängniszelle handelte, alles andere als eine Tragödie. Und zudem hatte Oberli sich mit der Geschichte wichtig gemacht und sein Geld versoffen. Da schadete ihm ein Denkzettel nicht.

Nach einem Blick auf die Uhr verlangte er die Rechnung. Kühne war noch immer nicht erschienen. Der Besuch im Behandlungszentrum musste warten. Er hatte noch einen andern Termin.

*

Limacher fühlte sich besser. Er war zufrieden mit seiner Arbeit und die Schmerzmittel taten ihre Wirkung. Erst hatte er im Hotel Bern ein paar Informationen eingeholt und danach die Anrufliste abgearbeitet. Die Auskünfte des Mannes an der Rezeption schränkten die Suche nicht nur zeitlich stark ein. Er konnte auch Lieferanten, offizielle Stellen und Nummern aus dem Ausland streichen. Auf diese Weise reduzierte sich die Auswahl auf vier Anrufe.

Er versuchte sein Glück zuerst bei den beiden lokalen Festnetzanschlüssen. Unter der ersten Nummer meldete sich eine ältere Dame, offenbar sehr kontaktfreudig und geistig rege, wie Limacher rasch feststellen durfte.

Sie vermochte sich sofort an den Zweck ihres Anrufes im Hotel zu erinnern. «Nein, ich habe nicht wegen einem Koffer angerufen», erklärte sie. «Es ging um eine Reservation. Ich treffe mich mit meinen Freundinnen jeden Freitag zum Essen. Anschliessend spielen wir Skat. Letzte Woche …»

«Vielen Dank», unterbrach Limacher. «Ich bin Ihnen wirklich sehr dankbar. Wenn ich weitere Fragen habe, rufe ich Sie gerne noch einmal an.»

Er wählte die nächste Nummer.

«Kantonspolizei, Limacher. Bitte entschuldigen Sie die Störung, Herr Eisenring. Wir sind auf der Suche nach einem Gepäckstück, das in einem Hotel abhandengekommen ist.»

«Ja bitte?»

«In Zusammenhang mit unseren Ermittlungen sind wir auf Ihre Telefonnummer gestossen.»

«Ich verstehe nicht.» Die Stimme klang gespannt. Das hatte noch nichts zu bedeuten. Ein Anruf der Polizei brachte die meisten Leute aus dem Konzept.

«Sie haben vor zehn Tagen, am neunzehnten November, um genau zu sein, im Hotel Bern angerufen.»

«Ich kann mich nicht erinnern.» Es tönte ehrlich und erleichtert.

«Sagt Ihnen der Name Goldmann etwas?»

Die Antwort kam eine Sekunde zu früh. «Nein.»

«Ich würde Sie gern persönlich sprechen, Herr Eisenring!», sagte Limacher sehr höflich.

«Ich sehe nicht ein, wozu.»

«Das erklär ich Ihnen gern – ebenfalls persönlich», meinte Limacher.

*

Das Treffen hatte er noch am Vorabend von Italien aus arrangiert. Das vereinbarte Erkennungszeichen, eine Fanmütze des Schlittschuhclubs Bern, hatte er tief in die Stirne gezogen. Als er das Lokal betrat, benötigte er einen Moment, bis er sich orientieren konnte. Die Sonnenbrille erschwerte ihm den Überblick. Schliesslich erkannte er Aldo an der Bar.

Er setzte sich neben ihn und achtete darauf, dass sein Gesicht im Schatten der ohnehin spärlichen Beleuchtung war. Halstuch und Mantel behielt er ebenso an wie die Handschuhe.

Er nickte Aldo zu.

«Aldo Girardi», stellte dieser sich vor und betrachtete ihn forschend.

«Goldmann», erklärte Mauro mit heiserer Stimme. «Danke, dass Sie gekommen sind.»

Aldo schien ihn nicht zu erkennen. Er zögerte einen

Moment, dann zog er den Schrittmacher aus der Tasche. «Wo haben Sie das Ding her?», fragte er.

«Von einem Bekannten», flüsterte Mauro mit verstellter Stimme.

«Ein interessanter Kasten», bemerkte Aldo.

«Es ist ein Schrittmacher», erklärte Mauro.

«Das war einmal.»

«Wie meinen Sie das?»

«Kasten, Seriennummer und Batterie gehören tatsächlich zu einem Schrittmacher. Was aber sonst noch in diesem Apparat steckt, hat nicht viel mit Medizin zu tun. Jemand hat das Teil ziemlich professionell umgebaut. Sehen Sie hier!», Aldo deutete auf eine Metallkapsel im Bereich der Elektrodenabgänge. «Das ist ein Peilsender», erklärte er. «Er wurde nachträglich eingebaut und an die Batterie angeschlossen.»

Mauro ergriff den Apparat und betrachtete ihn. «Ein Peilsender?»

«Eine Weiterentwicklung des Typs MAO341. Neueste Technologie ...»

«Was genau bedeutet ein Peilsender?», unterbrach Mauro.

«Ein Peilsender ist nichts anderes als ein kleiner elektronischer Sender, der ständig seinen Standort bekannt gibt. Mit einem geeigneten Empfänger kann man den Sender orten. Derartige Sender werden heute vielfach verwendet. In der Forschung werden sie Tieren eingesetzt, damit ihre Wanderrouten aufgezeichnet werden können. In teuren Autos baut man sie ein, um im Falle eines Diebstahls ihren Standort ausfindig zu machen. Im

Strafvollzug dienen sie als elektronische Fesseln und im internationalen Paketdienst zur Ortung von Lieferungen. Es gibt Sender, die lassen sich über das GPS lokalisieren. Hier haben wir es mit einem GPS-Tracker zu tun. Er funktioniert weltweit.»

«Dann kann jetzt jemand diesen Sender orten?»

«Kaum, die Batterie ist praktisch aufgebraucht. Das Signal ist kaum noch messbar. Mit einer neuen Batterie würde der Sender aber einwandfrei funktionieren.»

«Selbst wenn das Gerät in einem Menschen steckte, würde es funktionieren?»

«So ist es», bestätigte Aldo.

Einen derartigen Sender sollte man Geri verpassen, dachte Mauro. Laut sagte er: «So ein Sender könnte behilflich sein, rascher einzugreifen, wenn ein Patient an Rhythmusstörungen leidet.»

«Als Schrittmacher funktioniert dieser Kasten nicht mehr. Ich habe das überprüfen lassen. Das Ding funktioniert als Sender, e basta. Aber grundsätzlich haben Sie natürlich recht.»

«Eine Art Prototyp eines Gerätes, das heute bereits im Handel ist?», fragte Mauro und überlegte, ob Goldmann damit das viele Geld verdient haben könnte.

«Kaum. Möglicherweise wollte jemand einfach die Batterie des Schrittmachers weiter nutzen. Das wäre eine Erklärung. Aber wenn ein Mensch diesen Apparat tragen sollte, könnte der Schrittmacher als eine Art Tarnung für den Peilsender dienen.»

«Eine Tarnung?»

«Entscheidend wäre zu erfahren, wo der Apparat zum

Einsatz gelangen sollte. Ich würde das Ding der Polizei übergeben», riet Aldo.

«Sie wissen, woher das Gerät stammt?», fragte Mauro misstrauisch.

«Nein. Ich habe ehrlich gesagt keine Ahnung. Alfred Eisenring ist verschwiegener als ein Schweizer Bankkonto.»

Mauro nickte zufrieden. Er steckte den Schrittmacher in seine Manteltasche und zog die Brieftasche hervor. «Was bin ich Ihnen schuldig?»

«Ich könnte das mit der Polizei übernehmen», bot Aldo an.

«Vielleicht komme ich darauf zurück», meinte Mauro nur.

Nachdem sie das Finanzielle geregelt hatten, verliess Aldo das Lokal.

Mauro begab sich auf die Toilette, entfernte die Kontaktlinsen und kleidete sich vollständig um, indem er seine Kleider einfach neu schichtete. Trainerhosen und Trainerjacke, die er unter der Strassenkleidung getragen hatte, trug er nun darüber. Mütze, Handschuhe und Schal verstaute er in den umfangreichen Taschen seines Mantels, der beidseitig getragen werden konnte.

Er setzte sich die Brille mit Fensterglas und eine schwarze Zipfelmütze auf und verliess das Lokal als neuer Mensch durch den Hinterausgang.

*

«Wieder ein Kreis, der sich schliesst», stellte Limacher fest, als er den Bericht der Spurensicherung studierte.

Die spärlichen fremden Fingerabdrücke in Kühnes Wohnung stimmten mit denjenigen in Matters Wohnung überein. «Es ist möglich, dass Matter und Goldmann die gleiche Person sind.» Irgendwie staunte er selber ob dieser Tatsache.

«Das glaub ich nicht», meinte Berner. «Damit ist von mir aus lediglich bewiesen, dass Matter einmal in Kühnes Wohnung war.»

«Es gibt eine andere Erklärung», sagte Limacher, «unser Doktor führt ein Doppelleben. Unter dem Arztkittel steckt ein Agent.»

«Ein Agent?», zweifelte Berner, und er beschrieb den bedenklichen Zustand von Matters bescheidener Behausung. «Passt eine derartige Umgebung zu einem Agenten?»

«Eigentlich nicht», gab Limacher zu und dachte an seine eigenen Zweifel bezüglich Goldmanns Identität.

«Wie soll es weitergehen?», fragte Berner.

«Von Eisenrings Anschluss aus wurde im Hotel Bern angerufen – und zwar wenige Stunden bevor das Gepäck von Goldmann abgeholt wurde. Eisenring ist eine heisse Spur.»

«Was macht dich so sicher?»

«Meine Nase», sagte Limacher.

«Ein *hervorragendes* Argument», spottete Berner und freute sich ob seinem gelungenen Witz.

Limacher tat nichts dergleichen. «Und weisst du, was ich noch herausgefunden habe? Eisenring und Mauro Matter haben in der gleichen Klasse gesessen. Es passt alles zusammen. Matter und Eisenring, Matter und Goldmann ...»

«Noch gestern hast du gesagt: Goldmann gibt es nicht», warf Berner ein.

«Goldmann könnte Matters Erfindung sein.»

«Und der Tote? Ist der auch eine Erfindung?», fragte Berner.

«Nein», sagte Limacher. «Der Tote ist echt und er kam irgendwie zu Matters Papieren. Da weist unser Kreis in der Tat noch eine grosse Lücke auf. Hier könnte uns Eisenring vielleicht weiterhelfen.»

«Was heisst da: uns? Du bist ausser Dienst und Keller wartet noch immer auf die Liste.»

«Ich habe einen Termin in der Matte», sagte Limacher. «Wenn du nicht mitkommst, gehe ich allein.»

30

Am Empfang sass eine Neue.

«Ja bitte?» Sie blickte ihn mit dem erwartungsvoll unsicheren Blick der Anfängerin an.

«Mein Name ist Matter. Mein Bruder hat bis vor kurzem bei Ihnen gearbeitet. Es sollten noch ein paar persönliche Dinge von ihm da sein. Ich bin gekommen, sie abzuholen.»

«Da muss ich mich erst erkundigen», entschuldigte sie sich.

«Bitte», sagte Mauro in aller Freundlichkeit.

Sie verschwand und unverzüglich machte sich Mauro am Computer zu schaffen. Problemlos fand er das File mit den Operationsprogrammen. Für den morgigen Tag waren zwei Schrittmacherimplantationen geplant. Mauro merkte sich Namen und Jahrgang der Patienten. Das weitere Programm war uninteressant: Kühne entfernte irgendwelche störende Narben, die sich beim näheren Hinsehen wohl als Falten entpuppen würden, der Handchirurg operierte einen Tennisellbogen und …

Er hörte die Frau zurückkommen. Er schloss das File und erwartete sie harmlos an der Theke.

Sie streckte ihm einen Karton entgegen. «Ich brauchte dann lediglich die Empfangsbestätigung», erklärte sie und bereitete die Quittung vor.

Er sah die Sachen rasch durch. Zwei Lehrbücher, ein

Arztkittel, Hausschuhe, die Tasche mit Zahnbürste, Kaugummi und etwas Bargeld und schliesslich der Schlüsselbund mit den Ersatzschlüsseln für Auto und Wohnung.

«Das ist alles?», fragte er. Er erinnerte sich, dass er in der Tasche seines Kittels eine Kopie von Buscolos Krankengeschichte hinterlegt hatte.

«Das ist alles», nickte sie.

Man hat den Spind gefilzt, folgerte er.

«Weiss man schon mehr von Ihrem Bruder?»

Sie kannte also die Geschichte. «Leider nein. Es besteht wenig Hoffnung.»

«Man darf die Hoffnung nie verlieren», ermutigte sie ihn.

«Sie haben ihn gekannt?»

«Nein. Ich bin neu hier.»

«Frau Martini ist nicht mehr da?»

«Sie hatte am Freitag ihren letzten Tag.»

«Ach?» Mauro war einen Moment sprachlos. Die Frage «Warum?» lag ihm auf der Zunge, aber er konnte sie gerade noch zurückhalten.

«Dann wünsch ich Ihnen weiterhin einen guten Start!»

*

«Sofort!», hatte Sergio gesagt, nein, nicht gesagt, gebrüllt hatte er es in den Hörer.

Und er hatte es auch fertiggebracht, die neue Sekretärin zum Weinen zu bringen. Signor Frattini habe sie behandelt wie eine Verbrecherin, dabei habe sie Matters Bruder lediglich den Karton ausgehändigt. Sie werde keinen Tag länger in diesem Betrieb arbeiten.

Tossi hatte sie zu beruhigen versucht. Irgendwie steckte der Wurm drin. Schon Angela Martini hatte letzte Woche ziemlich unvermittelt das Feld geräumt. Für Tossi bedeutete dies, dass er vermehrt am Empfang eingesetzt würde. Das machte ihm keine Freude.

Immerhin hütete er schon jetzt jeden Sonntag den Empfang. Das war zwar keine schwierige, aber auch keine besonders befriedigende Arbeit. Seine Aufgabe bestand hauptsächlich darin, Patienten, die sich zufällig ins Behandlungszentrum verirrten, an eine der Notfallstationen der Stadt zu verweisen.

Er hatte sich schon oft gefragt, warum die Klinik am Sonntag überhaupt geöffnet hatte. «Wegen der Steuerbehörde», hatte ihm der Klinikdirektor erklärt. Tossi hatte den Verdacht, dass ihn der Direktor hochnahm. Es war nicht das einzige Mal gewesen, dass er sich nicht ernst genommen gefühlt hatte.

Er stieg ins Grotto hinab. Die Brüder schienen ihn noch nicht erwartet zu haben. Sie hantierten mit irgendwelchen Geräten, die Tossi noch nie gesehen hatte. Als sie ihn bemerkten, drehten sie den Bildschirm des geöffneten Laptops rasch weg.

«Wir benötigen die Aufzeichnungen der Videokamera vom Empfang», forderte Sergio barsch. «Und zwar diejenigen von vor genau einer Stunde und fünf Minuten», ergänzte er nach einem Blick auf die Uhr.

«Was Besonderes?», fragte Tossi.

«Wir wollen wissen, wer sich für Matters Sachen interessiert.»

Tossi fand die Aufzeichnung rasch. Er startete die

Wiedergabe an der gewünschten Stelle. Am Empfang waren ein paar Leute zu sehen, Ärzte und Patienten.

Sergio hiess ihn, das Band anzuhalten. Dann hantierte er an seinem Laptop. «Und nun lass das Band laufen», befahl er wenig später.

Tossi startete die Wiedergabe.

«Da! Da kommt das Signal! Schwach zwar, aber es ist da!», flüsterte Luigi und deutete auf den Bildschirm, auf den Tossi keinen Einblick hatte. Dann wandten sie sich den Aufzeichnungen der Videokamera zu.

«Goldmann?», fragte Sergio, als der Mann an der Theke auftauchte.

«Sieht Matter recht ähnlich», bemerkte Tossi, «und beschissen neugierig, der Typ», fuhr er fort, als er sah, wie sich der Mann in Abwesenheit der Sekretärin über die Theke beugte.

«Achtung, er verabschiedet sich bereits wieder», sagte Sergio, «und jetzt verlässt er das Gebäude ...»

Sie blickten grübelnd auf den Bildschirm des Laptops.

«Das Signal ist weg», bemerkte Luigi.

«Porco dio, er hat den Sender!», fluchte Sergio. «Wie gross schätzt du die Reichweite?», fragte er seinen Bruder.

«Ausserhalb des Gebäudes vielleicht hundert Meter – höchstens.»

«Was hat das zu bedeuten?», fragte Tossi, der nichts kapierte.

«Der Mann hat etwas, was uns gehört», sagte Sergio, und Luigi klappte den Laptop zu.

«Das war Doktor Matters Bruder. Er hat eine Quittung unterschrieben», stellte Tossi fest.

«Matter hat keinen Bruder», entgegnete Sergio giftig.

«Was tun wir jetzt?», fragte Luigi und packte seine Apparatur zusammen.

«Wir beginnen in Matters Wohnung», sagte Sergio. «Und zwar sofort!»

*

Er war tatsächlich noch nicht einsatzfähig. Als ihn jemand unabsichtlich mit einer Tasche anrempelte, blieb ihm für einen Moment die Luft weg. Er musste sich am Pfeiler des Laubenganges festhalten und es dauerte ein paar Minuten, bis er wieder in der Lage war, weiterzugehen. Diese Erfahrung reichte ihm. Er winkte ein Taxi herbei und liess sich in die Matte fahren.

Die Werkstatt lag in einem unscheinbaren, älteren Gebäude etwas abseits der Hauptgasse. Limacher stellte erstaunt fest, dass ihm dieser Betrieb bisher völlig entgangen war, obwohl er doch ab und zu in der Matte unterwegs war. Über dem Eingang stand auf einer alten Metalltafel *Mechanische Werkstätte A. Eisenring & Cie* und darüber hing ein Schild *Wir flicken alles*.

Er zögerte nicht nur seines körperlichen Zustandes wegen. Er wusste, er verstiess gegen die Regel. Keine Ermittlungen auf eigene Faust. Aber nicht nur Holzers offensichtliches Desinteresse stachelte ihn an. Auch im Amt schien man ihn nicht mehr ernst zu nehmen.

Als er die Tür öffnete, fiel ihm als Erstes der Geruch und als Zweites die beiden staunenden Augenpaare auf.

«Guten Abend. Mein Name ist Limacher», stellte er sich vor.

Er wusste nicht gleich, an wen er sich wenden sollte. Der Mann, der ihn irgendwie an einen Indianer erinnerte, reagierte nicht und schien durch ihn hindurchzublicken. Der andere, etwas jüngere, mit einer überdimensionierten Schutzbrille und mit einem Overall ausgerüstet, schien ebenfalls abwesend, aber grüsste wenigstens zurück. Das musste Eisenring sein.

«Wir haben zusammen telefoniert», erklärte Limacher.

«Einen Moment bitte», sagte Eisenring und verschwand durch eine Tür im hinteren Teil des Raumes.

Limacher bestaunte die Werkstatt. Die Holz- und Metallbearbeitungsmaschinen hatte er seit seiner Jugendzeit nicht mehr gesehen. Hier waren sie anscheinend noch in Betrieb.

Im Regal neben dem Eingang entdeckte er neben einer alten Registrierkasse eine Faema Urania. Im Gegensatz zu der Bialetti, die auf dem gleichen Tablar stand, machte sie einen ungebrauchten Eindruck. Er sah sie genauer an. Die Maschine schien erstaunlich intakt, vielleicht sogar funktionstüchtig?

«Suchen Sie etwas», hörte er Eisenrings Stimme hinter sich.

«Ich habe mir nur Ihre Espressomaschine angesehen. Läuft sie noch?»

«Die Bialetti?»

«Nein, nein. Die Bialetti liefert ja auch keinen wirklichen Espresso, da reicht der Druck nicht aus. Ich meine die Faema, also wenn die funktionieren sollte, ich wäre interessiert. – Vorausgesetzt, sie ist zu verkaufen?»

Eisenring sah ihn noch grösser an und Limacher räusperte sich. «Stimmt, eigentlich bin ich nicht wegen der Maschine hier.»

«Sondern?»

«Wegen Goldmann.»

Eisenring runzelte nur die Stirn.

«Sie haben für Goldmann ein Gepäckstück im Hotel Bern abgeholt?»

«Nein!» Eisenring sagte das so bestimmt, dass es die Wahrheit zu sein schien.

«Dann vielleicht für Mauro Matter?»

«Ein Matter Mauro ist mit mir zur Schule gegangen», erwiderte Eisenring nach längerem Überlegen.

«Dann sprechen wir doch über Matter», sagte Limacher.

«Und wenn ich nicht möchte?», fragte Eisenring.

«Wir können uns auch woanders unterhalten», sagte Limacher und blickte zum Indianer.

«Gerhard, mein Bruder», erklärte Eisenring. «Kein Problem.»

«Darf ich mich setzen?», fragte Limacher. «Ich leide an den Folgen einer Verletzung. Vielleicht haben Sie davon gelesen?»

«Bitte», sagte Eisenring und deutete zum Tisch.

«Eine wohnliche Werkstatt haben Sie», bemerkte Limacher anerkennend.

«Ist sozusagen meine Stube.» Eisenring lächelte zum ersten Mal.

«Ihr Schulkamerad bereitet uns Kopfzerbrechen», sagte Limacher. «Er ist verschwunden. Zuerst wurde ein Selbstmord vermutet, aber vieles deutet darauf hin, dass er noch lebt. Zum Beispiel fanden wir seine Fingerabdrücke in einer Wohnung, in die eingebrochen worden war.»

Eisenring sagte nichts.

«Wenig später tauchte in der Aare ein Toter mit seinen Papieren auf.»

Eisenring hüllte sich weiter in Schweigen.

«Dann folgte der Anruf im Hotel Bern.»

«Warum erzählen Sie mir das alles?»

«Wir haben Fragen, auf die Sie vielleicht eine Antwort wissen. Zum Beispiel: Wo ist Goldmann?»

«Ich kenne keinen Goldmann», sagte Eisenring.

Limacher zögerte. «Vielleicht kennen Sie ihn nicht, weil er sich bei Ihnen als Matter ausgegeben hat. Wir vermuten, Matter und Goldmann ist dieselbe Person.»

Eisenring öffnete den Mund, schluckte dann aber seine Antwort hinunter.

«Ich muss Sie leider auch warnen», fuhr Limacher fort. «Matter oder Goldmann, wie Sie wollen, verkehrt in gefährlichen Kreisen.»

Eisenring schwieg weiter und Limacher hakte nach. «Er hat Kontakte zum organisierten Verbrechen.»

«Zur Mafia?»

«Darüber kann ich nur sprechen, wenn ich Gewissheit habe, dass ich hier an der richtigen Adresse bin.» Limacher spürte, Eisenring war nahe daran, auszupacken. «Der Mann hat mir das Leben gerettet. Dafür bin ich ihm dankbar. Auf der andern Seite steckt er bis über beide Ohren in Schwierigkeiten.»

Eisenring reagierte nicht.

«Wenn Sie uns wichtige Informationen vorenthalten, könnte das als Beihilfe verstanden werden.»

Die Türglocke ging.

Eisenring stand auf. «Ich werde darüber nachdenken», sagte er und streckte die Hand aus.

Limacher überreichte ihm seine Karte. «Tun Sie das.» Er erhob sich ebenfalls, brauchte dazu allerdings deutlich länger.

«Auf Wiedersehen», sagte Eisenring und wandte sich dem Kunden zu.

Limacher machte sich nachdenklich und mühselig auf den Rückweg. Er war auf der richtigen Spur, auch wenn er noch keine Ahnung hatte, wohin sie führte. Der Mann wusste mehr, das war klar. Aber warum schwieg er? War er Matter irgendwie verpflichtet?

Limacher ärgerte sich, dass er sich so einfach hatte vor die Tür stellen lassen. In seinem Normalzustand wäre ihm das nicht passiert.

Er war noch keine hundert Meter gegangen, als er anhalten musste, um zu verschnaufen. Den Nydeggstalden würde er schlicht nicht schaffen. Er lehnte sich an eine Hauswand und bestellte ein Taxi.

*

Einstein ging in die Küche zurück und rührte gedankenverloren in der Sauce. Limachers Auftritt hatte ihn stark beeindruckt. Der Polizist hatte die gleichen Fragen aufgeworfen, die ihn beschäftigten. Er hatte Muri seit Jahren nicht mehr gesehen und mehr als einmal hatte er sich gefragt, ob er demselben Menschen Obdach gewährt hatte, den er von früher kannte. Muri hatte ihm nicht die ganze Wahrheit erzählt, da war er sicher, mindestens seit er einen Blick in die Keksdosen geworfen und das viele Geld gesehen hatte. Und es gab andere Dinge, die ihn stutzig gemacht hatten. Zum Beispiel, dass Matthias überfallen worden war, ausgerechnet dann, als er mit Goldmanns Tasche unterwegs gewesen war, dass Muri das Mattenenglisch verlernt zu haben schien und dass er seinen Bruder nicht erkannt hatte.

Er fluchte. Trotz Rühren war die Sauce angebrannt.

*

Er handelte jetzt sehr konzentriert und äusserst vorsichtig.

Der Schleier seiner Träume, der ihm in den letzten zehn Tagen den Blick auf die Realität verwehrt hatte, war weggewischt. Seit dem Rollentausch hatte er nach dem Prinzip Hoffnung gelebt, hatte sich ganz von seiner Intuition und seinen Wünschen leiten lassen. In Neapel war ihm bewusst geworden, dass er längst den Boden unter den Füssen verloren hatte.

Jetzt hatte er wieder Bodenkontakt. Nicht nur mit beiden Beinen, sondern mit allen Sinnen. Ab sofort zählte nur noch die Realität. Der kurze Besuch im Behandlungszentrum hatte gereicht. Auch die dortigen Vorkommnisse hatte er bislang nur unter der Perspektive seiner eigenen Person betrachtet. Nun hatte er den Winkel erweitert, und nicht nur zerstörte Karriereträume, Machtkämpfe und Beleidigungen, sondern Abgründe entdeckt.

Um jederzeit verreisen zu können, hatte er den Bahnhof zu seiner Basis erklärt. Er verstaute den Karton aus dem Behandlungszentrum im Schliessfach mit dem Reisegepäck. Bevor er sich auf den Weg zu seiner Wohnung machte, erstand er auf der Münsterplattform ein Handy, anonym und gegen bar. Er wählte gleich die Nummer, die er im Internet Corner recherchiert hatte. Er hatte Glück. Nach einem längeren Gespräch vereinbarte er ein Ehemaligentreffen.

Dann schaltete er das Mobiltelefon wieder aus, entnahm ihm sicherheitshalber den Akku und machte sich auf den Weg zum Kirchenfeldquartier. Er war dankbar, dass so richtig Winter herrschte. Erstens fiel kaum auf, dass er tief vermummt durch die Gegend schritt, und zweitens bot ihm die frühe Dämmerung willkommenen Schutz.

Entgegen seiner ursprünglichen Absicht würde er die Nacht nicht in seiner Wohnung verbringen. Er rechnete damit, dass man sie beobachtete. Früher hatte er sich geärgert, dass seine Garage drei Häuserblocks entfernt lag, heute war er froh darüber.

Er machte einen Umweg und näherte sich seinem Wagen über eine Quartierstrasse. Erst nachdem er sich vergewissert hatte, dass er unbeobachtet war, ging er zu seinem alten Alfa. Er staunte, dass der Motor sofort ansprang. Er hatte das Gefühl, es müssten Monate her sein, seit er das Auto benutzt hatte. Während er aus der Garage kurvte, rechnete er nach und staunte: Die letzte Fahrt lag keine drei Wochen zurück.

«Porca madonna», zischte Luigi in den Funk. «Das Signal ist da, es kommt direkt auf mich zu, und jetzt – jetzt ist es an mir vorbei!» Er sass mit seiner Peilausrüstung keine zwanzig Meter von Matters Wohnung entfernt auf der Lauer. Er blickte durch die stark getönten Scheiben des Kombis. «Ich glaube, es ist der rote Alfa!»

«Ich sehe ihn», sagte Sergio kühl. «Ich folge ihm. Du packst zusammen und kommst nach.»

*

Als er das Quartier verliess, fragte er sich, ob es möglich war, dass ihm jemand folgte, und ob er eine Chance hätte, dies überhaupt festzustellen. Auf dem grossen Kreisel vor der Autobahneinfahrt drehte er zwei Extrarunden und beobachtete dabei die Fahrzeuge. Der Feierabendverkehr war noch nicht vorbei, es reihte sich Wagen an Wagen. Es war sinnlos, jeder konnte verdächtig sein.

Er bog auf die Autobahn ein.

Er war erleichtert, als wenig später Schneetreiben einsetzte. Die Flocken kamen ihm vor wie ein schützender Vorhang und die sichtbare Stille begann sich auf ihn zu übertragen. Er wurde ruhiger. In weniger als einer Stunde würde er bei seiner Mutter sein.

Auch dort suchte er nichts als die Wirklichkeit.

31

Mit zunehmender Distanz zu Bern liessen Verkehr und Schneefall nach. Nach Avenches zeigten sich am kalten Winterhimmel erste Sterne wie Eiskristalle. Mauro drehte unwillkürlich die Heizung auf. Er fühlte sich unbehaglich. Als auf dem Hinweisschild erstmals die Ausfahrt Estavayer auftauchte, war es auch mit der inneren Ruhe vorbei.

Er hatte keine Ahnung, was ihn erwarten würde. In den letzten Jahren hatte er seine Mutter kaum je nüchtern angetroffen – je fortgeschrittener die Stunde, desto schwerer war jeweils der Rausch gewesen. Die Besuche liefen meist nach dem gleichen Schema ab: Er machte ihr Vorwürfe, weil sie sich und ihre Umgebung vernachlässigte. Sie beklagte ihre missliche Lage und machte ihn dafür mitverantwortlich.

Im Laufe der Zeit waren seine Schuldgefühle einer wachsenden Abneigung gewichen. Nach seinem inszenierten Selbstmord hatte er das erste Mal seit langem wieder mit einem schlechten Gewissen an sie gedacht, sich gefragt, wie sie die Nachricht wohl verkraftete. Aber nach dem, was er in Positano erfahren hatte, waren sämtliche Schuldgefühle wie weggewischt. Was sie ihm über Jahre vorgemacht hatte, erschien ihm schwerwiegender als alle seine Täuschungsmanöver zusammen.

Er verliess die Autobahn. Über eine Nebenstrasse gelangte er zum See. Während er langsam der Strasse entlang fuhr – wenn er sich richtig erinnerte, lag die Abzweigung zum Campingplatz etwas versteckt –, versuchte er die Risiken seines Besuchs abzuschätzen.

Er nahm nicht an, dass sie zur Polizei laufen würde. Als Mutter, die ihren eigenen Sohn nicht erkannt hatte, fühlte sie sich wahrscheinlich schon zur Genüge blamiert. Bei diesen Gedanken tat sie ihm nun doch schon fast wieder leid. Irgendwie passte das zu ihrem Verhältnis.

«Shit!» Er hatte die Abzweigung doch verpasst.

Er wendete bei der nächsten Gelegenheit. Gerade als er wieder auf die Strasse einbiegen wollte, tauchte wie aus dem Nichts ein Geländewagen auf.

«Idiot», fluchte Mauro. Er konnte eine Kollision nur knapp vermeiden.

Bevor er weiterfuhr, hielt er einen Moment inne, um sich zu sammeln. Er war unaufmerksam geworden, und er wusste, dass er sich das im Moment nicht leisten konnte. Er blickte dem Wagen nach, der langsam in der Dunkelheit verschwand. Und da erkannte er, warum er ihn übersehen hatte: Der Wagen war mit Standlicht unterwegs gewesen.

*

Die Beinahe-Kollision hatte ihn aufgeweckt.

Er handelte jetzt wieder mit gespannter Aufmerksamkeit, parkte den Wagen etwas ausserhalb des Campingplatzes, sodass er von der Strasse aus nicht ohne weiteres zu entdecken war.

Ihn fror von dem Moment an, als er die Autotür öffnete. Es roch förmlich nach Polarluft, und die Kälte prickelte schmerzhaft auf den Wangen. Der wenige Schnee, der hier gefallen war, wirbelte wie Puderzucker unter seinen Füssen weg.

Stopp – Privat! stand auf der Schranke, die die Zufahrt zum Campingplatz versperrte. Sie schien seit Tagen nicht mehr geöffnet worden zu sein. Die Wegbeleuchtung war ausgeschaltet und beim Bistro neben dem Eingang waren Fenster und Türen mit Brettern verrammelt. Mauro bog wenige Meter hinter dem Empfang nach links ein. Er fragte sich schon, ob er überhaupt jemanden antreffen würde, als er Zigarettenrauch roch. Wenig später sah er Licht.

Die Behausung bestand aus zwei Mobilheimen, die in rechtem Winkel zueinander aufgestellt und durch einen losen Vorbau verbunden waren. Mauro warf einen Blick durch das trübe Plastikfenster des Vorzeltes. Im Vorraum erkannte er Kurt. Der Freund seiner Mutter sass eingehüllt in eine Decke auf einer Gartenschaukel und sah fern. In der einen Hand hielt er die Fernbedienung, in der andern Bierdose und Zigarette. Es lief ein Eishockeyspiel.

Nachdem niemand auf sein Klopfen reagiert hatte, machte sich Mauro mit einem lauten Hallo bemerkbar und betrat den Vorraum. Hier war es deutlich angenehmer als draussen, ein Gasstrahler spendete Wärme.

«Hallo Kurt», wiederholte Mauro.

Kurt reagierte nicht gleich. Dickwanstig, bekleidet mit einem schmuddeligen, übergrossen Anzug, der unter einem nicht weniger schmuddeligen Faserpelz hervorlugte, sass er da und starrte ihn entgeistert an.

Ein deponiertes Stück Mensch, dachte Mauro und fragte: «Ist Mutter da?»

«Mauro?», tönte es endlich aus dem Sessel.

«Nein, sein Geist», erklärte Mauro pathetisch. «Ich möchte mit meiner Mutter sprechen.»

«Drinnen», sagte Kurt wie in Zeitlupe und deutete mit dem Kopf zum Wohnwagen. Während er Mauro unentwegt wie blöd anstierte, nahm er einen grossen Schluck aus der Dose.

«Lass dich nicht stören», sagte Mauro und betrat den Wohnwagen.

*

Sie legte an der Ecke des Tisches, der mit Illustrierten, Gläsern, Flaschen und leeren Bierdosen beladen war, eine Patience und wandte ihm den Rücken zu. Auf dem übervollen Aschenbecher qualmte eine Zigarette.

«Schliess die Tür, es zieht», sagte sie, ohne aufzublicken.

«Ein bisschen frische Luft kann nicht schaden», erwiderte Mauro.

Sie erstarrte für einen Moment, dann wandte sie sich um.

«Muri!», sie erblasste. «Muri, bist du es?»

Während er auf sie zutrat, veränderten sich ihre Gesichtszüge in rascher Folge: Erstaunen, Entsetzen, Scham und Befremden sah er in ihrem Gesicht. Aber kaum Freude.

Er fasste sie leicht an der Schulter und küsste sie auf die Wange. Sie roch nach Bier und Zigarettenrauch.

Sie war noch immer wie gelähmt. «Was hat das zu bedeuten?», stammelte sie.

«Ich muss mit dir reden», sagte Mauro so sachlich wie möglich.

Sie wurde noch eine Spur blasser.

Mauro realisierte erst jetzt, wie schlecht es ihr ging. Das dünne Haar war ungepflegt, die Haut ungesund blass, die Augen waren gerötet und wässrig. Als sie aufstand, taumelte sie leicht.

«Möchtest du etwas trinken?», fragte sie und schob ein paar leere Bierdosen zur Seite.

«Etwas Warmes wäre nicht schlecht, aber ich kann mich selber bedienen.»

Sie schüttelte den Kopf und setzte sich wieder. «Ich bin ganz durcheinander», stammelte sie.

«Das tut mir leid», sagte Mauro.

«Wo hast du bloss gesteckt?», fragte sie und begann in sinnloser Aktivität den Tisch umzuräumen. «Es war schlimm, weisst du. Du bist vermisst worden, verstehst du. Man hat mir eine Leiche präsentiert. Ich war überzeugt, du seist in die Aare gegangen.» Sie weinte. «Und dann hat man mir gesagt, dass ich mich getäuscht hätte. Es war alles so schrecklich ...»

«Das habe ich nicht gewollt», sagte Mauro und nahm ihre Hand.

«Das wolltest du nicht?», fuhr sie ihn an. «Was wolltest du denn?»

«Ich war in Neapel», sagte Mauro anstelle einer Antwort und blickte sie aufmerksam an. «Genauer gesagt: in Positano.»

Er staunte ob der Wirkung seiner Worte. Es war, als hätte er ihr einen Schlag versetzt. Einen Moment blieb ihr die Luft weg, dann sackte sie in sich zusammen. Jetzt tat sie ihm wirklich leid. Sie sass da, ohne Schutz, ohne Fassade, ohne Rückzugsmöglichkeit. Keine Zeit für ein Make-up, keine Zeit, die leeren Rumflaschen wegzuräumen, keine Zeit, die Aschenbecher zu leeren. Er hatte sie nicht nur überrascht, mit Positano hatte er sie getroffen.

Endlich erhob sie sich wortlos und stakste breitbeinig zur Kochnische.

Zusätzlich zum Alkoholpegel behindert sie eine Polyneuropathie, analysierte Mauro mit der nüchternen Klarheit des Mediziners. Sein Mitgefühl wich bereits wieder der Abneigung. Es war nicht das Äussere, das ihn abstiess. Nein. Er spürte, dass sie die Wahrheit kannte, dass sie sich ihrer Lebenslüge bewusst war.

Er bemerkte eine stille Wut in sich und ihm wurde auf einmal heiss. Er zog die Jacke aus und hängte sie über die Stuhllehne.

Seine Mutter hatte die Espressomaschine in Gang gesetzt und stellte ihm eine Tasse Kaffee vor die Nase.

«Ich habe mit Felice gesprochen», sagte Mauro.

Sie griff zur Rumflasche, schenkte sich einen Drink ein und setzte sich. «Machen wir uns nichts vor. Was hat er dir erzählt?»

«Ich will wissen, wer mein Vater ist!»

Sie trank hastig einen Schluck und hielt das Glas vor ihr Gesicht. «Du verstehst das nicht.»

«Wer ist mein Vater?», wiederholte Mauro.

Sie schwieg.

«Sag mir einfach, wer mein Vater ist», verlangte Mauro jetzt beinahe drohend. Er musste sich beherrschen, nicht zu schreien.

«Und wenn ich es nicht weiss?», fragte sie trotzig.

«Du weisst es nicht?»

Sie schwieg.

«Du lügst», sagte er und wurde laut. «Du hast mich immer angelogen und auch jetzt lügst du. Ich hab ein Recht zu wissen, wer mein Vater ist!»

«Du hast überhaupt kein Recht», entgegnete seine Mutter bitter. «Ich habe mich für dich abgerackert und du verschwindest einfach. Du hast mein Leben kompliziert gemacht, weisst du. Ich schulde dir nichts.»

Mauro versuchte sich zu beruhigen. «Ich verlange lediglich zu wissen, wer ...»

«Sonst weisst du doch immer alles besser.» Es tönte höhnisch.

Mauro war aufgestanden. «Du wirst es mir sagen!», stiess er hervor.

«Was bildest du dir eigentlich ein?» Sie sah ihn einen Moment herausfordernd an, dann fügte sie an: «Dein Vater sitzt draussen.»

Mauro öffnete den Mund, aber er brachte keinen Ton hervor. Er spürte, wie ihm übel wurde.

Er stürzte nach draussen, an Vater vorbei, und noch bevor er das nahe Gebüsch erreicht hatte, musste er sich übergeben. Er würgte, bis ihm Tränen aus den Augen schossen.

Er hörte seine Mutter nach ihm rufen. Auch Kurt war vor den Wagen getreten.

Nachdem er sich ausgekotzt hatte, ging er einfach davon.

*

Er stand frierend am Rand des Campingplatzes und näherte sich dem einzigen Wohnwagen, in dem Licht brannte. Das Peilsignal bestätigte, dass sich der Mann, der sich als Matters Bruder ausgegeben hatte, dort drin aufhalten musste. Sergio bewegte sich sehr vorsichtig. Das unerwartete Wendemanöver des Mannes vorhin hätte ihn beinahe verraten.

Er erwog gerade, einen Blick in den Wagen zu werfen, als er den Mann nach draussen stürzen und sich übergeben sah. Im Wohnwagen gab es Unruhe, jemand rief einen Namen, aber der Mann wandte sich ab, und ging weg, ohne zurückzuschauen.

Sergio folgte ihm, den Blick immer wieder auf den Empfänger des Peilsenders gerichtet. Das Signal wurde rasch schwächer. Er musste den Peilsender im Wohnwagen zurückgelassen haben.

Sergio zögerte kurz, ob er am Peilsender oder am Mann dranbleiben sollte. Sein Auftrag war klar. «Wir benötigen diesen Sender – und zwar um jeden Preis», lautete die Instruktion aus Neapel.

Sergio beobachtete, wie der Mann in der Dunkelheit verschwand.

«Dich krieg ich auch noch», murmelte er und machte kehrt.

Mauro ging immer weiter. Wenn er auf eine Weggabelung traf, entschied er sich für den Weg, der ihm weniger begangen erschien. Er wollte allein sein. Er gelangte erst an den See, dann zu einem Feld, schliesslich in ein Gehölz, wo sich der Weg verlor. Er machte kehrt und musste einsehen, dass ihn sein Irrgang in keiner Weise beruhigt hatte.

Er wusste nicht, warum ihn das Gehörte dermassen aus der Bahn geworfen hatte. Vielleicht hatte er insgeheim gehofft, seine Mutter würde sagen, dass sich Felice getäuscht habe, dass doch er sein Vater sei. Etwas anderes wollte er nicht glauben, erst recht nicht, dass Kurt sein Vater sein sollte. Er kriegte gleich wieder Brechreiz!

Er versuchte sich zu beruhigen, indem er seinen Fall medizinisch betrachtete. Konnte er das Produkt eines fantasielosen, rothaarigen Biertrinkers und einer unberechenbaren, brünett-blonden Alkoholikerin sein?

Schon rein phänotypisch betrachtet, erschien ihm die Behauptung seiner Mutter unwahrscheinlich. Und genauso wenig wie das Erscheinungsbild passten Temperament und Stil. Und warum hatte sich Kurt bisher einen Dreck um ihn gekümmert? Warum war er erst aufgetaucht, als Felice verschwunden war? Und warum hätte seine Mutter über Jahre seine Vaterschaft vor ihm verheimlichen sollen? Was hatte das mit der Geschichte zu tun, die Felice ihm erzählt hatte?

Je länger er darüber nachdachte, desto mehr gelangte er zur Überzeugung, dass ihm seine Mutter auch diesmal nicht die Wahrheit gesagt hatte. Er hatte immer wieder festgestellt, dass sie log. Vor allem, wenn sie in der Klemme steckte. Als sie es einmal verpasst hatte, ihn vor der Schulreise rechtzeitig zum Bahnhof zu bringen, hatte sie es fertiggebracht, der Lehrerin zu erzählen, dass er mit Fieber im Bett liege. Und wenn sie es versäumt hatte, ihn mit dem nötigen Schulmaterial auszurüsten, gab sie vor, es sei ausverkauft gewesen. Immer hatte sie ihre Schwächen mit Lügen zu verstecken versucht. Warum sollte es auf einmal anders sein?

Die Kälte erinnerte ihn daran, dass er die Jacke im Wohnwagen zurückgelassen hatte. Seine Sachen zu holen, gab ihm einen Anlass, noch einmal aufzutauchen und seine Mutter zur Rede zu stellen.

Im Gehen las er ein grosses Stück Holz auf, das vor ihm auf dem Weg lag, und er schleuderte es mit aller Wucht in den Wald hinein. Es krachte im Gehölz. Er suchte nach weiterem Wurfmaterial. Aus Frustration war Wut geworden.

Nein, ich bin noch nicht fertig mit euch, dachte er, als er auf den Wohnwagen zusteuerte.

3. Teil
Im Fluss

32

Wenn das kein gutes Zeichen war.

Zum ersten Mal seit dem Unfall hatten ihn nicht die Schmerzen, sondern der Hunger geweckt. Das Ankleiden bereitete ihm zwar noch Mühe, aber auch hier machte er Fortschritte. Er schaffte es auf Anhieb, die Socken über die Füsse zu ziehen. Es ging bergauf. Erstmals seit dem Spitalaustritt hielt er sich an die Verordnung und verzichtete auf eine Überdosis Schmerzmittel.

Nach der Morgentoilette, die schliesslich doch eine geschlagene Stunde in Anspruch genommen hatte, stand er vor dem halbleeren Kühlschrank und machte eine Güterabwägung: entweder im Nullpunkt ein italienischer Espresso mit einer ungeniessbaren Brioche oder in der Konditorei nebenan ein Schweizer Milchkaffee mit feinem Gipfeli. Nach reiflichem Überlegen entschied er sich für den Kompromiss: erst den Espresso, dann das Gipfeli. Das war der Vorteil der Schonfrist: Er hatte Zeit.

Er fütterte Carlo, dann machte er noch einmal einen kurzen Versuch, in seinem Kartonarchiv Unterlagen zu Goldmann aufzustöbern. Jedes Mal, wenn er sich bückte, wurde ihm leicht schwindlig. Er fand nichts, gelangte aber immerhin zur Erkenntnis, dass er den Tag nicht mit einem Espresso, sondern mit einem Ristretto beginnen sollte.

Draussen stand eine kraftlose Novembersonne über

der Stadt, ohne sie wirklich zu erwärmen. Nicht nur die Kälte machte ihm das Atmen schwer. Sein Brustkorb reagierte auf alle Erschütterungen und Unebenheiten äusserst empfindlich. Der kurze Weg zu seinem Stammlokal erschien ihm gespickt mit Stufen, schief gesetzten Schachtdeckeln und andern Unebenheiten. Er bewegte sich langsam und vorsichtig und legte immer wieder Pausen ein. Dann schnupperte er in die trockene Luft. Von irgendwo wehte ihm der Geruch nach verbranntem Holz in die Nase. Das erinnerte ihn an vergangene Zeiten. In der gemeinsamen Wohnung hatten sie einen Schwedenofen besessen und er hatte die Winterabende am Feuer immer genossen.

Er war drauf und dran, sich im Selbstmitleid zu verlieren, als das Handy klingelte.

Weil er seine Mütze tief über die Ohren gezogen hatte, verstand er nicht gleich, wer am Apparat war.

«Ah, Berner!», rief er, nachdem er das Telefon unter die Ohrklappen geschoben hatte. «Ich nehme nicht an, dass du dich nach meinem Befinden erkundigen willst?»

«Wo steckst du?» Es klang vorwurfsvoll.

«Ich bin niemandem Rechenschaft schuldig», reklamierte Limacher. «Ich bin krankgeschrieben ...»

«Das weiss ich. Wenn du in Ruhe gelassen werden möchtest, kannst du es mir ruhig sagen.»

«Kommt drauf an», erwiderte Limacher. Tatsächlich war ihm im Moment sein Frühstück wichtiger als fast alles.

«Heute Morgen kam aus der Waadt eine Meldung rein, die dich interessieren dürfte.»

Ein paar Schulkinder stressten ihn. Sie bewarfen sich halb spielend und halb streitend mit Schnee. Limacher wollte ihnen lieber grossräumig ausweichen als einen Zusammenstoss riskieren. «Sag schon!», forderte er Berner auf.

«Auf einem Campingplatz am Neuenburgersee ist es in der Nacht zu einem blutigen Drama gekommen. Es gibt zwei Leichen, ein Mann und eine Frau. Beide wurden erschossen. Wahrscheinlich ein Beziehungsdelikt, meinen die welschen Kollegen.»

Berner machte eine Pause.

«Ja, und?» Limachers Aufmerksamkeit galt den lärmenden Kindern, die jetzt auf seiner Höhe waren. Er drückte sich ängstlich an die Hauswand.

«Halt dich fest», warnte Berner. «Die Opfer sind Frau Susanna Matter, geschiedene Calabretto, und Kurt Ramseier, ihr Lebenspartner. Gesucht wird nach Mauro Matter, dem Sohn der Ermordeten. Gemäss ersten Erkenntnissen sei er der letzte Besucher gewesen ...»

«Das kann nicht wahr sein.» Limacher musste sich tatsächlich an der Hauswand festhalten.

«Eine interkantonale Sonderkommission ist bereits im Einsatz, auch Holzer ist eingeschaltet.»

Limacher merkte, wie die Kraft seiner Beine nachliess.

«Ich komme», sagte er tonlos und klappte das Handy zu.

Er wollte sich wieder in Bewegung setzen, als ihn der Schneeball im Nacken traf. Er dreht sich um. Der Werfer war im Begriff wegzurennen, während seine Kameraden Limacher kichernd beobachteten.

Er versuchte zurückzugrinsen und weiterzugehen, aber die Beine versagten ihren Dienst.

Er sank unter den erschrockenen Blicken der Kinder zu Boden.

*

«Un disastro! Una catastrofe, nichts anderes.»

Sergio hielt den Hörer etwas vom Ohr weg. «Wir haben den Sender», sagte er gereizt. «Das war der Auftrag: der Sender, um jeden Preis.»

«Aber der Mann gehörte ausgeschaltet!»

«Er hat die Polizei am Hals. Die halbe Schweiz fahndet nach ihm. Und ohne Sender kann er uns nicht schaden»

«Er weiss zu viel und er versuchte uns zu verraten. Du weisst, was Verrat bedeutet.»

Sergio schluckte. «Wir haben ...» Il Gatto hatte aufgelegt.

«Was jetzt?», fragte sein Bruder.

«Wir stöbern ihn auf.»

«Und wo suchen wir ihn?»

Sergio holte den Stadtplan hervor. «Hier», sagte er, und deutete auf die Altstadt.

*

«Hast du schon die neuesten Nachrichten gehört?» Vera war ganz aufgeregt.

«Ich interessiere mich nicht für Politik, ich koche», erwiderte Einstein.

«Sobald ich hier fertig bin, komme ich vorbei. Wir müssen etwas tun.»

«Was tun? – Ich weiss nicht, wovon du sprichst», fragte Einstein irritiert.

«Ich kann jetzt nicht gut reden, ich habe eine Kundin», erklärte sie. «Hör dir einfach mal die Nachrichten an.»

Sie legte auf. Einstein blickte auf die Uhr und setzte das Röhrenradio in der Werkstatt in Betrieb. Dann begab er sich wieder in die Küche.

Die Meldung kam gleich zu Beginn: «In der Nacht von gestern auf heute kam es am Neuenburgersee zu einer tödlichen Schiesserei», berichtete die Sprecherin. «Das Drama ereignete sich auf einem geschlossenen Campingplatz. Ein Spaziergänger hörte Schüsse und entdeckte in einem Wohnwagen zwei Leichen. Bei den Opfern handelt es sich um das Pächterpaar des Campingplatzes. Die Polizei geht von einem Beziehungsdelikt aus. Gesucht wird in diesem Zusammenhang der Sohn der Getöteten. Gemäss inoffiziellen Quellen handelt es sich dabei um den vermissten Arzt Mauro Matter ...»

Einstein hielt inne, streckte die Nase in die Luft und sprang auf.

Zu spät! Die Milch war übergekocht und was nicht auf der Herdplatte verkohlte, klebte am Pfannenboden.

«Mist!», fluchte er und schob Geri beiseite. In solchen Momenten ärgerte ihn die teilnahmslose Anwesenheit seines Bruders.

Geri schlich aus der Küche.

Einstein schrubbte verbissen den schwarzen Pfannenboden, ohne auf seine Arbeit zu achten. Schliesslich stellte er die Pfanne beiseite und ging zum Tisch in der

Werkstatt. Nach kurzem Suchen fand er Limachers Visitenkarte.

Er zögerte.

Als es um Geris Sorgerecht gegangen war, hatte er mit der Polizei keine guten Erfahrungen gemacht. Aber das Drama am See war zu viel, bereits der Besuch des Fahnders hatte seine Zweifel verstärkt. Er merkte, wie er mit der Situation nicht klarkam. Irgendwie traute er Limacher zu, dass er wieder Ruhe in sein und Geris Leben bringen könnte.

Er tippte die Nummer ein.

«Der gewünschte Mobilteilnehmer ist momentan nicht erreichbar», meldete sich die automatische Stimme der Combox, «bitte sprechen Sie nach dem Signalton.»

«Eisenring», sagte Einstein. «Wir müssen uns sprechen.»

Als er sich erneut an die Putzarbeit machen wollte, ging das Telefon.

«Das ging aber schnell.»

«Ihe, iischwe iwäre ie ibe? …»

Es dauerte einen Moment, bis er schaltete, dass der Anrufer Mattenenglisch sprach.

Und dann erkannte er auch die Stimme.

33

Es war nicht viel los im Falken um diese Zeit. Trotzdem setzte er sich in den hinteren Teil der Gaststube. Er hatte kaum fünf Minuten Platz genommen, als sie hereinkam. Sie zog Mütze und Handschuhe aus und sah sich kurz um. Dann steuerte sie, ohne zu zögern, auf seinen Tisch zu.

«Darf ich?» Sie setzte sich, bevor er ja gesagt hatte.

«Danke, dass du gekommen bist», sagte er anstelle einer Begrüssung. Ihre Wangen waren gerötet. Er nahm an, es war mehr der Kälte als der Aufregung wegen.

«Du siehst anders aus», bemerkte sie, nachdem sie ihn forschend gemustert hatte.

«Ich bin Alexander Goldmann», erklärte er.

«Ich weiss.» Sie lächelte. Es war ein flüchtiges Lächeln, aber ihm fiel einmal mehr auf, wie dieses Lächeln nicht ihrem Gesicht, sondern ihren Augen entsprang.

«Ohne Bart finde ich gut, aber das schwarze Haar steht dir nicht», sagte sie.

Er wandte sich kurz um, weil er ein paar Leute eintreten hörte. Er sah keine bekannten Gesichter. Die neuen Gäste schwatzten und lachten und hielten nach einem freien Tisch Ausschau. Er war froh, als sie sich für die andere Ecke entschieden.

«Wirst du mir noch einmal helfen – nach allem?», fragte er.

«Kommt drauf an ...»

«Worauf?»

«Auf deine Erklärungen.»

«Was willst du wissen?»

«Alles.»

«Wie hast du mich eigentlich bei meinem Besuch im Behandlungszentrum erkannt?»

«Deine Stimme, deine Augen, deine Hände, deine Gesten ...»

«Bin ich wirklich so leicht durchschaubar?»

Sie wiegte den Kopf. «Als offenes Buch würde ich dich nun auch nicht gerade bezeichnen. Also erzähl!»

«Deine Warnung rüttelte mich wach. Da war ich noch nicht sicher, dass sie von dir stammte. Aber in jenem Moment dachte ich zum ersten Mal ernsthaft darüber nach, wie mein Leben aussähe, wenn mein Plan scheitern sollte.»

Dann schilderte er ihr Schritt für Schritt sein Leben als Alexander Goldmann.

Sie hörte ihm zu, teils staunend, teils ungläubig und teils auch amüsiert. Sie unterbrach ihn erst, als er auf sein Vorhaben zu sprechen kam.

«Das ist verrückt», flüsterte sie. «Du bist verrückt, aber ich vertraue dir. Was soll ich also für dich tun?»

«Zunächst wären noch ein paar Sachen in der Jugendherberge abzuholen», sagte er.

«Und dann?», fragte sie.

«Dann brauchte ich eine Möglichkeit zum Übernachten.»

34

«Sie sind mit Verdacht entlassen», schloss Professor Weber seine Erklärungen und Ermahnungen.

«Ich fühle mich bedeutend besser als vor dem Zusammenbruch. Erstmals seit dem Unfall ist das Schwindelgefühl weg.»

«Die Bluttransfusion hat Ihnen gutgetan», erklärte der Arzt. «Überschätzen Sie sich trotzdem nicht. Früher hätte man Patienten wie Sie länger im Spital behalten. Die rasche Entlassung besagt nicht, dass Sie schneller gesund werden, sondern dass wir Kosten sparen müssen.»

Limacher lächelte und nickte. Aus den Erklärungen des Arztes hatte er vor allem eines herausgehört: Nichts Gravierendes, keine Komplikationen, für den Kollaps war die Anämie verantwortlich gewesen. Die Blutarmut war auf den Unfall zurückzuführen, und die Blutneubildung brauchte Zeit. Der fehlende Appetit hatte dazu geführt, dass er nicht nur zu wenig gegessen, sondern auch zu wenig getrunken hatte.

Seine eigene Erklärung für die Kreislaufschwäche allerdings hatte er verschwiegen. Sie lag nicht in Flüssigkeitsdefizit, Hypotonie, Anämie, Instabilität des Kreislaufes, vagovasaler Fehlleistung und was ihm die Ärzte sonst noch alles an Fachausdrücken aufgetischt hatten. Seine Erklärung hatte einen simplen gut schweizerischen Namen: Mauro Matter!

Matter, alias Goldmann, hatte ihm einen Schock versetzt. Ganz einfach. Mit der Ermordung seiner Eltern hatte der Fall eine dramatische Wende genommen.

Der Mann zog eine verwirrende Spur. Als Matter konnte er seine Eltern umgebracht haben. Aber als Goldmann? Welcher Geheimagent würde derart dilettantisch auf sich hinweisen, seine Eltern ermorden und dabei noch Spuren hinterlassen? Und da waren nicht nur die Fingerabdrücke: Matter hatte nach der Tat sogar seine Jacke zurückgelassen. Eindeutige Spuren, die nur einfache Schlüsse zuliessen.

Diese Klarheit musste stutzig machen – so offensichtlich, wie die Aareleiche als Matter aufgetaucht war, wurde Matter ihnen jetzt auf dem Campingplatz als Mörder präsentiert. Und wie war es möglich, dass ein und derselbe Mensch einem Polizisten das Leben retten und eine Woche später seine Eltern umbringen konnte? Oder waren es gar nicht seine Eltern gewesen?

Limachers Nase sagte, dass das alles zum Himmel stank. Aber er wusste nicht, wie verlässlich seine Nase nach dem Unfall noch war.

*

«Was wird denn das?», fragte Vera.

Einstein war dabei, ein paar Kleidungsstücke von Geri in eine Reisetasche zu packen.

«Wir werden für einige Tage verreisen», sagte Einstein.

«Was heisst wir?»

«Geri, du und ich», sagte Einstein ernst.

Vera sah ihn befremdet an.

«Ich muss nur noch das Rad der Zukunft im City West deponieren, dann verreisen wir nach Adelboden. Ich habe dort einen Onkel. Er ist bereit, uns für ein paar Tage aufzunehmen. Du kommst mit.»

«Warum sollte ich mit euch in die Berge fahren?»

«Wir alle sind in Gefahr. Es hat mit Goldmann zu tun.»

Einstein erklärte ihr alles.

Keine Stunde später hatte sie die Koffer gepackt.

*

Erstmals schmeckte der Espresso nach Kaffee und er fragte sich, ob und auf welche Weise sich der Gehalt an roten Blutkörperchen auf den Geschmackssinn auswirke.

In seiner Wohnung schloss er sein völlig entladenes Mobiltelefon am Strom an und checkte gleich als Erstes die entgangenen Anrufe. Neben Berner hatte auch Eisenring versucht ihn anzurufen. Vermutlich hatten die Vorkommnisse am Neuenburgersee das ihrige dazu beigetragen.

Er drückte die Rückruftaste, aber niemand ging ran. Er würde es später nochmal versuchen.

Nachdem er über ein paar Kisten gestiegen war, fand er endlich den zweiten Karton mit Unterhosen. Er musste bald eine Lösung für sein Wäscheproblem finden. Im Moment aber liessen ihn die Kisten mitsamt der Unordnung kalt. Matter hatte Vorrang.

Er rief Berner an.

«Du bist schon wieder entlassen worden?», staunte Berner.

«Mir fehlte nur etwas Blut», erklärte Limacher. «Ich hab mich dopen lassen – wie ein Radprofi. Ich versteh jetzt, warum die das machen. Es funktioniert tatsächlich. Je mehr Blutkörperchen, desto fitter. Gestern lag ich im Bett, und heute könnte ich schon wieder eine Etappe gewinnen. Was gibt es Neues?»

«Die Grossfahndung nach Matter läuft. Sein Wagen ist gefunden worden, aber er selber ist wie vom Erdboden verschluckt. Und Matthias Strasser, der Kurier, der Goldmanns Gepäck im Hotel Bern abgeholt hat, ist zusammengeschlagen worden. Wir rechnen mit allem. Jetzt sind plötzlich alle scharf auf Matter: Verdacht auf Doppelmord, Erpressung, Kidnapping Einbruch …»

«Er hat mir das Leben gerettet», warf Limacher ein.

«Bist du sicher, dass er es war?», zweifelte Berner. «Holzer ist da anderer Meinung.»

«Was hat Holzer damit zu tun?»

«Er hat Fingerabdrücke von Goldmann geliefert. Goldmann und Matter sind nicht die gleiche Person. Deine Nase hat dich im Stich gelassen …»

«Moment mal», unterbrach Limacher. «Wo kommen Goldmanns Fingerabdrücke her?»

«Aus Goldmanns Akte.»

Limacher war einen Moment sprachlos. «Die Akte will ich mir ansehen!», meinte er schliesslich entschlossen.

«Das ist nicht nötig», sagte Berner vorsichtig.

«Was soll das denn heissen?»

«Man macht sich Sorgen um deine Gesundheit. Du sollst dich schonen.»

«Mit andern Worten: Man will mich raus haben», stellte Limacher bitter fest. «Und wem habe ich das zu verdanken?»

«Ich weiss es nicht. Kommt anscheinend von ganz oben», sagte Berner.

«Keller?»

«Ich denke wirklich, du solltest dich erst einmal erholen», riet Berner beschwichtigend.

Limacher schwieg. Er merkte, wie der Ärger seine Brust schmerzhaft zusammenzog. Es fühlte sich nicht gut an.

*

Luigi und Sergio warteten seit zwei Stunden.

«Es reicht», sagte Sergio, nachdem er ein weiteres Mal vergeblich geklingelt hatte und sich im Innern der Werkstatt nichts regte. Innert weniger Sekunden hatte er das Schloss geknackt. Er verstaute die Utensilien wieder und winkte Luigi zu sich. Danach langte er ins Innere seines Mantels und zog im Eintreten die Pistole mit dem Schalldämpfer hervor.

Luigi sicherte den Ausgang. Keine Minute später erschien Sergio wieder. Die Waffe hatte er bereits verschwinden lassen.

Sergio schloss die Tür hinter sich und sie verliessen das Haus.

Luigi sah ihn erwartungsvoll an.

Sergio zischte: «Der Vogel ist ausgeflogen.»

Der Parkplatz im Hinterhof des Polizeipräsidiums war überfüllt. Neben den Dienstfahrzeugen der Streife, des kriminaltechnischen Dienstes und des Institutes für Rechtsmedizin standen die Wagen der Kollegen aus der Waadt. Vor der Einfahrt lauerten Reporter und Journalisten. Wie rastlose Jäger suchten sich die Fotografen die optimale Position für ihre Schnappschüsse. Auch im Gebäude herrschte ein Drängen, ein Kommen und Gehen, wie Limacher es letztmals am Tag der offenen Tür erlebt hatte.

Seine Kollegen grüssten ihn flüchtig und fragten vorsichtig nach seinem Ergehen. Keiner machte Anstalten, mit ihm über den Fall zu diskutieren. Er wurde nicht gerade geschnitten, aber man liess ihn offensichtlich aussen vor. Sogar Berner vertröstete ihn.

So suchte er Gantenbein, den Kollegen vom kriminaltechnischen Dienst, auf. Mit ihm hatte er die Ausbildung absolviert. Er hatte ihn telefonisch gebeten, seine Dienstwaffe auf Fingerabdrücke zu untersuchen und Gantenbein hatte ihm versprochen, sich darum zu kümmern. Limacher wusste, dass sein Lebensretter die Pistole angefasst haben musste.

«Was ist eigentlich los?», fragte er ihn nach der Begrüssung. «Ich komm mir vor wie ein Aussätziger.»

«Nimm's nicht persönlich», versuchte ihn Gantenbein zu trösten. «Du kennst doch die Hektik bei ungelösten Fällen. Und mit jedem Journalisten mehr vor der Tür steigt die Nervosität. Wenn Keller gegen aussen keine Erfolge melden kann, dann schimpft er gegen innen. Das war doch schon immer so. Und der Druck ist schon da. Immerhin läuft da draussen ein Doppelmörder frei herum. Und die Panne mit der Wasserleiche ist auch noch nicht vergessen. Sei doch froh, dass du krankgeschrieben bist ...»

«Was ist mit den Fingerabdrücken auf meiner Pistole?», unterbrach Limacher missmutig.

«Stammen eindeutig von Matter.»

«Und die Abdrücke aus Goldmanns Akte stimmen nicht mit ihnen überein?»

«Genau», sagte Gantenbein.

«Es ist unmöglich, dass ein Mensch verschiedene Fingerabdrücke hinterlassen kann, nicht wahr?»

Gantenbein dachte nach. «Mit Handschuhen aus Leichenhaut wäre so etwas theoretisch möglich. Aber ob das praktisch funktioniert? Ich erinnere mich jedenfalls nicht, je so etwas gehört zu haben.»

«Matter hat ein paar Monate auf der Pathologie gearbeitet. Besässe ein Pathologe die nötigen Kenntnisse?»

Gantenbein sah ihn erstaunt an. «Du meinst, Matter hat einen Toten gehäutet, um sich ein paar Menschenhauthandschuhe zu schneidern?» Trotz seiner täglichen Arbeit mit Leichen schien ihn der Gedanke zu ekeln. «Was hast du bloss für eine Fantasie?»

«Wenn Matter eine zweite Identität mit einer zweiten Haut hätte, dann ginge alles auf», sinnierte Limacher. «Ausser vielleicht sein Verhalten mir gegenüber.»

«Dann hat er eben nicht nur eine zweite Haut, sondern auch eine zweite Persönlichkeit», spekulierte Gantenbein.

Limacher sah ihn fragend an.

«Noch nie von einer Schizophrenie gehört?»

«Dr. Jekyll und Mr. Hyde?»

Er musste eingenickt sein.

Es dauerte eine Weile, bis er realisierte, dass der Klingelton von seinem Handy stammte. Das Display zeigte einen Anruf von einem Festnetzanschluss an. Eine Telefonkabine im Oberland, kombinierte Limacher, nachdem er die Nummer entziffert hatte.

Er dachte an den Unfall von Kandersteg und versuchte sich ins Gedächtnis zu rufen, ob er dort jemandem seine Handynummer mitgeteilt hatte. Er konnte sich nicht erinnern.

Er nahm den Anruf entgegen.

«Eisenring», meldete sich der Anrufer.

Limacher war augenblicklich wach.

«Sind Sie im Revier?»

«Ja.»

«Halten Sie sich bereit!»

«Worum geht es?», wollte Limacher wissen.

«Goldmann wird Ihnen etwas vorbeibringen.»

«Verderbliche Ware?», fragte Limacher gespannt.

Eisenring schien nicht zu verstehen. «Er will es Ihnen persönlich abgeben», sagte er nur.

«Wann?»

«In spätestens zwei Stunden.»

«Wenn er hier auftaucht, wird man ihn festnehmen.»

«Ja», sagte Eisenring und legte auf.

Limacher rieb sich die Schläfen. Er hatte keine Ahnung, was er von dem Anruf halten sollte. Aber er musste die Kollegen orientieren.

35

«Das Rad ist da», sagte er, als sie in die Seilerstrasse einbogen. «Wir legen los.»

Sie hatten den Gebäudekomplex des City West vollständig umrundet und folgten nun der Fahrspur, die ins Parkhaus führte.

Das Parkhaus erstreckte sich über mehrere Häuserblocks und Stockwerke, die Parkplätze verteilten sich auf zahlreiche Sektoren mit unterschiedlichen Zugängen. Entsprechend unübersichtlich und verwinkelt gestaltete sich die Anlage.

Nach den Büroöffnungszeiten herrschte nicht mehr viel Betrieb und es gab eine Menge freier Plätze. Trotzdem lenkte Angela den Wagen in einen abgelegenen Sektor.

Mauro stieg als Erster aus. Er streckte sich etwas. Die Rettungsjacke aus dem Inselspital spannte über dem Rücken, vielleicht auch, weil er darunter einen Arztkittel trug. Wegen der Bekleidung wirkte er stämmiger, als er in Wirklichkeit war. Der neue Haarschnitt und die Fensterglasbrille liessen ihn zudem älter erscheinen.

Während sie einparkte, bestellte er den Aufzug. Mit der einen Hand umklammerte er den Griff des Rettungskoffers, mit der andern hielt er die Lifttüre offen.

Auch Angela trug eine weisse Schürze unter ihrem Wintermantel und in der Hand einen schmalen Metallkoffer.

Gemeinsam betraten sie den Lift.

«Immer schön locker bleiben, Alex!», raunte sie ihm zu und kniff ihn kurz in den Arm.

«Für Sie immer noch Doktor Goldmann, bitte!», sagte er lächelnd.

Sie nickte und erwiderte sein Lächeln.

Er drückte den Knopf, als ob er einzig auf ihre Zustimmung gewartet hätte.

*

Der Aufzug hielt in der Lobby des Hotels Capri. Der Mann an der Rezeption blickte ihnen neugierig entgegen.

Angela streifte die Brille nach oben und das Gesicht des Hotelangestellten hellte sich auf. «Ah! Signorina Martini. Welche Überraschung! Es hat geheissen, Sie arbeiteten nicht mehr im Haus. Schön, Sie zu sehen. Was führt sie zu uns?»

«Sie sind sehr nett», erwiderte Angela gewinnend. «Ich begleite Doktor Goldmann. Er spricht kaum Deutsch.»

«Doktor Goldmann?», fragte der Concierge.

«Doktor Goldmann ist neu. Es geht um Herrn Tomasi», erklärte Angela. «Er benötigt einen Arztbesuch. Es ist ziemlich dringend.»

«Luca Tomasi?»

«Genau. Ist heute operiert worden. Wir brauchten einen Schlüssel.»

«Sie haben keinen Schlüssel?» Der Concierge zögerte.

Ohne Schlüssel gelangte man lediglich bis ins achte

Stockwerk. Für das neunte galten besondere Regelungen. Die Zimmer waren unter der Woche ausschliesslich für Patienten aus dem Behandlungszentrum reserviert. Die Klinik im Hotel, hatte man ihm erklärt. Die Patienten kamen meist aus dem Ausland, checkten in der Regel im Behandlungszentrum und nicht im Hotel ein, wurden untersucht und operiert und blieben kaum je länger als zwei, drei Tage im Capri. Keine Besuche ohne Rücksprache, lautete die Order.

«Das ist ja das Problem», erklärte Angela. «Doktor Goldmann ist neu, und als freie Mitarbeiterin besitze ich ebenfalls keinen Schlüssel mehr. Ich war mir sicher, dass Sie uns helfen würden.» Sie strahlte ihn an.

«Mal sehen», sagte der Concierge.

«Das ist furchtbar lieb.»

Es ging zwar klar über seine Kompetenzen, aber Angela Martini konnte er keine Absage erteilen. Sie war ein Sonnenschein; wer sie enttäuschte, für den ging die Sonne unter.

«Zimmer 905», sagte er, als er ihr den Schlüssel überreichte.

«Sie sind wirklich ein Schatz.»

«Bitte retour!», rief er ihr nach, nur damit sie ihm noch einmal einen Blick schenkte.

«Darauf können Sie sich verlassen!» Sie blickte tatsächlich zurück.

Er schaute den beiden nach, wie sie im Lift entschwanden. Er seufzte. Er beneidete Doktor Goldmann und er beneidete den Patienten.

Sie verliessen den Lift im Neunten.

Hier herrschte eine unnatürliche Stille. Der Lärm der Stadt wurde durch die dicken Fensterscheiben und die schweren Teppiche vollständig geschluckt. Auf dem Gang befand sich keine Menschenseele. Zielbewusst und ohne zu sprechen, näherten sie sich Zimmer 905. Sie mussten damit rechnen, dass sie durch die Überwachungskameras beobachtet wurden.

Durch die Tür drangen gedämpfte Stimmen.

Er zögerte.

«Der Fernseher!», raunte sie.

Er nickte zustimmend und klopfte kurz an.

«Sì?», ertönte es von drinnen, als er bereits die Tür öffnete.

Luca Tomasi lag auf dem Bett und war etwas erschrocken, wie es schien. Er versuchte ungeschickt die Pornozeitschrift unter das Kopfkissen zu schieben und dann schaltete er den Fernseher leiser.

«Doktor Goldmann vom Behandlungszentrum», stellte er sich in perfektem Italienisch vor. «Geht es Ihnen gut?»

«Tutto perfetto», bestätigte Luca Tomasi gestresst.

«Sie kriegen noch Ihre Injektion.»

«Eine Injektion? Etwas nicht in Ordnung?», fragte der Italiener skeptisch.

«Eine reine Vorsichtsmassnahme», erklärte Angela und lächelte. «Zur Vorbeugung einer Thrombose. Sie hätten die Spritze im OP erhalten sollen, aber dort ging sie offensichtlich vergessen. Wir holen das jetzt nach, vorausgesetzt, die Wunde blutet nicht allzu stark. Darf ich mal sehen?»

Auch Tomasi schien ihrem Charme zu erliegen. Er legte sich gehorsam aufs Bett zurück, zog das T-Shirt nach oben und zeigte seinen gut trainierten Oberkörper. «Das wird morgen gewechselt», wehrte er sich schwach, als Angela den Verband anhob.

Die Operationsnaht befand sich an der typischen Stelle, zwei Querfinger unter dem rechten Schlüsselbein.

«Tut's weh?», fragte er ängstlich und beobachtete aus dem Augenwinkel, wie der Arzt seinen Koffer öffnete und eine Spritze vorbereitete.

«Nicht schlimmer als eine Impfung», beruhigte ihn Angela. «Ich halte Ihnen Händchen.» Sie schenkte ihm ein komplizenhaftes Lächeln.

Tomasi grinste verquält. Als der Arzt die Latexhandschuhe überstreifte und die Nadel ansetzte, verschwand das Lächeln und auf seiner Stirn bildeten sich Schweissperlen. «Ich hasse Impfungen», sagte er mit trockener Stimme.

«Gleich ist es vorbei», tröstete ihn Angela und drückte ihm die Hand.

«Wenn es sein muss», sagte er tapfer.

Keine zwei Sekunden später verdrehte er die Augen und kippte weg.

Angela schaute besorgt auf.

«Zweihundert Milligramm Thiopental werden ihn nicht umbringen», erklärte Mauro und kontrollierte Tomasis Puls und Atmung.

Dann arbeiteten sie rasch und ohne unnötige Worte. Während er das andere Fach des Koffers öffnete und die Instrumente hervorzog, entfernte sie den Verband.

Die Wunde wies eine blutige Kruste auf. Die Haut war mit wenigen Stichen genäht worden. Er setzte das Skalpell an und eröffnete die Narbe, indem er Fäden und Haut in einem Schnitt durchtrennte. Die Wunde klaffte augenblicklich auseinander und begann zu bluten. Nachdem er die Hautöffnung mit einem sterilen Tuch abgetupft hatte, glänzte es ihnen metallen entgegen.

«Ecco», sagte er und langte in die Wundhöhle. Er hob das Metall etwas an und das Schrittmacherkästchen kam zum Vorschein.

«Es ist das gleiche Modell», raunte er Angela zu und versuchte es herauszuziehen. Es schien festzuhängen.

«Verdammt», fluchte er leise. «Wenn da richtige Elektroden dran sind, sitzen wir in der Klemme.»

Er spreizte die Haut auseinander. «Das habe ich vermutet. Der Draht verläuft nicht in der Vene, sondern subkutan», flüsterte er erleichtert. «Es ist eine Attrappe, damit das Ganze im Röntgenbild echter aussieht.»

Angela nickt, ohne genau zu begreifen.

Nach weiteren zwei Schnitten liess sich das Kästchen herauslösen. Angela öffnete den Metallkoffer und er steckte den Schrittmacher in den vorbereiteten Plastikbeutel.

«Ich ruf jetzt an», sagte er zu Angela. Während sie die Wunde notdürftig abdeckte, wählte er die 144.

«Sanitätsnotrufzentrale Bern ...», meldete sich eine Stimme.

«Hotel Capri», unterbrach er, «wir haben einen Notfall im neunten Stock. Dringend. Ein Verletzter, er ist bewusstlos. Wir brauchen einen Arzt – und die Polizei gleich auch. Der Mann hat eine blutende Wunde an der Brust, wahrscheinlich eine Messerverletzung. Bitte machen Sie schnell, er ist nicht ansprechbar ...»

Er beantwortete noch ein paar Rückfragen, beendete das Gespräch und wandte sich wieder Tomasi zu, der leise stöhnte.

Er erhielt eine weitere Dosis Thiopental.

«Wie lange wirkt das?», fragte Angela.

«Sechs bis acht Minuten», sagte er, «bevor wir gehen, spritze ich eine letzte Dosis.»

Er kontrollierte erneut Atmung, Blutdruck und Puls. Dann lagerte er den Patienten etwas auf die Seite. Wie ein feiner Faden rieselte Blut aus der Wunde.

«Sollten wir ihn nicht richtig verbinden?», fragte sie.

Er schüttelte den Kopf und begann seinen Koffer zu packen. «Je blutiger es aussieht, desto besser. Ich will, dass sie ihn mitnehmen.»

Angela sah sich die Bescherung an. Ein regungsloser Patient, mit einer blutenden Wunde an der Brust, und eine Blutlache auf dem Bettlaken, die sich stetig vergrösserte. Wenn nicht das leichte Auf und Ab des Brustkorbes zu sehen gewesen wäre, hätte man Tomasi für tot halten können.

«Das reinste Schlachtfeld», bemerkte sie. «Kann er nicht verbluten?»

«Nicht in den nächsten zehn Minuten», meinte er und hob aufmerksam den Kopf.

In der Ferne war Sirenengeheul zu vernehmen. Er griff nach der Spritze.

«Wann sehen wir uns wieder?», fragte sie leise.

«Ich melde mich, sobald alles vorbei ist», sagte er und verabreichte eine weitere Dosis Thiopental. Der Patient reagierte nicht.

«Das dürfte reichen. Mit der Wunde kommt er eh nicht weit», murmelte er und kontrollierte noch ein letztes Mal den Puls. Dann legte er die Spritze und die leere Ampulle gut sichtbar auf den Nachttisch. «So haben die von der Rettung schneller den Überblick.»

Nach einem letzten, prüfenden Blick durchs Zimmer griff nach dem Metallkoffer. «Perfekt», sagte er.

«Dürfen wir ihn wirklich alleine lassen?», fragte Angela unsicher.

«Nein», sagte er und steckte dem Patienten das Pornoheft unter den Arm.

*

Die Brüder Frattini sassen im Grotto und spielten Karten. Ab und zu warfen sie einen Blick auf den Bildschirm des Laptops. Zu sehen gab es weder einen Film noch sonst ein Unterhaltungsprogramm.

Der Monitor zeigte verschiedene Satellitenaufnahmen. Darauf waren Punkte markiert. Sie waren durchnummeriert von N0 bis N24. Die Frattinis wussten, dass jede dieser Markierungen dem Standort eines Peilsenders entsprach. Sobald sich einer der Sender in Bewegung setzte, erschien das entsprechende Satellitenbild automatisch im Vordergrund.

N23 und N24 waren heute dazugekommen. Ihre Standorte lagen eng beisammen, in unmittelbarer Nähe zum schwachen Signal von N0. N0 war der wiederbeschaffte Prototyp, den sie nun im Grotto verwahrten. Sie wussten, N23 und N24 befanden sich ein paar Stockwerke über ihnen.

Sergio mischte eine neue Partie. Als er die Karten verteilte, warf er einen Blick auf den Bildschirm.

Er hielt inne und sprang schliesslich wie von der Tarantel gestochen auf.

«Was zum Teufel macht N23?» rief er. «Es war doch abgemacht, dass er das Zimmer nicht verlässt.»

Er rief sofort die Rezeption des Capri an. «Behandlungszentrum», meldete er sich. «Bitte schicken Sie Herrn Tomasi auf sein Zimmer zurück», befahl er.

«Der hat doch Arztvisite», entgegnete der Rezeptionist.

«Arztvisite?», staunte Sergio. «Warum wissen wir von nichts?»

«Ich ging davon aus, dass Sie im Bild sind», verteidigte sich der Mann am Empfang.

«Ich glaube, er verlässt das Gebäude», meldete jetzt Luigi.

«Zeig mir die letzten zwei Minuten der Überwachungskamera», befahl Sergio und beendete das Gespräch mit dem Concierge.

Luigi setzte sich an die Überwachungsanlage und spulte die Aufnahme zurück. Im Hotelgang tauchte jetzt ein Mann auf, der im Lift verschwand. Er hielt den Kopf gesenkt. Das Auffallendste an ihm war seine Kleidung, eine mit Leuchtstreifen markierte Jacke. Luigi spulte weiter zurück und sie sahen, dass der Mann aus Zimmer 905 getreten war.

«Das ist nicht Tomasi», zischte Sergio völlig fassungslos. Er schnappte sich das GPS mit dem Empfänger. «Du gehst ins Hotel und siehst nach, was los ist, ich folge dem Sender», sagte er und stürmte los.

*

Angela fuhr mit dem Aufzug direkt ins dritte Untergeschoss.

Sie verstaute Notfallkoffer und Arztkittel im Kofferraum.

«Die Rettungsjacke kann ich nicht entbehren», hatte er gemeint, «es ist einfach zu kalt.»

Sie startete den Wagen und rollte langsam rückwärts. Sie hatte das Parkfeld noch nicht verlassen, als sie einen Motor aufheulen und kurz darauf direkt hinter sich ein schleifendes Quietschen hörte. Sie trat automatisch auf die Bremse. Aus dem Augenwinkel sah sie das Motorrad, das ihren Wagen am Heck gestreift hatte, verschwinden.

«Idiot!», zischte sie mehr erschrocken als böse.

Sie stieg aus und besah sich den Schaden. Ausser ein paar Kratzern an der Stossstange war nicht viel zu sehen.

Sie setzte sich wieder ans Steuer, startete den Motor neu und wartete einen Moment, bevor sie losfuhr. In Gedanken war sie ganz bei Goldmann gewesen. Hatte der Motorradfahrer oder sie die Kollision verursacht?

*

Mauro verliess den Patienten wenige Minuten nach Angela. Der Lift hielt im ersten Stock. Über einen Zwischengang erreichte er das Treppenhaus auf der andern

Seite des Gebäudekomplexes. So gelangte er zu dem Ausgang, in dessen unmittelbarer Nähe Einstein sein Rad deponiert hatte.

Erst als er den Koffer aufschnallen wollte, bemerkte er, dass das Rad der Zukunft keinen Gepäckträger hatte. Am liebsten hätte er den Koffer weggeschmissen und den Schrittmacher in die Tasche gesteckt. Aber er fürchtete nicht nur, damit wichtige Spuren zu verwischen, er erhoffte sich durch das Metall auch eine Störung des Senders. Also befestigte er den Koffer behelfsmässig mit seinem Schal am Fahrradrahmen.

Das Anfahren kostete deutlich mehr Kraft als bei einem gewöhnlichen Fahrrad. Er hatte das Gefühl, die Räder klebten am Boden fest. Er ärgerte sich über die Schwerfälligkeit des Vehikels, und er ärgerte sich, dass er sich von Einstein hatte überreden lassen. «Wenn's drauf ankommt, bist du damit im Vorteil», hatte dieser behauptet.

Kaum hatte er den Bubenbergplatz überquert, da vernahm er das laute Knattern eines Motorrads. Er warf einen Blick zurück. Eine schwere Enduromaschine schlängelte sich keine zweihundert Meter hinter ihm durch die Fahrzeugkolonnen.

Er zweifelte keinen Moment daran, dass es der Fahrer auf ihn abgesehen hatte. Wer sonst riskierte bei diesen Verhältnissen schon eine Fahrt mit dem Motorrad. Er fragte sich einzig, wieso sein Verfolger sich so rasch hatte an seine Fersen heften können. Es gab eigentlich nur eine Antwort: Der Fahrer hatte unter dem gleichen Dach gesteckt! Was er bisher nur vermutet hatte, wurde in diesem Augenblick zur Gewissheit: Das Behandlungszentrum diente der Organisation als Basis.

Er trat mit aller Kraft in die Pedale. Beim Bahnhof fuhr er geradeaus in die Fussgängerzone. Sein Verfolger liess sich vom Fahrverbot so wenig beeindrucken wie er selber. Gleich nach der Heiliggeistkirche bog er links ab.

Hier musste er kurz bremsen und spürte danach erstmals den kräftigen Antrieb des Schwungrades. Als er in die Schweizerhof-Passage einbog, konnte er eine Streifkollision mit einem Fussgänger nicht mehr ganz vermeiden.

«Idiot ...», hörte er ihn noch schimpfen, dann war er schon um die nächste Ecke verschwunden. Hier hörte er das Motorrad nicht mehr. In halsbrecherischem Tempo schlängelte er sich durch die Laube der Marktgasse, bog links in die Von-Werdt-Passage ein, dann wieder rechts in die Laube der Neuengasse. Erst als er den Waisenhausplatz erreichte, hörte er das Knattern des Motorrads wieder.

Um die Polizeikaserne zu erreichen, musste er den ganzen Platz und zwei Strassen überqueren. Er hatte den vereisten Oppenheimbrunnen noch nicht erreicht, als er hinter sich einen dumpfen Knall vernahm. Gleichzeitig spürte er einen schmerzhaften Zwick im Arm. Noch bevor er recht wusste, wie ihm geschah, hörte er einen weiteren Schuss. Diesmal ging ein Ruck durch das Rad und seine Wade durchfuhr ein brennender Stich.

Als er wieder antreten wollte, versagte das getroffene Bein den Dienst. In Sekundenbruchteilen erwog er seine

Chancen. Es gab nur eine Option. Entweder er brachte den Sender ins Ziel, oder er war erledigt. Es waren nur noch fünfzig Meter! Er riss sich zusammen, beugte sich nach vorn und umkurvte mit letzter Kraft und Restantrieb den Brunnen.

Da schepperte es laut hinter ihm.

Er schrak zusammen und sah sich um. Sein Verfolger war mitsamt seinem Motorrad in die Brunnensäule gekracht. Der zweite Schuss hatte die Antriebstrommel seines Rads getroffen, und das ausgeflossene Öl hatte den Verfolger zu Fall gebracht.

Das Glück verlieh ihm letzte Kräfte. Mit dem gesunden Bein strampelte er, so gut es ging, vorwärts. Er erreichte das Polizeiquartier auf der andern Strassenseite, bevor sein Verfolger wieder auf die Räder kam, und bog bereits in den Hof ein, als er das Motorrad wieder starten hörte.

Der Schuss hatte nicht nur den Flüssigkeitsbehälter, sondern auch das Bremssystem beschädigt. «Achtung!», schrie er, konnte aber nicht verhindern, dass er einen Beamten, der sich eben anschickte, das Gebäude zu verlassen, rammte. Schliesslich kam er direkt vor der Treppe des Haupteingangs unsanft zu Fall.

Zwei Streifenpolizisten, die seinen Anflug beobachtet hatten, näherten sich ihm drohend. Es gelang ihm, den Koffer vom Rad zu lösen. Er schleppte sich die Stufen hoch.

«Nun mal langsam», warnte einer der Polizisten und packte ihn an der verletzten Schulter.

Mauro schrie auf und versuchte sich vom Griff zu lösen. «Ich habe einen Termin bei Limacher, dringend», keuchte er.

«Goldmann?», fragte jetzt der Beamte, den er angefahren hatte.

Mauro nickte nur und beobachtete, wie sich sein Verfolger vom Waisenhausplatz her der Kaserne näherte. Er deutete zu dem Motorrad: «In Deckung. Hier wird gleich geschossen!»

Die Beamten wandten sich um. In diesem Moment trat er dem Polizisten, der ihn festhielt mit aller Kraft des gesunden Beines ans Schienbein, stiess sich von ihm ab und liess sich mit letzter Kraft ins Innere des Gebäudes fallen.

Er hörte, wie das Motorrad abdrehte und dann stürzten sich die Polizisten auch schon auf ihn.

«Jetzt sag ich aber, wie es weitergeht», erklärte der Getretene und drehte ihm den Arm auf den Rücken. «Sie sind verhaftet!»

Mauro liess sich widerstandslos festnehmen.

«So eine Sauerei», fluchte der Beamte.

Mauro wusste nicht, was genau er als Sauerei bezeichnete, sein Auftauchen oder die blutige Spur, die er zog.

36

Limacher roch die bei Gewaltverbrechen so typische Mischung aus Schweiss und Blut, noch bevor er den Verhörraum betrat. Aber erst im Zimmer stellte er fest, dass die beiden Gerüche nicht von der gleichen Person ausgingen.

Der Schweissgeruch stammte vom Uniformierten, der mit der Waffe im Anschlag an der Türe stand. Der Blutgeruch kam vom Verhafteten, der mit verkrampfter Miene am Tisch sass. Hinter dem Tisch schaute Berner etwas ratlos auf den Eintretenden.

Limacher erkannte den Mann sogleich wieder. Nicht nur die Gesichtszüge erinnerten ihn an seinen Unfall, auch der Körpergeruch, den er jetzt erst richtig wahrnahm, kam ihm bekannt vor.

«Sie haben mir das Leben gerettet», sagte Limacher, nachdem sie sich kurz gemustert hatten.

«Stimmt», erwiderte der Verhaftete.

Entgegen den Vorschriften bei Einvernahmen von Mordverdächtigen schüttelte Limacher ihm kurz die Hand. «Danke», sagte er sehr ernst und fügte an: «Ich weiss nicht einmal, wie ich Sie ansprechen soll.»

«Alexander Goldmann», sagte der andere rasch und blickte auf Berner und den Wachmann.

«Und wer sind Sie wirklich?», Limacher betrachtete ihn.

«Ein anderer.»

«Matter?», fragte Limacher.

Der Verhaftete schwieg.

Limacher sah ihn nachdenklich an. «Und weshalb haben Sie sich gestellt?»

«Weil ich wusste, dass Sie mir helfen würden.»

«Wie?», fragte Limacher knapp.

«Erstens: indem Sie den Herzschrittmacher, den Ihr Kollege bereits beschlagnahmt hat, genauer untersuchen», er warf einen Blick auf Berner.

«Was hat es mit dem Apparat auf sich?»

«Das ist eine lange Geschichte, die in engem Zusammenhang zu meinem zweiten Grund, mich verhaften zu lassen, steht.»

«Und der wäre?»

«Ich will, dass Sie Goldmann sterben lassen.»

Limacher blickte auf den Verband, den seine Kollegen dem Verletzten behelfsmässig angelegt hatten. «Sie werden gleich verarztet», erwiderte er trocken.

«Können wir uns kurz unter vier Augen sprechen?», bat der Verhaftete eindringlich.

Limacher zögerte. Schliesslich sagte er zum Polizisten: «Bitte beziehen Sie Ihren Posten vor der Tür.»

Der Beamte tat wie ihm geheissen. Limacher wartete, bis er die Türe geschlossen hatte.

«Mehr Intimität kann ich Ihnen nicht bieten», erklärte Limacher. «Kollege Berner bleibt. Er protokolliert. Und nun erwarte ich von Ihnen Erklärung!»

«Der Schrittmacher stammt aus dem Behandlungszentrum …», begann Mauro.

Limacher hörte zu und Berner notierte. Was sie vernahmen, sprengte alles, was sie in ihrer bisherigen Polizistenkarriere erlebt hatten.

Bereits nach wenigen Minuten schickte Limacher Berner los. «Ruf Keller an, ruf Holzer an. Wir benötigten alle! Und Verstärkung! Auf der Stelle!»

Als Berner den Raum verlassen hatte und Limacher sich anschickte, den Posten wieder hereinzurufen, sagte Mauro rasch: «Geben Sie mir noch ein paar Minuten unter vier Augen, bitte!»

Limacher schloss die Tür. «Was haben Sie vor?», fragte er und blickte ihn erwartungsvoll an.

«Goldmann hat Ihr Leben gerettet. Er soll auch mein Leben retten.»

«Das versteh ich nicht.»

Mauro erklärte es ihm.

37

«Die Camorra in Bern!», titelte *Der Bund* am nächsten Morgen. Und weiter hiess es: «Das organisierte Verbrechen hat die Schweiz erreicht. Bei der gestrigen Schiesserei in der Innenstadt handelte es sich gemäss gut unterrichteter Kreise um eine Abrechnung innerhalb der Mafia. Der Schiesserei ging eine tätliche Auseinandersetzung im Hotel Capri voraus. Insgesamt konnten drei Männer festgenommen werden, wovon zwei Schwerverletzte. Die Verletzten befinden sich in Spitalpflege. Beim dritten Verhafteten handelt es sich um einen Sicherheitsmann des Medizinischen Behandlungszentrums im City West. Die Männer stammen aus der Gegend von Neapel. Noch flüchtig ist der Schütze aus der Innenstadt. Es dürfte sich dabei um Sergio Frattini, einen der meistgesuchten Killer der neapolitanischen Mafia, handeln, auch bekannt unter dem Namen Angelo Nero.»

«Bern wird von allen Seiten infiltriert», bemerkte Berner, der in diesem Moment eingetreten war. «In Kandersteg hatte die russische Mafia ihre dreckigen Hände im Spiel, in Bern die Camorra – es fragt sich, was als Nächstes kommt.»

«Die Mafia ist überall», zitierte Limacher Holzer und legte die Zeitung beiseite.

«Wie geht es Goldmann?», fragte Berner.

«Er ist noch gestern operiert worden. Durch einen

Streifschuss hat er eine Fleischwunde am Oberarm erlitten, und in seiner Wade steckte eine Kugel. Er wurde schwerer verletzt, als wir dachten.»

«Kommt er durch?»

«Wir werden's bald wissen», sagte Limacher nur.

Berner nickte. Es war ihm anzumerken, dass er mit seinen Gedanken woanders war.

«Gibt es andere Neuigkeiten?», fragte Limacher.

«Die Tatwaffe vom Campingplatz wurde sichergestellt», erklärte Berner, «und zwar in Frattinis Geländewagen. Das ergibt eine völlig neue Ausgangslage. Der Doppelmord am Neuenburgersee wäre demnach ebenfalls der Mafia zuzuschreiben.»

«Aha», meinte Limacher.

«Dich müsste das doch freuen. Mindestens in diesem Punkt ist Matter entlastet!» Berner konnte Limachers Gleichgültigkeit nicht verstehen. «Wenn wir nur wüssten, was er am Tatort zu suchen hatte?»

«Im Moment interessiert mich mehr, wie es im Behandlungszentrum und im Hotel Capri weitergeht.»

«Da bin ich auch nicht über alles im Bild. Dort sind jetzt Bundesstellen und Interpol im Einsatz. Die haben alles grossräumig abgesperrt. Das Hotel ist jedenfalls geschlossen worden und auch das Behandlungszentrum ist zu. Ich habe gesehen, wie Leute von der Bundesanwaltschaft gleich kistenweise Material sichergestellt haben. Beide Betriebe werden der Geldwäscherei verdächtigt. Keller hat gesagt, die ganze Leitung und mindestens drei Ärzte des Zentrums seien festgenommen worden.»

«Und der Verletzte aus dem Hotel?»

«Heisst Luca Tomasi und wurde gestern Morgen im Behandlungszentrum operiert. Er ist ein führendes Mitglied der Camorra. Rauschgifthandel, Erpressung, Anstiftung zum Mord, die ganze Palette. Denkbar, dass Goldmann versuchte, ihn umzulegen. Vermutlich kam es im Anschluss an das Attentat zur Verfolgungsjagd und zur Schiesserei.» Als Limacher schwieg, fügte er an: «Eigentlich sollte man gar nicht eingreifen, wenn Verbrecher sich gegenseitig beseitigen.»

«Wenn denn alles Verbrecher waren ...»

*

Gut fünfzig Kilometer östlich von Neapel beriet sich Vincenzo Lo Russo mit seinen Freunden in der geheimen Kommandozentrale. Das Landhaus lag etwas abseits des Dorfes, direkt neben der Brücke, wo die Autobahn den kleinen Fluss überquerte.

Seit der Meldung aus Bern herrschte höchste Alarmstufe.

Es gab starke Anzeichen, dass die Antimafiaeinheit anrückte, und Lo Russo hatte beschlossen, das Lager zu räumen. Er erteilte letzte Anweisungen, dann begab er sich mit seinen engsten Vertrauten zur Scheune. Sie zogen sich ein paar grosse Gummistiefel über die Schuhe und wateten durch den von Mist und Gülle bedeckten Stallboden. Nur auf diesem Weg war der Zugang zum geheimen Stollensystem zu erreichen. Noch während sie über eine schmale Treppe in den Untergrund abstiegen, wurde hinter ihnen der Zugang mit dem vorbereiteten Material verschlossen. Selbst für geschulte Spezialisten und Hunde würde es unmöglich sein, ihre Fährte innert nützlicher Frist aufzuspüren.

Schweigend bewegten sich die Männer durch den Tunnel. Nach knapp hundert Metern verzweigte er sich. Die Männer umarmten sich stumm und verteilten sich auf die drei Gänge.

Am Ende eines jeden Ganges stand – ebenfalls gut getarnt – ein Fluchtauto bereit. Weil das Tunnelsystem unter der Autobahn hindurchführte, mussten allfällige Verfolger einen Umweg von gut zehn Kilometern machen, bis sie ihre Spur wieder aufnehmen konnten. Lo Russo hatte sich für den Ausgang auf der anderen Seite des Flusses entschieden. Das war zwar der längste Weg, aber er brachte ihnen im Falle einer Verfolgung auch den grössten Vorsprung.

«Ich würde das Ding ausbauen lassen», keuchte Bertone, als sie unter sich waren.

«Das mache ich nur im äussersten Notfall», sagte Lo Russo bestimmt. «Ohne den Sender sässe ich noch immer im Gefängnis.»

«Wenn Tossi singt, sind wir geliefert.»

«Tossi weiss nichts», sagte Vincenzo Lo Russo. Er beschleunigte den Schritt.

«Und wenn sie Sergio und Luigi schnappen?» keuchte Bertone.

«Die kommen durch.»

Bertone sagte nichts mehr. Der Tunnel stieg leicht an, und er benötigte den Schnauf, um mit der Katze Schritt zu halten.

Nach knapp zehn Minuten erreichten sie das Stollenende. Lo Russo suchte umständlich nach dem Schlüssel. Auch er war leicht ausser Atem geraten, wie Bertone zufrieden feststellte. Sie befanden sich nun in einem feuchten Kellerraum. Eine Leiter führte nach oben. Die Falltüre liess sich von innen aufklappen. Es wurde unangenehm hell, als sie in das kleine Treibhaus gelangten. Hier herrschte trotz der Jahreszeit eine stickige Wärme.

«Mach den Wagen klar», befahl Lo Russo und schloss sorgfältig die Falltüre.

Während Bertone hinter einem Stapel leerer Gemüsekisten die Plane vom Range Rover zog, suchte Lo Russo mit dem Fernglas die Umgebung ab.

«Ich sehe sie. Die Schweine gehen in Stellung. Ihre Fahrzeuge stehen am Dorfeingang. Ci sei?»

Bertone nickte und stiess das Tor auf.

Lo Russo setzte sich ans Steuer.

«Wir nehmen den Weg über die Hügel», sagte er, als Bertone zustieg. «Il Gatto lässt sich nicht erwischen!»

«Bis sie das Versteck gefunden haben, sind wir bereits in der Luft», meinte Bertone.

Sie waren noch keine zwei Kilometer gefahren, als ihnen ein gepanzertes Fahrzeug den Weg versperrte. Lo Russo stoppte.

«Wo zum Teufel kommen die denn her?», fluchte Bertone.

«Das sind jedenfalls nicht unsere Freunde!»

«Wie haben die uns nur so rasch finden können?»

«Na, wie wohl?» Lo Russo fluchte und legte den Rückwärtsgang ein.

Da eröffnete die Polizei das Feuer.

38

«Kopf der Mafia hinter Gittern! Komplize getötet. – Vincenzo Lo Russo, der meistgesuchte und berüchtigtste Bandenführer der Camorra konnte dank Hinweisen aus der Schweiz festgenommen werden. Kurz nach seiner Verhaftung vor wenigen Wochen war er während eines Gefangenentransportes befreit worden. Die Aktion hatte drei Polizisten der Antimafiaeinheit das Leben gekostet (wir berichteten). Mit der aktuellen Festnahme Lo Russos gelang der Polizei nun ein wichtiger Schlag gegen das organisierte Verbrechen. Über ein Dutzend weitere Schlüsselfiguren konnten festgenommen werden. Auch in Kalabrien und Sizilien kam es zu Festnahmen.»

Berner legte den Zeitungsartikel zur Seite und betrachtete den kleinen Metallkasten auf Limachers Pult. «Unglaublich, was so ein Ding auszulösen vermag. Aber ich habe immer noch nicht begriffen, warum sie einen Schrittmacher als Sender verwendeten.»

«Das hat einige Vorteile», erklärte Limacher. «Die Batterie liefert über Jahre die nötige Energie, auch für leistungsstarke Sender. Und bei der Kontrolle am Flughafen hast du keinen Erklärungsnotstand. Wenn der Metalldetektor Alarm schlägt, zeigst du deinen Schrittmacherausweis, et voilà! Falls du geröntgt wirst, sieht alles echt aus.»

«Der Aufwand ist enorm», meinte Berner.

«Aber er lohnt sich. Man weiss ja seit längerem, dass sich Mafiosi und Drogenbosse aus Angst vor Entführungen Minisender implantieren lassen. Derartige Verbrecher werden bei der Verhaftung längst auf Peilsender gecheckt. Niemand wird aber auf die Idee kommen, einen Schrittmacher auszubauen. Lo Russo selber hat den Beweis geliefert, dass es funktioniert. Bei seiner ersten Festnahme wurde zwar festgestellt, dass er einen Schrittmacher trug, aber dass darin ein Sender steckte, vermutete niemand. Und genau deshalb konnte er befreit werden. Der Sender hat es seinen Komplizen ermöglicht, ihn zu orten und zu befreien. Lo Russos Befreiung hat einen regelrechten Run auf das System ausgelöst. Jeder Mafioso, der etwas auf sich hielt, begehrte eine derartige Rettungsleine. Allein im Behandlungszentrum wurden seither jede Woche zwei umgebaute Schrittmacher implantiert. Die Liste der Operierten liest sich wie das Who is Who des organisierten Verbrechens.»

«Verrückt», staunte Berner. «Und jetzt hat ihn der gleiche Sender an die Polizei verraten!»

«Genau», bestätigte Limacher, «das ist der Schwachpunkt des Systems. Der Sender markiert dich. Wer die Informationen besitzt, kann dich orten. Für den Empfänger des Signals bist du besser sichtbar als ein weisser Elefant. Goldmann hatte dies erkannt. Ihm war klar, dass sein Wissen eine Menge Geld wert war. Damit hat er wohl die Mafia zu erpressen versucht. Gleichzeitig wollte er ins Geschäft kommen mit der Gegenseite, sprich: mit der Polizei. Deshalb wollte er uns den Sender zuspielen.»

«Nur aus Geldgier», meinte Berner abschätzig.

«Vielleicht wollte er sich damit seinen Ausstieg finanzieren, ein neues Leben beginnen ...» verteidigte ihn Limacher.

«Der Ausstieg ist ihm gelungen», unterbrach Berner sarkastisch und deutete auf einen weiteren Artikel zum Thema Mafia. «Das Opfer der Schiesserei in der Innenstadt ist seinen Verletzungen erlegen», zitierte er die Zeitung. «Gemäss den Mitteilungen der Polizei handelt es sich beim italienischen Staatsangehörigen ebenfalls um ein Mitglied der Camorra.»

«Vielleicht ist es gut so», bemerkte Limacher. «Als Pentito wäre ihm ein normales Leben sowieso nicht mehr möglich gewesen.»

«Als was?», fragte Berner.

«Pentito; so nennt man reuige Mafiosi.»

Sie schwiegen einen Moment, Limacher mit seinem Espresso und Berner mit der Zeitung beschäftigt.

«Du hast doch die richtige Nase gehabt», sagte Berner.

«Wie meinst du das?», fragte Limacher und zog sein Riechorgan aus der Tasse.

«Wegen Goldmann. Du hast ihn von Anfang an im Visier gehabt. Aber eigentlich wissen wir weder, warum er bei Kühne eingebrochen hatte, noch, warum er dir das Leben gerettet hat.»

«Das stimmt», bestätigte Limacher.

«Und wir können ihn auch nicht mehr fragen.»

«Das ist auch besser so», sagte Limacher und lächelte versonnen in die leere Tasse.

39

Die Stimmung war umgeschlagen. Besonders deutlich wurde es, als er die Treppe hinunterstieg. Von allen Seiten wurde er begrüsst und beglückwünscht. Heute nahm er die Komplimente mit Genugtuung entgegen. Noch vor zwei Tagen hatte ihm Keller durch die Blume mit der Absetzung gedroht, und nun warb er um seine Gunst. Als er ihm erklärt hatte, dass er sich heute zur Kontrolle im Inselspital einfinden musste, hatte er ihm kurzerhand seinen Dienstwagen angeboten.

Um einem Gespräch mit dem Chauffeur zu entgehen, setzte er sich in den Fond und blickte die ganze Fahrt angestrengt aus dem Fenster.

Der Weg ins Inselspital führte sie am City West vorbei. Von der umfangreichen Polizeiaktion war nicht mehr viel zu sehen. Einzig der bewaffnete Wachmann vor dem Hoteleingang deutete darauf hin, dass die Ermittlungen noch nicht abgeschlossen waren.

Er liess sich am Haupteingang des Spitals absetzen. Das Angebot des Chauffeurs, auf ihn zu warten, lehnte er dankend ab. «Es macht keinen Sinn. Erstens weiss man nie, wie lange man warten muss, und zweitens werde ich anschliessend lieber gleich nach Hause gehen.»

Der Mann schien nicht unglücklich.

Limacher sah dem Wagen nach, bis er ausser Sichtweite war. Dann ging er durch den Haupteingang, um das

Gebäude einen Stock höher durch einen Seitengang gleich wieder zu verlassen. Er vergewisserte sich mehrmals, dass ihm niemand folgte. Er betrat eines der älteren Häuser in unmittelbarer Nähe des Bettenhochhauses. Er fand im Untergeschoss das interne Telefon, das ihm bezeichnet worden war.

Er hob den Hörer ab. Bevor er sich anmelden konnte, sagte eine Stimme: «Bitte begeben Sie sich zum Aufzug auf der gleichen Etage. Sie werden abgeholt.»

Limacher sah sich um. Er konnte keine Kamera entdecken, aber er hatte trotzdem das Gefühl, dass er beobachtete wurde.

*

«Bitte schalten Sie ihr Handy aus», forderte ihn der Pfleger auf, «sämtliche elektronischen Geräte sind verboten.»

Limacher gehorchte.

«Ich bitte Sie zudem, in den folgenden Minuten das Sprechen zu unterlassen.»

Limacher blickte erstaunt auf.

«Man weiss nie ...», erklärte der Pfleger und steckte eine Magnetkarte in den Schlitz, welcher sich unterhalb der Knöpfe an der Schalttafel des Aufzuges befand.

Während der Lift nach unten fuhr, zog Limacher prüfend die Luft durch die Nase. Er roch nicht den üblichen Krankenhausmix, sondern Kasernenmief, nicht Wundbenzin, sondern Pistolenfett. Er beobachtete seinen Begleiter, einen ausserordentlich drahtigen Burschen, mit breitem Nacken und markigen Gesichtszügen. Limacher vermutete unter der weiten, weissen Berufsbekleidung ein Pistolenhalfter und eine kugelsichere Weste. Das war kein Pfleger.

Sie verliessen den Aufzug und betraten einen schmalen Gang, der in einer leichten Kurve abwärtsführte. Limacher hatte Mühe, mit dem Mann Schritt zu halten. Er war froh, dass sie nach knapp hundert Metern das Ende des Ganges erreichten. Er versuchte ihren Standort abzuschätzen, musste aber einsehen, dass wegen der Biegung des Ganges eine genaue Orientierung unmöglich war.

Sie stiegen wieder ein Stockwerk aufwärts und hielten vor einer Tür mit dem Zeichen für radioaktive Strahlengefahr. Der Mann benutzte erneut seine Magnetkarte. Die Tür öffnete sich und sie betraten eine Schleuse.

«Wir können wieder sprechen», erklärte der Grenadier. «Wir werden noch überprüft», er deutete auf die Kamera, «aber das ist eine reine Formsache.»

«Keine Strahlengefahr?», fragte Limacher.

Der Mann schüttelte den Kopf. «Früher lag hier tatsächlich eine Forschungsstation der Nuklearmedizin. Heute dient das Schild lediglich der Abschreckung.»

Limacher nickte und wartete. Er wusste aus seiner Geheimdienstzeit, dass hier Leute von «besonderem Interesse» abgeschirmt von der Öffentlichkeit und in aller Anonymität spitzenmedizinisch versorgt werden konnten. Als er Holzer den Vorschlag gemacht hatte, den Patienten hierher zu verlegen, hatte dieser sich zuerst gesträubt. Aber schliesslich willigte er ein, er wusste, dass er in seiner Schuld stand.

Endlich öffnete sich vor ihnen die automatische Tür

und sie gelangten in einen Gang, der an einen Bunker erinnerte.

«Bitte», sagte der Pfleger und öffnete Limacher die Tür zum dritten Zimmer. «Sie haben dreissig Minuten.»

*

Der Patient hing an einer Bluttransfusion. Die Blässe unter dem dunklen Teint liess ihn krank erscheinen, verlieh ihm aber gleichzeitig etwas Vornehmes. Er hielt die Augen geschlossen. Im ersten Moment glaubte Limacher, der Mann schlafe, aber dann sah er die Stöpsel in seinen Ohren. Er räusperte sich.

Matter schlug die Augen auf und augenblicklich wich die Müdigkeit aus seinem Gesicht.

«Ah, Limacher», begrüsste er ihn sichtlich erfreut.

«Wie geht es Ihnen?» fragte Limacher.

«Mir fehlen zwei Liter Blut, sonst aber ganz ordentlich.»

«Zwei Liter?», wunderte sich Limacher. «Das sah aber nach weniger aus.»

«Das fand ich auch, und deshalb wird das noch abgeklärt», erklärte Mauro. «Möglicherweise bestand schon vor der Schiesserei eine Anämie – ich meine eine Blutarmut.»

«Ich weiss aus eigener Erfahrung, was eine Anämie ist, und ich weiss, wie wunderbar sich eine Bluttransfusion auswirken kann», sagte Limacher, und besorgt fragte er nach: «Sie sind krank?»

«Ich weiss es nicht. Noch nicht. Ich erwarte jeden Moment die Antwort von der Kollegin der Hämatologie.»

«Hoffentlich nichts Ernstes.»

«Wir werden es bald wissen.»

«Und sonst?»

«Sind keine bleibenden Schäden zu erwarten», sagte Mauro. «Die Kugel ist entfernt. Der Streifschuss am Arm macht keine Probleme. Die Verletzung an der Wade stammt von einem Abpraller. Die Wunde ist nicht sehr tief, aber weil eine Vene getroffen wurde, blutete es halt doch ziemlich.»

Limacher nickte. «Ich bin hergekommen, um Sie auf dem Laufenden zu halten. Der Wert Ihrer Entdeckung wird stündlich grösser. Sie brachte mehr als jahrelange Ermittlungsarbeiten.»

«Danke. Ich bin im Bild. Ausser Sie wüssten wesentlich mehr als das», Mauro deutete auf den Blätterwald auf seinem Nachttisch.

«Es gibt schon ein paar Dinge, die nicht in der Zeitung stehen.»

«Zum Beispiel?»

«Zum Beispiel, dass der Mord an Ihren Eltern Sergio Frattini zuzuschreiben ist, dem gleichen Mann, der auch Goldmann umgebracht hat. Matter ist von jeglichem Verdacht befreit.»

«Und?»

«Matter wurde im Ausland aufgestöbert und wird bald in die Schweiz zurückkehren.»

«Wann?», wollte Mauro wissen.

«Sobald Sie gesund sind. Ich rette Ihnen das Leben auf meine Art, wie wir abgemacht haben», sagte Limacher.

Sie schwiegen einen Moment.

Schliesslich fragte Mauro: «Wie wird unsere Geschichte aufgenommen?»

«Es sollte funktionieren», sagte Limacher. «Ich habe einen guten Draht zur Bundespolizei. Dort ist man bereit, zu kooperieren. Die Spuren zwischen Ihnen und Goldmann sind verwischt. Wir haben auch keine Anhaltspunkte, dass man in den Kreisen der Mafia an der Geschichte zweifelt. Und seitens der Presse gibt es bis jetzt keine Fragen, die wir nicht beantworten könnten.»

«Und Goldmann?», fragte Mauro.

«Die Beisetzung findet demnächst statt. Möchten Sie dabei sein?»

«Nein danke!»

«Ihre Vermutung war übrigens richtig», erklärte Limacher, «Alexander Goldmann war ein Deckname. Das hat die Abteilung für verdeckte Ermittlungen schon vor Monaten vermutet. Der Tote heisst in Wirklichkeit Antonio Giuliani. Er stammte aus Neapel und stand einige Zeit im Dienste der Camorra.»

«Als man mich auf der Rückreise verfolgte, fürchtete ich tatsächlich kurz, mein Freund könnte mich unabsichtlich verraten haben. Dabei umgab mich längst das Netz der Mafia.»

«Eisenring war tatsächlich verunsichert gewesen, und ich bin daran nicht ganz unschuldig», sagte Limacher. «Aber wir haben das in der Zwischenzeit geklärt. Ein wunderbarer Mensch. Und er repariert tatsächlich alles … Wo war ich stehen geblieben?»

«Bei Giulianis Doppelleben», half Mauro.

«Genau. Antonio Giuliani lieferte als Alexander Goldmann – seinen Initialen blieb er treu – Insiderinformationen an die Polizei. Sein eigener Krieg gegen die Mafia hatte wahrscheinlich verschiedene Gründe. Vielleicht wollte er sich damit einfach für die Ermordung seines Bruders rächen. Wir wissen aber auch, dass er den Ausstieg plante. Mit seinem Wissen über den Peilsender hoffte er, sich ein neues Leben finanzieren zu können. Aber von Seiten der Behörde ist nie Geld geflossen.»

Limacher hielt kurz inne. «Wir gehen heute davon aus, dass Lo Russo wusste, dass Giuliani ein doppeltes Spiel trieb. Wir haben starke Hinweise, dass Giuliani versuchte, einzelne Träger der Peilsender zu erpressen. Wahrscheinlich war man auch deshalb hinter ihm her. Man wollte ihn zum Schweigen bringen und den Prototyp sicherstellen. Giuliani-Goldmann wurde gejagt, gefoltert und schliesslich von der Brücke geworfen. Den Rest der Geschichte kennen Sie.»

«Ob der Italiener in der Altstadt mit drin hängt?», fragte sich Mauro.

«Wir glauben nicht», sagte Limacher. «Die Aktivitäten der Camorra konzentrierten sich im Behandlungszentrum. Der Italiener kannte Giuliani, weil er dort Einkäufe tätigte. Ich denke, er vermutete, dass mit Giuliani etwas nicht stimmte. Er hatte übrigens den Eindruck, dass Giuliani in den letzten Wochen vor seinem Tod zu Geld gekommen sein musste.»

Limacher blickte forschend auf den Patienten.

«Wird denn Geld vermisst?»

«Nein», sagte Limacher. «Und sonst würde ich es Ihnen mitteilen.»

«Danke», erwiderte Mauro.

Sie schwiegen einen Moment in stiller Übereinkunft.

«Sein Wissen hat ihn umgebracht», sagte Mauro schliesslich.

«Das ist so. Dank Ihnen ging dieses Wissen nicht verloren. Sie haben die Spur, welche die Mafia zu verwischen versuchte, wieder aufgenommen. Ich wundere mich noch immer, wie sie auf die Zusammenhänge gestossen sind.»

«Durch eine Reihe glücklicher Zufälle. Aber das Schlüsselerlebnis war der Bericht über Buscolos Leichenschändung. Ich wusste, dass ihm im Behandlungszentrum ein Schrittmacher eingepflanzt wurde, obwohl er nicht krank war. Da ahnte ich, dass sich alles um den Schrittmacher drehen musste. Ich vermutete dahinter allerdings zunächst blosse Geschäftemacherei.»

«Da hatten Sie nicht unrecht. Nur: Der medizinische Schwindel diente nicht primär der Geldmacherei, sondern vor allem der Geldwäscherei. Den Patienten wurde die Schrittmachereinlage offiziell zu völlig überrissenen Preisen verrechnet. Die Rechnungen wurden mit Geld aus dem Kokainhandel bezahlt. So wurde im Behandlungszentrum Geld gewaschen – aber nicht nur mit den Schrittmachern, auch mit anderen Operationen. Bislang konnten über hundert Rechnungen überprüft werden. Die meisten erwiesen sich als fingiert. Konkret wurden Rechnungen an frisch verstorbene Menschen in Italien ausgestellt, meist wenige Tage nach dem Erscheinen der Todesanzeige. In den meisten Fällen wurde vom Behandlungszentrum ein aufwendiger Eingriff oder eine Chemotherapie in Rechnung gestellt. Die Rechnung wurde aber nie an die Verstorbenen verschickt, sondern über Umwege von einem Konto in Italien beglichen. Das Geld, mit dem die Rechnungen bezahlt wurden, stammte in erster Linie aus dem Drogengeschäft. Die Rechnungsbeträge lagen in den meisten Fällen zwischen zehn- und fünfzigtausend Franken. Sie können das pro Jahr mindestens mal fünftausend rechnen.»

«Hundert Millionen!», staunte Mauro.

«Und im Hotel noch einmal das gleiche Vorgehen mit den gleichen Patienten, allerdings mit kleineren Beträgen.»

«Eine Riesenwaschmaschine.»

«Ausgeheckt von Ihrem Kollegen Ferrari und geleitet vom Klinikdirektor Cortesi», sagte Limacher. «Und das Medizinische Behandlungszentrum gab eine perfekte Tarnung ab. Das ist die moderne Mafia. Sie scheffelt nicht mehr einfach Drogengeld, sie versucht sich legal zu verankern. Sicher wurden auch deshalb zunehmend seriöse Behandlungen angeboten und durchgeführt. Und so wussten viele Ärzte wohl tatsächlich nicht, dass sie Teil eines Deckmantels waren. Einige Ihrer Kollegen liessen sich diese Ahnungslosigkeit allerdings grosszügig vergüten. Wer im Behandlungszentrum operierte, konnte mit einem Zuschlag von bis zu hundert Prozent auf seinen Leistungen rechnen. Das alleine hätte schon stutzig machen sollen.»

Mauro nickte schuldbewusst. Auch ihn hatte die überdurchschnittliche Entlöhnung nicht gestört. Und bis zu den Vorkommnissen mit Buscolos Schrittmacher hatte er kaum je Argwohn gehegt.

Limacher fuhr fort. «Um Geld zu waschen, wurden sogar Bosse und Killer als Klinikangestellte aufgeführt und bezahlt. Die Frattinis fungieren als Anästhesiepfleger auf der Lohnliste.»

«Furchtbar», sagte Mauro und dachte weniger an die Geldwäscherei, an der er indirekt mitgearbeitet hatte, als an den Tod seiner Eltern. Trotz allem hätte er seiner Mutter einen schöneren Tod gewünscht. Er hoffte nur, dass die beiden nicht lange hatten leiden müssen.

«Als ich meine Eltern ermordet vorfand, begriff ich im ersten Moment überhaupt nichts mehr», sagte er. «Aber als ich feststellte, dass der Schrittmacher in meiner Jackentasche fehlte, da vermutete ich erstmals, dass jemand das Kästchen orten konnte und dass man nicht primär hinter mir, sondern hinter dem Sender her war. Der Rest war rasch kombiniert. Dass sich Drogenbosse in Lateinamerika aus Angst vor einer Entführung mit Peilgeräten ausrüsten, hatte ich früher einmal gelesen.»

«Und warum sind Sie mit Ihrem Verdacht damals nicht sogleich zu uns gekommen?»

«Vor allem, weil ich ja selber auch kein unbeschriebenes Blatt mehr war. Ich fürchtete, ohne einen Beweis würde man mir meine Geschichte nicht abnehmen. Ich überlegte, den Peilsender mithilfe eines Ortungsgerätes aufzustöbern und so wiederzubeschaffen. Ich dachte, mit Aldo Girardis Hilfe sollte das möglich sein. Erst später kam mir das Operationsprogramm, das ich bei meinem letzten Besuch im Behandlungszentrum kurz eingesehen hatte, wieder in den Sinn. Ich wusste zudem, dass ich auf die Hilfe von Angela Martini zählen konnte. Sie hatte mich bei meinem ersten Besuch im Behandlungszentrum gewarnt. Ihr war der Verdacht, dass dort nicht alles mit rechten Dingen zuging, schon früher gekommen. Im Administrationssystem tauchten immer wieder Patienten auf, von denen keine medizinischen Daten vorlagen.»

«Es waren fiktive Patienten, und ihre fiktiven Krankengeschichten lagerten in einem Kellerabteil in der Tiefgarage. Im Falle einer Kontrolle der Buchhaltung hätten sie als Belege für die Einnahmen gedient.»

«Und Ihre Zukunft?», fragte Limacher nach einer Pause. «Haben Sie sich schon Gedanken gemacht? Auch wenn Sie kein Zeugenschutzprogramm benötigen, wäre es vielleicht doch klug, wenigstens umzuziehen.»

«Ich möchte ohne jede Verstellung in meine wirkliche Haut zurückkehren», sagte Mauro nach kurzem Überlegen. Sein Blick verlor sich irgendwo an der Zimmerdecke. «Wissen Sie, es kommt mir vor, als hätte sich der Fluss meines Lebens für ein paar Tage gestaut – als sei ich sozusagen ins Widerwasser geraten und von mir weggetrieben worden. Ich hatte Gelegenheit, mein Leben zu betrachten, das ich wegwerfen wollte. Ich habe genug gesehen. Mich zieht's in den Fluss zurück.»

Limacher nickte: «Ein Widerwasser ist eine gefährlich Sache.»

«Eine Flucht kommt nicht mehr in Frage», fuhr Mauro fort. «Ich habe eine Tochter. Vielleicht bin ich in dieser Beziehung noch auf Ihre Hilfe angewiesen. Ich möchte mit meiner Frau einen Vergleich anstreben.»

Limacher nickte abermals: «Verstehe. Und Ihre Facharztprüfung?»

«Werde ich nachholen. Und von Ihrem Kollegen von der Rechtsmedizin habe ich bereits ein Stellenangebot erhalten.»

Limacher hob die Hände. «Das dürfen Sie auf keinen Fall annehmen, das wäre wirklich zu schade. Sie sollen sich nicht um Tote kümmern, sondern Leben retten ...»

Vor dem Zimmer waren Stimmen zu hören.

*

Die Tür flog auf, hereingeflattert kam eine ältere Ärztin, etwas aufgetakelt, sichtlich irritiert und ziemlich ungehalten.

«Der Türsteher wollte mich erst gar nicht hereinlassen.» Sie blickte zu Limacher. «Ihretwegen vielleicht?»

«Kein Grund zur Beunruhigung», sagte Mauro, und zu Limacher gewandt meinte er: «Bleiben Sie ruhig. Die Zeit der Geheimnisse ist vorbei.»

Frau Lange rückte mit ihren hageren Fingern die Brille zurecht. Dann blätterte sie in einem Stapel loser Blätter. «Jetzt kennen wir den Grund für Ihre Anämie!», sagte sie fast triumphierend.

«Tatsächlich?»

«Es war nicht primär die Blutung, die Sie blutarm machte.»

«Sondern?» Mauro wurde bang. Innerlich ging er schon die Differentialdiagnose der Anämien durch: unbemerkter Blutverlust im Stuhl oder im Urin, chronische

Krankheiten wie Infektionen und Krebsleiden, Blutbildungsstörungen. Mangelzustände.

«Eisenmangel?», fragte er. «Ich habe mich in den letzten Monaten nicht gerade optimal ernährt.»

«Könnte auf den ersten Blick passen», dozierte die Kollegin und genoss die Spannung sichtlich. «Wir befinden uns tatsächlich im Gebiet der hypochromen Anämien ...»

«Bitte jetzt keine Prüfung!», unterbrach Mauro.

Frau Lange nickte. «Ich mach's kurz: Sie leiden an einer milden Form der Thalassämie. Das Blutbild ist typisch und eine erste Analyse des Hämoglobins hat einen Defekt in der Beta-Kette bestätigt.»

«Ist Ihnen nicht gut?», fragte sie irritiert, als Mauro sie entgeistert ansah.

«Fahren Sie fort», hauchte Mauro, dem auf einmal die Stimme versagte.

Limacher rutschte unruhig auf seinem Stuhl herum. «Hoffentlich nichts Schlimmes?»

«Sie müssen Vorfahren aus dem Mittelmeerraum haben», erklärte Frau Lange weiter. «Es ist eigentlich erstaunlich, dass die Diagnose nicht früher gestellt wurde. Aber ich erinnere mich an einen Fall ...»

Frau Lange konnte nicht weitersprechen. Mauro hatte sich aufgesetzt. Er fasst die erstaunte Kollegin an beiden Armen, zog sie zu sich und dann küsste er sie herzhaft.

«Sie verkünden eine frohe Botschaft», stammelte er.

Frau Doktor Lange war einen Moment sprachlos, aber nur einen Moment. «So etwas ist mir überhaupt noch nicht vorgekommen!», rief sie aus und wischte sich über die Lippen. Es war schwer zu sagen, ob sie sich über den unerwarteten Angriff freute oder ärgerte.

Limacher war erschrocken aufgestanden. Er musterte Mauro besorgt.

«Sie sind sicher, eine Thalassämie?», fragte Mauro.

«Selbstverständlich! Denken Sie, ich erzähle Ihnen irgendwelche Märchen?»

«Nein, natürlich nicht», entschuldigte sich Mauro. «Es ist nur, ich habe nichts davon gewusst, im Gegenteil ...»

«Sie sind nicht der Einzige, bei dem die Diagnose erst im Erwachsenenalter gestellt wird», erklärte die Frau Doktor, «aber Sie sind der Erste, der sich über diese Diagnose dermassen zu freuen scheint.»

«Doch etwas Schlimmes?», fragte Limacher, der gar nichts verstand.

«In diesem Fall überhaupt nicht», sagte Frau Lange. «Aber es gibt schon Fälle mit einer schlechteren Prognose. Je nachdem, wie schwer der genetische Defekt ist. Aber Herr Matter leidet an einer milden Form. Deshalb hat er ja bisher auch nichts davon bemerkt. Das schliesst nicht aus, dass andere Familienmitglieder ...»

«Sie haben mir meinen Vater zurückgegeben.»

«Ich verstehe nicht.»

«Es ist eine besondere Geschichte», sagte Mauro leise.

«Die Besuchszeit ist um», meldete in diesem Moment der Türsteher.

«Wir sind noch nicht fertig», wehrte sich Limacher.

«Sie haben schon überzogen», sagte der Grenadier. «Ich muss mich an die Vorschriften halten.»

Limacher erhob sich widerwillig. «Ändert das unsere Pläne?», fragte er Mauro verunsichert.

«Nein, das heisst – vielleicht doch», zögerte Mauro. «Ich möchte auf die Möglichkeit eines Namenswechsels zurückkommen.»

«Das habe ich jetzt nicht verstanden», meinte Limacher.

«Ich erklär es Ihnen beim nächsten Besuch», sagte Mauro.

Limacher wurde vor die Türe gestellt.

«Und jetzt möchte ich alles über Thalassämien wissen», wandte sich Mauro an seine Kollegin. «Offenbar habe ich ein paar Lücken in Hämatologie.»

«Die Krankheit ist ja auch wirklich ein Chamäleon, und Verwirrungen sind nichts Aussergewöhnliches. Trotz ihrer Häufigkeit wird die Diagnose nicht selten spät gestellt oder gar verpasst. Das liegt nicht zuletzt daran, dass sich das Blutbild im Kindesalter noch ändern kann ...»

40

Am Tag des Heiligen Nikolaus, dem Chlousetag, schneite es.

Die Niederschläge setzten am Morgen ein und dauerten den ganzen Tag. Bis am Abend lagen über dreissig Zentimeter Neuschnee. Im hellen Schein der Weihnachtsbeleuchtung senkten sich die Schneeflocken als zahllose Lichtpunkte unablässig weiter auf die Häuser und Strassen. Bern glich einer Märchenlandschaft.

Wie Pinguine stapften dick verpackte Menschen durch die Gassen. Eile war nicht ratsam, nicht nur für die Fussgänger, sondern auch im Strassenverkehr. Autos und Busse schlichen im Schritttempo vorbei, die gedämpften Motorengeräusche waren kaum zu vernehmen.

Auch nach Ladenschluss, wenn sich die Stadt normalerweise rasch entvölkerte, blieben erstaunlich viele Menschen unterwegs. Die meisten genossen einfach den Schnee, einige waren aber auch in ihrer Mission als Samichlaus unterwegs. Ausgerüstet mit einem weissen Bart, rotem Mantel, Sack und Rute taten sie ihren Dienst in den Stuben der Stadt. Zur Freude der Eltern ermahnten sie die Kinder, brav zu bleiben, und zur Freude der Kinder zauberten sie allerlei Überraschungen aus ihren Säcken. Manche waren zu zweit oder zu dritt unterwegs, andere hatten ihren Knecht Ruprecht, den Schmutzli, an ihrer Seite, und ganz vereinzelte hatten sogar einen Esel im Schlepptau.

Auch der Samichlaus, der den Nydeggstalden hinabstieg, wurde von einem Schmutzli begleitet. Er hinkte leicht und bewegte sich sehr vorsichtig. Er brauchte seinen Knecht offensichtlich nicht nur als Lastenträger. Mit seinem linken Arm stützte er sich auf dessen Schulter ab, den rechten trug er in einer Schlinge.

Langsam tastete sich das Paar den steilen Stalden hinunter. Die beiden machten immer wieder Halt, dabei war nicht sicher zu erkennen, ob sie sich von den kurzen Etappen ausruhen mussten oder ob sie dermassen ins Gespräch vertieft waren, dass sie einfach weiterzugehen vergassen.

Schliesslich erreichten sie den Läuferplatz und wandten sich der Mattenenge zu. Auch in diesem flacheren Wegstück legten sie nicht minder häufig Pausen ein. Kurz nachdem sie die Nydeggbrücke unterquert hatten, bogen sie unvermittelt rechts ein und blieben im Schatten einer Nische stehen.

Der Knecht stellte den Sack vorsichtig auf den Boden und stellte sich vor den Samichlaus, der gut einen Kopf grösser war als er selber. Behutsam schob er ihm den weissen Bart vom Gesicht.

Der Nikolaus, der jetzt viel jünger und blasser aussah als mit der Maskerade, schlang seinen unverletzten Arm um seinen Knecht und streifte ihm die Kapuze nach hinten. Nun kam dessen volles Haar zum Vorschein, das sich um seinen schlanken Hals legte, und als er ihm den Schnauz von der Oberlippe löste, wurde definitiv erkennbar, dass der Schmutzli eine Frau war.

Nach einem langen, innigen Kuss lösten sie sich wortlos voneinander und richteten ihre Verkleidung neu. Erst als der Samichlaus sich anschickte, seine Maske wieder ins Gesicht zu ziehen, brach sie das Schweigen.

«Warte», bat sie, nahm sein Gesicht in ihre Hände, küsste ihn behutsam auf Augen, Nase und Mund und zog ihm die Maske wieder an.

Wortlos und eng umschlungen gingen sie weiter.

Der Penner, der an der Gerberngasse im Schutz der Lauben aus einem Grappaglas seinen Rotwein trank und feine Lederstiefel trug, entging ihnen, wie der Rest der Welt.

*

Für Limacher stand der heutige Tag nicht im Zeichen des Sankt Nikolaus, sondern im Zeichen der Santa Faema Urania, einer gut fünfzigjährigen Espressomaschine. Alfred Eisenring hatte es geschafft, sie innert dreier Tage flottzukriegen. Lediglich ein paar Äusserlichkeiten fehlten noch, wie zum Beispiel die originale Plexiglasabdeckung und die Beschriftung.

Er streckte seine Nase in die Tüte. Mehrere Atemzüge lang verharrte er andächtig in dieser Stellung. Mit einem Lächeln, als hätte er eben an einer Glücksdroge gesnifft, richtete er sich auf und schüttete die Mischung, die er extra aus der Rösterei im Emmental bestellt hatte, in die Kaffeemühle. Während das Mahlwerk lief, kontrollierte er die Druckanzeige der Faema.

«Tutto perfetto!», sprach er äusserst befriedigt zu Carlo, der ihm schnurrend um die Beine strich.

Er füllte den Kolben mit Pulver und setzte die Maschine in Betrieb. Fasziniert beobachtete er, wie sich die dunkle Flüssigkeit ins Tässchen ergoss: eine ölige Brühe, auf der sich eine schöne, dunkle Crema bildete. Nach dem Abschalten der Maschine zeichneten sich die letzten Tropfen sandfarben auf dem dunklen Espresso ab.

«Perfetto!», wiederholte er.

Er trug das Produkt feierlich in die Stube und setzte sich an den Tisch, wo Schreibzeug und Briefbogen bereitlagen. Immer wieder schnupperte er an der Tasse. Der füllige Duft von Schokolade, Erde, exotischen Früchten und einer Spur Caramel schien nicht nur seinen Körper zu durchströmen, sondern die ganze Wohnung auszufüllen.

Vor drei Wochen hatte er im Chaos zu versinken geglaubt. Nach der Trennung war es nur noch bergab gegangen. Die wachsende Unordnung in der Wohnung, der Fall Matter, der ausser Kontrolle geraten war, sein Unfall und seine faktische Freistellung.

Aber heute sah er sich nicht vor einem Trümmerhaufen.

Der Fall war gelöst, seine Stelle bei Leib und Leben ihm sicherer denn je. Seit die Möbel da waren, hatte sich der Bestand der Umzugskisten auf die Hälfte reduziert. Und nun war er auch noch Besitzer einer echten Faema.

Im Grunde waren es aber weder Möbel noch geniale Maschinen, noch gelöste Fälle, die ihm den Glauben an die Zukunft zurückgebracht hatten. Es waren die Menschen. Berner, Eisenring, Matter und wie sie alle heissen mochten. Und Linda.

Er zog das Papier zu sich.

«Liebe Linda», schrieb er seiner Tochter, «heute bin ich endlich angekommen …»

*

Einstein öffnete die Tür vorsichtig.

«Tut mir leid, wir haben keinen Bedarf», sagte er, als er Samichlaus und Schmutzli erblickte. Und als die beiden keine Anstalten machten, sich zu verziehen, fügte er an: «Keine Kinder.»

«Wir haben auch Geschenke für Erwachsene», sagte der Samichlaus und langte in den Sack, den ihm sein Schmutzli reichte.

Einstein stutzte. Die Stimme kam ihm bekannt vor. Er wurde misstrauisch. Erst als ihm der Samichlaus den abgebrochenen Schalthebel seines Rads der Zukunft entgegenstreckte, fiel der Groschen.

«Das gibt's doch gar nicht», stiess er hervor. «Muri!» Er zog ihn förmlich in die Werkstatt.

«Sachte, sachte», wehrte dieser sich. «Ich bin verletzt, und Knecht Ruprecht bittet ebenfalls um Einlass.»

«Rein mit euch!», sagte Einstein. «Du solltest dich doch gar nicht auf der Strasse zeigen.»

«Die Gefahr ist vorüber.» Mauro entledigte sich seiner Maskerade. Auch der Knecht legte die Verkleidung ab.

«Das ist Angela», erklärte Mauro, «Angela, das sind Einstein, Vera und Geri.»

Geri blieb, wo er war, und betrachtete unbeirrt Einsteins Weihnachtsbaum, ein Gestänge aus einem halben Dutzend verschieden grosser Speichenräder, denen die

Felgen abmontiert worden waren. An den Speichenenden waren Kerzen und segelartige Bleche so montiert, dass die Thermik, welche die Kerzenflammen erzeugte, die Räder zum Drehen brachte. Die angehängten Nägel, Glasscherben und Metallteile verursachten ein glitzerndes Geklimper.

«Was heisst, die Gefahr ist vorüber?», fragte Einstein nach der Begrüssung. «Ich vermute, die halbe Mafia ist hinter dir her.»

«Überhaupt nicht. Die Mafia war hinter Goldmann her. Und nun, wo Goldmann gestorben ist …»

«Aber dein Leben als Goldmann?», fragte Vera.

«Hat es nie gegeben.»

Vera öffnete den Mund, besann sich dann aber anders.

«Aber die Mafiosi müssen sich doch jetzt fragen, wie es möglich war, zweimal die gleiche Person umzubringen», wandte Einstein ein.

«Die Frattinis haben ihn nicht getötet, nur halbtot gefoltert, bevor sie ihn von der Brücke stiessen. Man hat ihnen glaubhaft erklären können, dass Goldmann den Sturz von der Brücke überlebt hat.»

«Er hat den Sturz überlebt?», fragte Vera irritiert.

«Natürlich nicht wirklich.»

«Als ich von Goldmanns Tod hörte, war ich ziemlich schockiert», sagte Einstein. «Limacher hat mich dann zwar aufgeklärt. Aber ich habe nicht alles verstanden, im Grunde will ich auch gar nicht alles wissen. Ich kann mich erinnern, wie du gehofft hast, Goldmann könne dein verpfuschtes Leben retten. Nun ist es eher umgekehrt. Du hast Goldmanns verpfuschtes Leben an ein sinnvolles Ende geführt. Und damit erst noch zu dir selber zurückgefunden.»

Mauro leerte den Sack mit Nüssen, Mandarinen, Feigen und Lebkuchen auf dem Tisch aus. Zum Vorschein kamen auch zwei Flaschen Champagner.

«Haben wir etwas zu feiern?», fragte Vera.

«Sì», sagte Mauro. «Es lebe Mauro Calabretto!»

«Was soll das heissen?» Vera blickte zu Angela.

«Wir fangen ein neues Leben an», erklärte Angela.

«Bitte nicht!», rief Einstein verzweifelt. «Alles andere, aber nicht schon wieder ein neues Leben!»